공작님을 재단하는 우아한 방법

공작님을 재단하는 우아한 방법 3

초판 1쇄 인쇄 2018년 9월 13일
초판 1쇄 발행 2018년 9월 20일

지은이 나르얀
발행인 오영배
기획 박성인
책임편집 박주애
디자인 권지연
제작 조하늬

펴낸 곳 (주)삼양출판사 · 피오렛
주소 서울시 강북구 도봉로 173
대표 전화 02-980-2112 **팩스** / 02-983-0660
편집부 전화 02-980-2116 **팩스** / 02-983-8201
블로그 blog.naver.com/dan_gul
출판등록 1999년 3월 11일 제9-00046호

ISBN 979-11-283-9523-9 (04810) / 979-11-283-9520-8 (세트)

+ 이 도서의 국립중앙도서관 출판시도서목록(CIP)은 서지정보유통지원시스템홈페이지(http://seoji.nl.go.kr)와 국가자료공동목록시스템(http://www.nl.go.kr/kolisnet)에서 이용하실 수 있습니다. (CIP제어번호: 2018025606)

fio ret 은 (주)삼양출판사의 로맨스 판타지 문학 브랜드입니다.

공작님을 재단하는 우아한 방법

III

나르얀 장편소설

fioret

Contents

19.
다시 찾은 평화

촛불 탓인지 한층 황홀해진 분위기에 엘리샤는 그 작은 행동만으로도 그가 흥분했다는 것을 알 수 있었다. 게다가 등에 닿는 그의 살결은 무척이나 뜨거웠다.

엘리샤는 빙글, 고개를 뒤로 돌려 루자크를 마주 보면서 물었다.

"여기 너무 마음에 들어요. 루자크도 그렇죠?"

"그렇군. 그동안 사용하지 않은 게 후회될 정도로."

루자크의 얼굴에도 만족스러운 빛이 떠올라 있었다.

"맞아요. 이렇게 훌륭하게 꾸며 놓은 곳을 그동안 버려 놓았다니. 열심히 일해 준 리나에게 어쩐지 미안해지네요."

"이제라도 열심히 사용해 주면 되겠지. 안 그래?"

한껏 나른하고도 고혹한 표정이 루자크를 점령했다. 그는 그리 말하면서 가운을 벗어 던지고는 어슬렁대며 다가왔다.

촛불에 비쳐서일까. 오늘따라 그의 몸도, 몸짓도 전부 섹시했다. 더욱이 어쩐지 안 본 사이에 그의 몸이 더욱 탄탄해진 것 같았다. 굳게 자리 잡은 근육들은 손을 대보고 싶은 욕망이 들게 만들었다.

딱 벌어진 가슴과 단단한 복부, 그의 치골에 다다를 때까지 아찔하게 떨어지는 라인.

심장이 쿵 내려앉은 엘리샤는 그만 어색한 미소를 지어 보였다.

다가온 루자크의 가슴을 부드럽게 쓰는 엘리샤의 입술이 벌어졌다.

"그거 알아요? 당신은 알몸조차 완벽하다는 거."

두 사람 모두 오랜만에 봐서 그런지 더욱 새로운 기분이 들었다.

루자크가 굳센 팔로 그녀의 허리를 당겨 안으면서 대답했다.

"거야, 알지. 감상이 끝났으면 이제 내 차례야, 아가씨."

루자크는 돌연 엘리샤의 몸을 감싸고 있던 실크 가운을 벗겨 내렸다.

워낙에 부드러운 소재라서, 살짝 끈을 잡아 풀기만 해도 스르륵 발밑으로 떨어져 내렸다.

덕분에 엘리샤의 알몸은 오롯이 그의 시선 앞에 드러났다.

확실히 엘리샤는 날이 갈수록, 몸매 전체에 적당하게 살이 오르고 있었다. 보기 좋게 마른 몸이었다.

처음에는 삐쩍 마르고 가녀리기만 했는데 이제 제법 나올 곳은 나왔다. 동그랗게 부푼 가슴과 늘씬하게 뻗은 팔다리, 비밀스러운 그곳, 하얀 손가락, 발가락 끝까지 어느 곳 하나 그의 시선이 닿지 않은 곳이 없었다.

푸른 눈동자가 엘리샤를 길게 탐닉했다.

"……저어, 루자크?"

엘리샤는 말없이 자신을 진하게 응시하는 그를 올려다보았다. 그 어느 때보다 묘한 얼굴. 마치 천천히 자극을 받고 있는 듯 그의 표정이 변화하면서 루자크가 느릿하게 말했다.

"여전히 유혹적이군. 재촉하는 모습도 귀여워."

"아? 재촉하려던 건 아니었는데……."

루자크는 엘리샤를 데리고 욕조로 향했다.

딱 좋은 정도의 온도로 데워진 물이 그가 들어가자 잠시 범람했지만, 쏟아지지는 않았다. 워낙에 욕조가 넓고 깊은 탓이었다.

그가 먼저 들어가 편안한 자세로 눕더니, 자신의 몸 위를 가리키면서 말했다. 양팔을 뻗고 누워 있는 모습이 아주 편해 보였다.

"이리 와, 리샤. 내 위로 누워."

"……."

엘리샤는 순순히 그의 몸 위에 겹쳐지듯 앉았다. 지금 둘 다 알몸인 상태라, 앉으면서 서로의 은밀한 부위가 부드럽게 맞닿는 감촉이 느껴졌다.

힘주어 긴장한 채로 앉아 있는 엘리샤를 루자크가 억지로 제게 눕혔다.

"긴장 풀어. 내게 그렇게 뻣뻣하게 굴 필요는 없으니까. 편히 기대."

"알았어요."

그러자 루자크의 입가에도 느른한 미소가 피어올랐다.

"좋군. 한결 가까이 붙어 있는 느낌이야."

루자크가 엘리샤의 몸에 팔을 둘렀다. 따뜻한 물속에 이렇게 함께 몸을 누이고 있으니 정신이 몹시도 몽롱해졌다. 아늑한 품속에서 유유자적 이대로 있었으면, 하는 생각이 절로 들 정도로.

두 사람은 서로 약속이나 한 듯이 눈을 감고 편히 쉬었다. 피부에 감기는 물결이 간지러웠다.

그렇게 몇 분이 흘렀을까? 그에게 온전히 몸을 내맡기고 얌전히 누워 있는 엘리샤의 귓가로 속삭이는 목소리가 들렸다.

"리샤?"

"……으응?"

"졸린 모양이군. 나도 피곤하긴 하지만. 할 건 해야지."

오늘도 그는 엘리샤를 봐줄 생각은 전혀 없어 보였다. 물론 엘리샤 역시 밤을 그냥 보내고 싶지는 않았다. 그가 없는 동안 힘들고 그리웠던 만큼, 그를 안고 싶었다.

지금의 이 안온한 기분도 너무 좋았다. 굳이 몸을 섞지 않아도, 그와 함께 살결을 맞대고 있는 것만으로도 몸과 마음 모두 그의 애정으로 가득 찬 느낌이었다.

그러나 여자와 남자의 신체 구조는 다르기 때문일까. 곧 엘리샤는 루자크의 변화를 눈치챌 수밖에 없었다. 그녀의 등과 목에 닿는 숨결이 갈수록 뜨거워지고 있던 터였다.

아니, 사실은 아까부터 그의 것을 모른 척하고 있었다. 그녀와 다르게 그는 언제든 시작할 수 있는 상태였으니까.

"또 다른 내가 자꾸 말을 거는데 말이지. 그만 쉬고, 달리라고."

"……또 다른 당신만 그런 거예요? 아니면 당신도 원하는 거예요?"

"그야 둘 다 원하고 있지."

그가 엘리샤의 머리를 살짝 뒤로 젖히고 이마에 버드키스를 했다.

쪽.

이어서 입술에도 쪽, 하고 입을 맞췄다. 짧은 입맞춤에도 온몸이 설레고 흥분되는 듯했다. 이제는 완전히 풀리고 말았다.

팽팽하게 차올랐던 욕망이 터지듯, 이어지는 길고 긴 키스에 엘리샤의 입 안 가득히 그의 혀가 채워졌다. 감싸면서 주고받는 혀 놀림이 이제 두 사람 다 제법 농염했다.

찐득한 입맞춤에 이어, 엘리샤의 양 가슴 위로 그의 손바닥이 부드럽게 덮였다. 어루만지듯 가볍게 시작된 행위였으나, 목적은 명확했다.

엘리샤는 생각보다 빠르게 달아올랐다. 그가 혀를 굴리며 보드라운 가슴을 몇 번 주무르자, 엘리샤는 정신을 차리지 못했다.

"으음!"

짧은 신음 소리에 루자크는 더욱 그녀를 자극하고 싶어졌다. 열꽃이 피듯 붉어진 정점을 손가락으로 살살 돌리자, 금세 단단해졌다.

제 의도대로 된 것을 확인한 루자크는 상반신을 일으켜서 앉았다. 그러곤 엘리샤의 팔을 제 어깨 위로 든 채, 파르르 떨고 있는 하얀 가슴을 혀끝으로 핥기 시작했다.

"……아."

슬쩍 빨기만 했는데도 엘리샤는 소스라치듯 몸을 세우고 다리를 버둥거렸다. 덕분에 루자크는 그녀의 반응을 즐기느라 바빴다.

엘리샤 역시 가슴에 전해지는 쾌감에 몸을 배배 꼬았다.

"……아!"

"좋아?"

잠시 입술을 뗀 그가 물었지만 엘리샤는 대답이 없었다. 그러자 루자크가 살짝 문 채로 고개를 흔들었다. 이에 엘리샤가 탄성을 내질렀다.

"꺅."

"이건?"

"……루, 루자크으."

엘리샤가 자못 민망하다는 투로 그의 이름을 불렀지만, 그는 좋다는 대답이 입에서 나올 때까지 계속 그녀를 자극할 심산이었다.

이어지는 그의 행동에 엘리샤는 가슴 전체를 휘저었다가 깨물리는 묘한 쾌감에 헉, 하고 숨을 들이켜면서 몸을 튕겼다.

"몸은 이렇게 솔직하면서…… 다시 한 번 묻지, 좋아?"

"……."

엘리샤는 잔뜩 울 것 같은 얼굴로 말했다.

"좋아요."

"그렇지."

만족한 대답을 들은 그가 다시 한 번 물었다.

"어떤 것이 가장 좋은데?"

그 말에 엘리샤는 또다시 대답하기가 곤란했다. 솔직히 어느 것 하나 택할 수 없을 정도로 다 좋았다.

"전부, 좋아요. 전부 다."

"이런, 제법 야해졌어."

그 말을 하는 그 역시도 무척이나 야릇해진 얼굴을 하고 있었다. 그의 것이 단번에 단단해졌다. 새빨간 욕망이 가득 밴 목소리로 그가 엘리샤의 귓불을 핥아 내리면서 말했다.

"소파로 갈까? 아니면 여기에서?"

물속에서는 사랑을 나눠 본 적이 없지만, 욕조에서라면 어떻게든 가능할 것 같았다. 그러나 엘리샤는 여기라는 이야기에 기겁하고는, 도리질을 쳤다.

"흣."

기어이 소파에서 시작된 불꽃은 그칠 줄을 몰랐다. 루자크는 자신을 빨려 들게 만드는 엘리샤의 속살에 정신이 까마득해졌다.

그럴수록 그는 더욱 몸을 빠르게 놀렸다. 가열한 흔들림으로 이어진 둘의 결합은 갈수록 뜨거워졌다.

"아, 젠장! 엘리샤!"

루자크가 낮게 욕설을 내뱉었다. 극도의 흥분 상태에서 드는, 대상도 없이 그저 너무 황홀한 쾌감에 자연스레 입에서 흘러나온 말이었다.

엘리샤 역시 새된 비명과 함께 루자크의 등이며, 머리카락을 잡아 뜯을 듯 붙잡고 손톱자국을 남겼다. 엘리샤는 거의 기절하기 직전처럼 보였다.

"……흑, 제발!"

어느새 보라색 눈동자에 눈물이 고여 있었다. 그에 놀란 루자크가 엘리샤의 눈가를 엄지로 닦아 주었다.

순식간에 그의 안색이 걱정으로 차오르고, 거세게 밀어붙이던 몸도 잠시 움직임을 멈췄다.

"엘리샤, 혹시 아픈 건가?"

엘리샤는 오랜만에 일을 치를 때면, 간혹 통증을 호소하곤 했었다. 그러나 그녀는 고개를 흔들었다.

"그럼?"

"자극이 너무……."

흐느적거리는 상태가 되어 버린 엘리샤는 기운이 없는지, 말을 채 끝맺지 못했다. 그녀를 이 정도로 넋이 나가게 만든 것이 자신이라는 생각에 루자크는 괜스레 뿌듯했다.

“자극이 너무 강하단 뜻이군.”

그녀의 여린 몸이 자신을 감당해 내기에는 역부족일 터였다. 그럼에도 불구하고 엘리샤의 몸은 놀랄 만치 잘 느끼고 체감이 좋았다. 경험이 없는 그녀로서는 그저 잘 타고났다고 할 수밖에는.

이제 와서 새삼스럽긴 하지만 루자크는 그녀와 결합을 하면 할수록 참 잘 맞아서 내심 기뻤다. 물론 엘리샤와는 다른 쪽으로도 아주 잘 맞긴 했지만 특히 침대에서 잘 맞는다는 것은 정말 축복받은 일이었다.

루자크의 눈이 부드럽게 휘면서 점점 깊어지기 시작했다.

아무리 체력이 좋은 엘리샤라도 루자크의 힘을 당해 낼 수는 없었다. 결국 엘리샤가 먼저 두 손, 두 발 들고는 제발 멈춰 달라고 애원했다.

“안 돼. 도중에 멈출 수 없어.”

빈말이 아니라 진심이었다. 차라리 시작 안 하면 안했지, 도중에 멈추는 것은 있을 수 없는 일이었다. 루자크는 이렇게나 황홀하고 달콤한 그녀를 빠져나갈 수 없다는 생각을 하며 눈을 감았다. 루자크는 제 욕망을 한참 채우고 나서야 절정에 다다랐다.

“아아. 에, 엘리샤…… 사랑해, 아!”

강렬하게 퍼지는 쾌감에 그가 한참 몸을 떨었다. 이윽고 그가 축 늘어짐과 동시에 엘리샤 역시 몸을 축 늘어뜨렸다. 서로가 포개어져 한참 동안 있다가, 루자크는 엘리샤의 옆으로 나란히 구르듯 누웠다.

꿈결처럼 몽롱해진 감각들이 두 사람을 에워쌌다. 루자크가 엘리샤를 부드럽게 잡아 안았다. 오늘 남은 기운을 여기에 모두 몰아넣은 탓이었다. 그들에게 그제야 묵은 피곤함이 파도처럼 밀려들어 왔다.

루자크도, 엘리샤도 나른하게 의식이 흩어졌다. 두 사람은 벽난로의 따뜻한 온기와 함께 땀범벅이 된 채 아침이 될 때까지 잠이 들었다.

시중을 들기 위해 침실 밖에서 대기하던 사용인들은 시녀장 리나의 주의를 듣고는, 모두들 총총걸음으로 사라졌다. 평화로운 새벽이었다.

* * *

깨어난 황태자는 마치 영혼을 탈탈 털린 듯한 모습이었다. 귀빈들을 모시는 룸에서 그를 마주한 엘리샤는 다소 양심이 찔렸지만 내색하지 않았다.

"좋은 아침이에요, 전하!"

엘리샤의 친절한 인사에 그는 정신이 저 너머에 있다가 현실로 돌아온 사람처럼 한 템포 느리게 대답했다.

"……좋은 아침, 이오."

엘리샤는 그의 변화에 아랑곳하지 않고, 살갑게 말했다. 이렇게라도 지금은 코넬리아의 가식이라도 빌려야 했다.

"전하. 더욱 편안하게 보필해드리지 못해서 너무 죄송할 따름입니다.”

라이몬드는 별안간 자신이 저질렀던 일들이 떠올랐고, 눈앞의 공작 부인이 이렇듯 자신을 향해서 생글생글 미소를 짓는 것이 어리둥절했다.

그녀가 지난밤의 일들을 기억한다면 자신을 상냥하게 대해줄 리가 없었다. 라이몬드의 고개가 모로 기울어졌다.

어제 아드리안을 꿈속에서 만난 것도 그렇고, 푸른빛이 튀면서 자신이 쓰러진 일도 그렇고, 전부 설명하기 어려운 일들만 일어났다. 아니 그 일들 모두가 하룻밤 꿈처럼 아스라해지는 느낌이었다.

하지만 무엇보다도 자신이 공작 부인을 강제로 추행하고, 그녀와 추격전을 벌인 것은 분명 꿈이 아닌 사실이 맞았다.

“……공작 부인.”

라이몬드가 바싹 마른 입술을 겨우 열어 조그만 목소리로 엘리샤를 불렀다.

“혹시…… 어젯밤 일은.”

“아, 간밤의 일은 전부 잊어버렸으니 걱정 마세요, 전하. 분명 와인에 취해서 그러셨을 거예요. 그렇지요?”

“와인이라.”

그래, 어쩌면 정말 그럴지도 몰랐다. 그런데, 자신이 와인을 마신 적이 있었던가? 그조차 기억이 가물거렸다.

라이몬드는 다시 눈동자를 굴려 엘리샤의 얼굴을 바라보았다. 정말이지 아드리안을 생각나게 하는 여린 모습이었다. 하지만 아무리 생각해도 납득이 가지 않았다.

분명 어젯밤 그녀가 보인 필사적인 저항을 떠올려 보면, 눈앞에서 벙긋 웃고 있는 이 여자는 완전히 다른 사람처럼 보일 지경이었다. 라이몬드는 현실조차 꿈처럼 느껴져 어안이 벙벙해졌다.

"혹, 시장하시지는 않으신가요? 펜블렌 각하께서 황태자 전하의 방문 소식을 듣고는, 귀가를 앞당긴다고 하셨대요."

루자크의 이름을 들은 황태자의 적갈색 눈동자가 조금 커졌다. 그놈이 제 아내에게 자신이 덤벼들었다는 것을 안다면 가만히 있지 않을 터였다.

"페, 펜블렌 공작이 온단 말이오?"

"네. 한데 전하께서는 언제까지 머무르실 예정이세요?"

"……나, 난 이만 수도로 돌아가야겠소."

라이몬드가 불안하게 눈동자를 굴리다가, 침대에서 벌떡 몸을 일으켰다. 그는 더 이상 사나운 맹수로 군림하던 라이몬드가 아니었다.

"전하, 오늘따라 불편해 보이시는데 괜찮으신가요? 사제를 불러드릴까요?"

"아니, 난 괜찮소. 아무렇지 않으니 어서 내 시종을 불러다 주시오."

진심으로 여길 떠나고 싶다는 의지가 라이몬드의 얼굴에 쓰여 있었다. 엘리샤는 속으로 쾌재를 불렀다. 그녀는 안타까운 척 물었다.

"전하, 무슨 힘든 일이라도 있으셨던 건가요? 제게 말씀해 주시면……."

말을 아끼던 그가 무언가를 되뇌는 얼굴로 말했다.

"……블랙 윈터 성에서는 유령을 볼 수 있다더니, 그 말이 사실인 것 같소."

엘리샤는 의미심장한 미소를 지어 주면서 답했다.

"네? 그런…… 실은 저도 꿈에서 종종 봐요. 그들은 중요한 메시지를 전달하기도 하더라고요."

엘리샤가 그리 속삭이자, 라이몬드의 눈동자에 미세하게 파문이 일었다.

"그렇군. 부인께 실례가 많았소."

"아닙니다, 전하."

라이몬드의 사과에 엘리샤가 공손하게 인사했다.

이윽고, 그는 한 시간 뒤에 황실 마차를 타고 뒤도 돌아보지 않고 사라졌다. 그리 황태자가 꽁무니를 쏙 빼는 모습을 지켜본 루자크는 한편으로는 씁쓸했다.

"안타까운 영혼이야."

"전하께서 심적으로 크게 충격을 받은 모양이에요. 그렇게 유약해지실 줄은 몰랐어요. 아드리안의 존재가 그토록 컸나 봐요."

"그런 것 같군."

"이제야 비로소 전하께서 정신이 드신 모양이에요. 잘됐어요."

"적어도 앞으로 당신을 귀찮게 하는 짓은 벌이지 않겠지."

"네, 얼마나 놀랬다고요. 게다가 당신과는 외사촌 사이인데."

"예전의 그였다면 더한 짓도 했을지 몰라. 폭주는 막아서 다행이군."

"……생각만 해도 끔찍하네요."

"이번 일은 당신의 공이 컸군. 고마워, 엘리샤. 당신이 많은 사람을 도운 거야. 나를 포함해서."

루자크가 엘리샤를 품에 안았다. 자신이 지켜 주어도 모자랐을 그녀가, 도리어 자신을 지켜 준 듯했다.

"당신이 없었으면 나는 어쩔 뻔했을까."

"……그런 말 말아요. 나 역시 당신에게 늘 기대고 사는걸요."

"라이몬드 때문에 일찍 일어났을 텐데, 조금 더 느긋하게 잘까?"

엘리샤는 가볍게 고개를 흔들었다.

"잠은 다 달아났어요. 일단은 배가 고프군요. 내 남편과 오랜만의 아침 식사를 즐기고 싶어요."

"좋은 생각이야. 나도 간밤에 너무 달려서 그런가? 기운이 하나도 없군."

다시 평범한 일상으로 돌아온 아침 식사였다.

엘리샤는 볼이 가득 미어지도록 스테이크를 욱여넣었고, 그런 그녀를 사랑스럽게 바라보며 루자크는 와인을 건넸다.

오물오물.

"저런, 너무 급하게 먹는걸. 체하겠어."

"……맛이 너무 훌륭한걸요. 사실 민스첼에게 불만인 일이 하나 있었지만, 모두 용서하고도 남을 맛이에요."

"응? 민스첼에게 불만이 있다니?"

"아…… 생각해 보니 민스첼이 아니라 당신에게 따질 것이 있어요."

탁!

엘리샤가 음식을 먹다 말고는 포크를 테이블 위에 올려놓았다. 그녀의 다소 과격한 행동에 루자크는 의아한 얼굴이었다.

"무슨 일이지?"

"당신 도대체 민스첼에게 뭘 지시하신 거예요? 그가 〈마님의 상체 발육을 위한 재료〉라는 리스트로 제 식단을 짜 왔다고요!"

"……아아, 그건."

루자크의 낯빛에 곤란한 기색이 떠올랐다.

"어서 말해요."

잔뜩 샐쭉해진 표정으로 엘리샤가 그를 다그쳤다. 루자크가 고개를 떨어뜨렸다. 어디서부터 말해야 할지 고민하는 표정이었다.

"당신이 너무 말라서 따로 관리를 해 달라고 명령을 내린 바 있었어. 어리석었던 지난날의 내 과오야. 부디 용서해 줘."

잔뜩 변명을 늘어놓을 줄 알았던 예상과는 달리 그는 담백하게 잘못을 시인했다.

"……아무리 그래도 너무했어요. 그런데 정말 내가 그렇게 이상형에서 한참 부족했나요?"

살면서 가슴이 작다고 슬프진 않았는데, 왠지 자존심이 약간 상하긴 했다.

엘리샤의 말에 루자크는 어느새 포크와 나이프를 내려놓고 일어나서 그녀의 옆에 다가왔다.

"당신 같은 보석을 알아보지 못하고 여자를 겉으로만 판단한 내가 멍청했지. 이제 나에게 유일한 이상형은 엘리샤 그대뿐이야."

조금 더 굴리고 싶어도 저리 말하는 그를 몰아세울 수가 없었다. 기분이 좋아진 엘리샤가 만면에 미소를 감추지 못하면서 말했다.

"이제는 아주 현명해지셨군요."

"물론이지. 자, 식사는 이쯤하고 잠깐 걷도록 할까? 사교 모임에 대한 이야기도 아직 들려주지 않았잖아."

"좋아요. 할 말이 참으로 많아요."

루자크는 그리 말하면서 엘리샤를 에스코트했다. 오랜만에 공작 부부 내외가 다정하게 팔짱을 끼고 산책을 하는 모습을 보면서 사용인들의 입가에도 하나둘 미소가 어렸다.

20.
가면무도회

"자요, 제가 1차적으로 구상해 본 안인데요. 이걸 토대로 내년 본성의 지출 예산안을 짜 주셨으면 해요, 시엘."

"아아, 네, 알겠습니다. 마님, 이건 언제까지 시일을 주실 수 있으신가요?"

"음…… 보름 정도면 될까요? 보고서 일자를 보니 일반적으로 그 정도의 속도로 처리하는 것 같던데요?"

엘리샤가 해맑게 웃으며 묻자, 회계 시종 시엘의 얼굴에서는 핏기가 사라지고 있었다. 누가 말했던가. 부부는 닮는다고. 언제나 빠듯하게 일정을 주던 공작 각하도 늘 보름 정도의 시간을 주었었다.

이제야 막 일을 검토하기 시작한 사람치고는 너무 빡빡한 일정이라, 시엘은 한숨이 흘러나왔다.

"보, 보름이요?"

"왜 그러지요? 시엘? 그전에도 완성이 된다면 얼마든지 가져오셔도 좋아요."

"그, 저어…… 그게 아니라. 하, 하, 하. 아무것도 아닙니다아, 마님."

사실 한 달의 시간을 달라고 할 생각이었는데 도무지 입술이 떼어지질 않았다.

결국 시엘은 울상이 된 채로 엘리샤의 서재를 빠져나갔다.

"응? 뭔가 할 말이 있는 것 같았는데 기분 탓인가?"

엘리샤가 고개를 갸웃거리면서 혼잣말로 중얼거렸다.

"끄응차!"

그러곤 잠시 일어나서 기지개를 쭉 켠 뒤, 루자크가 선물해 준 재봉기를 잠시 가동해 보았다. 항상 손바느질이나, 테일러 키트를 사용해서 의상을 제작했던지라 문득 먼지 쌓인 재봉기가 눈에 밟힌 탓이었다.

드르륵드르륵.

엘리샤가 바늘 아래 천을 가져다 대고 조금씩 움직이자 박음질이 되었다. 심심할 때 가지고 노는 정도로는 나쁘지 않을 것 같았다. 제법 소리가 커서 시끄러운 게 흠이었지만. 그렇게 재봉기를 만지고 있는데 밖에서 리나의 목소리가 들렸다.

"마님, 마님!"

리나의 목소리에 엘리샤는 동작을 멈추고는 말했다.

"리나? 어서 들어오세요."

리나가 웃으면서 문을 열고 들어왔다.

"마님께서는 정말이지 인기 폭발이세요. 우선 여기, 카미엘 자작가에서 초청장이 왔어요. 그리고 상인 제라드로부터 전갈이 왔는데, 다마스크 원단이 200장 정도 필요하다고 하는데요. 어떻게 할까요?"

"오늘 오후에 곧장 방문하라고 하세요. 마침 딱 200장이 있어요."

"네, 알겠어요. 초청장은 마님의 책상에 올려놓겠습니다."

"고마워요, 리나."

"별말씀을요. 그러고 보니 이건 각하께서 경매소에서 사 오신 물건이군요. 성능은 어떤가요?"

"나쁘지는 않네요. 조금 시끄럽지만. 아, 그리고 리나. 두 시간 후에 기운 센 남자 시종 두 사람을 제 서재로 보내 주시겠어요?"

"네, 물론이에요."

엘리샤는 여유로운 얼굴로 웃으면서, 리나가 나가자마자 문 쪽을 바라보며 중얼거렸다.

'잠금.'

찰그락, 소리와 함께 문이 닫힌 것을 확인한 엘리샤는 테일러 키트와 옷본을 묶어 둔 뭉치에서 다마스크 원단의 옷본을 찾아서 꺼내 들었다.

그러곤 가위와 옷감을 꺼내어 외쳤다.

'잘라 줘!'
'잘라 줘, 하암!'

잘라 줘, 라는 가위의 시동어를 200번이나 하는 동안 엘리샤는 세 번이나 졸았다.

마법의 가위와 옷감이 열심히 일을 하는 동안 엘리샤는 초청장을 열어 보았다. 일시는 내일 저녁이었는데, 특이 사항이 있었다.

"가면무도회?"

어쩐지 재미있을 것 같다는 생각이 드는 동시에, 문득 콜린의 말이 머릿속을 스쳤다.

—누가 뭐라든 넌 공작 부인이잖아. 그것 하나만으로도 시샘 받을 이유는 차고 넘치지. 판단은 네가 해. 난 어쨌든 들은 것만 전해 주는 거니까.

엘리샤는 그 말을 곱씹으면서 안나에 대해 생각했다. 콜린의 말대로, 그녀는 엘리샤의 라이벌 될 가능성이 높았다. 똑같이 옷 만드는 것을 좋아하는 것은 물론이고, 그녀는 이미 카일리 후작 부인의 인정을 받고 있으며, 사교계에서도 제법 선망을 받는 능력자였다.

아직 엘리샤가 가지지 못한 것을 가진 사람.

재봉에 대한 재능과 열정이 뛰어난 사람.

자신과 같은 곳을 바라보는 사람.

선의의 경쟁 상대가 될 수도 있는 사람.

우선은 가면무도회에 참석해 안나에 대해서 좀 더 알고 싶었다.

벽시계를 보니, 정확히 두 시간이 지나 있었다. 누군가 문을 두드리더니 곧 목소리가 들려왔다.

"마님, 기운 센 이를 두 명 데려왔어요. 그리고 상인 제라드는 곧장 달려온다고 하네요. 아마 한두 시간 정도 걸리지 않을까 싶어요."

"그렇군요. 일단 이 다마스크 원단들을 본성 1층으로 옮겨 주세요. 그리고 제라드가 오거든, 리나가 대신 거래를 진행해 주세요. 부탁드려요."

"알겠습니다. 걱정 마세요, 마님. 제가 추가로 도와드릴 일은 없을까요?"

"음…… 카미엘 영애의 사교 모임에서 내일 가면무도회를 진행한대요. 그런 건 가 본 적이 없어서 모르겠어요."

"어머나, 정말요? 재미있겠어요. 가면무도회라면, 얼굴을 가려서 더 스릴이 있고 비밀스럽잖아요. 누구에게도 들키지 않을 차림으로 간다거나, 연극에 나오는 배우라든가, 다른 신분으로 위장한다든가 그런 다양하고 자유로운 모습으로 변장하시고 가시면 좋겠어요. 분명 재미있으실 거예요. 확실히 카일리 후작 부인의 모임과는 다르네요."

"그러게 말이에요. 리나의 이야기를 들으니 저도 뭔가 재미있게 변장을 하고 가야겠어요. 조언 고마워요."

"마님이 어떤 차림으로 가실지 저도 기대되네요. 그럼 일단 다 마스크 원단을 아래로 옮기고, 거래를 한 후에 대금을 가져다드리겠습니다."

"네, 리나."

*　　*　　*

정무를 마치고 서재를 나선 루자크는 가벼운 발걸음으로 엘리샤의 침실로 향했지만 주인이 없었다. 그녀의 작업실로 찾아가니 문이 슬쩍 열려 있었다.

삐걱 소리가 살짝 났는데도 듣지 못한 모양인지 엘리샤는 깃펜을 붙잡고 뭔가에 몰두하고 있었다.

사각사각.

"……음."

자그만 머리를 흔들기도 하고, 펜을 입에 물기도 하면서 엘리샤는 무슨 생각을 그리 하는지 루자크가 그녀의 방 안으로 들어왔는데도 눈치채지 못했다. 루자크는 순간 짓궂게 장난을 칠까 하는 욕망이 생겼지만, 이내 신사답게 '에헴'하고 인기척을 냈다.

그제야 투명한 눈동자가 그를 향했다. 엘리샤는 놀라면서도 웃음을 잃지 않은 채로 물었다.

"앗, 언제 들어오신 거예요?"

"당신 모습을 훔쳐보려고 왔지. 도둑처럼."

실없는 농담인 걸 알면서도 무척이나 달콤한 말에 웃지 않을 수가 없었다. 루자크는 엘리샤가 아주 가끔 웃을 때마다 한쪽 눈을 찡긋거리는 버릇이 있다는 걸 새롭게 알아채고는 흥미로운 듯 그녀를 살펴보았다.

"오늘 정무는 벌써 마치신 거예요? 평소보다 이른 시간인걸요."

"그래서 온 거야. 그나저나 뭘 하고 있었어? 상당히 진지하게 고민 중인 것 같은데."

루자크의 말에 엘리샤가 볼을 살짝 부풀리더니 푸우, 귀엽게 한숨을 쉬었다.

"아, 의견 좀 내 주세요. 카미엘 영애의 사교 모임에 참석하기로 했는데, 가면무도회래요. 어떻게 차려입고 가면 좋을까요? 가면을 쓰니까 저인지 아무도 모르니, 평소와는 다르게 입고 가도 상관이 없겠죠?"

사교 모임에 목말랐던 엘리샤는 잔뜩 기대한 얼굴이었지만, 루자크는 내키지 않았다.

그에게서 아무런 반응도 들려오지 않자, 엘리샤가 고개를 갸웃거렸다.

"저기, 루자크? 듣고 있나요?"

루자크의 푸른 눈동자와 굳게 다물어진 입술이 이미 그가 못마땅해 하고 있다는 것을 알려 주었다.

"가면무도회라……."

그는 말끝을 흐렸다. 그가 탐탁지 않다는 분위기를 폴폴 풍기고 있었으니, 엘리샤는 되묻지 않고 그저 그의 푸른 눈만 살폈다.

루자크는 속으로 여러 가지 생각이 교차했다. 여자들에게 가면무도회가 낭만적으로 어필되는 건 이해하겠지만, 굳이 가게 하고 싶지는 않았다.

게다가 카일리 후작 부인의 모임과는 다르게, 이런저런 사내놈들도 참석할 것이 아닌가? 루자크의 머릿속에 가면을 쓴 엘리샤가 다른 남자와 핑글핑글 춤을 추다가, 끌어안기는 상상이 떠올랐다.

"절대로 안 돼. 늑대 굴로 들어가는 거나 마찬가지야."

간혹 순진한 여자를 속이고 꾀어내기 위해서, 가면무도회에 들락거리는 사내놈들이 있다는 것을 알고 있었다.

루자크의 단언에 엘리샤는 의아해졌다.

"그냥 안 되는 것도 아니고, 절대로 안 되나요?"

"……가면무도회라고 해 봤자 별것 없어."

"그치만 소설 속에서 가면무도회는 무척 낭만적으로 보여서 사실 조금 궁금하기는 했어요. 카미엘 영애에게도 약속을 해 두었고……."

"가고 싶어?"

"네."

명확한 대답에 그는 이제 눈썹뿐 아니라, 입술도 짓이기듯 깨물었다. 본래 붉은 입술을 지닌 탓에 혈색이 더 잘 보였다.

루자크는 잠시 고민 중이었다. 엘리샤를 가지 못하게 하는 것이 어렵다면, 다른 것을 바꾸면 되었다.

지금이라도 당장 그 모임의 주최자인 카미엘 영애에게 전갈을 보내 모임에 여자만 참석 가능하도록 제한을 두게 할까?

다소 어려운 일이었지만, 아주 불가능한 것도 아니었다. 그러나 그리 강압적인 명령을 내린다면, 반발이 심할 터였다. 테본 내에서 그는 엄격하지만 공명정대한 군주로 평이 나 있었던 것이었다.

루자크는 제 머리를 살짝 두드리다가 뭔가를 떠올렸다. 나쁘지 않은 생각이었다. 그는 떠오른 계획에 대해서는 입술을 닫았다.

"좋아. 무도회에 다녀오도록 해. 단, 나도 참석할 거야. 아, 물론 당신의 모임을 방해할 생각은 없으니까 따로 가지. 어떤 차림을 했는지도 비밀로 하고. 가면무도회란 비밀스러운 법이니."

엘리샤는 그의 속마음을 알아채고는 말했다. 공작은 분명 자신을 다른 남자로부터 보호하기 위해서 가면무도회에 가려는 것이었다. 그러나 엘리샤는 억울했다.

"루자크, 저는 다른 남자와 사교적인 친분을 맺을 생각은 추호도 없어요."

"……알아. 난 당신을 믿지만 다른 사내놈들을 믿지 못하는 것뿐이니까. 음, 차라리 그곳 사교 모임의 인원을 전부 여성으로 국한시키라고 전갈을 보낼까?"

"맙소사! 각하, 그건……."

"그게 싫으면, 내가 가는 방법밖엔 답을 못 찾겠는걸. 혹시 내가 가는 게 싫은 거야?"

"아뇨, 당신이 함께라면 더 좋죠. 하지만 당신 말대로 가면무도회는 얼굴을 알아보지 못하니까 우리가 그곳에서 만날지는 모르겠네요."

"걱정 마. 난 그대를 꼭 찾아낼 테니까."

"나도 그러길 바라요."

"내가 당신을 못 찾아낼 것 같아?"

"얼굴을 가렸는데 어떻게 찾아낸단 말이에요?"

"난 전부 알아낼 수 있어."

루자크가 그리 속삭이면서 엘리샤의 코앞으로 얼굴을 들이밀었다.

"그건 그렇고, 자 엘리샤. 키스."

그가 너무나 당당히 키스를 요구하기에 엘리샤는 슬쩍 미소 지으며 그의 입술에 짧게 입을 맞추었다.

쪽.

"이건 애들이나 하는 뽀뽀로군."

쪼옵, 소리와 함께 루자크의 입술이 엘리샤의 입술 위로 찰싹 붙으며 그녀의 몸이 끌어당겨졌다. 젤리보다도 더한 쫄깃한 입술의 촉감에 엘리샤도 천천히 입을 벌렸다. 붉어진 속살을 남김없이 훑어가던 뜨거운 혀가 멈추고는 그가 느른한 얼굴로 말했다.

"재미있겠어. 가면무도회에서 엘리샤 찾기. 우리, 내기 하나 할까?"

"내기라고요?"

"내가 그대를 찾아낸다면 내 소원을 들어줘."

"좋아요. 찾지 못하면요?"

"당신 소원을 들어주지."

엘리샤의 보라색 눈이 반짝였다.

"좋아요. 절대로 비겁한 수를 쓰면 안 돼요."

그녀의 말대로 할 수만 있다면 그가 사용인들을 통해 정보를 캐낼 수도 있었을 터였다.

"신께 맹세하지."

루자크가 엘리샤의 손등에 입술을 비비고는, 주머니 속에 든 초청장을 매만졌다.

* * *

후두둑!

오트쿠튀르의 창문을 두드리는 빗소리가 제법 굵어졌다. 똑똑똑 들리는 누군가의 노크 소리마저 빗소리로 착각할 정도였다.

최근 며칠 동안 콜린은 오트쿠튀르에서 숙식을 해결하면서 지냈다. 점원들은 현재 모두 퇴근한 시간이라, 그가 편하게 가게 내부에 비치된 소파 위에 드러누워 잠을 청하고 있던 참이었다.

똑똑똑!

빗소리가 아닌 문을 두드리는 소리라는 것을 어렴풋이 깨달은 콜린이 눈을 비비면서, 잔뜩 헝클어진 머리카락을 한 채 문 앞으로 나갔다.

그가 문을 열자, 처음 보는 여자가 인사를 건넸다. 다소 착해 빠진 인상의 갈색 머리 여자였다.

"안녕하세요, 콜린 자작님?"

그러나 목소리만은 제법 낭랑해, 잠에 빠져 있던 콜린을 단박에 깨웠다.

"누구시오? 모르는 얼굴인데……."

"오트쿠튀르의 오픈 첫날에 왔었는데 기억하지 못하시는군요."

"그날 온 손님만 해도, 백여 명에 달할 겁니다. 나에게 볼일이라도 있는 거요?"

"저는 카미엘 자작의 여식인 안나라고 해요. 내일 제가 여는 사교 모임에서 가면무도회를 하는데 콜린 자작님께서도 참석해 주시면 재미있을 것 같아서요."

"가면무도회? 그런 건 조금도 관심 없습니다만."

콜린은 하마터면 이 여자의 말에 실소를 터트릴 뻔했지만, 가까스로 참아냈다. 아마 지금 잠을 자다가 깬 상태라서 반사 신경이 둔해진 게 틀림없었다.

"아뇨, 관심이 생기실 것 같은데요."

"무슨 뜻입니까?"

후훗, 하고 안나라는 여자가 웃음을 흘렸다.

잠깐. 안나 카미엘이라. 어디서 많이 들어 본 이름이 아닌가. 엘리샤의 라이벌. 카일리 후작가 모임에서 부인들이 엘리샤에게 인사를 못 하게 했다는 바로 그 여자?

사고가 거기까지 이르렀을 때, 콜린의 눈초리가 사나워졌다.

"난 그런 모임 따위 갈 생각 없으니 이만 돌아가 주시죠."

"과연 그럴까요? 펜블렌 공작 부인께서 참석하실 텐데요."

"……."

순간 환하게 웃는 이 여자에게서 어딘지 모를 찝찝함을 느낀 콜린이 대답했다.

"그게 나랑 무슨 상관이라고……."

"어머, 펜블렌 공작 부인과 친근한 사이시라고 들었어요. 그녀가 들으면 섭섭해할 것 같군요. 가면무도회이니까 부담 없이 들러 주세요. 가면을 쓰면 당신이 누구인지 전혀 모르잖아요. 초청장은 여기에 두고 갈게요."

끝까지 미소를 잃지 않으면서 안나가 오트쿠튀르를 빠져나갔다. 콜린은 저 여자가 대체 무슨 꿍꿍이인지 모르겠지만, 분명 이상한 것 같다는 생각을 했다.

친절하지만 위화감이 드는 류의 인간이랄까.

그런데 엘리샤가 저 여자 모임에 참석한다고?

'젠장, 어쩐지 그냥 놔두기가 불안하잖아.'

"몰래 따라가, 말아? 에이 씨, 모르겠다."

웨이브 진 머리칼이 마구 헝클어지도록 쓸어 넘기며 콜린의 초록 눈동자가 이리저리 흔들렸다.

이미 잠이 저만치 아득하게 달아나고 있었다.

*　　*　　*

다음날 오후.

해가 저물기 시작했다. 카미엘가의 저택으로 들어서는 각기 휘황찬란한 의상을 걸친 사람들이 보였다.

창가에서 사람들의 긴 행렬을 내려다보던 안나는 만족스러웠다. 분명 멋진 밤이 될 터였다.

오늘 안나는 모임의 주최자였던 터라, 정체가 드러날 수밖에 없었다. 그녀는 쉽게 그녀임을 알아볼 수 있는 의상을 선택했고, 일부러 가면을 착용하지 않았다.

안나는 새하얀 날개와 머리 위의 둥근 링, 심플한 드레이핑이 된 하얀 드레스, 최소한의 화장으로 순진무구하고 선한 천사로 변신해 있었다. 오늘의 자신은 중재자, 혹은 신의 대리자였다.

자신이 기대하는 장면이 그려지기를 바라면서, 그녀가 층계를 내려가 홀로 들어갔다.

입장하자마자 사냥꾼 옷을 입은 남자가 안나의 허리를 확 잡아채고는, 키스하는 시늉을 했다.

"오오, 카미엘 영애! 내가 얼마나 당신을 갈망하는지 모를 거요!"

가면을 쓰면 남자들은 두 가지였다. 매우 용감해지거나, 미친

짓을 일삼거나.

당연히 이 남자는 후자였다. 땅딸막한 체구에 계피 향이 나는 사냥꾼이라면 알 만했다.

"계속 모르고 싶군요, 마가렛 부인 역시 그럴 거예요. 그렇지 않은가요, 다즐 경?"

"어…… 어떻게 알았소?"

안나는 대답할 가치조차 없다는 듯, 그를 가볍게 밀어냈다. 불쌍한 마가렛. 그녀는 자신에게 매일 밤 남편이 행복하게 해 준다고 자랑을 했었다.

건들거리는 기사 차림으로 나타난 음유시인 하르트를 지나, 시야가 번쩍 뜨일 만치 수려한 남자가 보였다.

그동안 그녀의 사교 모임에 참석한 남자 중 저렇게 월등하게 키가 크고, 귀티가 흐르는 행색을 한 자는 없었다.

그의 복장은 검은색 풀 정장과 검은색 실크해트였고, 가면마저 검은색이었다. 깔끔하고 단순한 차림이었지만, 어깨에 검은 망토를 두른 모습이 독특했다.

게다가 묘하게 시선을 잡아끈다.

안나는 그를 주시했다. 이미 그에게는 많은 귀부인과 영애들이 말을 걸었다. 그러나 단 한 번도 그가 테라스로 나가거나, 1분 이상 길게 대화를 하는 것을 보지 못했다.

단언컨대, 테본에서 저런 태를 내는 남자는 한 사람밖에 없을 터였다. 그리고 그 남자는 자신의 얼굴을 알지 못했다.

안나는 주머니에 있던 흰색 깃털 가면을 썼다. 그리고 천천히 그에게로 다가갔다.

그저 걸어가는 것뿐인데도 가슴이 쿵쿵 뛰었다. 코앞에서 바라본 그는 더욱 훤칠했다. 눈을 가렸는데도 불구하고 가려지지 않는 미모였다.

안나는 상냥한 어투로 말했다.

“반가워요.”

“…….”

“못 들으셨나요, 반가워요, 신사님.”

“난 그다지.”

낮게 울리는 목소리는 무척 고혹적이었으나, 내용은 당황스러웠다. 제게 이렇듯 냉대하고 부정적으로 말하는 남성은 한 번도 본 적이 없었던 터였다.

안나는 마음을 진정시키면서 친절하게 말했다. 사교의 여왕인 자신조차 떨리게 하는 남자라니, 오랜만에 느껴 보는 기분이었다.

잠깐 뜸을 들이던 그녀가 겨우 할 말을 찾아냈다.

“우리 모임에는 처음 오신 것 같네요. 당신 같은 분을 본 적이 없어요.”

“처음이자 마지막일 거요.”

무척이나 아쉬운 말이었다. 그 말은 오늘 온 목적이 따로 있다는 것이겠지. 사실 그가 온 것만 해도 무척 놀라운 일이었다.

초청장을 보내면서도 참석할 것이라고는 전혀 기대도 하지 않았으니까.

"아쉽네요. 혹시 뭔가 사정이라도 있으신 건가요?"

"더 이상은 할 말이 없소."

그는 냉정하게 딱 잘라 말하고는 입을 굳게 다물었다. 이후 그 어떤 말을 걸어도 그는 대답하지 않을 것 같았다.

과연 다른 여자에게는 차가운 얼음과 같은 이였다. 안나 역시 미련 없이 물러섰다.

"좋은 시간 보내도록 하세요. 원하는 사람도 찾으시길 바라겠어요."

안나가 의미심장한 말을 남기고는 그의 곁을 떠났다. 그의 푸른 눈동자가 힐끔 안나의 뒷모습을 향했다.

* * *

도착한 사람들이 가장 잘 보이는 입구 자리에서 루자크는 푸른 눈을 바쁘게 굴렸다. 마침 그가 서 있는 위치 옆에 조각상도 있어 더욱 주목받는 듯했다.

조각상보다도 더한 미모 탓일까. 벌써 두 시간째 그는 뭇 여인들의 시선을 한 몸에 받고 있었다.

어느덧 빠른 춤곡이 나오고 있었지만, 그는 그곳에 서서 발걸음을 움직일 줄 몰랐다.

가면 쓴 남녀들은 낯선 이성의 손을 붙잡고 부푼 가슴으로 빙글빙글 춤을 추었다.

그가 찾는 사람은 오직 단 한 사람, 제 아내 엘리샤뿐이었다.

그런데, 아무리 눈을 씻고 찾아보아도 엘리샤로 보이는 여자는 없었다.

아니면 자신이 엘리샤를 찾지 못한 걸까? 설마, 그럴 리가 없었다.

그녀 앞에서 기세등등하게 찾아낼 것이라고 큰소리를 친 데에는 다 자신이 있어서였다.

엘리샤를 멀리서 보기만 해도 알아볼 것이라 믿었다. 눈을 감고도 찾아낼 수 있을 만큼, 그녀의 모습을 몇 번이나 되새겨 넣은 그였다.

아직 오지 않았을 리는 없는데, 대체 어디에 있는 거지? 이 좁아터진 자작가의 저택에서 그의 눈길이 닿지 않은 곳은 없을 텐데 말이다.

'대체 언제 오는 것이지?'

루자크는 어서 빨리 그녀를 찾아서 보호해야 한다는 마음뿐이었다.

기다림이 초조에서 불안으로 바뀌었을 무렵이었다.

새빨간 드레스를 입은 검은 머리카락의 여자가 모두의 시선을 사로잡으면서 들어왔다. 붉게 칠한 입술은 섹시하다기보다는 상큼했지만, 잘록한 허리만큼은 관능적이었다.

더욱이 드레스는 발목까지 쫙 달라붙어 엉덩이와 허벅지 그대로 실루엣이 그려졌다. 일부러 아를렌식을 배제한 드레스 양식이었다.

여자들의 드레스는 잘 모르지만, 테본의 귀부인들이 엉덩이를 씰룩이며 걷는 모습은 여러 번 본 적이 있었다.

'드디어 오셨군.'

루자크는 슬쩍 입매를 말았다. 제아무리 머리 색을 염색하고, 색다른 옷을 입는다고 해도 그녀는 그녀였다.

루자크는 천천히 그녀를 향해 다가갔다. 물론 라이벌은 많았다.

어느새 붉은 드레스의 여자의 시선도 루자크를 향해 있었다. 검은색 가면 속, 눈동자의 색은 역시 자수정의 빛깔이었다.

순식간에 서로를 알아본 것에 대해 루자크는 흡족해하면서 발걸음을 재촉했다. 전방에는 방해꾼들이 좀 있었던지라 그는 자연스럽게 걸음을 멈췄다.

"오, 아름다운 레이디! 저와 춤추시겠습니까?"

"저는 어떻습니까?"

한꺼번에 두 사람이 엘리샤에게 손을 내밀었다. 난처한 얼굴로 그녀는 두 사람 모두에게 고개를 저어 보였다.

"두 분 다 미안해요."

그들이 어색하게 머리를 긁적이곤 사라지자마자, 누군가 그녀의 손목을 슥 낚아챘다.

"앗."

그녀는 루자크 한 사람만 신경 쓰느라, 누군가 다가오는지도 몰랐다. 고개를 들어 보니 고양이 가면을 쓴 남자였다. 깔끔한 코트와 주황색 머리카락이 보였다. 그녀가 아는 주황색 머리카락은 단 한 명뿐이라 혹시나 했다.

가면을 쓰면 용감해진다더니, 그가 다짜고짜 엘리샤의 귓가에 대고 말했다.

"잠깐 테라스로 가죠. 카미엘 영애에 대해서 할 말이 있으니까……."

"아니, 잠시만요!"

내용을 듣긴 했지만, 엘리샤는 지금 당장은 곤란했다.

"지금 듣는 게 좋을걸?"

익숙한 반말과 시니컬한 목소리. 엘리샤는 당혹스러웠다.

'역시 콜린?'

왜 하필 지금 말을 거는 걸까?

지금도 푸른 눈의 신사는 엘리샤를 향해 시선을 고정하고 있었다. 이 자리에 있는 그 누구보다도 수려한 그를 그녀가 알아보지 못할 리가 없었다.

게다가 푸른빛이 반짝이는 눈동자를 본 순간, 확신했다.

분명히 루자크였다. 루자크 역시 그녀임을 알아본 게 틀림없었다. 그의 시선은 자신에게 붙박이처럼 고정되어 있었다.

그러나 고양이 가면의 남자는 엘리샤의 손목을 잡은 채 놓아주지 않았다. 오히려 더욱 힘을 주고는 잡아끌었다.

"잠깐이면 돼."

"……그럼 여기에서 이야기해요."

지금 그와 테라스로 사라진다면, 루자크에게 잔뜩 오해를 살지도 몰랐다.

엘리샤가 고집을 부리자, 그는 난감한 투로 말했다.

"그럴 순 없어."

"아니면 나중에 이야기하도록 해요. 그분이 지금 나를 보고 있어요. 테라스는 분명 의심을 살 거예요. 차라리 저택 밖의 정원이 좋겠어요. 시간은 10분 후."

이내 고양이 가면의 남자가 잠시 머뭇거리더니 대답했다.

"알겠어."

그래도 대화가 통해서 다행이었다.

"가요."

엘리샤는 그리 말하면서 그의 등을 가볍게 밀어냈다. 고양이 가면의 남자가 유유히 사라졌다. 아마 정원 쪽으로 갔을 테지만, 엘리샤는 그에게 더 이상 시선을 주지 않았다.

저벅저벅.

검은색 구두가 그녀 앞에 멈추었다. 푸른 눈의 신사는 모자를 슬쩍 벗고는, 황홀할 정도로 유려한 동작으로 예를 다해 인사했다.

어느새 그를 지켜보던 엘리샤의 입가에는 슬며시 미소가 비쳤다. 정말이지 이 남자는 테본에서, 아니 단언컨대 제국에서 가장 멋진 남자가 아닐까. 결코 자신이 사랑하는 남자여서 하는 말이 아니였다. 그는 그녀에게 그런 자부심마저 들게 만들었다.

"저와 한 곡 추실까요, 레이디?"

달콤하게 감겨 오는 중저음의 목소리가 그윽하게 울리자, 그들을 둘러싼 사람들이 중얼거렸다.

특히 여인들은 엘리샤를 향해 부러움과 시샘 어린 시선을 동시에 보내고 있었다. 그 어떤 아름다운 여인도, 심지어 카미엘 영애조차도 거절했던 신사의 첫 댄스 파트너였으니 그럴 만했다.

문득 엘리샤는 온몸으로 느껴지는 시선이 몹시 따가웠다. 장갑을 벗은 그의 맨손 위에 엘리샤는 자신의 손을 포갰다. 때마침 우아하게 흐르던 음악이 빠른 춤곡으로 바뀌었다.

허리를 감은 손은 부드럽게 그녀의 몸을 제 몸으로 보다 가깝게 밀착시켰다.

엘리샤가 숨을 들이켜며 그를 올려다보았다. 우윳빛 속살이 숨을 쉴 때마다 긴장으로 오르락내리락했다.

가슴골이 살짝 드러난 붉은 드레스를 바라보면서 루자크는 엘리샤의 귓가에 나직이 속삭였다.

"드레스가 야하군."

다른 남자가 가슴을 이렇게 노골적으로 쳐다보았다면 무례하다 욕할 일이었지만 그이기 때문에 가능한 일이었다.

그는 계속해서 말을 이었다.

"이것 봐, 리샤. 난 당신을 보자마자 찾아냈어. 검은 머리도 예쁘긴 하지만, 분홍색 머리가 가장 예쁘군."

엘리샤는 웃으면서 그의 말에 쉬이 대꾸를 해 주지 않았다.

빙글빙글 턴을 하는 서로의 몸이 떨어졌다가 다시 만났다. 겹쳐진 두 사람의 몸짓은 지켜보는 이조차 애틋해서 꼭 춤이 아닌 애정 표현처럼 느껴졌다.

"계속 웃지만 말고, 당신 목소리를 들려줘."

엘리샤는 끝까지 대답해 주지 않으려 했다. 애가 타는 루자크의 모습을 조금 더 보고 싶었다.

"리샤? 당신 맞잖아. 내 하나뿐인 엘리샤."

그는 이제 거의 확정된 것처럼 엘리샤의 몸을 더욱 꼭 끌어안았다. 이건 결코 춤 동작이 아니었다.

"나를 녹아내리게 할 참인 건가, 공작 부인?"

엘리샤가 뒷걸음질을 치자, 그가 그녀를 몰아붙이듯 다가오는 스텝을 밟았다.

조금 더 그를 놀려 주고 싶었지만, 엘리샤는 결국 입술을 열었다.

"쉿! 당신만 나를 알아본 게 아니에요. 나도 그랬잖아요. 그러니까 이번 내기는……."

엘리샤의 입술이 열리길 기다렸던 루자크는 그제야 만족한 얼굴이었다. 하지만 내기 이야기에 사뭇 토라진 투였다.

"무승부로 하자고?"

"네."

"저런, 당신에게 꼭 빌고 싶은 소원이 있었는데……."

루자크가 엘리샤의 허리를 가볍게 안아 올렸고, 그녀는 그의 허벅지에 자신의 다리를 번쩍 들어 기댔다.

"소원이 뭐였는데요?"

"그건 말 못 해."

휘이익!

음악에 맞추어 충동적으로 춘 것 치고는, 제법 어울리는 춤사

위라 그들을 지켜보던 사람들 몇몇이 휘파람을 보냈다.

"비밀로 하려고요? 좋아요. 오늘 가면 쓴 당신이 제법 근사하니까 봐줄게요."

"그건 그렇고, 기대보다 별거 없지? 가면무도회 말이야."

이번에도 짠 것처럼 곡이 끝났고, 루자크는 엘리샤의 몸을 뒤로 젖혀 피날레를 장식했다.

와아아!

사람들이 박수를 쳤다. 몸을 일으키면서 엘리샤가 대답했다.

"아뇨! 난 아주 재밌는데요?"

"뭐가 그리 재밌지?"

"아무도 내가 공작 부인인 걸 모르잖아요."

엘리샤와 함께 이동하던 루자크가 걸음을 멈추곤, 붉은 입술을 씰룩였다.

"그래서 정체를 숨기고 이 남자 저 남자, 다 만나려고?"

엘리샤는 뒤돌아서 웃음을 터뜨렸다.

"자신은 있지만, 그럴 생각 없어요. 당신의 그 말은 나에게는 엄청난 실례라고요. 춤 신청 다 거절하고 당신에게 왔는걸요!"

"음…… 음…… 알겠어. 첫 곡은 나랑 추었으니, 딱 한 명이랑은 허락하지. 어때? 이렇게 너그러운 남자는 처음이지?"

춤 허락 한 번 해 주고는 저렇게 으스대는 모습이라니. 엘리샤는 그런 루자크의 모습이 귀여우면서도 우스워서 저도 모르게 고개를 주억거렸다.

그래도 루자크가 오늘은 몹시도 기분이 좋은 모양이었다. 평상시 같으면 절대로 안 된다고 했을 터였다.

"좋아요, 당신도 다녀오세요. 대신에 다녀와서 질투하지 말 것. 질투하면 지는 거예요. 소원을 들어줘야 할걸요?"

"내가 영 불리한데?"

"그럼 나중에 봐요, 푸른 눈의 신사님."

엘리샤가 윙크를 하면서 루자크의 곁을 폴짝 떠났다.

"그렇다고 정말 새처럼 날아가 버리네."

총총걸음으로 사라지는 빨간 펌프스가 아쉬워 그가 중얼거렸다.

루자크는 다른 여자에게 춤 신청은 하지 않을 생각이었다. 일부러 엘리샤가 사라진 것을 신경 쓰지 않기 위해 그는 와인이 잔뜩 있는 테이블로 갔다.

역시 싸구려들뿐이라 입맛만 버릴 것 같아서 선뜻 손이 가는 게 없었다. 그나마 괜찮을 것 같은 와인을 골라서 잔에 따라 보았으나, 풍기는 향부터가 내키지가 않는다. 숙성도 그렇고, 빛깔도 그렇고, 지금 기분도 그렇고.

하지만 다른 선택이나 대안은 없었다. 그때, 조금 전 그의 곁에 있었던 여자의 목소리가 다시 들렸다.

"마음에 드는 와인이 없으신가요?"

그녀는 상냥함을 가득 머금고 있었지만, 그는 대놓고 불평스럽게 말했다.

"더 이상 할 말 없을 거라 말했을 텐데."

"아뇨. 저한테 궁금한 이야기가 있으실 것 같아서."

"……."

루자크는 더 이상 듣지 않겠다는 듯 그녀에게서 시선을 거두었다. 이런 류의 여자는 한번 대답을 해 주거나 시선을 주면 끈덕지게 달라붙었다.

그러나 그녀의 다음 말은 무시하기가 어려웠다.

"방금 붉은 드레스의 레이디께서 무도회장 밖으로 나가시더라고요. 몇 분 전에는 고양이 가면의 남자분이 먼저 나가셨었고요. 과연 우연일까요?"

탕!

와인병을 세게 내려놓은 루자크가 눈빛 하나 흔들리지 않고 말했다.

"그 이야길 내게 하는 목적은 뭐요? 당신은 누구지?"

"……아뇨. 제가 목적이 따로 있을 리가. 그냥 저는 당신을 돕고 싶었던 것뿐이에요. 붉은 드레스의 레이디를 아끼시는 듯해서 말이지요."

루자크는 잠시 생각에 젖었다. 일단 엘리샤가 다른 남자와 무도회장 밖으로 나갔다는 데서 먼저 분노가 일었지만, 아직 사실 확인을 해 보지도 않았는데 그녀를 의심부터 할 이유는 없었다.

루자크의 눈빛이 변했다. 그러니까 이성적으로 다시 판단해 보자면 그 사실 이전에 지금 눈앞의 이 여자가 자신에게 그걸 왜 알려 주냐는 의심이 남는다.

남자 같았으면 무력으로 제압했겠지만, 상대는 여자였다.

루자크는 그녀에게 처음으로 미소를 지어 주었다. 그것이 비

웃음인지 알게 된 것은 그가 입을 연 후의 일이었다. 그전까지 안나는 푸른 눈의 신사의 미소에 매료될 뻔했었다.

"당신이 나에게 초청장을 보낸 여자로군, 카미엘 영애?"

"……."

순간 여자의 눈이 미세하게 흔들렸지만 그녀는 곧바로 티내지 않고 말했다.

"예? 잘못 짚으셨어요. 그럴 리가 있나요? 저는 그저 무도회를 즐기러 온 사람일 뿐이에요."

푸른 눈동자가 천천히 그녀를 내려다보았다.

"그건 두고 볼 일이지."

그렇게 말한 루자크는 무도회장 안쪽으로 더욱 파고들어 갔다. 그 모습을 본 안나는 미소를 유지한 채, 드레스 자락을 붙잡고 그와 정반대로 걸어갔다.

*　　*　　*

엘리샤는 드레스 자락을 들고 곧장 보이는 정원으로 향했다. 그곳은 정원이라고 해 보았자 본성에 비하면 협소했고, 그마저 혹독한 추위에 수풀 더미와 고목들만 몇 그루 남아 있었다.

작은 조각상 아래에서 고양이 가면의 남자가 구두를 신은 채 발목을 까딱거리고 있었다.

"콜린, 맞죠?"

"내 목소리 모르는 건 아니잖아?"

"나인 줄은 어떻게 알았어요?"

"아까 본성에서 마차에 오르는 걸 봤어."

"윽. 그랬군요."

"그건 뭐, 중요한 게 아니고."

엘리샤 역시 그 점에는 동의한다는 뜻에서 가볍게 고개를 끄덕였다.

"어젯밤 그 여자가 날 찾아왔어."

"누가요?"

"카미엘 영애. 나에게 초청장을 주러 왔더군. 네가 여기 참석하니까 관심이 있을 거라면서 날 자극하더라고."

콜린의 이야기를 들은 엘리샤는 어안이 벙벙해졌다.

"네? 도대체 그녀가 왜 그랬을까요?"

"모르지 그건. 아무튼 좋게 보이지는 않아. 네 생각은 어때?"

생각을 더듬던 엘리샤의 보라색 눈이 반짝거렸다.

"저 역시 그래요. 정말로 이상해요. 하필 오늘 각하께서도 무도회에 참석했는데…… 잠깐. 그럼 그에게도 그녀가 초청장을 보냈을 가능성이 있겠…… 읍!"

"……쉿!"

수풀이 살짝 흔들리는 것을 포착한 콜린이 곧장 엘리샤의 입술을 틀어막은 후, 수풀 뒤를 노려보았다.

이내, 콜린은 조심스럽게 그 뒤로 가서 살펴보았다. 그러자 수풀 가지에 걸렸던 것인지 조그만 천이 보였다.

"왜요, 콜린?"

"이것 봐. 누군가 여기서 우리 이야길 몰래 엿들었어."

"맙소사."

콜린이 흰색의 천 조각을 보여 주자, 엘리샤는 놀라서 양손으로 제 입을 가렸다.

"증거로 갖고 있어야겠어요. 우리 곧장 무도회장으로 가요. 범인이 만약 그녀라면, 당신 말대로 일부러 당신과 각하를 초청한 게 틀림없어요."

"먼저 가. 함께 가는 건 그 여자에게 먹잇감을 주는 꼴이니까."

엘리샤는 고개를 끄덕이곤 천을 챙겨서 사라졌다. 정원에서 무도회장까지의 거리는 불과 십 분이 채 되지 않았다.

그녀가 다시 무도회장으로 들어서자마자, 루자크가 다가왔다. 그의 옆에는 악마 차림의 여자가 있었다.

엘리샤는 직감적으로 그녀가 카미엘 영애임을 깨달았다. 제대로 인사를 나눈 건 아니지만, 얼핏 보았을 때 카미엘 영애는 분명 흰옷을 입고 있었다.

'하지만 어째서 흰옷이 아닌 거지?'

엘리샤가 그녀에게 다가가 말했다.

"잠깐 테라스에서 이야기를 나눌까요?"

"좋아요."

생긋 웃으면서 그녀가 자신만만하게 대답했다.

그녀와 함께 걸으면서 엘리샤는 입술을 질끈 깨물었다. 분명 그사이에 다른 옷으로 갈아입은 게 틀림없었다.

테라스에 도착하자마자 흰색 깃털 가면을 벗은 안나가 바깥 풍경을 내다보았다. 엘리샤 역시 가면을 벗었다. 그러자 안나가 약간 놀라는 기색을 보였다. 그러고는 반갑게 인사를 건넸다.

"어머나, 붉은 드레스의 레이디가 누군가 했더니 바로 공작 부인이셨군요. 흑발이라 전혀 몰라보았는걸요?"

활짝 웃는 안나에 비해, 엘리샤는 다소 굳은 얼굴을 하고 있었다.

"카미엘 영애. 제가 무척 이상한 이야기를 들었어요."

"이상한 이야기라니요?"

"영애께서 저의 남편과 콜린 자작에게 가면무도회의 초청장을 보내셨더군요. 더욱이 콜린 자작에게는 제가 참석한다는 이야기를 흘린 데다, 방금 전 정원에서도 우리 이야기를 엿들었죠?"

조곤조곤 따지는 엘리샤의 말에도 안나는 웃음으로 대처했다.

"어머, 제가 초청을 한 것은 맞지만 그렇다고 그게 잘못된 일은 아니잖아요. 또, 바람을 쐬고 싶어 무도회장 밖으로 나간 것이지, 정원 쪽에는 얼씬한 적도 없는걸요."

그녀는 눈 한 번 깜빡이지 않고 진심으로 억울하다는 얼굴이었다. 누구나 저 표정을 본다면 알면서도 속을 것 같았다.

"제게 증거가 있어요."

엘리샤가 하얀 천 조각을 내밀었다. 그러자 안나가 빙그레 웃으면서 말했다.

"아뇨. 보세요. 저는 지금 검은색 드레스를 입고 있잖아요?"

이야기를 듣고 있던 엘리샤 역시 설핏 미소를 지었다.

"그런데 영애의 가면은 어째서 흰색이죠? 아까 흰색 드레스를 입었던 것 같은데……."

뜻밖의 지적에 안나의 눈빛이 잠시 흔들렸으나 이내 평정심을 찾았다.

"거, 검은색 가면이 마침 없더라고요."

"거짓말, 그건 예정에 없는 검은 드레스로 갈아입었기 때문이죠. 영애는 카일리 후작 부인의 모임에서 머리부터 발끝까지 철저한 준비를 했던 분이잖아요. 당신이 그런 실수를 할 리가 없어요."

엘리샤가 놓치지 않고 말했지만, 안나는 말도 안 된다는 듯 웃어 보였다.

"아뇨, 저도 사람인걸요. 후후, 저는 어째서 우리가 이런 이야기를 나누어야 하는지 잘 모르겠답니다. 공작 부인, 우리는 친구가 아닌가요?"

안나의 말에 엘리샤의 고개가 모로 기울어졌다.

"글쎄요. 저는 이 일이 벌어지기 전까지 우리가 좋은 친구가 될 수 있을 거라 믿었지만, 이제는 잘 모르겠군요. 그럼 이만 실례할게요. 모임 즐거웠어요."

엘리샤가 먼저 뒤돌아서 테라스의 커튼을 휙 젖히고 등을 돌리자 안나가 따라와 엘리샤의 손을 붙잡았다.

"공작 부인, 이렇게 가시면 저는 어떻게 하라고요."

금방 울어 버릴 만치 안나의 검은 눈동자에는 눈물이 그렁그렁 고였다.

두 사람의 가면을 벗은 모습을 본 사람들이 웅성거렸다. 그때 루자크가 그들의 곁으로 다가왔다. 그가 안나를 보곤 말을 덧붙였다.

“역시 아까 그 여자로군.”

안나가 흠칫 놀랐고, 엘리샤가 물었다.

“루자크, 그녀를 알아요?”

“그럴 리가. 그저 아까 나에게 말을 붙이던 천사 차림의 여자가 저 여자인 것 같아서.”

“천사 차림?”

엘리샤의 눈이 가늘어졌다.

“카미엘 영애? 아까 천사 차림을 하고 있었나요?”

안나는 여전히 얼굴색 하나 바꾸지 않고 고개를 설레설레 저었다.

“……아뇨. 저는 처음부터 이 옷을……”

“목소리를 들으니 알겠군. 하얀 드레스의 천사 차림이었어. 분명.”

“아뇨, 그런 적 없어요.”

루자크의 말에 안나가 부정하자, 지나가던 사냥꾼 차림의 남자가 쐐기를 박았다.

“오오, 카미엘 영애는 천사도 잘 어울리지만 악마도 잘 어울리는 것 같소!”

안나가 사냥꾼 차림의 남자를 향해 낮게 웃으면서 말했다. 여유로 가득한 얼굴이었다.

"무슨 말씀이세요. 우린 마주친 적이 없는걸요. 그렇지 않은가요?"

그 눈동자에는 자신의 말에 동조하지 않으면 마가렛에게 전부 말해 버리겠다는 무언의 협박이 들어 있었다. 그러나 애석하게도 다즐 경에게는 그걸 알아들을 만한 눈치가 전무했다.

"응? 아까 분명히 나에게 넘어올 뻔하지 않았소?"

"……."

"으아악!"

다즐 경이 비명을 질렀다.

"매우 불쾌한 말을 하시는군요."

히죽 웃는 다즐 경의 구두 앞코를 밟으며 안나가 말했다. 엘리샤가 그녀를 주시하면서 말했다.

"카미엘 영애, 그만 인정하는 게 좋겠네요."

"……흑, 좋아요. 전부, 전부 제 잘못이에요. 공작 부인, 못난 저를 용서하세요."

안나는 그 자리에서 얼굴을 두 손으로 가리고는, 제 방으로 뛰어 올라가 버렸다.

그 모습에 사람들도 무슨 일인가 호기심이 동한 눈빛들이었다. 하지만 속사정을 모르는지라, 사람들은 저희들끼리 수군대고 있었다.

"……대체 무슨 일일까요?"

"글쎄요, 저 붉은 드레스는 공작 부인인 것 같은데, 그녀에게 카미엘 영애가 뭔가를 잘못했나 본데요?"

"어머, 카미엘 영애가 그럴 리가요?"

"그러게요. 설마 그 착한 카미엘 영애가……."

엘리샤는 자신을 향한 사람들의 수상한 시선이 못내 불편했다. 피해자는 자신인데, 자신이 가해자가 된 것만 같은 이상한 상황이었다.

순식간에 가면 무도회장의 분위기는 싸늘하게 식었다. 루자크가 엘리샤의 손을 붙잡고는 말없이 그곳을 빠져나갔다. 멀리서 고양이 가면을 벗은 콜린이 떠나는 그들을 바라보았다.

이내 장내는 더욱 술렁거렸다. 모임은 더 이상 진행되기 어려워져 있었고, 사람들은 하나둘 떠나갔다.

남은 사람들은 대개 안나를 추종하는 무리의 여인들이었다. 그녀들은 삼삼오오 모여서 저희들끼리 속닥거리기 시작했다. 이윽고, 그들은 안나의 방으로 올라갔다.

그들을 보며 콜린이 고개를 저었다. 여자들 싸움은 끼어들지 않는 게 현명하지만, 어쩐지 일이 이상하게 돌아가고 있었다.

21.
로즈 버드 드레스

본선을 열흘 앞둔 어느 목요일, 오후 티타임을 가질 무렵이었다.

엘리샤는 프티 로즈궁에서 차를 마시면서 홀로 명상을 즐기고 있었다. 따스한 밀크티를 목으로 넘기면서 엘리샤는 모임의 본선에서 '가위'를 어떻게 사용할 것인가? 에 대한 고민 중이었다.

벌써 이틀째 그 생각만 하고 있는데 뇌리에 쏙 박히는 의견이 떠오르지 않았다.

가위를 든 재봉사의 드레스를 만드는 것에서부터 이미 한계점과 함께 한정적인 이미지가 떠오르기 때문이었다. 더욱이 재봉사는, 드레스를 입는 사람이 아닌 만드는 사람이다. 하지만 예선에서처럼 드레스 역시 시선을 사로잡을 수 있는 매력적인 것

이어야만 했다. 차라리 마음껏 테일러 키트를 사용할 수 있다면 마법의 가위질이라도 보여 주었을 텐데.

가위가 도구로 쓰이면서 그 자체로 쇼 이상의 역할을 해 주어야 한다.

"무슨 좋은 생각이 없을까……."

그녀의 재봉 스승에게 도움을 요청했더니, 그는 '그걸 고른 순간부터 네 스스로가 그 방법을 가장 잘 알 거야.'라는 애매모호한 대답만을 해 주었다.

"……으음."

엘리샤는 자신이 그걸 고른 순간을 다시 떠올려 보았다. 자신에게 가장 잘 어울리는 도구가 바로 가위였기에 고른 것이었다.

자신은 옷을 만드는 사람이니까, 그 자체만으로도 충분히 가치가 있을 거라 생각하고서.

덜그럭, 툭툭!

"응?"

바닥에 내려놓은 테일러 키트에서 자그만 소리가 들렸다. 엘리샤가 테일러 키트를 살짝 두드리곤, 웃으며 말했다.

"왜 그래? 얌전히 있어."

달그락달그락!

그러나 도구들은 엘리샤의 주의에도 아랑곳하지 않고 움직거렸다. 엘리샤는 마지못해 테일러 키트의 함을 열었다. 그녀가 손을 대자, 도구들이 너 나 할 것 없이 그녀의 손등에 비벼 댔다. 마치 애완동물 같다고 해야 할까.

"귀여워."

엘리샤는 그중에 가위를 만지면서 중얼거렸다.

"원단을 가르는 모습보다 조금 더 획기적인 게 없을까?"

본선에서 개인이 사용할 수 있는 시간은 아마 오 분 내지 십 분 정도. 그 이상 된다면 보는 사람도 지루할 수 있었다.

더욱이 엘리샤는 평소에 테일러 키트로 옷을 만들었다. 마법 도구 없이 옷을 만드는 엘리샤 자신을 표현하되, 그것이 지루하지 않고 아름답게 느껴져야 했다.

가위로 원단을 가른다. 드레스를 만든다. 그 말을 되풀이하던 엘리샤가 순식간에 스쳐 지나간 생각을 떠올리기 위해 미간을 좁혔다.

"잠깐. 나는 왜 계속해서 드레스를 따로 만들려고 했을까. 그때 마차에서처럼 입고 있는 드레스를 가위로 자르면 되는걸! 그래! 그거구나."

엘리샤가 함지박만 하게 입술을 벌리면서 환하게 웃었다. 자신이 생각해도 꽤 괜찮은 생각이었다. 다만, 상당한 연습이 필요할 것 같았다. 입은 채로 드레스를 재단해서 새로운 드레스를 탄생시키는 것은 말만 쉽지, 결코 쉬운 일이 아니었다.

게다가 그때 느꼈던 것처럼, 짧은 드레스 헴라인에 대해 사람들은 아직 익숙하지 않았다. 엘리샤는 아직도 자신의 짧은 드레스를 본 반트의 표정이 생생하게 떠올랐다.

그렇다면, 오버 드레스를 재단해서 잘라 내어도 다리가 훤히 드러나지 않도록 안에 페티코트를 입어야 한다. 그런 생각에 다다르자, 엘리샤는 문득 프티 로즈궁의 활짝 핀 장미가 눈에 들어왔다.

겹겹이 꽃잎으로 싸여 있는 장미는 마치 드레스를 입은 여인과 비슷했다. 특히나 화사하고 순결한 분홍색 장미는 엘리샤의 머리 색과 비슷했다.

"어쩐지 나랑 닮았어."

생각이 그에 미치자 결정은 1초 만에 내릴 수 있었다. 어쩐지 운명처럼 느껴질 만큼.

분홍 장미. 이번 본선에서의 드레스 디자인 모티브가 정해졌다.

'드레스에 나만의 이야기를 담아내자.'

누구도 만들 수 없는 옷, 엘리샤만이 만들 수 있는 드레스를 만들어 내겠다는 결심을 하자 희열로 들뜬 심장이 쿵쿵, 내리닫았다.

엘리샤는 마법의 초크 대신에 깃펜을 들었다. 머릿속에 여러 벌의 드레스들이 마구 떠올랐다. 이토록 드레스에 대한 영감이 퐁퐁 솟아나는 경험은 처음이었다.

* * *

"흐아아암!"

장미 내음이 물씬 느껴지는 온실 정원에서 눈을 뜨며 엘리샤는 한껏 기지개를 켰다. 그녀의 작업을 위해, 루자크는 로즈궁의 복층에 들어갈 만한 작은 크기의 침대를 구해다 주었다.

가구 장인의 말로는 어린이용이라고 했지만, 체구가 작은 엘리샤에게는 꼭 알맞은 크기였다.

엘리샤는 흐리멍덩한 눈동자를 겨우 비비고는, 침대에서 일어나 슬리퍼부터 찾았다. 연한 미색의 큼지막한 원피스가 그녀의 발목 위에서 찰랑거렸다. 이에 드러난 그녀의 발목을 보드라운 털 뭉치가 다가와서 마음껏 쓸었다.

야옹!

"꺄하, 간지러워!"

엘리샤는 새하얀 털을 가진 아기 고양이를 들어 올렸다. 몽글몽글 하얀 솜사탕처럼 가벼운 몸이 엘리샤의 품으로 파고들었다. 간밤에 찾아온 루자크가 갑자기 이 아이를 두고 간 것이다.

엘리샤는 이번 본선을 위한 드레스를 만드는 동안은 프티 로즈궁에서 지내기로 루자크에게 미리 말을 해 놓은 상태였다.

처음에는 며칠간 떨어져 지내야 하는 상황에 루자크도 못 미더워 하는 눈치였지만, 최대한 엘리샤를 배려해 주겠다고 응해왔다. 그러더니 별안간 이틀 전 이렇게 귀여운 새끼 고양이를 데리고 왔다.

—쥘슨 백작가에서 기르던 고양이가 새끼를 낳았다며 한 마리 선물로 가져왔더군. 나는 고양이 같은 건 귀찮기도 하고, 당신이 더 잘 돌봐 줄까 해서.

말은 그렇게 했지만, 리나의 말에 의하면 사정이 좀 달랐다. 회의에 참여하러 온 쥘슨 백작이 딸을 위해서 이 고양이를 경매소에서 귀한 값을 주고 데려왔는데, 공작 각하께서 보자마자 이렇게 말했다고 한다.

—줠슨 백작, 하얗고 작은 것이 공작 부인을 꼭 닮지 않았나? 누구보다 그녀가 잘 길러 줄 것 같은데.

물론 그 이야기를 들은 줠슨 백작은 난처한 얼굴이 되었지만, 본래 치른 값의 열 배를 받아서 돌아갔으니 훨씬 더 이득을 본 셈이었다.

세레스 섬이 고향인 이 이국적인 고양이의 종류는 세루비안 캣. 하얗고 풍성한 털과 쫑긋 선 귀, 탐스러운 꼬리, 오밀조밀한 이목구비가 예뻐서 무척이나 귀한 몸인데다가 우아하고 귀족적인 성격이라고 했다. 게다가 눈동자는 오드 아이인 경우가 많은데, 요 녀석은 왼쪽은 엘리샤처럼 보라색 눈동자, 오른쪽은 루자크처럼 푸른색이었다.

"넌 아무래도 일반적인 고양이는 아니구나? 이렇게 애교가 많은 걸 보면."

엘리샤는 웃으면서 고양이를 내려놓고는 장미들을 둘러보았다.

"음, 오늘 아침 물 주기는 내가 해 볼까?"

정원을 관리하는 정원사들이 있었지만, 그러려면 혼자 있는 시간을 방해받을 것 같았다. 게다가 장미를 돌보는 일이 그녀에게는 그리 어려운 일이 아니었다.

엘리샤는 양손을 들고는 허공에 주문을 외웠다.

'만물이 이로써 시작되나니.'

허공에 움직이는 원형의 물 덩어리가 생성되더니, 이윽고 그것이 떠돌면서 장미들에게 물을 흩뿌렸다.

물을 마신 장미들이 한층 싱그러워지는 모습을 보면서 엘리샤는 가볍게 미소를 지었다.

'잠금 해제!'

턱! 턱! 턱!

엘리샤의 주문에 창문들이 일제히 열렸다. 다행히도 볕이 잘 드는 유리 창문이 여기저기 많이 달려 있던 탓에 온실은 통풍이 좋았다.

환기를 하는 동안 엘리샤는 아침을 기다리면서 빼꼼 고개를 내밀고 있는 고양이를 불렀다.

"야옹아, 이리 와."

냥—

쪼르르. 앙증맞은 다리로 아장아장 고양이가 다가왔다. 엘리샤는 포실포실한 엉덩이와 분홍색 젤리 발바닥을 자신의 뺨에 비볐다.

"가만, 그러고 보니 아직 네 이름이 없네."

엘리샤는 고양이 털을 쓰다듬으면서 곰곰이 생각했다.

"음, 루루? 아니야. 루루는 너무 여성스러우니까 로로로 하자. 이렇게 예쁘면서 남자라니…… 아무튼 네 이름은 이제부터 로로야."

"냐아옹."

"네 이름이 지어지는 중요한 순간인데 하품하는 거야?"

자그만 주둥이를 잔뜩 벌리고 하품과 기지개를 동시에 하는 로로를 토닥여 주었다. 로즈궁에 있는 동안 어느새 날이 밝았다.

"좋은 아침입니다, 마님."

예상했던 밝은 하이톤의 리나 목소리가 아닌 중저음의 공손한 목소리가 들려왔다.

"앗."

엘리샤는 로로를 안은 채, 나가서 문을 열었다. 마주친 얼굴은 반트였다.

"랜디어스 경이셨군요. 저는 리나가 오는 줄 알았어요."

엘리샤의 말에 반트가 안경을 들어 올리면서 말했다.

"아, 체임버러 양은 마님을 찾아온 손님께 양해를 구하고 있는 중입니다."

"손님…… 이라고요?"

테본에서는 자신을 찾아올 손님이라고는 거의 없을 텐데, 누구인지 감이 잡히지 않았다. 반트는 조심스럽게 다음 말을 꺼냈다.

"예, 마님께서 드레스 작업을 하시는 동안 그 어떤 방해도 받고 싶어 하지 않으시는데다 손님 역시 돌려보내라는 지시를 받았습니다."

"아, 저는 그런 지시를 내리지 않았는데."

엘리샤의 눈이 동그래졌다.

"각하께서 내리셨습니다."

"아……."

루자크가 자신을 위해서 그리 명을 내린 모양이었다. 하지만 그렇다고 해서 찾아온 사람을 돌려보내는 건 너무한 것 같았다.

"혹시 저를 찾아온 손님이 누구인가요?"

"카미엘 영애였습니다."

"……카미엘 영애라고요?"

얼마 전 불미스러운 사건을 떠올린 엘리샤는 살짝 미간을 찌푸렸다. 그녀가 대체 무슨 염치로 자신을 찾아온 걸까? 의아한 동시에 궁금증이 일기도 했다.

"예, 마님께 사과를 드리고 화해를 요청하고 싶다고 들었습니다만."

"아…… 그런가요?"

"예, 계속해서 마님을 뵙고 싶다고 하시는 바람에 체임버러 양이 조금 곤란해하는 모양입니다. 어떻게 할까요? 만나 보시겠습니까?"

반트의 말에 엘리샤는 살짝 갈등했지만 리나에게 모든 것을 맡길 수는 없다는 생각이 들었다.

"제가 만나 볼게요."

"예, 그럼 이쪽으로 카미엘 영애를 모실까요?"

엘리샤는 고개를 저었다. 자신만의 공간을 그녀에게 보여 주고 싶지 않았다. 더욱이 이곳 프티 로즈궁에는 엘리샤의 소중한 물건인 테일러 키트와 본선을 위한 드레스의 옷본들, 테스트용으로 만들고 있는 드레스들이 널려 있는 곳이었다.

"아뇨. 제가 직접 가겠어요."

"알겠습니다. 혹시 몰라서 마님께서 오르실 마차도 함께 대기시켜 놓았습니다."

"경께서는 말하기 전에도 제 마음을 잘 아시는 것 같아요. 완벽하게 준비해 주셔서 늘 고마워요."

"그것이 제가 할 일이니까 당연합니다. 식사 후에 곧장 가시겠습니까?"

"네, 그럴게요. 옷을 갈아입을 시간까지 더하면 카미엘 영애가 최소 한 시간은 더 기다려야 할 것이라고도 전해 주세요."

"알겠습니다."

'용서를 구하러 온 사람이니까 그 정도는 기다리겠지?'

그리 말하면서도 엘리샤는 언제나 남을 먼저 생각하며 살아온 탓에 그녀가 기다리는 시간이 길어질까, 자연스럽게 식사 속도가 빨라졌다.

샐러드와 고기를 넣은 호밀 빵과 수프만을 우물우물 삼킨 후 물을 마신 엘리샤는 자리에서 일어섰다.

냐아—

로로가 엘리샤의 꽁무니를 졸졸 따라오자, 그녀가 쪼그려 앉아 로로와 시선을 맞추며 말했다.

"로로, 잠시만 혼자 있을 수 있지?"

밖에서 대기하던 반트가 그 모습을 보고 있었다. 그녀가 몸을 일으키자, 또다시 로로가 엘리샤의 뒤를 쫄래쫄래 따라왔다. 고양이들은 무척 도도해서 사람을 잘 따르지 않는다고 들었는데, 로로는 처음 본 날부터 엘리샤를 무척 잘 따랐다.

"에고, 혼자 있기 싫구나. 어쩌지?"

"무슨 일이십니까, 마님?"

엘리샤가 자꾸 걸음을 멈칫거리는 모습에 반트가 결국 물어왔다.

"아…… 아직 어려서인지 고양이가 혼자 있으려고 하지 않아요. 그래서 말인데요…… 랜디어스 경, 부탁이 하나 있어요."

엘리샤가 눈을 반짝이면서 말을 걸어오자, 반트는 살짝 땀이 흐르는 것 같았다.

'설마 고양이를 봐 달라는 부탁을 하시려는 것은 아니겠지?'

"제가 카미엘 영애를 만나는 동안만 우리 로로를 보살펴 주실 수 있을까요?"

"로로라면, 이 고양이 말입니까?"

그 설마가 맞았다.

"네, 맞아요. 얼마나 사람을 잘 따르는지! 꼭 강아지 같아요. 정말 사랑스러운 생명체에요. 그렇죠?"

엘리샤가 로로를 안아 들어서 반트의 품에 건네주었다. 그러나 반트의 몸은 이미 돌처럼 굳어 있었다. 그가 마지못해 대답했다.

"……예."

청결함을 인생의 모토로 삼고 사는 그에게 털을 가진 동물은 닿고 싶지 않은 것들 중 하나였다. 고양이 역시 그가 싫은지 버둥거렸다. 날카로운 울음과 함께.

덕분에 접촉 부위가 더 늘어난 탓에 반트는 곤란한 표정을 지었다. 그가 다급하게 주위를 둘러보자 마침 눈에 띄는 바구니가 있었다.

마님의 식사를 담아 온 바구니였다. 식기류를 헝겊에 싸서 따로 정리한 그는 바구니에 곧장 새끼 고양이를 넣었다.

"어머? 로로가 쏙 들어가네요?"

그 모습을 보던 엘리샤는 사정도 모르고 빙그레 웃었다. 고양이를 모셔야 한다니, 차라리 루자크를 두 명 모시는 게 더 낫겠다고 반트가 생각했다.

"어서 오르시지요."

그가 마차의 문을 열어 엘리샤를 태우고는, 가는 동안만이라도 그녀와 함께 있으라고 고양이가 든 바구니도 옆 좌석에 두었다.

* * *

안나는 눈망울을 데루룩 굴리면서, 마주앉은 시녀장에게 눈물로 호소하고 있었다.

웬만한 남자들 수십을 홀리고도 남은 눈물 작전이었지만 여자에게 사용하는 건 처음이었다. 벌써 리나의 손수건을 세 장째 적신 그녀는 그저 호의에서 한 행동이었다고 되풀이해서 주장하고 있었다.

여기 앉아 한 시간째 울고 있으니 이쯤 되면 공작 부인도 나와 볼 터였다. 그녀가 그렇게 모진 심성이라고는 여겨지지 않았다.

"영애, 그만 우시고 진정하세요. 저는 그저 공작 부인의 명을 따르는 시녀일 뿐이랍니다."

"그래도 눈물이 멈춰지지가 않아요. 나는 공작 부인을 뵙기 전까지는 돌아갈 수 없어요. 훌쩍."

리나 역시 무척이나 곤란했다. 귀족가의 아가씨가 자신 앞에서 이렇게 처연하게 울 줄은 몰랐거니와, 마님께서도 그녀의 행동에 대해서 정확히는 듣지 못했을 터였다.

자신이 일부러 캐물을 수도 없었다. 그러니 일방적으로 카미엘 영애의 이야기만 듣고 추리할 뿐이었다.

아무튼 이렇게 용서를 빌겠다고 눈물을 계속 흘리는 걸 보면, 지난 가면무도회에서 그녀가 마님께 무슨 잘못을 한 게 틀림없었다.

만인의 선망을 받기도 하고, 카일리 후작 부인의 애정을 듬뿍 받는 카미엘 영애가 이러고 있는 것을 보니 조금 안쓰러운 마음이 들기도 했다. 하지만 그건 그거고, 자신은 무조건 마님의 편이었다.

그러고 보니 후작가의 메리 언니가 카미엘 영애의 이야기를 할 때 왠지 못마땅한 표정을 지었던 것도 같은데, 구체적인 언급은 하지 않았으니 판단하기도 애매했다.

그때였다. 시녀 데이지가 응접실에서 손님을 맞이하고 있는 리나를 따로 불렀다.

“시녀장님, 마님께서 프티 로즈궁에서 돌아오셨어요. 급히 단장을 마치실 테니, 조금 후에 손님을 뵙겠다고 하셨구요. 그러니 영애를 서재로 모시면 될 듯합니다.”

“앗, 그러니? 알았어.”

다시 카미엘 영애에게로 돌아온 리나가 차분하게 말했다.

“마님께서 본성으로 돌아오셨대요. 영애를 뵙자고 하셨어요. 조금 뒤에 안내해드리겠습니다.”

“……저, 정말인가요?”

그제야 안나는 남은 눈물을 닦아 내었고, 마음을 진정시키려고 애를 쓰는 것 같았다. 고급스러운 찻잔에 새끼손가락을 감고는 조용히 따뜻한 차를 한 모금 마시는 모습은 티 없이 잘 자란 레이디로 수도의 어느 명문가의 영양과 견주어도 부족함이 없었다.

많은 귀족가의 레이디를 보아 온 리나마저도 안나는 세련되고 잘 교육받은 아가씨라는 것을 알 수 있었다. 그러나 그녀의 가면을 꿰뚫어 보지는 못했다.

몇 분 후, 시녀 데이지가 다시 와서 고개를 끄덕여 신호를 주었다. 준비가 다 되었다는 뜻이었다. 리나가 말했다.

“카미엘 영애, 저를 따라오도록 하세요.”

“네.”

안나는 조신하지만 위풍당당한 자태로 주변을 두리번거리면서 리나의 뒤를 따라갔다.

테본의 군주가 위대한 줄은 알았지만, 이 정도일 줄은 몰랐다.

성에 들어가면 갈수록 그 아름다움과 위용에 감탄을 하면서도 그녀는 입술을 굳게 다물었다.

제아무리 부자라고 해도, 자작가와 공작가의 차이는 엄연하게 컸다. 굳이 비교하자면 하늘과 땅 차이랄까. 그러나 펜블렌 공작 부인 역시 시집을 잘 온 것뿐이지 않은가. 안나는 입꼬리를 슬쩍 들어 올렸다.

수도에 있는 먼 친척에게 이야기를 들은 바 있었다. 루비츠가의 서녀 엘리샤는, 사교계에 진출도 하지 못했었다고. 루비츠가의 진짜 아가씨는 따로 있다고 말이다. 소문에는 하녀 취급을 받았다는 이야기도 있었다.

아무리 자신보다도 높은 신분의 핏줄이라고는 하나, 손에 물 한 번 묻혀 보지 않고 자란 자신보다 그녀가 나은 점이 있으리라는 생각은 들지 않았다.

그러나 드레스를 만드는 재봉 실력 하나만큼은 인정할 만했다. 모임에 들어오자마자 두각을 나타낸 그녀의 활약을 보고 사실 깜짝 놀랐었다.

웅장하고 넓은 복도를 지나, 삼 층 공작 부인의 서재에 다다랐다. 시녀장이 고했다.

"마님, 카미엘 영애를 모셔 왔습니다."

"들어오시라 하세요."

어쩐지 목소리가 살짝 굳어 있었지만, 이미 자신을 만나기로 했다는 것부터 끝난 게임이었다. 안나에게는 공작 부인의 마음을 되돌릴 자신, 아니 확신이 있었다.

이윽고 문이 열리자, 안나는 빛이 쏟아지는 것을 느꼈다. 그러나 그것은 공작 부인의 드레스 원단에서 흐르는 광택이었다.

안나의 눈동자가 부지런히 움직였다. 푸른빛이 도는 연보라색 새틴은 하늘의 청명함과 평온함이 그대로 담겨 있었다. 더욱이 자연스러운 드레이핑 외에는 아무런 장식이나 재단도 없었는데도 전체적인 볼륨이나 라인이 아름다운 옷이었다.

곧장 마주치는 보라색의 커다란 눈동자가 제법 서늘했다. 안나는 즉시 미소를 지으면서 자신의 드레스 자락을 붙잡고 공손히 인사를 올렸다.

"공작 부인을 뵙습니다."

드레스 끝자락을 붙잡은 안나는 엘리샤가 본 그 어느 때보다 얌전한 베이지색 드레스를 입고 있었다. 이쯤 되면 따스한 인사를 건네줄 법도 하지만 엘리샤는 그럴 마음이 생기지 않았다.

"무슨 일로 오셨나요, 카미엘 영애?"

안나는 잔뜩 부은 눈을 끔뻑이다가 이내 한숨 섞인 목소리로 어렵사리 말을 꺼냈다.

"……공작 부인께 용서를 구하고 싶어서 왔어요."

그 말에도 엘리샤는 잠잠했다. 안나가 입술에 침을 묻히며 말을 이었다.

"저는 공작 부인과 콜린 자작께서 친한 사이라고 하시기에 함께 무도회를 즐기면 좋을 거라고 생각해서 초대한 것인데, 제 생각이 짧았어요."

"영애의 생각을 이해할 수가 없어요. 나의 남편인 공작 각하께도 몰래 초청장을 보냈더군요. 정식으로 초청을 할 거였다면 나에게 보낼 때 함께 보냈어야 해요. 당신은 모든 걸 은밀하게 처리하려고 했어요. 게다가 콜린 자작과 나의 이야기를 엿들으려고 한 행위는 더욱이 이해가 되지 않아요. 대체 의도가 뭐였죠?"

엘리샤가 조목조목 따져 묻자 안나의 눈에서 소리 없이 눈물이 주르륵 굴러 떨어졌다. 그 모습을 본 엘리샤는 내키지 않았지만, 조용히 손수건을 테이블 위로 밀었다.

"부인, 흑. 저는…… 부인과 친구가 되고 싶었을 뿐이에요. 그래서 부인이 좋아하는 분들을 모두 초대해서 기쁘게 해 주고 싶었어요. 또 이야기를 엿들은 게 아니라, 그곳을 지나가다가 우연히 그렇게 된 거였어요. 믿어 주세요. 이런 일로 부인을 잃고 싶지 않아요."

안나가 눈물을 훔치면서 말했다. 그녀가 우는 모습을 보자 엘리샤의 마음도 좋지 않았다. 엘리샤는 한참 생각에 잠겼다가 물었다.

"영애의 말들이 전부 진실인가요? 사실 영애가 그런 행동을 하리라고는…… 나도 상상도 못 했어요."

"네, 모든 것은 오해였던 거예요."

안나가 엘리샤의 손을 꼭 붙잡고는 말했다.

그녀의 말을 오롯이 믿고 싶지는 않았지만, 이렇게 사과하니 딱히 더 화를 낼 수도 없었다. 불편하고 더 이상 신경 쓰고 싶지 않았다.

"지난 일은 더 이상 마음에 담아 두지 않을 테니, 이만 돌아가세요. 본선 준비로 바쁠 테니까요."

엘리샤가 담백하게 말하자, 안나는 고개를 저으며 말했다.

"정말 고마워요. 이대로는 너무 아쉬워서 가지 못할 것 같아요. 잠깐 본성을 둘러보고 가도 될까요? 들어온 것만 해도 너무나 영광이지만 근사해서 하나하나 눈에 새겨 두고 싶어요."

이내 울음을 그친 안나가 희미하게 미소를 지으면서 말했다. 어쩐지 그 모습을 보니 그녀도 아직 어리구나, 하는 생각이 들었다.

엘리샤는 누그러진 얼굴로 고개를 주억거렸다.

"그럼 잠깐만 보고 가도록 해요."

"고마워요, 공작 부인. 저어…… 그런데 나이를 여쭈어 봐도 될까요? 제가 한두 살 많을 것 같지만 말이에요."

"열여덟 살이에요."

"어머, 제가 한 살 더 많군요. 생각할수록 공작 부인과는 맞는 구석이 많아요. 사실 또래 친구가 없거든요."

의외였다. 늘 사람들에게 둘러싸인 그녀는 친구가 많아 보였던 터였다.

"당신은 인기가 많지 않나요?"

"풍요 속의 빈곤이죠. 진정으로 속마음을 터놓고 지내는 친구는 없어요. 나의 화려한 면모만 보고 다가와서 이득을 취하곤 남의 뒷담화를 하는 게 그들의 전부에요. 내가 사교활동을 하지 않으면, 그들도 내 안부도 묻지 않을 거라고요."

안나가 어깨를 추욱 늘어뜨리면서 말했다. 잠자코 이야기를 듣고 있던 엘리샤가 그녀의 어깨를 토닥였다.

"그렇지 않아요. 당신이 얼마나 사람들에게 많은 사랑을 받고 있는데요. 모두들 카미엘 영애를 선망하고 있어요. 나 역시 그랬고요."

엘리샤의 말을 들으면서 안나는 또다시 왈칵했는지 뺨에 한 줄기의 눈물을 흘렸다.

"고마워요. 감동했어요, 부인. 저어…… 우리, 서로 이름으로 부르는 게 어떨까요? 어린 시절 친구들처럼요."

안나가 엘리샤를 와락 끌어안고는 말했다. 덕분에 드레스 앞섶이 축축해지는 걸 느낀 엘리샤가 머뭇거리자, 안나가 말했다.

"그렇게 해도 되겠지요? 부인의 이름은 엘리샤, 엘리샤가 맞으시죠? 저, 너무너무 기뻐요."

그녀도 외로움을 많이 타는구나 하는 생각이 들었다. 이름을 부르는 것 정도는 어려운 일은 아니었다. 엘리샤가 살짝 고개를 끄덕이자, 안나가 말했다.

"엘리샤. 저도 안나라고 부르세요."

"알겠어요, 안나."

엘리샤가 그리 대답하자, 안나는 언제 울었냐는 듯 한층 밝아진 얼굴이었다.

"이름으로 부르니까 훨씬 좋은데요, 엘리샤?"

안나가 그리 말하며 웃었다. 엘리샤 역시 안나와 오해를 푼 것은 좋았지만, 어쩐지 그녀가 너무 적극적이라는 생각이 들었다. 게다가 이제 본선을 준비할 시간도 별로 없었다. 그런 엘리샤의 머릿속을 꿰뚫은 것처럼 안나가 말했다.

"엘리샤. 그러고 보니 본선 준비로 바쁘실 시기네요. 그럼 본성 구경은 다음에 하도록 할까요?"

"네, 괜찮다면 그렇게 해요."

엘리샤는 다행이라며 안도의 한숨을 쉬었다. 안나가 그만 돌아가야 드레스 작업에 몰두할 수 있을 터였다.

그러나 안나는 금방 돌아갈 생각이 없는지 꼬리에 꼬리를 무는 대화를 시작했다.

"본선의 소품으로 엘리샤가 고른 게 아마 가위였었죠? 참 놀라웠어요. 그래서 더욱 궁금해요. 어떤 드레스를 선보이실지…… 드레스 준비는 수월하게 하고 계신가요?"

"그럭저럭 노력 중이에요."

엘리샤는 최대한 말을 아끼기로 했다. 무언가 더 자세한 대답을 기대했던지 아쉬워하며 안나도 짧게 대답했다.

"그렇군요."

"안나는 왕관이었던가요? 본선에서 멋진 모습 기대할게요."

"네, 왕관에 어울리는 드레스는 예전에 제작한 것으로 하려고 해요. 몹시 화려하지만 그 드레스만큼 왕관을 돋보이게 하는 의상은 없거든요. 하지만 추가로 망토를 만들어야 해요. 망토 스케치한 것이 있는데 한번 보시겠어요?"

"아, 안나. 그럴 필요는 없어요."

안나의 행동에 엘리샤는 양손으로 저지했다. 본선에서 공개될 드레스를 미리 본다는 게 아무래도 마음에 내키지가 않았다.

"망토를 제작하는 데 고민이 되어서 그래요. 의견을 좀 주세요."

엘리샤의 만류에도 안나는 굳이 망토를 그린 옷본을 보여 주었다. 자줏빛의 금테를 두른 망토였다.

"이런 모양인데 망토가 너무 화려할까요?"

"그 정도면 괜찮은 것 같아요. 왕관과도 잘 어울릴 거예요."

그러자 안나가 웃으며 말했다.

"엘리샤가 그리 말해 주니 안심이 되네요. 우리 테이블 사람들은 내가 알아서 해 주기만을 바라고 있어요."

적당히 받아쳐 줄 말을 생각하지 못한 엘리샤가 그냥 웃음으로 때우자, 안나가 은밀하게 말했다.

"이번 드레스는 왕관과 어울리는 황금빛 드레스가 될 거예요."

"그렇군요. 아름답겠네요."

"엘리샤는 드레스 색깔이 무슨 색이에요?"

은근하게 정보를 캐내려는 사람처럼 안나가 넌지시 물었다.

"드레스 색은 왜 물으세요? 적어도 황금색은 아니에요."

엘리샤의 단호한 대답에도 안나는 노여움 없이 대답했다. 웃는 얼굴 하나만큼은 참으로 선해 보였다.

"가위와 어울리는 색이 딱히 떠오르지 않아서 그래요. 음, 그럼 제가 맞추어 볼까요? 은색? 검은색? 붉은색?"

"전부 아니에요, 안나."

엘리샤가 고개를 저었다. 그때, 문밖에 있던 리나가 조심스레 고했다.

"마님, 각하께서 잠시 부르시는데 어찌할까요?"

"아, 지금 말인가요?"

엘리샤가 살짝 곤란한 표정을 지었으나, 리나가 고개를 끄덕이며 대답했다.

"네."

눈치 빠른 안나가 슬며시 웃으면서 말했다.

"저는 괜찮으니 잠시 다녀오도록 하세요."

"그래요. 안나, 잠시만 기다리세요."

"네."

엘리샤가 밖으로 나가자, 안나가 한층 편안한 자세로 고쳐 앉았다. 그러고는 생긋 웃으면서 문 앞에서 대기하고 있는 데이지에게 주문했다.

"저기, 차를 한 잔 더 마시고 싶은데."

"네, 곧 가져다드리겠습니다."

이윽고 데이지가 서재를 빠져나가자, 방 안에 혼자 남은 안나는 일어서서 본격적으로 눈동자를 굴렸다. 이곳에는 어느 것 하나 훌륭하지 않은 것이 없는 가구들은 물론이고, 특히나 구하기 귀하다는 재봉기까지 있었다.

드르륵.

책상 서랍을 열어 보자, 옷본이 수없이 들어 있었다. 안나는 그것들을 한 장 한 장 살펴보았다. 전부 훌륭한 디자인들이었다. 안나는 아랫입술을 살짝 깨물고는, 개중에 마음에 드는 몇 장을 슥 둘둘 말아서 소매 안으로 집어넣었다.

"그런데 이상하네. 왜 재봉 도구가 하나도 없지?"

재봉기는 사용감이 별로 없는 것으로 봐서 저걸 사용하는 것은 아닌 듯했다. 그렇다면 여기가 아닌, 다른 곳에서 옷을 만드는 게 아닐까? 문득 그런 생각이 들었다.

이윽고, 누군가의 발소리가 가까워지자 안나는 곧장 다시 의자에 다소곳이 앉았다. 마치 아무 일도 없었던 것처럼.

"차를 가져왔습니다."

"어, 고마워."

티포트와 찻잔을 쟁반에 받쳐서 들고 오던 데이지를 본 안나가 생긋 웃으면서 슬쩍 발을 걸었다.

"어엇!"

전혀 눈치채지 못한 데이지는 발에 걸려 넘어지고 말았다. 기어이 찻주전자와 찻잔은 엎어지고 말았고, 바닥은 난리가 났다.

좌악!

쨍그랑!

"꺄아악! 뜨거워!"

날카로운 비명 소리.

너무 놀란 데이지는 고개를 제대로 들지 못한 채 벌벌 떨었다. 상대는 마님의 손님으로 찾아온 귀족가의 영애였다. 뜨거운 찻물이 영애가 입고 있는 드레스 앞섶에 잔뜩 튀었다.

"괘, 괘, 괜찮으신가요?"

놀라서 말까지 더듬는 데이지를 보면서 안나는 찡그린 얼굴로 말했다.

"아무래도 속살이 덴 것 같구나. 잠시 드레스를 벗어야겠어."

그 자리에서 곧장 안나가 드레스를 벗기 시작했다. 그녀는 금세 하얀 속살이 비치는 코르셋 차림이 되었고, 앞가슴은 찻물에 데여 살이 벌겋게 되어 있었다.

"아아, 네. 가, 갈아입으실 옷을 금방 가져다 드릴게요."

어찌 할 바를 몰라서 허둥지둥거리는 데이지를 보며 안나가 차분하게 말했다.

"설마 네 드레스를 주려는 것은 아니겠지? 그걸 내가 입을 수는 없겠구나. 괜찮으니 차가 마를 때까지 기다려야겠다. 그리고 공작 부인께 이 일을 말씀드려야겠어. 너처럼 잔실수를 하는 시녀는 공작가와는 어울리지 않는다고 말이지."

생글생글 웃는 안나의 얼굴과 내용이 퍽 조화롭지 않아서 데이지는 멍하니 서 있다가, 뒤늦게 이해하고는 얼굴이 잿빛이 되었다.

데이지가 곧바로 그 자리에서 무릎을 꿇었다.

"요, 용서해 주세요, 아가씨."

어느새 데이지의 눈가에는 눈물이 그렁그렁 달려 있었다.

안나는 화사하게 웃으면서 데이지에게 다가와 그녀를 일으켜 세웠다.

"이러지 말렴."

"아가씨, 제발…… 저는 공작가에서 나가면 갈 곳이 없어요."

"걱정 마. 내가 설마 진심으로 말했겠니? 방금은 화가 나서 그랬던 것뿐이란다."

잔뜩 겁먹은 데이지의 볼을 안나가 손등으로 쓸어내리곤 자애롭게 말했다.

"이번 실수에 대해서 너에게 아무런 책임도 묻지 않으마. 대신에 네가 해 줄 일이 한 가지 있어. 할 수 있겠니?"

"무, 무슨 일인지요?"

"별거 아니야. 공작 부인이 본선에서 선보일 드레스 말이야, 그걸 나에게 가져다줄 수 있겠니?"

안나의 말을 들은 데이지가 깜짝 놀라서 고개를 저었다. 본선 드레스가 얼마나 중요한지는 귀띔으로 들어서 대충 알고 있었다. 공작 부인은 그 누구의 방해도 받지 않기 위해서 프티 로즈 궁에서 작업을 하고 계시던 터였다.

그런데 그걸 가져다 달라니…… 말도 안 되는 일이었다.

"예에? 그, 그건…… 그럴 수 없어요."

그러자 안나가 쿡쿡 웃고는 말했다.

"아직도 상황 판단이 안 서니?"

안나가 가슴 앞섶을 열어젖혔다. 가슴 안쪽까지도 찻물에 덴 화상이 붉게 나 있었다.

"넌 귀족의 몸에 상해를 입혔어. 고로 너는 내 손에 죽어도 할 말이 없단다. 아무리 어질고 선하신 공작 부인이라도 원리 원칙을 무시하지는 못할걸? 안 그러니, 얘야?"

"……아. 아가씨."

데이지는 눈앞이 캄캄해짐을 느꼈다. 안나는 그 어느 때보다 선한 미소를 지어 보였다.

*　*　*

“각하, 무슨 일로 부르신 거예요?”

그의 서재로 들어선 엘리샤가 물었다. 그러자 루자크가 자리에서 일어나더니 그녀에게로 다가왔다. 평소와 달리 그는 표정이 굳어 있었다.

“지금 그 여자와 만나고 있다고?”

“네, 랜디어스 경에게 들으셨군요.”

“그런 여자와 굳이 어울릴 필요는 없을 텐데. 믿을 수 없는 여자야. 괜히 여리고 순진한 당신이 상처받을까 봐 걱정이 돼.”

“그녀가 용서를 구하러 왔어요. 한 번 더 기회를 주려고요. 하지만 두 번 이상 나를 속이고 기만한다면, 나도 더 이상 상대하지 않을 거예요.”

“당신이 알아서 잘 처신하리라 믿지만, 혹시 모르니 조심하는 게 좋겠어.”

“그럴게요, 루자크.”

루자크가 엘리샤의 이마에 입술을 쪽 맞추었다.

“안나가 혼자 제 방에 있어서 다시 가 볼게요. 그녀를 보내고 나면, 당신과 점심을 먹고 싶어요.”

그러자 루자크의 표정이 한결 밝아졌다.

“듣던 중 반가운 소식이야. 요즘 당신 없이 식사하니까 입맛도 떨어지더군. 어서 그 여자를 보내고 와.”

“알겠어요.”

루자크마저 저리 말하니, 엘리샤는 한층 마음 한구석이 찝찝해짐을 느끼며 등을 돌렸다.

엘리샤가 자신의 서재로 도착했을 때, 안나는 얼굴을 양손으로 감싼 채 슈미즈 드레스 바람이었다.

"세상에, 안나! 무슨 일이에요?"

"아, 별거 아니에요. 차를 마시다가 실수해서 드레스에 쏟았지 뭐예요?"

"저런, 어디 좀 봐요."

"정말 별거 아니에요."

안나가 앞섶을 가렸는데도 얼핏 화상 자국이 보였다. 다친 사람을 그냥 둘 수는 없었다.

"다쳤잖아요. 많이 아프지 않은가요?"

엘리샤는 문 앞에서 넋 나간 사람처럼 멍하니 서 있는 데이지에게 말했다.

"데이지. 차가운 물수건을 좀 가져다줘."

"예, 마님!"

곧 데이지가 물수건을 가져오자, 엘리샤가 직접 안나의 상처 부위를 닦아 주려 했다.

"제, 제가 하겠습니다. 마님."

데이지가 간절한 눈빛으로 자청해서 그리 말하자, 엘리샤도 선선히 물수건을 내주었다. 그런 그들의 반응을 즐기듯, 안나는 가볍게 얼굴을 찡그리면서도 입가에 미소를 지우지 않았다.

"안나. 옷이 금방 마르지 않으니 내 것이라도 입고 가요. 오늘은 이만 가서 푹 쉬는 게 좋겠어요."

엘리샤의 말에 안나도 고개를 주억거렸다.

"엘리샤에게 폐만 끼치고 가는 것 같아서 마음이 무거워요. 그리고 고마워요."

"아니에요. 데이지, 리나에게 가서 안나에게 내어 줄 드레스를 골라 달라고 말해 줘."

"네, 알겠습니다."

곧 리나가 테본식의 드레스 두 벌을 골라서 가져왔다. 드레스를 보자, 안나는 다친 사람답지 않게 좋아하는 기색이 역력했다.

디자인은 수수했지만, 한눈에 보기에도 고급스러운 원단으로 만든 드레스였다.

"어느 것으로 할래요?"

엘리샤의 물음에 안나는 빠르게 선택했다.

"음…… 이것으로요."

안나는 다마스크 천으로 만든 자줏빛 드레스를 골라 입었다. 척 보아도 더욱 값비싸 보이는 드레스였다. 그러나 엘리샤는 딱히 아쉽지는 않았다.

리나가 알아서 그녀가 자주 입지 않는 옷으로 골라 가지고 온 것이었다.

"잘 어울리네요."

"옷이 몸에 착 감기는 것이 원단이 너무 좋군요. 고마워요, 엘리샤. 이런 재질은 처음 입어 봐요."

"아, 그건 다마스크라고 하는 고급 원단이에요. 옷을 만드는 카미엘 영애가 모르는 원단도 있었군요?"

엘리샤가 신기한 눈으로 안나를 바라보며 묻자, 그녀가 곧바로 부정하며 뒤늦게 생각난 듯 말했다.

"아, 아뇨. 그러고 보니 아버지께서 커튼에 사용하신 것 같기도 하네요. 정확한 이름을 몰랐을 뿐이에요."

"그럴 수도 있지요. 안나, 피곤할 텐데 어서 돌아가서 쉬도록 하세요."

"네, 다음에 뵙도록 해요. 본선에서 기대하겠어요."

"저도요. 잘 가요."

안나가 올라탄 카미엘 자작가의 마차가 떠나는 모습을 확인한 후에야, 엘리샤는 발걸음을 돌릴 수 있었다.

어쩐지 마음이 편안해지면서도 왠지 모르게 찜찜했다. 그러나 기왕 용서하기로 했으니 그녀에게 한 번 더 기회를 주고 싶었다. 사람은 누구나 한 번 실수를 하는 법이니까.

"아, 내 정신 좀 봐. 각하와 점심을 하기로 했는데 시간이 너무 지체되었어요."

"네, 마님. 문홀로 바로 가시면 될 거예요. 각하께서는 이미 이동하셨다고 해요."

"그렇군요. 어서 가야겠어요."

엘리샤는 그가 기다릴까 봐 총총걸음으로 달려갔다.

문홀로 가자, 테이블 앞에 앉아서 책을 보고 있는 루자크의 모습이 보였다. 목을 덮는 단정한 갈색 재킷과 흰색의 셔츠를 입은 그는 여느 때보다 여유로워 보여서 엘리샤 역시 기분이 좋았다.

자신을 기다리고 있느라 음식을 두고도 책을 보고 있는 그에게 살짝 미안해진 엘리샤가 조심스레 말했다.

"각하, 많이 기다리셨던 거예요?"

그러자 책을 덮고는 엘리샤를 향해 따스한 시선을 보내며 루자크가 말했다.

"아니야. 즐기고 있었지. 당신이 언제 저 문을 열고 들어올까 하고 말이야."

느닷없이 들려온 말에 엘리샤의 기분이 달콤해졌다.

"맙소사, 오늘은 디저트를 생략해도 되겠는데요?"

"디저트는 나로 대신할 건가? 엉큼한데."

그리 농을 던진 루자크는 자신이 생각해도 퍽 우스운지 아랫입술을 들어 올렸다.

곧이어 그들에게 따끈한 음식을 나르기 시작하는 반트의 얼굴을 살핀 엘리샤가 입가에 쉿, 손을 올렸다.

"저는 신경 쓰지 않으셔도 됩니다, 마님. 각하의 농담에는 내성이 있습니다."

"하하, 그러시군요."

화기애애한 분위기에서 시작된 점심은 만족스러웠다. 멋스러운 은제 식기에 담긴 음식들을 먹으니 다시 일할 기운이 나는 것만 같았다. 입으로 오물거리면서 샐러드에 집중해 있는 엘리샤를 보던 루자크가 나른한 목소리로 말했다.

"프티 로즈궁의 이름을 엘리샤의 공방으로 바꿔야겠군."

"나쁘지 않은데요?"

엘리샤가 튀긴 닭을 포크로 콕 찍어 먹으면서 대답했다.
그러자 루자크는 고개를 저으면서 말했다.
"……실언했어. 당신 없는 침실에서 지내려니 죽을 것 같은데."
그 이야기를 들은 엘리샤가 피식 웃고 말았다.
"혼자 두어서 미안해요. 루자크, 조금만 더 참아 줘요."
"참는 데에도 한계가 있다는 것만 알아 둬."
그 말은 진심이었다. 엘리샤의 작업을 위해 그는 가능한 그녀를 배려하고 있었다. 엘리샤를 침실에서 안은 지 삼 일만 지나가도 그는 참기가 힘들어진다는 걸, 그녀는 전혀 모를 터였다.
"고양이는 로즈궁에 두고 온 건가?"
"아, 랜디어스 경께 맡겨 두었는데, 그러고 보니 로로는 어디 있어요?"
그러자 반트의 얼굴이 새하얘지더니, 어색하게 웃으며 말했다.
"저보다 적임자를 만난 것 같아 잠시 맡겼습니다."
"적임자라고요?"
"예."
갸르릉!
그러고 보니 주방 안쪽에서 희미하게 고양이 소리가 들리는 것 같았다.
"저건 기분 좋을 때 내는 소리에요."
"민스첼 녀석, 요리 말고도 쓸모가 있었군."
"그러게요."
어느 틈에 루자크의 눈빛이 진지해지더니 그가 팔짱을 꼈다.

궁금한 눈치였다.

"엘리샤, 본선에서 드레스는 어떤 스타일로 할 생각이지? 당신이라면 벌써 다 구상했을 거 같은데, 무엇보다 시간이 많지 않으니."

루자크의 물음에 엘리샤가 여유로운 미소를 거두었다.

"가장 나를 닮은 드레스를 만들 참이에요."

"당신을 닮았다라, 사뭇 기대되는군."

"분홍색 장미를 모티브로 삼을 거예요."

엘리샤의 말에 루자크의 푸른 눈에 이채가 돌았다.

"호오, 잘 어울려. 나도 사실 로즈궁 가득한 분홍 장미들을 보면서 당신을 닮았다고 생각했어. 여리고 수줍은 소녀지만, 가시처럼 단단한 의지와 재능을 숨기고 있달까."

그의 말 속에서 엘리샤는 자신이 미처 생각해 본 적 없던 것을 발견할 수 있었다. 그동안 자신은 장미의 꽃잎에만 치중하고 있었는데, 생각해 보니 장미는 가시가 있었다.

"아, 가시. 가시가 있었군요. 고마워요, 루자크. 하마터면 놓칠 뻔했어요."

엘리샤는 머릿속 한구석에 가시에 관한 부분을 추가했다.

"장미는 가시가 있어서 더 아름다운 꽃이지. 아무래도 머릿속에 온통 드레스 작업 생각뿐인 것 같은데 오늘은 이만 놓아주어야 하나?"

루자크가 그리 말하자, 엘리샤가 고개를 흔들며 대답했다. 사실 드레스를 만든답시고 요새 그에게 소홀하게 대한 것을 알고 있었다. 그래서 내심 마음이 불편했다.

"아니에요, 루자크. 한두 시간 정도는 더 여유가 있어요."

"난 괜찮으니 어서 가 보도록 해. 나도 처리해야 할 업무가 많아."

"아, 당신도 바쁘시니 그럼 이만 갈게요."

"식사는 마쳤나?"

"네, 덕분에요."

엘리샤는 입가를 냅킨으로 닦으면서 말했다. 그런 그녀를 사랑스럽게 내려다보며 루자크가 말했다.

"프티 로즈궁까지 함께 마차를 타고 가지. 작업실까지 에스코트할 테니."

"아, 안 그러셔도 돼요. 루자크."

"아니, 내가 그러고 싶어서 그래. 당신 곁에 일 초라도 더 있고 싶은 내 욕심."

그리 말한 루자크가 자리에서 일어서면서 팔을 내밀었다. 엘리샤더러 팔짱을 끼라는 제스처였다.

엘리샤는 그의 옆으로 다가가 살며시 팔짱을 끼었다. 그의 단단한 팔뚝과 닿는 살결이 포근했다.

고양이 로로가 든 바구니와 함께 공작 부부를 태운 마차가 프티 로즈궁으로 향하는 동안, 마차 안은 달콤한 분위기가 이어졌다. 결혼을 한 지 시간이 꽤 많이 지났는데도 이제 막 사랑을 시작한 연인들처럼, 그들은 내내 달라붙어 있었다.

마차 안에 가득한 엘리샤의 향기로 인해 루자크는 정신이 아찔해졌다. 엘리샤를 제 어깨에 기대게 한 뒤, 반짝이는 분홍 머리카락에 코를 박은 루자크가 중얼거렸다.

"이 마차가 24시간 정도 더 달렸으면 하는 바람이 있는데……."

엘리샤가 살포시 웃음을 터뜨리면서 그의 어깨에서 머리를 떼고 일어나려 했다. 그러자 곧장 머리가 뭔가에 의해서 제지당했다. 루자크가 장난스럽게 손바닥으로 엘리샤의 머리를 다시 밀어서 제 어깨에 다시 기대게 만든 터였다.

"끄응."

"잠자코 있어. 들어가면 곧장 일할 테니 잠깐이라도 푹 쉬어. 알겠지?"

그리 말한 루자크가 엘리샤를 다시 토닥이면서 재우려 했다. 그는 입 맞추고 싶은 것도 겨우 참아 가면서 그녀의 체력을 아껴 주고 있었다. 엘리샤가 자신과 함께 있을 때만이라도 편안히 쉬게 해 주고 싶기도 했다.

"하지만 난 전혀 피곤하지 않아요, 루자크."

엘리샤가 그렇게 말해도 소용없었다.

"잠깐이라도 눈 붙이고 있어."

드레스 제작을 할 때면, 잠도 제대로 자지 않은 채 작업에 임한다는 것을 잘 알고 있는 루자크는 그녀가 안쓰러웠다. 그러나 정작 엘리샤는 드레스를 만드는 것이 전혀 피곤하지 않았다. 그녀가 가장 사랑해 마지않는 일이었으니까, 잠을 자지 않아도 좋았다.

또다시 그의 어깨를 벗어난 엘리샤를 보곤, 루자크가 잔소리했다.

"참 말을 안 듣는 아가씨로군."

창문으로 향하는 그의 고개를 엘리샤가 가느다란 손으로 자신 쪽을 보게 만들었다.

엘리샤가 고개를 옆으로 틀었다. 매끈한 그의 얼굴을 찬찬히 살피다가 기습적으로 그의 입술을 파고들었다. 벌써 수십, 아니 수백 번의 키스를 나누었지만 입술을 마주하는 순간은 언제나 심장이 쿵쿵 울렸다.

루자크는 허를 찔렸다는 표정으로 잠시 놀랐지만, 이내 그녀의 입맞춤을 기다렸다는 듯 능수능란하게 받아들였다. 아쉽게도 본성에서 프티 로즈궁 사이의 거리는 길지 않았다.

"도착했습니다, 각하."

밖에서 마부의 목소리가 들려왔지만 그들은 아랑곳하지 않았고, 그것을 느꼈는지 마부도 잠잠했다.

서둘러 입술을 겹치며 둘은 뜨거운 숨을 토했다. 엘리샤는 루자크의 속살을 슬쩍 깨물고는 달아나려는 듯 입술을 떼려 했다. 그러나 몰아치듯 그녀를 뒤쫓던 그의 혀가 엘리샤의 것을 뿌리째 집어삼켰다.

"허윽."

엘리샤가 답답한지 그의 가슴을 가볍게 쳤지만, 루자크는 심술을 부리듯 그녀를 놓아주지 않았다. 사탕처럼 쪽쪽 빨아 마시기를 몇 번을 거듭한 후에야 루자크가 입술을 뗐다.

"하, 숨 막혀요."

"이 마차가 도착한 지 시간이 꽤 되었어. 더 큰 오해받고 싶지 않으면 그만 내릴까?"

"앗, 이게 전부……"

"내 탓은 아니지. 키스를 시작한 게 누구더라?"

루자크가 휘익, 휘파람을 불면서 기분 좋게 마차에서 내렸다.

"치사해."

엘리샤가 눈을 곱게 흘기면서 따라 내렸다.

프티 로즈궁 안까지 둘은 손을 꼭 붙잡고 들어왔다. 다른 한 손에 들고 온 바구니를 엘리샤에게 건네며 루자크가 말했다.

"이 녀석, 주인님이 뭘 하는지도 모르고 곤히 잠들었어."

"당신도 참. 아, 귀여워라. 우리 로로."

로로라는 이름을 듣고 그는 피식 웃었다. 루자크가 엘리샤의 이마에 마지막으로 쪽 버드키스를 하고는 아쉬운 눈빛을 보냈다. 엘리샤 역시 그를 보내는 것이 아쉬웠으나, 그녀에게는 해야 할 일이 있었다.

어느새 그는 마음을 다 다잡았는지 마차에서 키스를 나눌 때처럼 달콤한 남편이 아닌, 이성적인 공작으로 돌아와 있었다.

"엘리샤, 난 이만 갈 테니 작업에 집중하도록 해."

"고마워요. 당신도 기운내요, 루자크."

눈인사를 하고는 루자크가 프티 로즈궁에서 발길을 돌렸다. 마차에 올라타는 그의 모습을 지켜보던 엘리샤는 어서 들어가라는 그의 손짓에 문을 닫았다.

쿵.

문이 닫혔다. 이제 오롯이 혼자만의 시간이었다. 로로가 있었지만, 일에 방해가 되지는 않았다. 가끔 실 뭉치를 던져 주면 혼자서도 잘 놀았으니까.

엘리샤는 가만히 온실 정원을 거닐었다. 정원사들에 의해 잘 관리되고 있는 장미들은 바깥의 기후와 상관없이 무럭무럭 잘 자라 주었다.

눈을 뗄 수조차 없을 만큼 예쁘고 싱그러웠다. 활짝 꽃잎을 펼친 화사한 장미들 사이에 아직 수줍은 듯 여린 봉우리를 맺고 있는 장미가 더욱 예뻤다.

장미를 살짝 어루만지다가 엘리샤는 다시 복층으로 올라갔다. 임시 작업 책상으로 쓰고 있는 테이블 위에는 그녀가 그려 둔 옷본들이 여기저기 어지럽게 흩어져 있었다.

그동안 그린 옷본들은 활짝 만개한 장미를 모티브로 한 드레스들이었는데, 엘리샤의 마음에 쏙 들지는 않았다. 어쩐지 무언가 살짝 부족함이 있는 느낌이 들었다. 엘리샤는 가만히 의자에 기대어 눈을 감았다.

장미, 가위 그리고 가시.

꽃이 피고 짐, 시간의 흐름.

머릿속을 둥실둥실 떠다니는 여러 가지 생각들이 서서히 합쳐져 문득 하나의 드레스가 떠올랐다.

꽃봉오리에서 재단을 거쳐 만개한 장미로 완성되는 드레스.

"시간이 흐르는 걸 재단으로 표현하는 거야."

이 드레스야말로 가위라는 소품을 제대로 활용할 수 있는 디자인이었다.

엘리샤는 그제야 지금까지 자신의 옷본들에서 왜 부족함을 느꼈는지 알 것 같았다. 지금껏 그린 옷본들은 하나같이 활짝 핀 장미의 모습이었다. 그 상태로 완전한 드레스라서 더 이상 재단으로 크게 손을 볼 곳이 없었다.

하지만 꽃봉오리 상태에서 시작하면 달랐다. 재단을 통해서 꽃이 피어나는 과정을 보여 줄 수 있었다.

"좋았어!"

엘리샤는 그제야 풀리지 않던 답을 찾은 것 같았다. 입가에 미소를 가득 지은 채, 엘리샤는 곧장 테일러 키트를 열었다. 확신이 생겼으니 더는 고민이 필요 없었다.

도구들은 살금살금 하나씩 튀어나왔다. 이것들도 길들이면 길들일수록 달라지는 것 같았다. 예전에 비교하면 한없이 얌전해져 있었다.

엘리샤는 집게손가락으로 초크를 집어 들었다.

'그려 줘!'

초크가 그려 준 옷본이 나붓이 엘리샤의 손 위에 내려앉았다. 엘리샤의 눈이 별처럼 초롱초롱해졌다. 드디어 만족스러운 결과물이 나왔다.

종이에는 드레스 두 벌이 그려져 있었다. 옷본 왼쪽에 그려진 스케치는 이제 갓 꽃망울을 맺은 여린 꽃봉오리를 모티브로 한 드레스가 그려져 있었고, 오른쪽에는 성숙하고 화사하게 피어오른 분홍색 장미의 자태를 나타낸 드레스가 그려져 있었다.

드레스의 기본 소재는 광택이 도는 새틴을 선택했다. 엘리샤는 드레스를 만들 때 새틴을 자주 사용하는 편이었는데, 그러면 장미의 고운 빛깔을 나타내면서도 깔끔하게 표현이 가능했다.

드레스의 전체 라인은 봉오리 모양을 유지해 항아리 형태를 띠었다. 상의 보디스는 어깨를 드러내 보다 여성스럽게 표현했고, 허리와 소매에는 연두색 천을 둘러 꽃의 줄기처럼 보이게 하면서도 산뜻한 색감을 주었다.

예전에 생각한 대로 속에는 흰색의 언더 드레스와 분홍색의 오버 드레스라는 기본 틀은 그대로 가져왔다. 대신에 오버 드레스의 스커트 부분과 소매 부분을 꽃봉오리처럼 꽃잎이 펼쳐지기 전 수줍게 모여 있는 느낌으로 드레이핑 했다.

무엇보다도 가장 중요한 건 본선 무대 위에서 가위로 직접 선보일 두 번째 만개한 장미 드레스.

가위를 사용해 드레이핑 된 드레스 밑단을 전부 뜯어내고 드레스를 펼쳐 낸 후, 밑단을 꽃잎 모양처럼 다시 자르고 더욱 진 분홍색이 드러나도록 걷어 올린다.

꽃봉오리 드레스는 미리 만들어 가서 자신이 있었지만, 진짜 문제는 무대 위에서 선보일 만개 드레스였다. 빠른 시간 내에 퍼포먼스처럼 재단해 완성해야 하는 것이라 능숙하게 실수 없이 해야 했다. 괜히 벌써부터 긴장이 되었다.

"너무 미리 걱정하지 말자. 엘리샤, 넌 실전에 강한 편이잖아!"

엘리샤는 거울을 보면서 그렇게 자기최면을 걸었다. 다시금 옷본을 찬찬히 뜯어본 엘리샤는 손볼 곳이 있는지 심사숙고했지만, 다행히도 없었다.

마지막으로, 옷본 위에 깃펜으로 로즈버드(rosebud : 꽃봉오리)라는 이름까지 써 주자 엘리샤는 뿌듯했다.

"자, 일단 옷본은 완성. 어디 보자. 본선까지 일주일 남았구나."

하나, 둘, 셋…… 손가락으로 날짜를 꼽아 보니 딱 그러했다. 오랫동안 드레스를 구상하는 데 시간을 소진한지라 이제 남은 시간이 얼마 없었다.

보통 드레스를 맞추는 데 걸리는 시간은 짧아야 한두 달이었다. 이번 본선 경연에서 드레스를 새로 제작하는 사람은 거의 없을 터였다.

그 안나마저도 드레스는 원래 소유하고 있던 것으로 한다니, 소품에 맞는 드레스를 제작하는 사람은 엘리샤 자신이 유일할 거다. 그런 생각을 하자, 왠지 승리에 한발 다가간 느낌이 들어서 엘리샤는 기분이 좋아졌다.

옷본이 완성되었지만 엘리샤는 한 가지 문제에 부딪쳤다. 테본에 현존하는 새틴 옷감 중에서는 양면의 색상이 다른 새틴이 존재하지 않았다. 콜린에게 물어보니 수도의 원단 상인에게 가서 특수 제작으로 구할 수 있다고 했지만 그럴 시간적 여유가 없었다.

그래서 다른 방법으로 양면의 색이 다른 새틴을 만들기 위해서 새틴을 두 장 덧대려고 했으나, 그건 바보 같은 짓이었다. 그러면 너무 두꺼워져서 드레스 핏이 아름답지 않고 부자연스럽게 되었다.

그때까지만 해도 엘리샤는 마법의 옷감이 존재하지 않는 옷감도 만들어 낼 줄 전혀 모르고 있었다. 기특하게도 마법의 옷감은 오로지 소유자가 만든 옷본에 충실한 모양이었다.

엘리샤가 '새틴(연분홍/진분홍)'이라고 옷본에 적자, 마법의 옷감이 양면이 다른 새틴을 그대로 재현해 냈다. 둘둘 말린 옷감의 엉덩이 부분을 잘했다고 칭찬해 주면서 엘리샤는 방긋 웃었다.

"네가 없었으면 어쩔 뻔했을까."

이후 드레스 가봉까지의 작업을 수월하게 마치고, 엘리샤는 필살기로 요정의 염료 뚜껑을 땄다.

퐁!

언제 들어도 경쾌한 소리였다.

사실 지금 이대로도 아름다운 새틴 드레스이긴 했지만, 앞선 경험으로 인해 무언가 특별함을 부여하기 위해서 요정의 염료는 빼놓을 수가 없었다.

이건 마치 한 번도 쓰지 않은 사람은 있어도, 한 번만 쓴 사람은 없는 염료랄까! 자꾸자꾸 쓰고 싶은 매력이 있었다.

"자, 간다!"

엘리샤는 불안과 초조, 기대를 오가는 눈망울로 드레스를 붙잡고는, 요정의 염료 한 방울을 똑 떨구었다.

화앗!

일순 비치는 투명한 빛과 함께 드레스의 분홍빛이 한층 광채가 나면서 색상이 마치 이슬을 먹은 것처럼 싱그럽게 변했다.

온통 장미뿐인 정원에 있던 탓인지 원단에서 장미 향이 나는 것을 제외하고는 특별하게 느껴지는 것이 딱히 없었다.

너무 기대한 탓일까? 지난번처럼 극적인 효과는 없어서 아쉬웠지만, 엘리샤는 애써 긍정적으로 생각했다.

'그래도 로즈버드라는 이름에 걸맞은 드레스가 탄생한 것 같아.'

아직 입어 보지는 않았지만 보고 있는 것만으로도 사랑스럽고 행복한 드레스였다.

"하지만 이게 다가 아니지. 재단 연습을 해야 해. 그러려면…… 여분의 드레스가 한 벌 더 필요해."

한 번 만들어 봐서일까. 삼 일에 걸쳐 제작한 드레스를 다음 날에는 한나절 만에 만들 수 있었다.

엘리샤는 완성한 드레스 한 벌은 마네킹에 걸어 놓고, 나머지 한 벌은 가방 안에 넣어 두었다.

"드디어 끝이야."

며칠간 프티 로즈궁에서 보냈던 혼자만의 시간은 더없이 즐거운 기억으로 남을 것 같았다.

엘리샤는 차를 가져다주기 위해서 방문한 리나를 보자마자 꼭 끌어안았다.

"리나! 축하해 주세요."

"네에? 혹시 드레스 작업을 완성하신 건가요? 너무너무 축하드려요, 마님."

"맞아요."

엘리샤가 생긋 웃으면서 대답하자, 리나 역시 기뻐했다. 완성된 드레스를 본 리나는 감격스러운 듯 대답했다.

"세상에나, 마님을 꼭 닮은 드레스잖아요. 마치 이 궁전 가득히 피어난 분홍 장미처럼요."

"네, 장미를 모티브로 만들었어요. 알아봐 주니 고마워요."

그때, 밖에서 리나와 함께 마차를 타고 온 데이지가 조심스레 안을 슬쩍 바라보았다.

"데이지! 여기를 함께 정돈하자. 드디어 드레스가 완성되었단다. 이제 마님께서 본성으로 돌아가실 거야."

"아…… 네."

불안한 눈동자를 데굴데굴 굴리던 데이지가 조용히 대답했다. 복층으로 올라가자, 재봉 도구들과 함께 완성된 드레스가 마네킹에 걸려 있었다.

"너무…… 아름다워요."

누구나 한번 보면 홀릴 듯이 빨려 들어가는 장미 꽃봉오리를 닮은 드레스였다. 드레스에 큰 욕심이 없던 데이지마저 이 드레스는 한 번 입어 보고 싶다는 욕망이 치솟게 했다.

"고마워, 데이지."

맑게 웃는 마님을 마주하자, 데이지는 불현듯 안나가 제게 했던 협박이 동시에 떠올라 자신도 모르게 눈썹을 일그러뜨리고 말았다.

그 모습을 들키지 않으려 데이지는 고개를 푹 수그린 채 정돈을 시작했다.

"드레스가 입혀진 마네킹만 그대로 두고 나머지는 마님의 본성 서재로 옮기면 될 거야."

"네, 알겠어요."

시녀장 리나의 말에 데이지는 고개를 끄덕이며 조그맣게 대답했다. 평소보다 기운이 없는 모습을 보고는 리나가 고개를 살짝 갸웃거렸다.

'데이지가 오늘 왜 저러지?'

정리 정돈을 끝낸 후, 엘리샤를 비롯해 세 사람은 프티 로즈궁을 나섰다. 마차에 오르기 전 엘리샤는 로즈궁의 문을 열쇠로 잠근 후, 열쇠를 허리끈에 매단 작은 가죽 주머니에 넣었다.

데이지는 그 모습을 유심히 살피고는 조용히 마차에 올랐다.

* * *

타닥타닥.

난롯가에서 장작이 타들어 가는 소리가 듣기 좋았다. 엘리노어는 흔들의자에 깊숙이 앉아서 느긋하게 차를 마시던 중이었다.

지난번 사교 모임 때 펜블렌 공작 부인에게서 선물받은 핑거루트 차는 그녀의 입맛에 딱 맞았다. 어쩐지 펜블렌 부인 생각을 하자 엘리노어는 절로 웃음이 지어졌다.

공작 부인이라는 높은 신분에도 불구하고 그녀에 재봉에 대한 열정이 남달라 보였던 탓이다. 재능 없이 열정만 있었다면 여러 사람 피곤하게 했을 테지만, 그녀는 그렇지 않았다.

비록 그날 예선에서 일 등을 차지하지는 못했지만, 사실 무척이나 고민을 했었다. 개인적인 취향으로 본다면 카미엘 영애의 드레스보다는 펜블렌 공작 부인의 드레스가 더 괜찮아 보였다.

펜블렌 공작 부인의 스타일은 아직 잘 모르지만 안나처럼 화려하고 세심한 연출력에 중점을 두기보다는 드레스 자체에 치중하는 듯했다.

안나가 사람들의 이목을 단숨에 사로잡는 화려한 스타일이라면, 공작 부인은 드레스로만 승부하는 스타일이었다. 어찌 보면 진정한 드레스메이커로서 미래가 밝아 보였다.

뛰어난 패션 감각이나 안목 역시 따라잡을 수 없는 것이지만, 그보다 우선시 되어야 하는 것은 바로 드레스를 만드는 기본자세였다.

하지만 이번 본선에서는 불리할 수 있었다. 예선에서는 엘리노어 자신의 마음에 드는 순서대로 순위를 매겼다면 본선에서는 달랐다.

각 후보자를 제외한 모든 테이블의 사람들이 표를 던질 것이고, 가장 많은 수의 표를 얻은 순서대로 등수가 매겨질 것이다. 따라서 만인에게 인기가 가장 많은 카미엘 영애가 승리할 확률이 높았다.

그러나 승패와는 별개로 펜블렌 공작 부인의 드레스는 사뭇 기대가 되었다.

엘리노어는 후루룩 마시던 차를 음미하면서 미소 지었다. 본선 모임 준비를 일찌감치 마친 탓에 이제 시간이 지나기를 기다리기만 하면 되었다.

* * *

느지막한 아침, 엘리샤가 창문을 열자 시린 바람이 쉴 새 없이 쏟아져 들어와, 머리칼을 마구 헝클어뜨렸다.

엘리샤는 서재 책상에 앉아 머리카락을 귀 뒤로 걸어 넘기고는 턱을 괴었다.

어제저녁에 본성으로 돌아온 후부터 자신은 아무것도 하지 않고 내내 잠만 잤다. 아침에 일어나니 침대에는 루자크의 온기만 남아 있었다. 그는 이미 정무를 보러 나간 것 같았다. 그가 언제 들어왔다가 나갔는지도 모르고 까무룩 자고 만 것이었다.

"나 정말 기절했었나 봐."

보고 싶었는데, 엘리샤가 볼을 부풀리고는 중얼거렸다. 물론 기절할 정도로 피곤하긴 했다. 거의 잠도 안 자고 드레스를 만들었으니까.

그녀는 그제야 가방에 싸 온 드레스를 펼쳐서 다시 보았다. 볼 때마다 어여쁜 것이 왠지 이번 드레스는 유독 애정이 갔다.

로즈궁에서 가져온 장미 몇 송이와 함께 엘리샤는 초청장을 쓰기로 했다. 본선에서 선보이기 전 예행연습 하는 퍼포먼스이니만큼, 몇 명의 관객이 필요할 것 같았다. 엘리샤는 그들에게 보낼 초청장 문구를 짧게 썼다.

<오늘 오후 다섯 시, 프티 로즈궁에서 열리는 작은 드레스 쇼에 초청합니다.

—엘리샤 드 펜블렌>

엘리샤는 루자크와 콜린, 리나, 랜디어스 경과 안돌프에게 각각 장미 한 송이씩을 넣어 이 미니 초청장을 직접 손으로 전하기로 했다.

가장 먼저 그녀가 사랑해 마지않는 남편 루자크의 서재 문을 두드린 엘리샤는 자못 긴장 섞인 얼굴이었다.

“들어와.”

루자크는 사무적인 어조였다. 그는 엘리샤인 줄 전혀 몰랐는지 그녀가 살금살금 앞까지 다가갔는데도 고개 한 번 들지 않았다.

“거기 놓고 가도록.”

‘응?’

무엇인지 묻지도 않고 그는 멋대로 명령을 내려 버렸다. 랜디어스 경이 계속해서 서류를 날라 왔던 것인지, 루자크의 책상 말고도 소파 앞 테이블에는 그의 승인과 검토를 기다리는 서류들이 가득 쌓여 있었다.

엘리샤는 왠지 그의 시간을 빼앗는 것이 미안해서, 테이블 서류 더미 위에 초청장과 분홍 장미 한 송이를 놓아두고는 조심스레 서재를 나갔다.

어쩜 이렇게 들어갔다 나가는데도 모를 수 있을까. 엘리샤는 배시시 웃음이 나면서도 일에 치여 사는 그가 가엾기도 했다.

"뭐지?"

그녀가 사라진 후에야 루자크는 고개를 들었지만, 아무도 없자 다시 고개를 서류 더미로 박았다. 너무 바쁠 때는 반트도 종종 대답 없이 사라지는 경우가 있었던 터라 그는 별 신경을 쓰지 않았다.

잠시 후, 기지개를 켜기 위해서 자리에서 일어난 루자크의 눈에 띄는 것이 있었다. 지긋지긋한 서류 더미들 속에서 분홍 장미는 유독 튀었다.

저벅저벅.

테이블 위에 놓인 장미와 초청장을 발견한 루자크가 푸른 눈과 입매를 부드럽게 휘었다.

"……반트가 아니라 엘리샤였군."

뒤늦게 문을 열고 복도로 나가서 두리번거렸지만, 엘리샤의 자그만 뒷모습은 찾을 수가 없었다.

"이런."

아쉬운 표정으로 루자크는 서재 안으로 들어와 초청장을 열어 보았다. 드레스 쇼라는 단어를 본 그는 싱긋 웃었다.

오후 다섯 시까지 오늘 할당량을 다 마칠 수 있을까? 루자크가 잠시 머리를 굴려 보았다. 아주 불가능한 일은 아니었다. 지금보다 두 배의 속도로 일한다면 가능했다. 그제야 나른하고 지루하게 느껴지던 보고서를 제대로 붙잡을 정신이 들었다.

루자크는 줄을 잡아당겼고, 이후 안으로 들어온 반트에게 명령했다.

"각성 효과가 있는 차로 한 잔 부탁하겠네."

"듣던 중 반가운 소식입니다, 각하."

그리 대답하면서 나가던 반트의 뒷주머니에 꽂혀 있는 엘리샤의 초청장을 발견한 루자크는 살짝 시무룩해진 투로 작게 중얼거렸다.

"나만 초대한 것이 아니었나."

왠지 이런 작은 부분까지 신경 쓰이는 자신이 낯설었다.

* * *

드르륵.

서랍을 뒤지는 손이 분주했다. 금방이라도 나쁜 짓 하는 것을 들킬까 봐, 몸이 덜덜 떨렸다. 데이지는 마님의 방을 청소하는 목적으로 들어왔으나 오히려 그 반대되는 행위를 하고 있었다.

'프티 로즈궁의 열쇠는 마님의 가죽 주머니에 들어 있었어.'

하지만 아무리 서랍과 옷장을 뒤져 보아도 원하는 것은 찾을 수 없었다. 분명 마님께서 몸에 다시 지니고 계신지도 모른다는 생각이 문득 들었다.

"데이지, 청소 아직 멀었니?"

리나가 들어와 묻자, 데이지가 소스라치게 놀랐다.

"아, 아뇨. 아직 하고 있어요."

"뭘 그렇게 놀란담? 데이지, 요즘 무슨 일이라도 있는 거야?"

리나가 걱정스럽게 물었지만, 그녀는 도리질만 칠뿐이었다.

"아뇨."

"그나저나 마님께서 프티 로즈궁에서 드레스 퍼포먼스를 하신다는데, 정원 정리를 좀 하라고 해야겠는걸."

그 이야기를 들은 데이지의 눈이 커졌다.

"저, 저도 같이 가요."

"응?"

리나가 고개를 갸웃거렸다.

"아니야, 데이지. 너까지 갈 필요는 없어. 정원사들이 해야 할 일이거든. 오늘은 좀 더 신경 쓰라고 말을 해 두어야겠어."

"아, 그렇군요."

데이지가 그리 대답하면서 다시 방을 열심히 정돈하는 척했다. 이어서 리나가 밖으로 나가는 모습을 본 데이지는 그녀의 뒤를 밟았다.

리나는 정원사들에게 프티 로즈궁의 열쇠를 건네면서 지시를 했다. 곧 사용인들이 이용하는 전용 마차가 대기되자, 데이지는 마차 뒤 짐칸에 몰래 올라탔다. 짐칸에는 정원을 꾸미는 데 필요한 각종 원예 도구들과 비료가 섞여 있었다.

몸을 잔뜩 웅크린 데이지는 무서운 일인 줄 알면서도 어쩔 수 없이 카일리 영애가 시키는 대로 움직이고 있었다. 이번 일은 마님께서도 자신의 목숨을 구해 주실 수 없을 터였다. 귀족의 몸에 상해를 입힌 일은 굳이 재판을 받지 않고도, 처형이 가능한 죄목이었다.

데이지에게는 딸린 동생들만 해도 넷이었다. 자신이 어떻게 되는 것은 상관없지만, 데이지의 얼굴만 바라보고 사는 어린 동생들과 병든 어머니가 걱정이었다.

마님에게 중요한 일인 것은 알겠지만, 생각해 보면 그저 모임에 필요한 드레스를 만드는 일일 뿐이었다. 게다가 마님께서는 솜씨가 좋으신 것 같으니 이번 기회가 아니어도 분명 잘되실 분이었다.

그러니까, 이번 한 번은…… 용서해 주시기를.

데이지는 기도했다.

* * *

"마침 잘 만났어요. 출근이 늦었군요?"

엘리샤가 장난스러운 얼굴로 방을 나서던 콜린의 앞을 가로막았다.

"뭡니까."

여전히 퉁명스러운 대답이 돌아왔다.

"이걸 전해 주려고 왔어요."

엘리샤가 내민 분홍 장미 한 송이와 초청장을 슥 본 콜린은 그것을 펼치지도 않은 채, 가방에 집어넣었다.

"이따 확인하죠."

"……으, 사람 성의를 봐서라도 보는 척이라도 해 주면 안 돼요? 너무해."

엘리샤의 말에 콜린이 콧잔등을 킁 찡그렸다.

“공작 부인께선 제게 그런 기대를 품으시면 안 되는 사람으로 알고 있습니다만?”

어쩐지 잔뜩 비꼬는 말투였지만, 그리 기분이 나쁘지는 않았다.

“알았어요. 어차피 콜린은 바쁘니까 기대도 안 했어요.”

엘리샤가 어깨를 으쓱하면서 이어 말했다.

“그럼 아무쪼록 잘 다녀오세요.”

“그러죠.”

콜린은 대수롭지 않다는 투로 대답해 주고는 마차 위에 올라탔다. 그제야 괜히 가방이 신경 쓰였다. 슬쩍 가방을 열었다. 엘리샤를 꼭 닮은 분홍 장미 한 송이와 초청장이 보였다.

“남자에게 웬 장미, 뭘 모르는군.”

콜린은 괜히 투덜거리면서 장미는 거들떠보지도 않고, 거칠게 초청장을 열어 보았다. 엘리샤의 필체를 확인한 콜린은 쿡, 하고 웃음이 터져 나오는 것을 참으면서 말했다.

“누구 덕분에 오늘은 손바닥에 불나게 일하겠네. 그러고 보니 한 마디 해 줄 걸 그랬군.”

오트쿠튀르의 오픈 이벤트였지만, 공작 부인이 제작한 드레스를 콕 집어 의뢰를 요청하는 사람들이 아직 꽤 있었다.

이렇게 되면 콜린의 오트쿠튀르라고 해도, 엘리샤가 관여를 해야 하지 않을까 싶었다. 가끔이라도 오트쿠튀르에 나와서 일을 돌보라고 잔소리나 해 주고 올 걸 그랬다.

하지만 요즘 엘리샤는 프티 로즈궁에 틀어박혀서 자신조차 얼굴 한번 보기 어려우니 말 다 했다. 아니, 그녀의 남편인 공작조차도 그렇다고 전해 들었다.

마차는 금세 오트쿠튀르 앞으로 내달렸다. 애매한 시간이라 점심은 근처에서 해결할 요량으로 출근하자, 점원 마샬이 그를 보자마자 말했다.

"이것 보세요, 자작님. 황실에서 전갈이 왔어요. 어서 열어 보세요."

"왜 자네가 더 흥분해서 그래?"

"그거야 화, 황실 인장이 찍혀 있으니까요. 이걸 전하러 온 시종도 엄청났다고요."

마샬의 호들갑에 콜린은 영 못마땅하다는 투로 물었다.

"황실 의복도 의뢰받은 적 있는 몸이라고, 나는."

"하지만 그건 삼 년도 더 전에 있었던 일이잖아요."

콜린의 초록 눈이 쏘아보자, 마샬은 입을 꾹 다물었다. 그의 성미를 건드려서 좋을 건 없었다. 콜린은 마샬의 조카뻘 나이였지만, 성깔이 매우 더러웠다.

황실 인장이 크게 훼손되지 않게 조심스레 편지 칼로 봉투를 뜯어낸 콜린은 안에 든 미색의 종이를 살폈다.

"아무래도 초청의 날인가."

역시 초청장이었다.

엘노아 제국에서 주최하는 드레스메이커 선발제의 심사 위원으로 콜린 폴드 자작을 초청하고 싶다는 내용이 세 장에 걸쳐 미사어구로 적혀 있었고, 하단에는 황제의 인장이 찍혀 있었다.

"드레스메이커 선발제라……."

콜린은 엘리샤가 카일리 후작 부인의 모임에 안간힘을 쓰는 이유를 알 것도 같았다. 이 초청장은 분명 엘리노어 드 카일리, 그녀에게도 갔을 테니.

사실상 사교계에서의 명성은 그녀가 한 수 위였다. 지금 아무리 콜린이 잘나간다 해도 세월은 무시할 게 못 되었으니까.

게다가 카일리 후작 부인과 얽혀 있는 의상실이나 재봉사들만 해도 수십이 된다는 소문도 암암리에 들려왔다.

콜린은 책상에 앉아 깃펜에 잉크를 찍었다. 엘리샤 정도의 재능이라면, 드레스메이커 선발제에서 우승도 노려볼 수 있었다.

과거 콜린도 선발제에 참가했었지만, 불운으로 인해 중도에 포기하고 말았다. 사람들이 입을 모아 우승 후보로 거론되던 것이 콜린이었다. 그만큼 그를 따를 만한 능력자가 없었고, 결국 우승은 다른 사람의 차지로 돌아갔다.

그 이후로 황실에서 대회를 주최하는 건 꼭 오 년 만이었다. 엘리샤에게는 더없이 좋은 기회가 될 터였다.

* * *

탁탁탁!

헐레벌떡 마차에서 내린 데이지는 눈물이 뒤범벅된 얼굴로 보따리 하나를 품 안에 꼭 들고 있었다. 자작가의 시녀가 데이지를 보더니, 깜짝 놀란 표정으로 물었다.

"어떻게 찾아왔죠?"

"카, 카미엘 아가씨께 원하는 것을 드린다고 전해 주세요. 그렇게 말하면 알아들으실 거예요."

마치 병자처럼 조그맣고 떨리는 목소리로 말하는 낯선 여자를 보며 시녀는 의문의 눈초리를 보냈지만, 순순히 제 주인을 모시러 갔다.

"아가씨, 웬 낯선 여자가 아가씨가 원하는 것을 드리러 왔다고 하는데요? 어떻게 할까요?"

제 방 화장대에 앉아서 머리칼을 정돈하던 안나는 시녀가 고하는 말을 듣더니 반색하는 눈치였다.

"어머, 그래? 혹시 시녀 복장을 하고 있는 아이니?"

"맞아요. 꽤나 고급스러운 옷을 입고 있는 걸로 봐서 명문가의 시녀인 듯했어요. 하지만 얼굴은 마치 뭔가에 쫓기는 사람처럼 보이던걸요?"

"그렇구나. 그 애를 내 방으로 데리고 와. 따뜻한 차도 한 잔 준비해 주고."

안나가 고운 미소를 지으면서 제 시녀에게 명했다.

"알겠어요."

속으로는 별일도 다 있다 생각했지만 제 주인은 어느 누구에게나 살가운 성격이었으므로 그녀는 이상하다는 생각은 전혀 하지 못했다.

곧 안나의 방으로 데이지가 고개를 푹 수그린 채 죄인처럼 걸어 들어왔다. 안나는 데이지에게 자신의 맞은편 자리에 앉을 것을 권했다.

"거기 앉도록 해."

"……예?"

데이지는 쉬이 이해가 가지 않았다. 일반적으로 귀족은 자신의 시녀 외에 신분이 낮은 사람과는 합석을 하는 일이 거의 없었다.

"괜찮으니까 앉아."

"하, 하지만 제가 어찌……."

"이름이…… 데이지라고 했니? 너는 이제 내 사람이 되었으니까 괜찮아. 차도 어서 들고."

안나는 배려하는 척 차까지 권했지만, 데이지는 차만 봐도 경기를 일으킬 것 같았다. 그저 빨리 이 나쁜 짓을 마치고 본성으로 돌아가고 싶은 마음뿐이었다.

데이지가 보따리를 풀면서 말했다.

"여기…… 말씀하신 것을 가져왔어요."

안나는 서두르지 않았다. 오히려 여유롭게 미소를 지으면서 나긋한 목소리로 물었다.

"완성된 드레스인 건 확실하지? 생각보다 빨리 가져와서 무척 놀랐어."

본선 하루 전날쯤에나 드레스가 완성될 줄 알았는데, 엘리샤의 능력은 가히 놀라웠다. 그녀의 손이 빠르다는 이야기는 익히 들었지만 말이다.

"데이지, 정말 고생 많았어."

안나가 말간 미소를 지어 보였다.

퉁!

묵직한 주머니가 테이블 위로 던져졌다. 데이지는 의아한 눈으로 안나를 바라보았다.

"이것은 왜……."

"수고비로 생각하렴. 앞으로도 잘 부탁해."

데이지는 고개를 가로저었다.

"……아, 아뇨. 돈은 받지 않겠어요. 대신에 이제 더 이상 이런 일은 하고 싶지 않아요."

데이지는 눈치를 보면서 겨우 할 말을 마쳤다. 안나의 검은 눈동자가 슬쩍 굴러 데이지를 향했다.

"그게 무슨 말이니?"

"돈은 필요 없어요. 저는 그저 더 이상 우리 마님께 폐를 끼치고 싶지 않아요, 흑흑."

기어이 눈물을 떨군 데이지가 의자에서 내려와 무릎을 꿇었다. 그 모습을 본 안나는 차갑게 말했다.

"네가 무슨 말을 하는지 잘 모르겠구나. 오늘은 이만 돌아가렴. 쉬고 싶으니까."

안나는 곧 밖에서 대기하고 있던 시녀를 불렀다. 시녀는 데이지를 쫓아내듯 저택 밖으로 내보냈다. 손에는 금화 주머니가 들려 있었다.

안나가 혀를 찼다.

"제법 쓸 만한 아이라고 생각했는데…… 어리석긴."

그러나 아쉬울 건 없었다. 이미 그녀는 원하는 것을 얻었다. 엘리샤의 드레스가 자신의 손에 들어왔으니…….

방문을 걸어 잠근 안나는 드레스를 꺼내어 확인했다. 그녀의 검은색 눈동자가 선연히 커졌다.

꽃봉오리 형태의 화사한 드레스. 어디에서도 보지 못한 새로운 디자인.

안나의 시커먼 눈이 더욱 반짝거렸다. 말이 채 나오지 않았다.

"말도 안 돼. 이런 드레스를 고작 며칠 만에 만들었다고?"

엘리샤가 마녀나 마법사라도 된단 말인가. 있을 수 없는 일이었다. 안나는 경이로운 눈빛으로 기적을 마주하는 것처럼 드레스를 오랫동안 관찰했다. 눈으로 보면서도 믿을 수가 없었다. 몇 발자국 떨어진 그녀는 드레스 주변을 빙빙 돌았다.

"예상보다 훨씬 커다란 수확이야. 그렇지, 장미 여왕의 대관식으로 해야겠다."

기쁨에 들뜬 안나의 목소리가 그녀의 방 안 가득히 울렸다. 분홍색 드레스에 맞추어 가발이며 모자, 구두도 다시 골라야겠다는 분주한 생각이 안나의 머릿속을 채웠다.

"엘리샤, 그날 너무 놀라지 말아요. 후훗."

예선 순서대로 무대 위에 오를 테니 엘리샤보다 자신이 먼저였다. 이 드레스가 공개되는 순간 그녀는 어떤 표정을 지을까! 자신이 잃어버린 드레스와 똑같은 걸 내가 입고 나타났으니, 어쩌면 너무 당황해서 무대 위에 차마 오르지 못할지도 모르겠다.

아니, 소중한 드레스가 사라졌으니 아예 모임에 나오지 않을 가능성이 더 컸다. 그런 상상을 한 안나의 미소가 더욱 짙어졌다.

안나는 재봉 바구니를 꺼냈다. 그러곤 엘리샤의 드레스 안감에 자신의 이니셜 'A'를 새기기 시작했다. 그녀가 드레스를 만들 적마다 남기는 방식이었다. 이렇게 해 두면, 엘리샤가 심적인 의심은 하더라도 물적인 증거가 없으니 아무 말도 못 할 터였다. 데이지가 말할 리는 없으니 말이다.

"오, 가엾은 엘리샤. 지금이라도 당장 대체할 드레스를 구해야 할 텐데 이를 어쩐담?"

"난 망했어요! 흑흑. 안나, 이제 난 어떻게 하죠?"

안나는 싱글벙글한 얼굴로 마치 혼자서 연극을 하듯이 대사를 읊조리며 엘리샤의 드레스를 들고 떠들었다.

"어떻게 하긴 모임에서 그대로 퇴출, 사교계에서 안녕을 고해야죠, 뭐. 그저 고고한 공작 부인이나 하시라고요. 당신은 굳이 드레스를 만들지 않아도 존경받고 우러름받으면서 살 수 있잖아?"

마지막 대사를 마쳤을 때, 안나는 더 이상 상냥하게 웃고 있지 않았다.

* * *

기사단 안돌프에게도 초청장을 전달한 엘리샤는 리나와 함께 마차를 타고 프티 로즈궁으로 돌아왔다. 모두를 초대한 오후 다섯 시까지는 아직 시간이 제법 남았지만 미리 준비를 하기 위해서였다. 엘리샤는 약간 상기된 얼굴로 제 발그레한 볼을 톡톡 두드렸다. 그 모습을 지켜보던 리나가 슬쩍 물었다.

"마님, 너무 긴장하지 마세요. 연습이잖아요."

"맞아요. 하지만, 단 두 벌뿐인 드레스니까 꼭 완벽하게 해내고 싶어요."

"잘 해내실 거예요. 언제나처럼요. 스스로를 믿으세요."

엘리샤는 고개를 끄덕이며 리나에게 눈빛으로 대답했다.

"네!"

복층으로 올라선 엘리샤가 텅 빈 마네킹을 보고는 눈을 커다랗게 떴다.

"어?"

마네킹에 고이 입혀져 있어야 할 그녀의 드레스가 보이지 않았다.

어째서지? 이상함을 느낀 엘리샤가 고개를 갸웃거리며 눈썹을 찌푸리자 리나가 물었다.

"왜 그러셔요, 마님?"

"리나, 혹시 마네킹에 입혀져 있던 내 드레스 다른 곳으로 치운 건가요?"

리나도 엘리샤의 시선을 따라가더니 놀라서 고개를 저었다.

"아니에요. 치우지 않았어요. 정말 드레스가 감쪽같이 사라졌네요? 대체 이게 무슨 일인지!"

리나 역시 황당하다는 얼굴로 말했다.

"네, 리나도 전혀 모른다는 거군요. 납득이 되지 않아요. 그날 분명 다 같이 정돈하고 나가면서 드레스가 있는 걸 눈으로 확인했는데……."

엘리샤는 최대한 흥분하지 않고, 상황을 차근차근 정리하기 시작했다. 분명 드레스가 어딘가에 있을지도 모르는 일이었다.

"맞아요, 마님. 저도 기억해요. 분명 프티 로즈궁은 자물쇠로 잠가 놓았을 텐데."

"그러게 말이에요. 이상한 일이네요. 그게 사라지면 곤란한데……."

물론 엘리샤의 본선용 드레스는 남아 있었지만, 연습용 드레스는 사라지고 만 것이었다.

"아…… 그러고 보니, 정원사들에게 장미를 가꾸라고 지시를 내리면서 랜디어스 경에게 로즈궁 열쇠를 받아서 갔어요. 정원사들에게 드레스를 본 적이 있는지 한번 물어볼게요."

"내가 직접 물을게요. 그들을 불러 주세요. 난 여기 있을게요."

"알겠습니다, 마님."

엘리샤의 입술이 바싹 타올랐다.

도대체 누군가 드레스를 치운 걸까. 무슨 이유로? 연습을 하지 못해서 속상한 건 둘째 치고, 그게 너무나도 궁금했다.

만약 누군가 일부러 드레스를 가져간 거라면, 그 행위는 확실하게 악의가 있었다. 엘리샤가 드레스를 두 벌 만들었다는 사실은, 아무도 모르고 있으니까 말이다. 하나뿐인 드레스가 사라졌다면 엘리샤는 본선에 나갈 수가 없었다.

함부로 남을 의심하지 않으며 살아왔지만, 이 상황만큼은 그렇게 되지가 않을 것 같았다.

곧장 리나가 정원사 무리를 불러왔다. 그들은 하나같이 입을 모아 대답했다.

"저희들은 장미만 가꾸고 나간지라, 잘 모르겠습니다. 복층 위로는 올라가 보지도 않았습니다."

"그렇군요. 좋아요. 이만들 가 보세요."

엘리샤는 입술을 꾹 다물었다. 정원사들이 거짓을 고할 리 없었다. 그들은 장미를 가꾸는 본연의 업무에만 충실했을 뿐이다.

그때 곁에 있던 리나가 말했다.

"마님, 이제 어떻게 할까요? 본성 마님의 옷방도 찾아볼까요? 혹시 모르니까요. 데이지가 정리 정돈을 해서 그곳에 가져다 놓았는지도……."

"그게 좋겠어요. 그러고 보니, 데이지는 어딜 갔죠? 아까부터 보이지 않네요."

엘리샤의 말에 리나도 고개를 갸웃거렸다.

"글쎄요. 저도 정오 이후로는 보지 못했어요."

엘리샤와 리나가 동시에 눈빛을 교환했다. 둘 중 누구도 섣불리 데이지를 의심하는 말을 꺼내지는 않았지만, 약간의 수상함을 눈치챈 터였다.

엘리샤는 잠자코 생각했다.

'데이지가 그럴 아이는 아닌데…….'

심성이 곱고 여린데다가 제 또래라서 시녀들 중에는 유독 정이 가는 아이였다. 잠시 고민하던 엘리샤는 입술을 열었다.

"초청장을 돌린 분들에게 취소 소식을 전해야 하는데……."

그 생각을 하자, 엘리샤는 기운이 쭉 빠지는 것 같았다.

"제가 대신 취소 소식을 전달할게요, 마님. 각하와 랜디어스 경, 안돌프 경, 저, 그리고 콜린 자작님이지요?"

"맞아요. 기껏 초청해 놓고, 너무 미안해서 볼 낯이 없네요."

엘리샤는 고개를 떨구고 말았다. 자그만 어깨가 축 늘어졌다.

"이 일을 어쩌면 좋아요, 마님! 본선에 입고 나가실 소중한 드레스가 사라졌으니…… 제가 좀 더 주의를 기울였어야 했는데."

놀라고 속상하기는 리나도 마찬가지였다.

"리나, 난 괜찮으니 일단 진정해요. 내게 다 방법이 있어요. 나는 일단 본성으로 가야겠어요."

'생각보다 마님이 의연하시네. 무언가 생각이 있으실 거야.'

마님의 말에 리나도 속으로 생각했다.

엘리샤는 애써 밝게 웃어 보였다. 드레스를 잃어버린 것보다 더욱 속상한 건 약속을 지킬 수 없게 되었다는 거였다.

엘리샤의 옷방에서도 결국 드레스는 나오지 않았다. 나머지 드레스 한 벌은 미리 챙겨 둔 그대로 가방에 들어 있었다.

본선이 끝나기 전까지는 드레스가 있다는 사실을 감추어야겠다는 생각을 했다. 다른 곳도 아닌, 프티 로즈궁에서 드레스가 사라졌다. 아무도 믿을 수가 없었다. 리나에게는 말을 할까 싶었지만, 당일에 밝히면 될 터였다.

그날 본성으로 돌아온 데이지는 다소 창백한 낯빛을 하고 있었다. 엘리샤는 만약 정말 데이지가 그런 행동을 했더라도 먼저 추궁하고 싶지는 않았다. 이유 없이 그럴 아이는 아니었다.

엘리샤는 그저 조용히 지켜보기로 했다.

* * *

다음날 펜블렌가의 마차가 콜린의 오트쿠튀르 입구에 멈췄다. 대외적으로 엘리샤는 본선에 입고 갈 드레스를 잃어버린 상태였다. 그녀는 이걸 더욱 소문낼 필요성이 있었다. 따라서 콜린 자작의 드레스를 구입하기로 마음먹었다.

겨울치고는 볕이 좋았다. 어깨에 걸친 레이스 우산을 접은 엘리샤는 오트쿠튀르 안으로 들어섰다.

가게 문이 열리는 동시에 콜린은 무표정으로 일관하며 무심코 고개를 들었다. 보통은 마샬이 뛰어나가 손님을 맞이했기에 그는 제자리에 있는 편이었지만, 지금은 마샬이 잠시 다른 손님을 상대하고 있어서 그가 직접 손님을 맞이해야 했다.

또각또각.

분홍 머리카락을 나풀거리며 엘리샤가 콜린에게 다가와 말했다.

"드레스를 좀 보고 싶은데요."

콜린은 약간 놀란 눈치였다. 엘리샤가 제 가게에서 드레스를 구입한 적은 단 한 번도 없었던 터였다.

"진심이십니까?"

"네, 드레스가 필요하니까요. 자작님께서도 제 사정을 들어서 잘 알고 계시잖아요."

햇살을 닮은 미소를 지으면서 엘리샤가 대답했다.

"아, 그 일은 정말 유감이군요."

콜린의 대답에 고개를 끄덕이면서 엘리샤가 슬쩍 안쪽을 살폈다. 왠지 낯익은 부인들이 몇 명 있었다. 안나를 따라다니는 무리도 있을 법했다. 엘리샤는 그들이 더욱 잘 들을 수 있도록 목청을 돋우면서 말했다.

"걱정이 돼서 죽을 것만 같아요. 소중한 드레스를 잃어버렸으니, 카일리 후작 부인의 모임 본선에 나가기 위해서라면 자작님의 드레스라도 새로 구입해야 하지 않겠어요?"

"아아, 그렇겠군요. 드레스 때문에 얼마나 상심이 크실지…… 드레스는 찬찬히 둘러보십시오."

눈치 빠른 콜린은 엘리샤가 의도적으로 그 이야기를 크게 한다는 것을 알고는 맞장구를 쳐 주었다. 엘리샤는 고맙다는 뜻으로 눈을 찡긋하고는 말했다.

"여기 있는 드레스가 전부인가요? 제가 만든 드레스와 조금이라도 비슷했으면 좋겠어요."

"이를테면 어떤 디자인이었습니까?"

어느새 부인들 중 한 명이 힐끔 이쪽을 보면서 엿듣는 분위기였다. 엘리샤는 그것을 확인하곤 말했다.

"분홍 장미를 닮은 드레스요."

"그렇군요. 분홍색 드레스는 저쪽 마네킹과 진열장에 있으니 저를 따라오시지요."

"감사해요, 자작님."

엘리샤가 콜린을 따라서 스윽 지나가자마자, 부인들 무리에 있던 마가렛이 놀라서 중얼거렸다.

"카미엘 영애에게 어서 이 소식을 알려야겠어!"

마가렛이 오트쿠튀르를 부리나케 떠나는 걸 발견한 엘리샤가 생각했다.

'설마 진짜로, 안나의 짓인 걸까?'

일부러 드레스를 잃어버렸다는 말을 온 사교계에 흘려서 상대를 안심하게 만들기 위해 한 일이었다. 훔쳐 간 범인은 엘리샤에게 드레스 한 벌이 더 남아 있다는 것을 꿈에도 모르게 할 작정으로 일부러 드레스를 맞추러 온 것이다. 하지만 이렇게 즉각적으로 효과가 나올 줄은 몰랐다.

엘리샤는 눈을 갸름하게 떴다. 심장이 뜨끔뜨끔 따갑다. 보라색 눈동자에는 파문이 파르르 일었다.

용서를 구하면서 선하게 웃던 안나의 얼굴이 떠올랐다. 서로의 이름을 부르자고 제안하던 그녀의 친근한 미소도. 그동안 그녀가 자신에게 베풀었던 상냥한 행동도.

얼마 전 엘리샤를 찾아와 눈물을 흘리면서 용서를 구하던 그녀가 이렇게 쉽게 뒤통수를 칠 줄이야!

만약 정말 안나가 범인이라면…….

"……절대로 용서 못 해."

엘리샤가 입술을 꼭 깨물면서 중얼거렸다.

22.
본선 드레스 품평회

이틀 후 카일리 후작가.

그 어느 때보다도 화려한 본선의 막이 올랐다. 천정에 달린 샹들리에를 새것으로 바꾸고, 연회장의 장식은 전체적으로 반짝이는 황금색으로 물들어 있었다.

본선을 위해 만든 원형의 무대는 엘리노어의 회심작이었다. 그녀가 이번 본선의 무대를 위해서 쏟아부은 재산만 해도 어마어마한 액수에 달했다.

그만큼 공을 들여 가꿔 놓은 연회장은 이전보다 더욱 고급스럽고 우아함을 자랑했다.

하지만 본선이 열리기 한 시간 전인 지금, 엘리노어의 얼굴은 영 찜찜한 표정이었다. 화려한 치장을 했으나 그녀는 평소의 카리스마와 위엄이 넘치는 모습이 아니라, 걱정을 잔뜩 쌓아 올린 여느 귀부인일 뿐이었다.

시녀장 메리가 다가와 엘리노어의 잘록한 허리선에 맞추어 은색 다이아가 달린 허리띠를 채워 주면서 물었다.

"마님, 본선이 곧 시작인데, 표정이 어두우시군요."

메리의 말에 엘리노어는 겨우 입술을 열었다.

"……지독하게 안 좋은 소문을 들어서 걱정이다."

"안 좋은 소문이라니요?"

"펜블렌 공작 부인이 이번 본선을 위해 제작한 드레스를 잃어버렸다는 소문이 돌지 뭐니."

"저런. 그렇다면 오늘 공작 부인께서는 참가를 못 하실 수도 있겠네요?"

메리가 안 됐다는 듯 말하자, 그녀는 고개를 저었다.

"아니. 아직까지 참석하지 않겠다는 의사표시를 보이진 않았으니 그녀라면 올 거야. 분명."

엘리노어는 확신에 찬 듯 말했다. 엘리샤의 옷에 대한 열정을 그녀는 잘 알고 있었다. 절대로 이런 일로 본선을 포기하지는 않을 터였다.

'심지어 누더기로 만든 드레스를 입는다 해도 말이지.'

* * *

"나나나 나나나나—."

콧노래를 부르면서 안나는 마차 위로 껑충 뛰어올랐다. 근래 들어 이렇게 기분 좋은 아침이 또 있을까. 그 정도로 안나는 행복했다.

이틀 전 마가렛이 가져온 소문에 의하면 엘리샤는 콜린 자작에게 드레스를 급히 구매하러 갔다고 했다. 그의 드레스를 평가절하할 생각은 없지만, 이번 본선에서는 이 드레스를 이길 드레스는 결코 없을 터였다.

팔랑팔랑.

뒤늦게 마차에 오른 시녀가 안나가 걸어온 길을 따라서 오더니 의아한 얼굴로 말했다.

"어라? 아가씨. 근데 드레스에서 장미 꽃잎이 자꾸 떨어지는데요?"

"그러게. 별일이 다 있네."

안나는 대수롭지 않게 여겼다. 아마 드레스 안에 엘리샤가 일부러 장미 꽃잎을 넣어 둔 게 아닐까 싶었다.

"그나저나 안나 아가씨…… 데이지로부터 연락이 왔는데 말씀하신 건 잘 처리했다고 하네요."

시녀의 말을 전해 들은 안나가 환하게 웃었다.

"아, 그럼 깔끔하겠네. 역시 내가 사람 보는 눈이 있지. 데이지는 참하고 좋은 애야."

갈수록 기분이 최고조에 다다랐다. 드레스를 훔친 유일한 증거인 옷본을 찾아 없애라는 명령을 데이지가 잘 수행한 것이다.

안나는 드레스 자락을 펼쳐 앉으며 싱긋 웃었다. 치맛단의 길이가 살짝 짧은 듯했지만, 그 나름대로 매력이 있었다. 과거 드레스 헴라인의 유행을 선도했던 자신이었다. 자신이 입으면 그대로 유행이 될 것이다.

그녀가 갓 피어나는 꽃처럼 말간 미소를 지으면 그야말로 제 매력에 녹아나지 않는 이들이 없을 터였다. 모든 귀부인과 영애들은 자신을 따라잡기 위해서 무던히 애를 쓰겠지. 그나저나 이 드레스는 보았을 때도 마음에 들었지만, 입고 나니 더욱 마음에 들었다.

어디에서도 본 적이 없는 분홍색 새틴은 은은한 빛을 띠고 있어서 더욱 특별해 보였다. 제아무리 콜린 자작의 드레스라도 이것보다 아름다울 수는 없을 것 같았다.

다그닥, 다그닥.

마침 엷은 눈발이 날리자, 안나는 하늘마저 자신을 축복해 준다며 시녀와 떠들었다.

마차는 곧장 내달려 카일리 후작 부인의 성에 도착했다. 그때부터 안나는 실성한 사람처럼 웃던 기색을 지웠고, 긴장이 역력한 표정을 하며 연회장 안으로 들어섰다. 얼굴이 변한 것은 불과 3초도 채 걸리지 않았다.

사라락, 끌리는 드레스 자락을 붙잡은 안나가 분홍색 펌프스를 내디뎠다. 만나는 이마다 비슷한 말을 반복했다.

"카미엘 영애, 여왕의 귀환이로군요. 드레스의 아름다움에 눈이 부실 지경이에요."

"과찬의 말씀이세요, 부인!"

"정말이에요. 저는 오늘 카미엘 영애에게 한 표 찍을 것이에요."

특히 탈락자 테이블에 있던 사람들은 저마다 안나에게 표를 던지겠다고 귓속말로 약속했다.

"고마워요, 부인."

안나는 그야말로 뜬구름 위에 앉아 있는 것 같다고 느꼈다. 분홍 드레스 위로 덧입은 자줏빛 망토의 깃을 매만지던 안나는 카일리 후작 부인을 포착하곤 재빨리 발걸음을 그리로 놀렸다.

코앞에서 얼굴 가득히 해사한 미소를 지은 안나가 조신하게 그녀를 불렀다.

"대모님!"

들려온 목소리에 카일리 후작 부인이 고개를 돌려 안나를 보며 손을 들어 보였다.

"오, 안나. 준비는 잘해 온 것 같구나."

안나의 머리부터 발끝까지 훑어본 후작 부인이 흡족한 미소를 지어 보였다.

"그런가요? 열심히 한다고 했는데 너무 떨려서 그런지, 아직 잘 모르겠어요. 확신이 오지는 않네요."

안나가 그 자리에서 팽그르르 돌면서 조심스럽게 말하자, 카일리 후작 부인이 그녀의 등을 토닥였다.

"너답지 않게 자신감 없는 모습을 보여서야 되겠니? 안나, 언제나 기대가 커. 오늘도 무척 기대가 되는걸. 이따가 무대 위에서 보자꾸나."

"네, 대모님. 오늘도 너무 근사하세요. 그럼 이따 뵐게요."

자신에게 따스한 격려를 보내고는 다른 곳으로 이동하는 카일리 후작 부인의 뒷모습을 보면서 안나는 씩 웃었다.

"기대, 하셔도 좋을 거예요."

이후 레이디 그레이스 포 역시 훈훈한 인사말을 들으면서 연회장으로 모습을 드러냈고, 시아라 영애는 음침한 인상대로 조용히 나타났다.

그렇게 다른 참가자들이 모두 도착할 때까지도 엘리샤는 아직 도착하지 않았다.

이윽고, 단 한 자리를 빼놓고서 연회장 테이블은 꽉 채워졌다. 맨 앞 테이블인 엘리샤의 테이블은 초상난 분위기였다.

윌리엄 부인이 가발이 떨어질까 붙잡으면서 말했다.

"다들 공작 부인께서 드레스를 잃어버리셨다는 소문 들으셨죠? 우린 끝났어요."

"모임에 처음 온 초보자를 드레스 품평회에 내보내는 게 아니었다니까요."

"우리 손수건은 이제 누가 보상해 주죠?"

"그러게 말이에요."

"이제 곧 연회장 문이 닫힐 텐데……."

그중 가장 얌전해 보이는 노부인이 걱정스럽게 말했다.

"지금까지도 모습을 드러내지 않으면 끝인 거예요, 부인. 펜블렌 공작 부인은 지금 본성 자기 방에서 한 발자국도 나오지 않은 거라구요!"

윌리엄 부인이 머리가 지끈거리는지 관자놀이를 짚어 가면서 그리 말했다.

잠시 후, 연회장 문이 닫혔다. 엘리노어 드 카일리 후작 부인이 원형의 둥근 무대 위로 올라서자, 첼로와 바이올린 같은 현악기들의 연주가 시작되었다.

극적이고도 감미로운 선율에 사람들이 환호했다.

"안녕하세요, 레이디 여러분. 엘리노어 드 카일리입니다."

고혹적인 목소리가 울렸다. 그녀는 머리부터 발끝까지 온통 은빛으로 물들어 있었다. 새하얀 모피를 두르고, 은빛 티아러를 착용한 엘리노어는 마치 눈의 나라에서 온 겨울 여왕처럼 보였다.

레이디 그레이스 포가 손나팔을 만들어 외쳤다.

"설원의 레이디가 귀환했군요!"

그 소리를 들은 후작 부인은 후후하고 기분 좋게 소리 내어 웃었다.

"이런, 이 나이에 듣기에는 퍽 낯간지러운 한때의 별명이로군요."

그리 말하고 난 카일리 후작 부인은 테이블을 한 바퀴 쭉 훑어보았다.

"이제 드레스 품평회 본선의 뜨거운 막이 오를 시간이 다가오는군요. 아직 빈자리 하나가 보이네요. 펜블렌 공작 부인께서 살짝 늦어지시는 모양입니다. 하지만 방침대로 기다리지 않고 그대로 진행을 하겠습니다."

카일리 후작 부인이 매끄럽게 인사를 하는데 누군가 손을 들었다. 바로 안나였다.

"다들 괜찮으시다면 양해를 구하고 싶어요. 우리 조금만 더 기다렸으면 해요. 분명 펜블렌 공작 부인에게는 사정이 있으실 거에요. 괜찮지요?"

안나가 주변을 둘러보면서 부인들의 동의를 구했다.

"카미엘 영애는 심성이 너무 고와요. 저는 괜찮답니다."

"저도요."

"저는 반대에요. 정해진 시간이 있는데, 늦는 건 올 생각이 없어서가 아니겠어요?"

오스본 후작 영애가 입술을 툭 내밀면서 투덜거렸다.

보다 못한 카일리 후작 부인이 어수선한 분위기를 정리하기 위해 말했다.

"자자, 주목해 주세요. 좋습니다. 카미엘 영애의 말도, 오스본 영애의 말도 모두 옳아요. 저 역시 펜블렌 공작 부인의 드레스가 기대되지만, 정해진 시간은 지키는 편이 좋겠어요. 곧장 진행을 하겠습니다. 더 이상 이의는 없으시겠지요?"

깔끔한 정리에 일순 장내가 고요해졌다.

"좋아요. 그렇다면 지난 예선에서 통과한 레이디께서는 모두 앞으로 대기해 주시기 바랍니다."

후작 부인의 진행에 사람들의 시선이 각 테이블의 대표자들에게로 쏠렸다. 안나와 시아라 영애, 레이디 그레이스가 일어나자 사람들은 환호와 박수로 맞아 주었다.

특히 금빛 왕관과 자줏빛 망토를 쓴 안나가 일어서자 같은 테이블의 사람들이 그녀의 손을 잡고는 응원을 해 주었다.

"카미엘 영애! 잘하고 오세요!"

"영애가 오늘의 여왕이 되실 거예요."

"다들 고마워요."

안나가 밝은 미소를 유지하며 층계를 올라가자, 샤라락 장미 꽃잎들이 바람을 타고 휘날리기 시작했다.

"와아! 이건 예술이에요."

의도치 않게 사람들이 좋아하는 모습에 안나는 웃으면서 손을 들어 보였다.

"첫 번째 무대의 주인공부터 모시겠습니다. 얼굴만 고운 게 아니라 드레스와 자신을 꾸미는 감각이 참 좋은 레이디이지요. 왕관이 잘 어울리는 그녀를 소개합니다. 안나 카미엘!"

소개에 맞춰 안나가 자리에서 일어나 원형 무대로 올라섰다. 무대 위에 올라서니 새로운 샹들리에 덕분인지 그녀가 입은 드레스가 한층 더 돋보였다.

안나가 좌중들에게 인사를 하자, 일부 영애들은 목이 터져라 그녀의 이름을 불렀다. 마치 극단의 여배우를 방불케하는 인기였다.

"안나 카미엘 양의 소품은 바로 왕관이었지요? 제가 각 소품과 잘 어울릴 만한 음악으로 미리 준비했습니다. 음악이 흐르는 동안 카미엘 영애는 자신의 드레스 연출에 걸맞게 행동으로 보여 주시거나, 드레스가 돋보이도록 해 주세요. 이해되었나요?"

"아, 네. 이해했어요."

음악에 대한 부분은 카일리 후작 부인이 미리 언급한 것이 아니라 즉흥적으로 무대 위에서 움직여야 할 터였다.

"자, 그러면 가 볼까요?"

안나가 준비됐다는 듯 고개를 주억거렸다. 이윽고 앞서 나와 있던 첼로와 바이올린이 만들어 내는 웅장한 선율이 이어졌다.

안나가 도도한 얼굴로 걸어 나오더니, 이윽고 무대 위에서 무릎을 꿇고 여신께 기도하듯이 두 손을 모았다.

경건한 분위기에 압도당한 모두가 입술을 꼭 다물고 지켜보았다.

음악의 선율이 깊어지자 안나는 눈을 뜨고 정면을 마주 보았다. 이어서 망토 안에 있던 왕관을 높이 치켜들더니, 그것을 제 머리 위에 얹었다.

황금색의 왕관이 번쩍거렸다. 자주색 망토를 벗자, 드디어 안나의 드레스가 완연히 드러났다.

마치 한 송이의 꽃인 양 아름다운 분홍빛 드레스에 모두가 감탄을 자아냈다.

"와, 저렇게 영롱한 빛깔은 처음 봐요."

2등인 펜블렌 공작 부인이 없어, 졸지에 곧장 안나 다음 차례가 되어 버린 레이디 그레이스 포는 혀까지 내두르고 있었다. 반면에 옆에 앉아 있던 시아라 영애는 그저 멍하니 초점 없는 눈으로 무대를 볼 뿐이었다.

쿠웅!

그때 연회장의 닫힌 문이 열렸다.

자박자박.

차가운 대리석 바닥 위로 자그만 맨발이 들어섰다.

"안나 카미엘! 지금 무대를 멈춰 주세요."

명백하게 경고의 의미를 담은 맑은 목소리가 장내에 울려 퍼졌다. 바이올린 선율을 뚫을 만치 당당하고 청아한 음색에 모두 일제히 뒤를 돌아보았다.

그곳에는 안나가 입은 것과 한 치의 오차도 없이 똑같은 드레스를 입은 엘리샤가 서 있었다.

"……이, 이게 어떻게 된 일이지?"

"펜블렌 공작 부인이잖아?"

"두 사람, 드레스가 똑같아!"

혼란에 빠진 사람들이 웅성거렸다.

엘리샤는 당황스러운 얼굴로 자신을 내려다보는 안나를 향해 미소 지으면서 말했다.

"제 드레스를 훔쳐 간 범인을 찾은 것 같군요."

엘리샤는 최대한 감정을 죽이고 이성적으로 나서기 위해서 안간힘을 쓰고 있었다. 그러나 무대 위에 선 안나의 꼴을 보고 있자니 화가 나서 참을 수가 없었다. 자신이 만든 드레스를 제 창작품인 양 입고 우쭐대는 모습이란…….

엘리샤는 당장이라도 그녀를 무대에서 끌어 내리고 싶었지만, 겨우 참고 있었다.

"안나, 변명이라도 해야 할 때 아닌가요?"

"펜블렌 공작 부인, 아무래도 뭐…… 뭔가 오해를 하신 것 같은데요."

와중에도 안나는 순진한 얼굴로 무척 당황스럽다는 기색이었다. 정말 난감해서 어찌할 바를 몰라 하는 사람처럼 그녀는 연신 카일리 후작 부인을 살폈다.

그러나 그런 모습조차 엘리샤에게는 전부 가식으로 느껴졌다. 그녀의 이면을 몰랐을 때는 저 순진하고 선한 얼굴에 속아 넘어갔겠지만, 이제는 달랐다.

안나의 검은 눈동자는 연신 제 눈을 믿을 수 없다는 듯 엘리샤의 드레스를 향했다.

'믿을 수 없겠지. 안나, 당신이 훔친 드레스가 한 벌 더 있었을 줄은 꿈에도 몰랐을 거야.'

상황을 지켜보던 카일리 후작 부인 역시 고개를 갸웃거리다가 결국 자리에서 일어서서 나왔다.

"펜블렌 공작 부인, 드디어 오셨군요! 그런데 대체 무슨 일인가요? 무슨 문제라도 있는 건가요?"

엘리샤는 안나의 드레스를 가리키면서 말했다.

"네, 부인. 정확히 그녀의 드레스에 문제가 있어요."

"……으음."

엘리샤의 말에 카일리 후작 부인도 두 사람의 드레스를 번갈아 보았다.

"그러고 보니 공작 부인께서는 본선을 위해 준비한 드레스를 잃어버렸다고 했었지요?"

"맞아요."

"그럼 지금 입고 계신 드레스는?"

"드레스 퍼포먼스 연습을 위해서 예비로 두 벌 만들어 놓은 것이에요."

엘리샤의 말을 들은 엘리노어 역시 혼란스러웠다. 품위 있는 자신의 사교 모임에서 이런 일이 일어날 거라고는 예상하지 못한 터였다. 우아함과 격식, 전통을 자랑하는 모임에서 드레스 도난 사건이 일어나다니…….

드레스의 진실 공방 여부를 떠나서 자신이 애써 가꿔 온 모임이 흐트러지는 것 같아서 스트레스가 밀려왔다. 하지만 바로잡아야 할 것은 바로잡아야 했다.

카일리 후작 부인이 안나를 보며 입술을 열었다. 자신이 그 누구보다도 애정 어린 눈길로 대했던 그녀였다.

"후…… 카미엘 영애."

카일리 후작 부인이 안나를 부르자, 그녀의 커다란 검은 눈동자에는 이미 눈물이 그렁그렁 맺혀 있었다.

"……네, 부인."

안나는 금방이라도 펑펑 울어 버릴 기색이었다. 하지만 지금 이 자리에서 눈물은 대중의 마음을 사로잡을지는 몰라도, 카일리 후작 부인 앞에서는 오히려 역효과였다.

급격하게 주름이 팬 눈가를 찌푸리면서 엘리노어가 다시 말했다.

"눈물을 거두세요."

그건 명령에 가까운 말이라는 것을 엘리샤만 느낄 수 있었다.

"흑…… 쿨쩍."

고개를 끄덕이는 안나의 얼굴에서 눈물이 또르르 굴러떨어졌다. 카일리 후작 부인은 몹시 한계치에 다다른 표정이었다.

하기야 카미엘 영애이기에 그동안 특별히 다정함을 받았던 것이지, 평소의 카일리 후작 부인은 인자하기보다는 차갑고 냉정한 사람에 가까웠다.

설원의 레이디라는 별명은 단순히 테본 지역의 눈 내리는 기후에만 해당하는 것은 아닌 터였다.

"카미엘 영애? 어찌 되었든 무대를 계속할 수는 없겠군요. 내려와요."

그러나 안나는 눈물범벅이 된 얼굴로 세차게 고개를 흔들더니 말했다.

"그, 그럴 수 없어요. 저는…… 억울해요. 결코 공작 부인의 드레스를 훔치지 않았어요."

"그렇다면 찬찬히 이야기해 보세요."

엘리샤는 기가 막혔지만, 일부러 가만히 있었다. 얼마든지 날조된 변명 따위를 들어 줄 용의가 있었다.

"이건 맹세코 제가 만든 드레스에요. 물론, 이번에 만든 것은 아니지만요. 그 증거로 제 이니셜로 여기에 자수를 놓았어요. 아시잖아요. 제가 제작한 드레스에는 전부 이니셜을 새긴다는 것을요."

안나는 눈물을 훔치곤, 제법 일목요연하게 증거를 제시했다. 그러고는 입고 있는 드레스를 뒤집어 이니셜 'A'가 적힌 것을 보여 주었다.

카일리 후작 부인이 다가가 확인했다.

"그것은 익히 알고 있지만 확실한 증거라고 할 수는 없겠군요. 펜블렌 공작 부인은 어떻게 생각하시나요?"

엘리샤가 안나를 똑똑히 바라보면서 말했다.

"정말 그 드레스를 당신이 만들었다면, 옷본을 보여 줄 수 있나요? 아님 그려서라도 보여 주세요."

"……그건 말도 안 되는 말씀이에요, 공작 부인. 이 드레스는 만든 지 3년도 더 된 것이에요."

"하, 참."

안나의 말에 엘리샤는 코웃음이 절로 나왔다.

"실례지만 저는 이 자리에서 제가 만든 드레스의 옷본을 그릴 수 있어요. 그리고 이 드레스에는 비밀이 있어요. 이걸 훔쳐 간 사람은 전혀 알지 못하겠지만요. 카일리 후작 부인, 드레스 품평회에서 소란을 일으켜서 죄송해요. 하지만 저는 카미엘 영애 때문에 제 드레스 품평회를 망치고 싶지는 않아요. 다음 순서는 제가 나가도 될까요?"

"……물론이에요, 펜블렌 공작 부인."

카일리 후작 부인 역시 지금의 엉망진창이 된 분위기를 전환하고 싶었다.

"제 드레스를 보시고 직접 판단해 주세요."

엘리샤는 담담한 얼굴로 말했다.

그녀의 의도를 파악한 카일리 후작 부인이 고개를 끄덕였다. 그리고 진행을 위해서 다시 무대 위로 올라섰다. 안나는 침울한 얼굴로 무대에서 내려왔다.

"저도 이런 일은 처음 겪는군요. 약간의 소란이 있었습니다만 너그럽게 양해 부탁드립니다, 레이디 여러분. 첫 번째 후보인 안나 카미엘 영애의 무대는 일단 보류되었고, 이어서 예선 2위였던 엘리샤 드 펜블렌 공작 부인의 무대가 기다리고 있는데요. 이번 무대로 드레스의 진실이 밝혀질 것으로 보이는군요. 그럼, 기대해 봅니다. 사교 모임 첫 참가부터 남다른 열정을 보여 준 그녀이기에 더욱 눈길이 가는군요. 소품 가위를 선택한 것도 특이했었지요. 그럼 시작합니다."

카일리 후작 부인이 무대에서 내려서면서 엘리샤를 향해 눈을 찡긋했다. 누구보다도 속이 상한 엘리샤에게는 그것이 약간의 위안이 되었다.

'아무 일도 없었던 것처럼 내가 생각한 대로만 하고 나오자.'

이윽고, 소품 가위를 위한 연주가 시작되었다.

높고 가느다란 바이올린 선율만이 아슬아슬하게 이어졌다가 첼로가 합류하면서 보다 경쾌해졌다.

엘리샤는 준비해 온 재봉 바구니를 가지고 무대 위로 올라섰다. 원형 무대 위로 오른 순간, 그녀는 모든 것을 잊었다. 원점으로 돌아간 기분이었다.

엘리샤는 무대 위를 천천히 빙글빙글 돌면서 누볐다. 분명 안나와 같은 드레스를 입었음에도 풍기는 분위기는 전혀 달랐다.

엘리샤가 입은 분홍색 드레스는 꼭 알맞은 주인을 찾은 듯, 그녀와 한 몸을 이루고 있었다. 더욱이 엘리샤는 풍성한 분홍 머리카락을 수수한 검은 리본으로 반 묶음 한 것 외에는 특별히 더 꾸민 것이 없었다.

화려한 액세서리도 걸치지 않았고, 굽 높은 펌프스도 신지 않은 맨발이었다. 그래서일까. 수줍은 장미 꽃송이의 가녀리면서도 청초함이 물씬 풍겼다.

조심조심 한 걸음을 떼는 엘리샤의 발아래로 장미 꽃잎이 하나둘 떨어졌다. 그야말로 분홍색 꽃길이 차곡차곡 만들어지는 것처럼 보였다.

안나를 찬양하던 무리들도 입술을 꼭 다물고 넋을 놓고 무대를 감상했다. 카일리 후작 부인도 눈을 반짝이면서 집중하고 있었다.

그러나 단 한 사람, 안나만이 엘리샤의 무대를 삐딱하게 고개를 들어 보고 있었다. 어차피 자신에 의해서 이미 공개된 드레스였다.

엘리샤가 이제 와서 할 수 있는 건 아무것도 없었다. 그녀의 무대는 이미 망쳐졌고, 자신과 엘리샤가 우연히 같은 드레스를 만든 것으로 이야기가 나올 것이었다. 그것도 자신이 3년 전에 먼저!

엘리샤에게 드레스가 한 벌 더 있었던 것으로 한 방 먹고 말았지만, 안나는 크게 두렵지 않았다. 아니, 어쩌면 그래야만 했다. 안나 카미엘이 두려워할 일 따위는 결코 생기지 않아야 했다.

사람들은 모두 자신의 편이었다. 카일리 후작 부인도 자신의 편이었다. 그렇게 믿자 안나는 좀 더 마음이 편안해졌다.

'그래, 그럴 거야. 엘리샤가 이제 와서 아무리 잘해 봐야 결과

는 똑같아.'

손거울에 슬쩍 비친 안나의 얼굴은 더 이상 천사 같은 미소를 짓고 있지 않았다.

털썩!

장미 꽃봉오리 형태의 드레스를 잘 보여 주기 위해서 천천히 턴을 하던 엘리샤는 일순, 바닥에 주저앉았다.

재봉 바구니를 한참 뒤적거린 엘리샤는 헤헤 웃음 지으면서 가위를 꺼내 들었다. 어린 시절 재봉 도구를 처음 발견했던 기억을 떠올리자 자연스레 웃음이 나왔다.

초록 천을 감은 가위를 오른손에 낀 채 엘리샤는 또다시 무대 위에서 턴을 하면서 빙글 돌았다. 아까보다는 점점 속도가 빨라졌다.

엘리샤는 마치 장미꽃의 가시가 뻗어 자라듯이 가위를 서서히 들어 올렸다.

마침 바이올린과 첼로의 선율도 점차 빨라졌다. 엘리샤는 가위를 한 바퀴 핑 돌려서 다시 붙잡았다.

착!

사실 가위는 크고 묵직한 편이었지만 그녀가 가위를 한두 번 다루어 본 게 아니기도 했고, 이번 무대를 위해 몇 번이나 회전하는 법을 연습해 왔다.

"와아아!"

관중들이 놀랐고, 일부에서는 환호를 보냈다.

엘리샤는 거기에서 멈추지 않았다. 이제부터 그녀가 보여 주고 싶은 드레스의 시작이었으니까.

그녀는 가위를 단단히 붙잡고, 나머지 손으로 과감하게 오버 드레스의 가장 밑단을 들어 올렸다. 레이스로 이루어진 언더 드레스 안으로 엘리샤의 다리 실루엣이 살짝 비쳤다. 그 모습이 묘하게 여성스러웠다.

사아아악!

들어 올린 원단에 가위의 칼날을 대고, 그대로 가위를 움직였다.

드레스를 입은 상태로 원단을 자른다는 게 쉬운 일은 아니었다. 비슷한 다른 드레스로 연습을 한 결과, 그녀는 선이 딱 떨어지도록 원단을 가를 수 있었다. 무언가를 만들기 위해 밑단을 마치 날개처럼 둥글게 갈랐다.

누군가 박수를 쳤지만, 엘리샤는 그 소리가 귀에 들어오지 않았다. 가른 원단을 뒤집자, 속에는 보다 진한 분홍빛의 새틴이 드러났다. 엘리샤는 그것을 언더 드레스와 오버 드레스 사이에 뺑 두른 후, 간단한 바느질로 고정했다.

그런 후에 이어진 엘리샤의 행동에 모두 깜짝 놀랐다. 갑자기 속치마인 언더 드레스를 벗어 던진 것이다.

엘리샤가 그대로 나풀나풀거리면서 팽그르르 턴을 수십 번 돌았다.

가장 겉에 있던 오버 드레스가 촤르륵 펼쳐지면서 그 안에 감춰져 있었던 수겹의 분홍색 새틴들이 마치 활짝 핀 장미꽃처럼 화사하게 피어났다. 그 속에서 끝없이 떨어지는 분홍색 장미 꽃잎들이 어느새 바닥에 쌓여 있었다.

이윽고, 음악이 그칠 때까지도 턴을 하던 엘리샤가 행동을 멈췄고, 장미 꽃잎을 한 움큼 집어서 웃으면서 제 머리 위로 뿌렸다.

모두를 집중하게 하는 마법이라도 건 듯, 그렇게 엘리샤가 준비한 드레스 퍼포먼스가 끝났다.

누가 먼저 쉬이 박수나 환호를 하기도 조심스러울 만큼 깊이 몰입하고 빠져든 쇼였다. 단순한 드레스 품평회라고는 생각되지 않았다.

모든 것을 마친 엘리샤는 조용히 숨을 고르면서 얼떨떨하게 사람들을 내려다보았다.

그때 엘리샤의 테이블 쪽에서 가장 먼저 박수가 들려왔다. 윌리엄 부인이 일어서서 박수를 치자, 테이블 인원 모두가 일어나 박수를 쳤다.

그 분위기를 타고 다른 사람들도 몇몇 일어나서 기립 박수를 쳐 주었다. 다들 얼얼한 표정들이었다.

카일리 후작 부인 역시 마찬가지로 몹시도 깜짝 놀란 얼굴이었다. 그녀는 진행하는 것을 깜빡했는지 한 박자 느릿하게 무대 위로 올라섰다.

"오우, 할 말이 나오지 않는데요. 무척이나 세심하게 준비하고 연출한 드레스 퍼포먼스로군요. 펜블렌 공작 부인, 드레스 잘 봤어요. 자세한 평가는 추후에 하도록 하겠습니다. 특별히 하고 싶은 말씀이 있나요?"

엘리샤는 아직도 팔딱거리는 심장을 조금 진정시킨 후, 입술을 열었다. 무대에 오르기 전에는 긴장을 안 했는데 어째서인지 지금은 가슴이 쿵쾅거려서 죽을 지경이었다. 무언가 말을 해야겠는데 머릿속이 새하얘져서 아무 말도 생각이 나지 않았다.

"아, 음. 네. 꼭, 꼭 할 말이 있었어요. 사실 이 드레스에는 이름이 있어요. 로즈버드라는 이름인데, 장미 꽃봉오리라는 뜻이에요."

"로즈버드라, 예쁘고 꼭 어울리는 이름이군요. 참으로 감동적이랄까요. 하고 싶은 말이 매우 많지만, 일단 여기에서 줄이겠습니다. 레이디 엘리샤 드 펜블렌, 수고하셨습니다."

"네, 감사합니다."

엘리샤는 드레스를 붙잡고 공손히 인사를 하고는 무대 아래로 내려왔다. 어쩐지 눈물이 날듯이 행복하고, 무척이나 떨려서 아직도 꿈을 꾸는 것 같았다.

* * *

안나는 무의식적으로 의자 손잡이를 초침보다 빠른 속도로 두드려 댔다. 시커먼 눈동자가 이리저리 흔들렸다. 엘리샤의 무대를 보는 내내 안나는 극도로 불안하고 초조한 상태로 변해 가고 있었다.

자신감 있고 선하게 빛나던 검은 눈동자는 어디론가 사라지고, 거칠하고 창백해진 눈매와 죽어 버린 눈동자가 그녀의 얼굴을 채우고 있었다.

'엘리샤가 가위를 선택한 이유가 바로 저것이었어?'

너무 놀라면 아무 말도 나올 수 없다고 하던가. 지금 안나가 딱 그러했다. 아니, 그 어떤 말이나 사고도 할 수 없었다.

충격적일 만치 신선한 발상, 아름다운 무대와 어우러지는 드레스가 그녀의 심장을 세차게 두드려 댔다. 이 드레스의 진정한 주인이 엘리샤라는 사실이 온천지에 드러났지만, 그보다 더욱 안나의 심장을 죄여 온 건 다른 이유였다. 저토록 엘리샤의 재능이 빛날 줄 예상 못 했던 터였다.

그녀는 숨이 막혀 올 지경이었다. 자신이 드레스를 훔쳐 왔다는 게 아주 멍청한 행각이 되었을 정도로 엘리샤는 드레스의 변신을 마법처럼 완벽하게 준비해 왔다.

'믿을 수 없어.'

때문에 무척이나 허망해졌다. 늘 자신이 당연히 우위에 있다고 생각했었다.

안나 카미엘은 카일리 후작 부인의 뒤를 이을 사교계의 꽃이었다. 그런 자신을 감히 꺾을 상대가 있으리라고는 생각하지 못했다.

원래 준비했던 대로 대관식을 준비했더라면 차라리 나았을까?

잿빛으로 푹 꺼져 있던 눈가를 문지르면서 안나가 엘리샤를 쏘아보았다.

'여기까지 온 이상 끝까지 우겨야 해. 누가 뭐라 해도 이건 내 드레스라고 말이야.'

안나는 무대가 끝나 어수선한 틈을 타서 연회장 밖 복도로 향했다. 시녀가 기다리고 있었다. 예비로 가져온 황금빛 드레스로 갈아입으면서 안나는 이를 사리물었다.

자신이 뒷걸음질을 치게 만든 상대는 처음이었다. 벗어 놓은 엘리샤의 드레스를 자신도 모르게 주먹으로 꽉 움켜쥔 안나는 제 시녀에게 명령했다.

"가서 이것 태워 주겠니?"

"예?"

시녀가 깜짝 놀라 되물었다.

"태우라고, 그거."

평상시 상냥한 안나의 목소리가 아니라는 것을 깨달은 시녀는 조용히 고개를 끄덕이곤, 드레스를 가져갔다.

본선 드레스 품평회가 끝난 뒤, 자신이 입은 드레스의 진위 여부를 위해서 엘리샤의 드레스와 분명 비교를 할 터였다. 그렇게 되면 바느질 방법이나 재단 방법 같은 작은 것들까지 낱낱이 파헤쳐진다. 그렇게 되면 끝이다. 그전에 차라리 없애 버리는 게 나았다.

안나는 다시금 자리로 돌아갔다. 기왕에 갈아입은 드레스, 무대에 다시 서게 해 달라고 해 볼 참이었다.

이번은 자신이 좀 흥분을 했었던 것 같다. 너무나 성급했다. 손 빠른 엘리샤가 드레스를 또 한 벌 제작했을 줄은 계산에 넣지 못했다. 그러나 생각하면 할수록 무언가 이상했다.

'어떻게 그렇게 드레스를 빨리 만들었을까?'

안나가 손톱을 잘근잘근 씹었다. 그나저나 이번 본선 무대를 제대로 마치지 못했으니, 자신이 생각했던 일 등의 결과인 손수건 다섯 장과 모든 영광은 그대로 날아갈 터였다.

모임에 참석한 처음부터 지금까지 한 번도 미끄러짐 없이 차곡차곡 모아 온 손수건과 카일리 후작 부인의 애정, 만인에게 누려 온 인기. 그 모든 것들이 한 번에 와르르 무너지지는 않겠지?

지금 자신의 수중에 있는 손수건의 개수는 총 열일곱 장이었다. 사교 모임에서 활동하면서 늘 최상위 평가를 유지했고, 많은 사람에게 사랑을 받았다.

그럼에도 불구하고 안나는 자꾸 조바심이 들었다. 이번 본선이 끝나면 아마 드레스메이커에 나갈 사람을 카일리 후작 부인의 손으로 직접 뽑을 터였다.

그때 추천을 받을 사람은 반드시 자신이 되어야 했다. 그러기 위해서는 최대한 많은 숫자의 손수건이 필요했다.

안나는 눈썹을 까딱 치켜 올렸다. 지금이라도 손수건 상인에게서 손수건을 구비해 두는 편이 좋지 않을까?

그렇게 하면 다른 사람이 사지 못하도록 할 수도 있겠지. 마음이 조급해진 안나는 즉시 실행에 옮기기로 했다. 그녀가 옆자리에 우두커니 인형처럼 앉은 시아라 영애의 귓가에 속삭였다.

"잠깐, 저 좀 볼까요?"

자신을 불러낸 안나를 보며, 시선을 내리깐 채 공허한 입술로 시아라 영애가 자그맣게 물었다.

"용건이 뭐죠?"

잘 알고 있으면서 누누이 묻는다. 손수건 상인인 그녀에게 거래 외의 친목을 목적으로 말을 거는 사람은 아마 단 한 명도 없을 텐데…….

안나가 당연한 투로 대답했다.

"손수건을 거래하러 왔어요."

반쯤 내려온 눈꺼풀을 겨우 들어 올리곤, 시아라 영애가 설핏 상대를 보면서 대답했다.

"필요한 개수는 몇 장이죠?"

"……다섯 장, 아니 세 장."

스무 장이면 아무도 자신을 따라잡지 못할 것이다. 숫자를 번복한 안나가 시아라 영애를 내려다보았다. 그녀는 하얀 눈동자로 안나를 지그시 바라보았다.

"거래 대가는 아시겠지만 당신의 치명적인 비밀 3가지와 30만 골드에요."

"물론 알아요. 하지만 조금 섭섭하군요. 내가 그동안 거래한 손수건만 해도 몇 장인데요. 단골에게는 원래 할인을 해 주는 법이잖아요."

안나가 웃으면서 그리 말했지만, 상대는 묵묵부답이었다.

"……."

"시아라 영애, 이번에 당신에게 투표를 할게요. 이번 내 본선 무대는 망가졌지만, 당신은 아직 가능성이 열려 있잖아요."

"……거래 결렬되었어요."

"시아라 영애?"

스윽, 하고 그대로 몸을 돌려 나가려는 시아라 영애를 붙잡은 안나가 입매를 굳히며 말했다.

"이렇게 부탁하는데도 안 되겠어요?"

시아라 영애는 그저 안나를 빤히 바라보고만 있었다.

"……좋아요. 알겠어요. 말씀하신 조건 그대로 거래할게요."

안나가 졌다는 듯 말했지만, 시아라 영애의 하얗고 탁한 백안이 슬쩍 회색빛을 띠었다.

"글쎄요. 거래 조건이 방금 바뀌었어요."

"그게 무슨 말이에요?"

"치명적인 비밀 대신에 무대에서 입은 드레스의 진실을 적는다면 손수건 세 장을 드리죠. 거래, 하시겠어요?"

자신을 조롱하는 것이 분명한 비릿함이 밴 미소였다. 심한 모욕감이 치밀었다. 파사삭, 가슴속에서 뭔가가 끊어지는 소리가 들렸다. 안나는 말없이 홱 돌아서서 자리를 떠났다.

또각, 또각, 또각.

안나의 뒷모습을 보면서 시아라 영애가 중얼거렸다.

"드디어 가면을 벗으셨군."

입가에는 희미한 미소가 있었다.

* * *

보름 전.

얇은 커튼을 사이에 두고, 은밀한 대화가 오가는 중이었다. 그윽한 차향이 방 안을 가득히 채웠지만 시아라는 인형처럼 꼼짝 않고, 나무 상자 하나를 끌어안은 채로 서 있었다.

"……고생했구나. 이번에는 몇 건이지?"

"직접 확인해 보시면 아실 거예요."

"그래, 이리 줘."

시아라가 몇 발짝 걸음을 옮겨 그녀의 손에 직접 상자를 건네주었다. 그러자 익숙한 손놀림으로 그녀가 소매 춤에서 꺼낸 열쇠로 상자를 열고는 안에 든 종이들을 꺼내 세어 보았다.

안에는 총 열여섯 장의 종이가 들어 있었다. 누군가의 치명적인 비밀이 적혀 있는.

"역시 다들 꾸준히 거래하고 있구나. 손수건을 사 간 이들은 누구누구지?"

그러자 시아라가 종이 한 장을 건네주었다.

"역시 예상대로구나. 가짜 비밀은 없었겠지?"

"네."

시아라가 고개를 끄덕이며 대답했다. 영적인 능력이 있는 그녀는 손을 대고 기를 느끼면, 진실인지 거짓인지 판별할 수 있었다. 바로 그 힘 때문에 손수건 상인이 된 것이었다. 그러나 그녀 역시 비밀의 내용까지는 들여다볼 수 없었다.

"고생 많았다."

그녀가 내민 티 상자를 시아라 영애는 얼른 받았다. 바로 라그라스 차였다. 상자를 단숨에 열어 향을 맡은 시아라 영애는 약간 안도한 얼굴로 다시 닫았다.

"미안하구나. 라그라스가 고지대의 절벽에서만 자라서, 약초

꾼들도 잘 가려고 하지 않아. 점점 캐는 양이 줄어들고 있어."

"괜찮아요, 전."

"가여운 것."

측은히 여기는 말투에 시아라는 공손히 고개를 꾸벅하고는, 라그라스 차를 꼭 끌어안고 나갔다. 알비노인 그녀는 선천적으로 안구 질환을 갖고 있었다. 이대로라면 서서히 눈이 멀 것이었다. 다만 그 속도를 늦춰 주는 효능이 있는 약이 바로 이 라그라스 차였다.

곧장 달려 나간 시아라가 시녀를 찾아 차를 우려 줄 것을 부탁했다. 차를 한 잔 마시고 나자, 뿌옇게 낀 안개가 금세 사라지고 세상이 한층 맑게 보였다.

* * *

긴장이 풀리자 그만 다리가 후들거렸다. 엘리샤는 겨우 테이블로 돌아와서 앉았다. 안나와 시아라 영애는 어디를 갔는지 보이지 않았다. 그레이스 부인이 그녀의 손을 꼭 잡고는 너그러운 말투로 말했다.

"정말 감명 깊은 무대였어요, 펜블렌 공작 부인."

부인의 눈가가 촉촉하게 젖어 있어서 엘리샤도 왠지 모르게 마음이 뭉클해졌다.

"좋게 봐 주셔서 감사해요. 부인의 우아한 무대도 기대하고 있어요."

엘리샤가 눈을 곱게 휘면서 웃었다. 누구든 보면 기분이 좋아질 아이처럼 맑은 그런 미소였다. 그 모습에 그레이스 부인은 왠지 손녀가 생각나서 마주 보며 웃어 주었다.

"세 번째 무대의 주인공은 예선에서 3위로 통과했던 레이디 그레이스 포입니다. 진정 세월을 아름답게 보내는 방법을 아시는 분이지요. 그 기품만은 저도 늘 배워 갑니다. 소품 중 보석을 선택하신 레이디 그레이스 포, 준비되셨으면 나와 주세요."

카일리 후작 부인의 진행이 들려오자, 인자한 그레이스 부인의 얼굴에도 새삼 긴장감이 역력하게 느껴졌다. 심호흡을 크게 들이켜는 그녀를 보고는 엘리샤가 따스하게 말했다.

"잘 해내실 거예요."

"고마워요, 공작 부인."

그레이스 부인에게도 엘리샤는 꽤 인상 깊은 인물이었다. 맑고 투명한 인상과 어린 나이임에도 그녀는 드레스를 만드는 솜씨가 뛰어났다. 엘리샤 역시 그레이스 부인이 순수하면서도 기품을 지닌 본받고 싶은 분이란 생각을 하고 있었다.

은종이 딸랑딸랑 울리고, 서서히 바이올린 연주가 끊어질 듯 말 듯 울려 퍼졌다. 바이올린 연주자는 거의 하는 둥 마는 둥 아주 느릿한 속도로 현을 켰다.

무대 위에 선 그레이스 부인은 어느새 긴장을 털어 내고 노련한 표정을 짓고 있었다.

그레이스 부인의 소품은 크고 반짝이는 보석이었으나, 보석의 모습은 어디에서도 보이지 않았다. 또한 생각보다 그녀의 드레스는 무척 수수한 것이라 다들 의외라는 반응들이었다.

따스한 느낌을 주는 베이지색 드레스는 네크라인이 목까지 올라왔으며, 사각형의 라인을 따라서 프릴이 달려 있었다. 가장 하이라이트는 드레스의 목 뒤부터 주름 형태로 발밑까지 이어지는 기다란 로브였다.

전체적으로 포근하고 따스한 느낌을 주는 드레스였다. 소품 보석이 어디 있는지 모두 눈을 크게 뜨고 찾았지만 보이지 않았다.

"색백 가운(sackback gown)이 저렇게 예쁜 드레스였구나."

엘리샤도 이제야 좀 긴장이 풀렸는지 눈을 동그랗게 뜨고 그레이스 부인의 무대를 흥미롭게 지켜보고 있었다.

그레이스 부인은 천천히 무대 위를 걸어 다니다가, 그동안 무대 구석에 놓아두었던 작은 바구니를 꺼냈다.

바구니 안에는 헝겊으로 싸여진 뭔가가 들어 있었다. 그녀는 그것을 조심스레 안아 올렸다. 반짝거리는 것을 보아 보석인 것 같았다. 마치 아기를 다루듯 어루만진 그녀가 이내 그것을 품에 꼭 안았다.

그제야 모두 그녀의 의도를 알아차릴 수 있었다. 어머니에게 보석만치 소중하고 빛나는 것은 아기의 존재였다. 보석을 따스하고 아름다운 모성애로 풀어낸 것이 놀랍고도 감동적이었다.

음악이 멈출 때까지 그레이스 부인은 내내 보석을 소중한 아이를 보듯이 사랑스럽게 바라보면서 토닥토닥 잠을 재워 주기도 하고, 어르기도 했다.

보는 이의 마음이 따뜻해지는 무대에 엘리샤와 카일리 후작 부인의 얼굴에도 미소가 떠올랐다.

엘리샤는 그레이스 부인이 1위를 해도 부족함이 없을 것 같다는 생각을 하면서 고개를 주억거렸다.

이윽고, 무대가 끝나고 모든 사람들이 이 분위기를 깨지 않고, 조용히 손수건을 흔들었다. 카일리 후작 부인도, 엘리샤도, 시아라 영애마저 손수건을 꺼내어 흔들고 있었다.

"반전과 울림이 있는 무대였군요. 가면 갈수록 더욱 흥미진진해지는 본선 드레스 품평회네요. 레이디 그레이스 포, 포근함이 느껴지는 드레스와 연출이었습니다. 자, 이제 마지막 무대가 있기 전 숨 좀 돌릴 겸 잠시 티타임을 가져 보도록 하지요."

카일리 후작 부인이 신호를 보내자, 악단의 연주자들이 경쾌한 왈츠를 연주했다. 흥겨운 음악이 깔리자, 본선의 긴장된 분위기가 살짝 풀리면서 각 테이블마다 말소리가 커졌다.

시녀들이 애프터 눈 티세트를 나르느라 분주해졌다. 삼삼오오 모인 사람들은 달콤한 디저트들과 어우러지는 향긋한 차를 홀짝이면서 머리를 맞대고 누굴 뽑아야 할지 속닥거렸다.

"카미엘 영애는 이번 본선에서 안 될 것 같아요. 펜블렌 공작 부인과는 비교도 되지 않는 무대였어요. 그녀야말로 드레스의 진정한 주인이에요. 아직도 가슴이 두근거리는군요!"

"저도요. 이번 무대로 인해서 공작 부인을 다시 보게 되는 계기가 되었다고요."

"확실히 공작 부인의 드레스가 아름다웠지만 저는 가슴이 뭉클했던 그레이스 부인의 드레스가 마음에 와닿던걸요."

"난 그래도 카미엘 영애에요. 아직 공작 부인의 드레스를 훔쳐갔다는 확실한 증거가 없잖아요?"

스윽.

그리 떠들던 부인의 뒤로 그림자 하나가 비쳤다. 차를 즐기다가 문득 들려온 말에 엘리샤는 이대로는 안 되겠다 싶어 주먹을 꼭 쥐었다.

파르르.

손은 떨렸지만 보라색 눈동자는 결코 흔들림이 없었다.

"실례합니다만, 부인. 제 무대를 끝까지 지켜보셨는데도 그렇게 생각을 하시는 건가요?"

"어머……."

저희들끼리 나누던 잡담에 갑자기 무대의 주인공이 나타나자 여인들은 서로의 눈치들만 보다가 입술을 꾹 다물었다. 특히 안나를 두둔한 부인은 얼굴이 벌게져서 고개를 숙였다.

"아, 아니. 꼭 그렇다는 건 아니지만 또 아주 확실히 밝혀진 것은 아니니까요."

개미만 한 목소리가 들려오자, 엘리샤는 또박또박 자신의 의사를 전달했다.

"카미엘 영애가 제 드레스를 훔쳤다는 증거는 제가 가지고 있어요. 아주 확실히 밝힐 예정이니 기대하도록 하세요."

"……."

엘리샤는 그 말만을 남기고, 뒤돌아서 당당히 걸어갔다. 순간 모두 얼이 빠진 듯 그녀의 뒷모습만을 멍하니 바라보다가 엘리샤의 모습이 저만치 멀어지자 그제야 웅성거리기 시작했다.

안나를 두둔한 부인은 왠지 졸아든 가슴을 쓸어내렸다.

"거봐요. 내가 뭐랬어요?"

"그나저나 펜블렌 공작 부인, 방금 너무 멋지지 않았어요?"

누군가의 말에 부인들 모두가 고개를 끄덕였다. 십 대라는 나이가 무색하게도 방금 전 펜블렌 공작 부인에게는 범접하지 못할 위엄이 서려 있었다.

*　　*　　*

연회장 안에서 티타임이 흐르는 동안 안나는 카일리 후작 부인을 찾아 헤매고 있었다. 시녀장 메리를 찾은 안나가 눈을 빛내면서 다가가 그녀의 팔을 붙잡았다.

"메리, 대모님은 어디 계세요?"

안나는 친근한 척 살갑게 물었지만, 메리는 화답 대신에 고개를 내리깔고 조용히 대답했다.

"……후작 부인께서는 이 층 테라스에서 쉬고 계세요."

"고마워요."

안나는 황금빛 드레스 자락을 말아 쥐고 급하게 층계를 뛰어올라 갔다. 그녀의 뒷모습을 바라보던 메리가 고개를 가로젓다가 이내 발걸음을 옮겼다.

과연 테라스에는 엘리노어가 팔짱을 낀 채 바깥 풍경을 내려다보고 있었다. 세찬 바람이 불어와 은색 드레스를 마구 나부끼게 했지만, 오히려 그녀는 그걸 즐기고 있었다. 그녀는 찬바람을 쐬는 것으로 혼자만의 시간을 보내면서 머리를 식히고 싶었다. 그러나 그 계획은 곧 들이닥친 안나에 의해 틀어졌다.

"대모님!"

익숙한 목소리에 엘리노어는 뒤를 돌아보았다. 안나가 밝게 웃으면서 한층 가까이 다가와 물었다.

"무슨 생각을 그렇게 깊이 하고 계세요?"

엘리노어는 기가 막혔다. 공작 부인의 드레스를 훔쳐 당당히 입고 온 것만으로도 기함할 일인데, 저 아이는 평상시와 다름없다는 듯 쾌활하게 미소 짓고 있었다. 도무지 자신의 사고로는 이해할 수 없는 일이었다.

대답 대신 엘리노어는 입술을 굳게 다물었고, 그 모습에서는 냉담한 분위기가 흘렀다.

"대모님? 왜 그러세요?"

어색함을 풀어 보려 살갑게 웃는 안나가 애교스러운 목소리로 재촉했다. 안나의 얼굴을 외면한 엘리노어가 조용히 입술을 열었다.

"가거라. 지금은 대화하고 싶지 않구나."

그래도 자신이 오랫동안 어여삐 여기던 아이였다. 솔직히 일이 이렇게까지 되지 않았더라면, 안나에게 이 모임을 물려줄까 생각도 했었다.

하지만 그랬더라면 어찌 됐을지 상상만 해도 끔찍했다.

그녀에게는 좀 더 생각을 정리할 시간이 필요했다.

"……저는 드릴 말씀이 있어요."

안나가 방긋 웃으면서 고집을 피웠다.

"지금은 듣고 싶지 않구나. 나중에 이야기하재도?"

"지금 해야겠어요."

"……."

짜증이 치밀었지만 엘리노어가 침묵하자 긍정의 뜻으로 알아들었는지 안나가 제멋대로 말을 시작했다.

"한 번만 더 무대에 설 기회를 주셨으면 해요. 제가 원래 무대를 위해서 준비했던 드레스는 사실 지금 입은 이 드레스에요. 이 드레스를 선보이지도 못하고 무대에 오르지 못하면 너무나 아까울 것 같아서요."

"……뭐?"

안나의 말을 들은 엘리노어는 순간 자신이 잘못 들었나 싶었다. 지금 눈앞의 이 아이는 자신이 어떤 처지에 놓여 있는지 잘 모르고 있는 것 같았다. 그 정도로 멍청한 아이는 아니라고 생각했는데.

"안나. 그럴 수 없다. 넌 무대에 설 자격이 없어. 너는 공작 부인의 드레스를 훔쳤다는 의심을 받고 있잖니?"

엘리노어의 말에 안나의 검은 눈동자가 미세하게 흔들리다가 이내 말했다.

"그게 어때서요?"

너무나도 당당한 대답에 엘리노어는 눈살이 절로 찌푸려졌다. 그러나 이어지는 안나의 말은 더욱더 황당했다.

"확실하지도 않은 일을 두고 그러시는 건 사교 모임의 주최자로서 공정치 못하세요. 그것 역시 제가 만든 드레스가 확실한걸요."

엘리노어는 충격적이었다. 지금까지 이런 아이를 자신이 그리도 아껴 주었던가. 제 눈이 의심스러울 지경이었다.

"이런…… 내가 사람을 잘못 봐도 한참 잘못 봤구나."

"대모님, 아시잖아요. 사람들은 저를 원한다는 거. 대중들은 저를 사랑해요. 저만큼 테본의 유행을 앞장섰던 사람이 또 있을까요? 저를 잃는다면, 가장 속상한 건 누구일까요? 대모님이 모임을 얼마나 사랑하시는지 가장 잘 아는 건 저밖에 없고, 또한 이 모임을 살릴 사람도 저밖에 없어요."

뻔뻔함을 넘어섰다. 그녀가 이 정도로 오만한 생각을 가지고 있었을 줄은 몰랐기에 엘리노어의 회색 눈동자는 싸늘하게 식어갔다.

"네 무대는 영원히 없을 거다. 네가 드레스를 만든 것이 사실이라고 해도 말이야."

"……글쎄요. 두고 보세요. 제게 기회를 주지 않으신 건 정말 후회하실 거예요. 사람들은 제게 표를 던질 거라고요. 그리고 손수건을 보유한 것도 제가 가장 많을 테니까요."

안나는 그리 말한 채 테라스를 떠났다. 발소리가 멀어지자, 엘리노어가 창밖을 내다보면서 중얼거렸다.

"그거야말로 두고 보면 알겠지."

*　　*　　*

티타임이 끝나자마자 진행이 시작되었다.

"특별히 예선에 통과된 오늘의 마지막 레이디, 아즈엘 시아라 영애의 무대가 남았습니다. 시아라 영애는 네 가지 소품 중에 검을 선택했었지요. 시아라 영애, 준비는 되셨나요?"

카일리 후작 부인의 물음에 시아라 영애가 고개를 끄덕이면서 자리에서 일어났다.

엘리샤가 응원의 인사를 건넸다.

"시아라 영애, 멋진 무대 기대할게요."

그러자 시아라 영애가 슥 가까이 다가오더니 엘리샤에게 귓속말을 전했다.

"진실은 승리할 거예요."

"아……."

짧은 말이었지만, 엘리샤는 그 말의 뜻을 정확히 이해할 수 있었다. 그녀가 눈빛으로 고맙다는 대답을 하자, 시아라 영애는 검을 든 채, 무대 위로 올라섰다.

"드디어 본선 마지막 무대의 막이 오릅니다."

카일리 후작 부인의 말이 끝나기가 무섭게, 바이올린의 선율이 비장하고 날카롭게 시작되었다.

음악이 시작되자 시아라 영애의 몸이 더욱 곧두서는 느낌이었다. 엘리샤가 본 그 어느 날보다도 시아라 영애는 생기가 있어

보였다. 늘 힘없이 축 처져 있던 모습이 아니었다.

검을 들고 있어서일까? 오늘만은 정말로 검사라도 된 양, 시아라 영애의 전신에서 카리스마마저 느껴졌다.

무대에 선 시아라 영애가 검을 가슴으로 당긴 채, 직선으로 세워 들었다. 마치 눈앞에 보이지 않는 적을 상대하는 듯, 시아라 영애는 검을 마구 휘두르기 시작했다.

시아라 영애의 드레스는 칼날처럼 푸른색이었고, 스커트 부분에는 마치 휘장처럼 화려하면서도 웅장한 무늬가 그려져 있었다.

드레스의 상체 부분은 어깨를 훤히 드러내 로맨틱하게 보이면서도, 하체 부분은 마치 새장처럼 밑단을 둥글게 부풀린 크리놀린(crinoline)이 들어 있었다.

"하!"

시아라 영애는 계속해서 상대와 검을 맞대는 자세를 취했다. 회전하면서 상대를 베기도 하고, 상대를 노려보면서 칼을 겨누기도 했다. 그럴 때마다 그녀의 스커트는 마치 전장을 나부끼는 깃발처럼 펄럭거려 보는 재미를 선사했다.

더욱이 절도 있는 움직임은 긴장감마저 느껴졌다.

'내가 아는 시아라 영애가 아닌 것 같아. 대단하다.'

바람처럼 움직이는 시아라 영애의 백발이 푸른 드레스와 무척이나 잘 어울렸다.

카일리 후작 부인 역시 무척 놀랐다. 앞을 온전히 보지 못하는 시아라 영애의 시력을 감안했을 때, 저 정도의 움직임은 생각지 못한 터였다.

타앗!

검을 휘두르고 난 후, 무대 바닥에 검을 내리꽂는 퍼포먼스를 선보인 시아라 영애는 검 위에 팔을 걸치는 여유마저 보였다.

호쾌한 무대에 카일리 후작 부인이 가장 먼저 박수를 쳤고, 이어서 엘리샤와 다른 사람들도 박수를 보냈다.

"칼날처럼 날카로운 무대 잘 보았습니다. 시아라 영애, 정말 검술을 배운 것처럼 능숙한 자세군요! 사실 가장 걱정한 무대였는데 잘 소화해 주었어요."

시아라 영애는 어쩐지 쑥스러움을 타는 듯, 고개를 까딱하고는 소품을 챙겨 서둘러 무대 아래로 내려왔다. 엘리샤와 그레이스 부인이 그녀에게 엄지를 치켜세워 주었다. 안나만이 혼자 돌처럼 굳은 듯 멍하니 앉아 있을 뿐이었다.

엘리샤는 조용히 안나를 살폈다. 자신을 뚫어져라 바라보는 시선에도 안나는 엘리샤를 한 번도 쳐다보지 않았다.

'기다려, 안나.'

엘리샤는 입꼬리를 슬쩍 들어 올렸다.

* * *

똑똑!

"들어와."

곧장 들려온 주군의 목소리에 반트는 피식 웃었다. 이렇게 빨리 대답을 하는 것은 그가 업무에 집중해 있지 않다는 뜻이었으므로.

당연히 그럴 테지. 오늘은 엘리샤 마님의 중요한 드레스 품평회가 있는 날이었으니.

"그래, 무슨 일인가?"

주군의 얼굴에는 '어서 볼일을 끝내고 나가 주게'라고 쓰여 있었기에 반트는 잡담을 생략하고, 간단히 용건만 전하기로 했다.

"오늘은 국외 동향이야. 리마 공국과 폴스 왕국의 전쟁은 이제 거의 잦아든 모양이야. 그렇게 앙숙처럼 싸워 대더니, 엘노아의 경제도 이제 슬슬 예전보단 활기를 찾게 되지 않을까."

반트의 보고에 루자크는 흐음 하고는 그럴 줄 알았다는 듯 고개를 주억거리면서 대답했다.

"뭐, 예상한 바였네. 어차피 양국이 전쟁에서 얻는 이익은 거의 없었으니 소모전일 뿐이었지. 완전히 회복세를 타려면, 몇 달은 더 걸리겠지. 그나저나 전쟁이 끝난 것은 천만다행이군. 폐하께서도 한시름 놓으시겠어. 그 지랄맞은 라이몬드도 한결 얌전해질 테고."

그의 이름이 언급되자 반트는 슬쩍 루자크를 살피면서 말했다.

"황태자의 그 광기가 잠재워진 건 테본을 떠나기 직전이었던 것 같은데……."

루자크가 친우의 얼굴을 스윽 훑었다. 저 안경 너머 반짝거리는 눈이 몹시도 눈에 거슬렸다.

"호기심은 몸에 해로우니 넣어 둬. 게다가 내가 잠재운 것은 더더욱 아니니 말일세."

"흐응, 그렇다면 역시!"

반트가 거기까지만 말을 했는데도 루자크는 눈썹을 씰룩거렸다. 더 이상은 용납하지 않겠다는 뜻이었다.

"어이, 랜디어스 경. 용건이 끝났으면 이만 나가 주게나. 나는 혼자 있고 싶으니까."

"알겠습니다, 각하."

반트가 예의를 차려 인사를 하곤, 쿡 하는 웃음을 삼키면서 서재를 떠났다.

* * *

후작가의 시종들이 무대를 정돈한 후 진행은 다시 이어졌다.

"이제 끝이 보이는군요. 이렇게 본선 드레스 품평회의 무대를 모두 지켜보았습니다. 오늘처럼 열띤 무대를 본 것도 참으로 오랜만이로군요. 마치 옛날로 돌아간 것처럼 두근거리기까지 하네요. 오늘 무대를 빛내 준 네 분의 후보자에게 다시 한 번 큰 박수 부탁드립니다."

짝짝짝!

후보자 네 명이 일제히 일어서서 모든 레이디를 향해서 공손하게 인사했다. 엘리샤도 드레스 자락을 살포시 들고는 인사했다. 이제 전부 끝이 났다 싶으면서도 긴장을 완전히 놓을 수가 없었다.

"이번 본선의 최종 결과는 저의 단독 평가가 아닌 여러분의 평가도 반영이 될 것이에요. 자, 지금부터 마음에 드는 후보자에게 표를 던지는 시간이 주어지겠습니다. 각자 나눠 준 종이에 후보자의 이름을 써서, 앞에 보이는 이 함에 넣도록 하세요."

카일리 후작 부인이 설명을 하는 동안, 시종들이 커다란 나무 함을 부인 앞으로 가져다 놓았다.

"이제 투표를 시작하겠습니다. 마음의 결정을 하신 분들은 한 분씩 나와서 투표함에 넣어 주시기 바랍니다."

말을 마치고 카일리 후작 부인이 후보자 쪽으로 걸어왔을 때였다.

엘리샤가 자리에서 일어나 손을 들었다. 한참 전부터 적당한 타이밍을 엿보고 있던 터였다. 자신과 같은 테이블에 앉아 있는 안나는 사람들에게 평가를 받을 권리가 없었다. 무대는 전부 끝이 났으니, 이제 드레스의 진실을 밝힐 차례였다.

"잠깐만요. 드릴 말씀이 있습니다."

"네. 무슨 일인가요, 펜블렌 공작 부인?"

이번에는 엘리샤가 자리에서 일어섰다. 그러곤 모두가 들을 수 있게 큰 목소리로 말했다.

"최종 평가 전에 제 드레스의 진실을 꼭 밝혀야겠어요. 안나 카미엘 영애는 드레스를 훔쳐 간 범인이 확실해요. 그녀는 이번 본선에서 심사를 받을 자격이 없어요."

엘리샤의 외침에 사람들이 다시 술렁거렸다. 안나가 코웃음을 치면서 일어나 말했다.

"여러분, 진정하세요. 펜블렌 공작 부인께서는 지금 오해를 하고 계신 것 같아요. 드레스가 좀 비슷하다는 이유로, 절 의심하시는 건 옳지 못한 일이에요. 게다가 제가 드레스를 훔쳤다는 명백한 증거나 이유가 있나요? 여러분, 제가 누군가요? 바로 안나 카미엘이에요. 제가 뭐가 부족해서 공작 부인의 드레스를 훔친단 말인가요?"

안나가 그리 말하자, 일부 사람들이 응원의 말을 외쳤다.

"맞아요! 저는 카미엘 영애 편이에요."

가면 갈수록 안나의 뻔뻔함이 더했다. 도무지 눈 뜨고 봐 주기 어려울 정도였다. 엘리샤는 입술을 꾹 깨물고는 말했다.

"카미엘 영애, 끝까지 자기 잘못을 인정할 줄 모르는군요. 좋아요. 지금부터 증거를 하나하나 보여드리죠."

"물론이에요, 어디 한 번 보여 주세요."

웃으며 그리 말하는 안나의 얼굴이 가증스러웠다.

엘리샤는 할 수 없다는 듯 카일리 후작 부인을 돌아보면서 말했다.

"저는 지금 이 자리에서 제 드레스의 옷본을 정확히 그릴 수 있어요. 제가 본선을 위해서 열심히 구상하고 만든 옷본이니까요."

"허, 정말인가요?"

"네."

카일리 후작 부인이 곧장 시녀에게 명해서 엘리샤에게 종이와 깃펜을 가져다주도록 했다.

종이를 받아 든 엘리샤는 슥슥, 채 몇 분도 되지 않아서 로즈버드 드레스의 옷본을 완벽하게 그려 냈다.

"여기 있습니다."

옷본을 받아서 확인한 카일리 후작 부인은 고개를 주억거렸다.

"세상에……! 정확하네요. 드레스의 소재며, 디자인, 디테일까지. 실제 드레스와 옷본이 한 치의 오차도 없어요. 게다가 실측 사이즈까지 전부 있군요. 이건 드레스의 주인이 아니라면 절대로 그려 낼 수 없는 것이에요."

카일리 후작 부인이 모두가 볼 수 있도록 옷본을 들어 보이면서, 엘리샤에게 힘을 보태 주었다. 엘리샤가 웃으면서 안나를 바라보았다.

"카미엘 영애께서도 재봉에 재주가 능하시다고 들었는데, 어떠세요? 아까 무대에서 입으셨던 그 드레스의 옷본을 그리실 수 있나요?"

엘리샤의 말에, 카일리 후작 부인이 거들며 명했다.

"기왕 이렇게 된 것, 카미엘 영애도 어디 한번 그려 보도록 하세요."

"……네에?"

데굴데굴 안나의 검은 눈동자가 여러 번 굴렀다. 어찌해야 할 바를 모르겠는 표정이었다.

옷본을 그리지 못한다는 건 드레스를 훔쳤든 훔치지 않았든 그녀의 명성에 흠이 가는 일이었다. 안나는 누구보다도 드레스 제작에 열정을 쏟은 바가 있었다.

그랬던 그녀가 자신이 만들었다던 드레스의 옷본도 제대로 그릴 수 없다면 자질이 의심스럽다는 이야기를 들을 수도 있었다. 안나의 속눈썹이 파르르 떨렸다.

"그런…… 이 드레스를 제작했던 건 무려 몇 년 전이었어요. 아직까지 기억할 정도로 제가 똑똑한 건 아니랍니다. 옷을 만드는 동안에도 옷본은 늘 확인하고, 또 확인하는걸요."

생긋, 미소를 짓는 안나에게 엘리샤가 한발 다가서서, 황금빛 드레스로 시선을 주고는 말했다.

"드레스를 갈아입으셨군요. 벗은 드레스는 어디에 있죠? 제 것과 확실히 비교를 해야겠어요."

카일리 후작 부인이 말했다.

"그것이 가장 확실한 증거가 되겠군요. 카미엘 영애, 드레스를 보여 주세요."

궁지에 몰린 상황에도 안나는 당황하지 않고 태연자약하게 대답했다.

"아, 드레스에 아까 차를 흘리는 바람에 시녀를 통해서 이미 보냈는걸요."

"그럼 그 시녀가 드레스를 가지고 있겠네요. 차를 흘렸다고 해서 비교를 할 수 없는 것은 아니니까요."

엘리샤가 조목조목 따져 들자, 안나는 다시 말을 바꾸었다.

"아, 아니요! 드레스는 없을 거예요. 그것을 시녀가 마차로 가져가는 도중에 마차 바퀴에 쓸려서 아주 형편없이 망가졌다고 들었어요."

안나의 말이 더욱 빨라지고 있었다. 눈동자는 정면을 응시하지 않은 채, 이리저리 흔들렸다.

엘리샤는 의심스러운 눈초리로 생각했다.

'거짓말을 하고 있어. 분명 증거가 되는 드레스를 없애 버렸을 거야. 아마 태웠겠지.'

"저렇게까지 말한다면, 증거를 없애기 위해서 이미 드레스를 불태웠을 거예요."

엘리샤의 말에 안나의 눈썹이 움찔거렸다.

"무슨 그런 말씀을……."

엘리샤는 최후의 수단으로 남겨 놓았던 것을 써야겠다 마음먹었다. 절대로 빠져나갈 수 없는 증거가 있었다. 엘리샤가 은색 종을 흔들었다.

그러자 리나가 누군가를 데리고 들어왔다. 고개를 숙인 채 살짝 긴장한 얼굴로 주변을 두리번거리는 소녀, 바로 엘리샤의 시녀인 데이지였다.

데이지를 본 안나는 깜짝 놀랐지만 내색하지 않았다. 모른 척을 할 셈이었으니까. 그나저나 데이지는 자신의 목숨이 달린 일임에도 입을 연 모양이었다.

'멍청한 것.'

* * *

여섯 시간 전.

본선에 나가기 위해서 만반의 준비를 갖추고 마차에 오르려는 엘리샤를 붙잡는 목소리가 들려왔다.

"마님, 제가 주, 죽을죄를 지었습니다."

덜덜덜 떨리는 몸으로 데이지가 엘리샤 앞에 무릎을 꿇고 엎드려서 울고 있었다. 느닷없는 시녀의 행동에 엘리샤는 의아해서 물었다.

"대체 무슨 일이야, 데이지?"

"제가…… 제가 마님의 드레스를…… 흑흑!"

엘리샤의 보라색 눈이 일순 크게 뜨였다.

"드레스를 가져간 게…… 너였다고?"

고개를 주억거리는 데이지의 눈에서 눈물이 끊임없이 굴러떨어졌다. 엘리샤는 단호하게 물었다.

"네가 단독으로 벌인 일은 아니라고 생각해. 누군가 시킨 일이야?"

끄덕끄덕.

"예, 마님. 흐흑."

"그게 누구야?"

"아가씨도 아시는 분이에요. 지난번 오셨던……."

"카미엘 영애?"

카미엘 영애라는 말에 데이지가 눈이 동그랗게 되었다.

"어, 어떻게 아셨어요?"

"카미엘 영애가 다녀간 후부터 네 얼굴이 어두워졌어. 게다가 내가 드레스 본선에 나가지 못하면, 가장 이득을 볼 사람이 누구인지 생각해 보니 바로 그녀였어. 그날 내게 와서 그렇게 용서를 빌고 친구가 되어 달라고 한 것도 지금 생각해보니, 내 드레스가 목적이었던 것 같아."

엘리샤는 화가 치밀었지만, 최대한 억누른 채 말했다.

"……죄, 죄, 죄송해요. 마님. 그동안 말씀드리지 못해서……."

"분명 협박을 당했겠지?"

주르륵. 데이지의 뺨에 눈물이 흘렀다.

"네…… 제가 실수를 해서 빌미를 주었어요. 찻물을 흘려서 영애에게 화상을 입혔어요. 귀족의 몸에 상처를 나게 한 자는 즉시 죽여도 상관이 없다면서…… 제가 죽는 것은 상관이 없지만 제게는 가족이 있거든요…… 마님, 모든 것은 제 잘못이에요. 저를 어떻게 처분하시든 죗값은 달게 받겠어요!"

눈물과 콧물로 뒤범벅이 된 데이지의 얼굴을 멀찍이서 바라보던 엘리샤는 조용히 고개를 돌리면서 말했다.

"아무리 그래도 드레스를 훔친 일은 옳지 못했어. 나에게는 목숨과도 같은 드레스였거든."

"마님……."

엘리샤는 고개를 떨어뜨렸다가 이내 조심스레 들어 데이지를 바라보았다.

"데이지, 그래도 벌은 받아야겠지?"

"네, 어, 어떤 벌이든…… 명에 따르겠습니다."

데이지가 다시 바닥에 납작 엎드렸다. 엘리샤는 한결 다정해진 눈빛으로 제 시녀를 바라보면서 말했다.

"데이지, 보름 동안 근신에 처한다."

데이지가 고개를 살짝 들고는 믿기지가 않아서 되물었다. 고작 보름 동안 근신이라니, 자신의 죄에 비해서는 너무나 가벼운 벌이었다.

“예에?”

“그리고 네가 해 줄 일이 있어. 내 드레스의 진범을 밝히는 일.”

“아…….”

순간 데이지의 눈동자에 떠오른 두려움을 읽은 엘리샤가 말했다.

“걱정 마. 그녀는 너를 해치지 못할 거야. 내가 지켜 줄게.”

“네, 감사합니다. 감사합니다. 마님.”

데이지가 엘리샤의 손을 붙잡고는 목 놓아 엉엉 울었다. 엘리샤는 그녀의 어깨를 토닥이면서 채근했다.

“이렇게 울 시간이 없어, 데이지.”

“예.”

그리고 엘리샤는 남편 루자크의 서재를 찾아갔다. 그녀가 책에서 읽은 제국법에 의하면, 귀족의 절도죄는 징역에 처하게 될 터였다.

“각하, 죄인 안나 카미엘을 고발하겠어요.”

*　*　*

화려한 샹들리에 때문에 데이지는 눈을 제대로 뜨기 힘들었다. 이렇게 수많은 귀족들 앞에 서는 건 처음이었다. 그리고 그 가운데에는 안나 카미엘이 자신을 무서운 눈으로 쳐다보고 있었다.

데이지는 눈을 질끈 감았다. 이제 그녀가 두렵지 않았다. 설사 자신이 죽는 한이 있더라도 마님의 드레스를 훔쳐 간 진짜 범인이 그녀라는 것을 밝히고 갈 것이다.

"저희 마님의 드레스를 훔쳐다 준 대가로 카미엘 영애께서는 이 금화 주머니를 내밀었어요. 그리고 그 증거가 될 옷본도 없애라고 명령했습니다."

데이지는 금화 주머니를 꺼내서 들어 보였다. 안나는 여전히 팔짱을 낀 채 더 해 보라는 듯한 얼굴을 하고 있었다.

카일리 후작 부인이 보다 못해 얼굴을 찡그리곤 말했다.

"시녀를 협박해서 드레스를 훔쳐 내다니 생각보다 더 최악이로군요. 이렇게 증인도 나왔고, 더 이상 할 말이 있나요, 카미엘 영애?"

"저 시녀는 귀족의 몸에 상해를 입혔어요!"

데이지가 움츠러들자, 엘리샤가 곧바로 지적했다.

"그걸 이용한 게 바로 카미엘 영애 아닌가요? 그리고 드레스를 훔쳐 낸 것과 데이지의 실수는 아무 상관이 없어요. 자, 이제 순순히 자신의 죄를 인정하세요. 카미엘 영애! 내가 드레스를 두 벌 만들지 않았더라면, 아마 카미엘 영애가 제 드레스를 입고 본선 무대에서 뽐냈겠죠. 생각만 해도 소름 끼쳐요. 여러분, 카미엘 영애는 저의 드레스를 훔친 것뿐 아니라 카일리 후작 부인의 명예와 사교 모임까지 더럽혔어요. 그녀는 심사를 받을 자격이 없습니다."

엘리샤의 이야기를 들은 사람들은 그제야 증오의 눈빛을 쏟아 냈다.

"맞아요!"

"물러나라! 안나!"

"도둑년!"

따위의 카미엘 영애를 욕하는 소리들도 뒤따라왔다. 이윽고 모두 입을 모아 안나에게 물러나라고 외쳤다. 그러자 안나의 선하기만 하던 얼굴이 전에 없이 일그러졌다.

무대로 올라온 안나가 사람들을 향해 퍼부었다.

"뭐라고? 당신들이 무슨 자격으로? 나는 내 힘으로 여기까지 올라왔어. 내 앞에서는 빌빌 기면서 내 드레스를 따라 한 주제에! 웃기지도 않는군요, 다들."

텅!

그러자 화가 난 사람들이 물건을 마구 던지기 시작했다. 엘리샤는 카일리 후작 부인에게 미안한 눈빛으로 말했다.

"부인, 사교 모임이 엉망이 되었어요. 정말 죄송해요."

그러나 카일리 후작 부인이 씁쓸하게 웃으면서 말했다.

"카미엘 영애의 가면이 벗겨지는 심판의 날에 어울리는 무대인걸요. 왠지 속 시원하지 않은가요? 누구보다도 공작 부인께서 가장 그러실 텐데 말이에요."

물건을 피하면서도 고함을 치는 안나의 모습을 보면서 엘리샤가 고개를 끄덕였다.

"속 시원하지만, 한편으로는 안타깝네요. 한때는 정말 좋은 라이벌이 될 수 있을 거라고 생각했거든요."

"나만 하겠어요? 안나를 내 친손녀만큼이나 아끼고 예뻐했었는데, 그 선량하던 모습이 전부 가면이었다니 배신감을 넘어서 아주 황당한 기분이에요. 꿈이라도 한바탕 꾼 것처럼."

"오늘부로 우리 사교 모임에서 안나 카미엘을 영원히 추방하겠습니다."

카일리 후작 부인의 말이 떨어졌다. 충격을 받아 새하얗게 질린 안나의 얼굴이 제법 볼만했다.

"이거 놔! 놓으란 말이야! 다들 내게 어떻게 이럴 수 있지?"

발버둥을 쳤지만 결국 안나는 카일리 후작 부인의 하인들에 의해서 강제로 무대에서 끌어내려졌다.

엘리샤는 안나와 눈이 마주치자 그녀를 바라보면서 똑똑히 말했다.

"아직도 정신을 못 차렸군요. 당신의 죗값은 반드시 치러질 거예요, 안나 카미엘."

안나는 실성한 사람처럼 쿡 웃었다.

그때였다.

쿠궁.

연회장 문이 열리고, 병사들이 우르르 나타나 안나를 에워쌌다. 그중 집행관으로 보이는 사내가 말했다.

"안나 카미엘, 당신은 제국법과 테본령에 의해 특수 절도죄 및 협박죄로 처벌받을 것이오."

"뭐, 뭐라고요? 나, 나는 귀족이야! 감히 나를 벌한다니. 나, 나는 죄가 없는 걸 증명할 수 있어! 재판소로 갈 거야. 결투 재판을 열면 나를 위해서 싸워 줄 사람이 얼마나 많다고!"

안나가 으르렁거리는 짐승처럼 발악하며 발버둥을 쳤다.

뚜벅뚜벅.

뾰족한 앞코의 구둣발 소리가 들려오며, 익숙한 그림자가 나타났다. 그야말로 저승사자처럼 나타난 테본령의 주인, 루자크드 펜블렌 공작이 인파를 가르고 싸늘한 시선을 던졌다.

"고, 공작 각하!"

공작 각하의 등장에 병사들이 죄인 안나를 강제로 무릎 꿇렸다. 안나는 고개를 쳐들고는 외쳤다.

"각하! 이런 법은 없어요. 결투 재판을 하게 해 주세요."

냉기가 훅 도는 차가운 얼굴로 그가 조소했다.

"결투 재판이라. 그대를 위해서 싸워 줄 남자가 그리도 많은가?"

"장소와 시일을 정해 주시면……."

"장소는 이곳, 시간은 지금이 좋겠는데."

루자크의 말에 안나의 핏기가 싹 가셨다.

지금 이 자리에는, 온통 귀부인과 영애들뿐이라 저를 따르고 흠모하고 대신 피 흘려 싸워 줄 용감한 기사 따위는 없었다.

본디 결투 재판은 가해자와 피해자의 죄의 유무를 가리기 위한 방법으로 사용되었다. 당사자가 여성일 경우에는 다른 사람이 대신 결투해서 승자의 손을 들어 주는 재판 방법이었다.

루자크가 제 아내를 돌아보면서 말했다.

"펜블렌 공작 부인의 결투 재판은 내가 나설 거요. 누구 안나 카미엘의 결투 재판에 나설 용기 있는 자가 있소?"

싸한 침묵이 흘렀다. 실력 높은 기사라고 해도 펜블렌 공작을 상대하는 어려운 싸움인데, 스스로 죽음으로 기어들어 가려 할 이는 없을 터였다. 하물며 이곳에는 여인들과 시종들, 병사들뿐이었다.

즉, 안나를 위해 싸워 줄 남자는 없었다.

"아무도 없소? 이런, 그대 스스로 나와 싸우게 생겼군?"

본능적으로 검을 잡는 자에게서 뿜어내는 살기와 카리스마를 느낀 안나가 가련하게도 몸을 바르르 떨었다. 허리춤에 꽂힌 칼이 금방이라도 뽑혀 제 목을 칠 것만 같은 두려움이 오스스 일어났다.

"근데 애초에 결투 재판을 꺼내기에는 말에 어폐가 있군. 결투 재판이란 건, 죄의 유무를 가리기 힘들 때 쓰이는 도구이지, 지금처럼 죄가 명백할 때는 아니야."

모두가 숨을 죽이고 공작의 말에 귀를 기울이고 있었다.

"아니 그런가, 집행관?"

"지당하신 말씀입니다, 각하. 죄인을 끌어내라!"

집행관에게 루자크가 무어라고 말하자, 그가 말했다.

"펜블렌 부인. 혹시 죄인에게 할 말이 있으십니까?"

엘리샤가 고개를 끄덕였다.

"네."

단단히 결심이 선 얼굴로 엘리샤가 안나에게로 다가가서 섰다. 안나가 엘리샤의 눈을 피했다.

엘리샤는 입술을 여는 대신 한참 동안 안나를 노려보았다. 그동안 친구라고 믿었던 그녀가 자신의 드레스를 훔치고 제 시녀를 협박했다. 사람이라면 할 수 없는 일들이었다. 엘리샤는 옅은 한숨을 토했다. 이제 정말로 마지막이 되겠지.

"안나 카미엘, 한때는 당신을 좋은 라이벌, 좋은 친구라고 생각했는데…… 가면이 벗겨진 당신은 정말 추악하군요. 당신에게는 얄팍한 그 재능조차 독이었어요. 테본 사교계에 영원히 기억될 끔찍한 악의 꽃. 잘 가요, 안나. 죽어서도 만나지 않기를 누아 여신에게 기도하죠."

말을 마친 엘리샤는 한없이 담담한 얼굴이었다. 분노가 지나가니 고요할 만큼 이성적인 얼굴이었다.

귓가에 박히는 엘리샤의 말에, 안나는 바닥에 주저앉으며 허망한 얼굴을 했다. 안나의 눈동자에서 눈물 한 줄기가 주르륵 흘러내렸다.

엘리샤가 뒤를 돌아 제자리로 돌아가자, 루자크가 잘했다는 듯 고개를 끄덕였다. 카일리 후작 부인 역시 진지한 표정으로 이 상황을 지켜보고 있었다.

"이번 일로 레이디들만의 유쾌하고 즐거운 모임이 결코 퇴색되지 않기를 바라겠소."

루자크는 마지막으로 엘리샤에게 응원하는 눈빛을 보내고는 먼저 연회장을 떠났다.

"죄인을 끌어내라!"

"예!"

집행관과 병사들, 안나는 연회장에서 사라졌다. 안나 카미엘 스스로에게도, 그녀를 아는 모든 이들에게도 잊지 못할 피날레였다.

모든 레이디의 선망의 대상에서 하루아침에 나락으로 떨어져, 드레스 도둑이라는 불명예를 안게 되었으니 이제 그녀를 받아주는 곳은 없을 터였다.

본디 안 좋은 소문은 더욱 빠르게 퍼지는 법이다. 안나를 아는 사람은 물론이고, 모르는 사람까지 이 일은 카일리 후작 부인의 사교 모임을 망친 역대적인 사건으로 사람들의 뇌리에 기억될 것이었다.

사람들은 끝없이 웅성거렸다.

"그동안 우리는 그 여우 같은 카미엘 영애에게 속고 있었어요."

"천하의 몹쓸 년 같으니!"

카일리 후작 부인이 목소리를 가다듬고는 입술을 열었다.

"자자, 많은 소란이 있었지만, 여러분이 마음을 굳게 결정했으리라 봅니다. 지금부터 안나 카미엘은 우리 모임에서 퇴출당했으니, 어느 분께서 그녀의 이름을 적어도 무효가 될 것입니다."

물론 안나를 뽑을 사람은 없을 테지만, 카일리 후작 부인이 깔끔하게 정리를 했다. 사람들이 하나둘씩 일어나서 나무 함에 종이를 넣기 시작했다.

"투표가 진행되는 동안, 저 엘리노어 드 카일리가 여러분을 대표해서 드레스 심사평을 하도록 하지요. 무대에 등장한 순서를 역행해서 시아라 영애의 드레스부터 말씀드리겠어요."

관객들은 물론, 세 명의 후보자들도 카일리 후작 부인의 말을 경청했다. 자신의 심사평을 듣는 건 아니었지만, 엘리샤는 몹시도 궁금했다. 그만큼 이번 본선에서 모두의 무대가 좋았기에 그 결과에도 호기심이 일었다.

오히려 심사평을 듣는 시아라 영애보다도 엘리샤가 더욱 드레스 자락을 꼬옥 붙잡고 있었다. 반면에 시아라 영애는 커다란 표정 변화 없이 평소처럼 침착한 모습이었다.

카일리 후작 부인이 시아라 영애를 보면서 입술을 열었다. 기특하다는 눈길이 느껴졌다.

"우선 푸른 드레스와 검이라는 소품이 무척 잘 어울렸던 무대였습니다. 무엇보다도 역동적이고 힘이 느껴지는 드레스 연출에도 좋은 인상을 받았고요. 일반적으로 검은 남성들의 갑옷과 어울리는 소품인데, 화려하고 아름다운 드레스와 어색함 없이 어우러져서 놀랐어요."

후작 부인의 호평에 시아라 영애도 놀랐는지, 몸을 곧추세운 채 어색하게 웃었다.

"좋은 평 감사합니다."

카일리 후작 부인도 마주 웃어 주었다. 그러나 심사는 아직 끝난 게 아니었다.

"가장 좋았던 건 시아라 영애가 드디어 검은색 드레스를 탈출했다는 거였어요. 다만, 다른 후보들은 소품에 새로운 해석이나 의미를 담은 것에 비해서 검을 일차적으로 표현했기에 아쉬운 점이 남는군요. 저는 50점 만점에 45점을 드리겠어요. 아, 제 점수와 투표수가 합해진 숫자가 각 후보자들의 최종 점수가 될 것이에요."

생각보다 높은 점수에 시아라 영애는 얼떨떨한 표정을 지었고, 사람들은 박수갈채를 보냈다.

"역시 좋은 점수를 받을 줄 알았어요, 영애. 축하해요."

엘리샤가 고개를 주억거리면서 인사를 전했다. 전반적으로 수긍이 가는 심사였다. 시아라 영애도 검을 들어 보이면서 여유로운 반응을 보였다.

엘리샤는 이제야 안정적으로 앉아서 드레스 품평회의 심사를 들을 수 있을 것 같았다.

한편으로는 점수와 투표가 얼마나 나올지에 대한 생각으로 가득 찼다. 시아라 영애가 45점. 생각보다도 높은 점수였다.

투표에서 가장 유력했던 후보자인 안나가 사라졌으니, 그 표들은 자신과 그레이스 부인, 시아라 영애 셋에게 흩어질 터였다.

하지만 어떤 결과가 돌아오든 엘리샤는 받아들일 준비가 되어 있었다. 사실 누가 일 등을 하더라도 어색하지 않을 만큼 세 사람 모두가 멋진 무대를 만들어 냈던 터였다.

"다음 심사평을 들으실 분은 레이디 그레이스 포입니다. 저는 오늘부터 그녀를 존경하기로 했습니다. 그녀의 드레스는 자신을 돋보이기 위해서 입은 것이 아니라, 소중한 아이를 위해서 입은 것이었죠. 상상도 못 할, 놀랍고 감동적인 무대였어요. 다들 이 생각에는 동의하실 거예요. 로브가 뒤에서 이어진 형태의 드레스는 테본에서도 종종 유행하곤 했었는데, 다시 보니 우아하고 아름답기 이를 데가 없군요. 레이디 그레이스 포에게 드리는 점수는 49점입니다!"

"와아아아!"

거의 만점에 가까운 점수였다. 다들 놀라면서도 축하의 의미로 탄성과 박수가 쏟아졌다. 물론 당사자인 그레이스 부인이 가장 놀랐다.

그녀는 양손으로 얼굴을 가린 채, 눈을 동그랗게 뜨고 아무 말도 하지 못했다. 곁에 앉아 있던 엘리샤가 그레이스 부인을 자신도 모르게 꼭 끌어안았다. 그레이스 부인이 1위에 가까워지자, 벅찬 기분이 들었던 터였다.

"너무너무 축하드려요, 그레이스 부인. 1위에 한발 가까워지셨어요."

"고마워요, 하지만 속단하긴 일러요. 공작 부인의 차례가 아직 남았으니까요."

그레이스 부인이 엘리샤에게 윙크를 찡긋 보냈다. 엘리샤가 볼을 붉히면서 고개를 끄덕였다.

"네, 솔직히 저도 1등에 대한 기대는 아주 버린 게 아니에요. 하지만 부인께서 차지하셔도 진심으로 축하해드릴 준비가 되어 있어요."

엘리샤는 그렇게 말한 뒤 환하게 웃었다.

이어서 카일리 후작 부인의 회색 눈동자가 엘리샤에게 이르렀다. 그녀가 의미심장한 눈빛을 보냈기에 더욱이 긴장이 되었다.

"마지막으로, 아름다운 한 떨기 장미로 피어났던 엘리샤 드 펜블렌 공작 부인의 드레스입니다."

자신의 드레스가 언급되자 엘리샤는 귀를 쫑긋했다. 오늘은 예선보다 훨씬 치열한 무대들이 이어져서 엘리샤는 가슴이 두근거리기까지 했다.

엘리샤는 눈을 감고 이 자리에 없지만, 언제나 자신을 응원해 주었던 루자크에게 해 주고 싶은 말을 되뇌었다.

'루자크, 저 오늘 최선을 다했어요, 후회하지 않을 만큼이요.'

진심이었다. 불미스러운 일은 있었지만 무대 위에서만큼은, 자신이 보여 줄 수 있는 모든 것을 보여 주었다.

그래서일까. 몹시도 떨리긴 했지만, 엘리샤는 작은 어깨를 늘어뜨리지 않았다. 그리고 가슴을 펴고 당당하게 심사평을 기다렸다. 그 어떤 결과라도 받아들일 수 있었다.

카일리 후작 부인이 다시 입술을 열었다.

"소품인 가위를 이용해서 입고 있던 드레스를 재단한 것이 몹시 독특하면서도, 공작 부인이 참으로 영리하다는 생각을 했어요. 장미 꽃봉오리에서 나중에는 활짝 피어나는 꽃으로 변하는 과정까지 하나하나 전부 눈을 뗄 수 없을 만큼 황홀한 무대였어요. 공작 부인, 혹시 제가 파악하지 못한 숨겨 둔 의미가 더 있나요?"

질문을 받을 거라는 예상은 못 했지만, 엘리샤는 당황하지 않고 차분히 숨을 골랐다.

"아…… 사실 이번 드레스는 저의 이야기를 담은 드레스에요. 여린 꽃봉오리가 화사한 장미를 피워 내듯이, 제가 재봉을 통해서 한결 성숙해진다는 걸 보여드리고 싶었어요. 참, 가위가 무척이나 뾰족하잖아요. 장미 가시처럼요. 장미를 보호하는 무기가 되듯이, 저에게 재봉 가위는 재능을 펼칠 수 있는 무기라고 생각합니다. 심사평 감사합니다."

엘리샤의 말에 지켜보는 사람들도 모두 고개를 주억거렸다.

"그야말로 공작 부인의 진짜 이야기였군요. 사실 발상도 대단하고, 기술도 대단했어요. 저는 마치 부인께서 마법이라도 부리는 줄 알았으니까요. 꽃잎이 휘날리는 효과도 잘 어우러졌고, 섬세한 동작 하나하나가 유려했어요. 제가 드리는 점수는 역시 49점입니다!"

동점이었다. 엘리샤의 눈동자가 커지는 것과 동시에 그레이스 부인도 역시 놀란 눈치였다.

"이로써 저의 드레스 심사는 모두 끝났고, 이제는 투표 결과를 볼 시간이로군요. 그동안 모두 한 분도 빠짐없이 투표를 하신 것으로 압니다."

공작 부인의 지시에 따라서 하인들이 나무 함의 뚜껑을 열었다.

"자, 시아라 영애가 45점이고, 레이디 포 그레이스와 펜블렌 공작 부인께서 각각 49점으로 동점인 상황에서 투표 결과는 어떻게 나올지 사뭇 궁금하네요. 지금부터 그 결과를 공개하겠습니다."

와아아!

"레이디 그레이스 포."

"엘리샤 드 펜블렌."

종이를 보고 있는 카일리 후작 부인이 결과 발표를 위해서 이름을 한 번씩 부를 때마다 엘리샤는 가슴이 바짝 졸아드는 것 같았다.

'아, 차라리 한 번에 공개해 주시지.'

하는 원망도 살짝 들 만큼, 피가 마르는 것 같았다. 결과에 연연하지 않겠다고 하면서도, 내심 스스로 인정받고 싶은 욕심이 불쑥불쑥 들었다.

솔직히 이번 드레스는 자신이 있었다.

"마지막 한 표로군요. 엘리샤 드 펜블렌!"

"와아!"

엘리샤는 어느새 양손을 꼭 모으고 있다가 탁 놓았다. 자신의 이름이 마지막에 불린 것보다 표 공개가 끝난 것에 안도했다.

"지금 막 표 계산이 끝난 것 같군요. 어디 총 득표수를 볼까요?"

카일리 후작 부인 옆에 있던 시녀장 메리가 계산을 마친 종이를 건넸다. 깜짝 놀란 얼굴로 종이를 훑어본 그녀가 입술을 열었다.

"세상에나. 굉장한 결과가 나왔군요! 사실 비등비등한 결과를 생각했는데, 의외로군요! 먼저 득표수가 가장 적은 순서대로 공개하겠습니다. 총 득표는 7표. 아즈엘 시아라 영애입니다. 여기에 제가 드린 점수 45점을 합하면 시아라 영애의 최종 점수는 52점입니다!"

시아라 영애가 다시 한 번 모든 레이디들에게 드레스를 들어 올리면서 인사를 했다.

"……가, 감사합니다."

짝짝짝!

시아라 영애의 눈가가 어쩐지 붉게 차올라 있었다. 이 모임을 하면서 그 누구에게도 마음을 열었던 적이 없었던지라 애초에 투표 같은 건 기대하지도 않았다. 이번 본선 참가로 인해서 분명 무언가 달라졌다.

"본격적인 승부를 겨루었던 두 레이디, 아주 쟁쟁했던 무대만큼 투표도 불꽃이 튀길 만큼 뜨거웠지요. 레이디 그레이스 포와 엘리샤 드 펜블렌. 누가 영광의 1위를 차지할지 귀추가 주목되는데요. 득표수를 발표하기 전, 두 사람의 현재 소감을 잠깐 들어 볼까요? 먼저 레이디 그레이스 포?"

아아!

카일리 후작 부인이 그리 말하자, 관객들이 빨리 결과를 알려 달라는 뜻으로 탄성이 섞인 소리를 내었다. 레이디 그레이스 포는 인자한 미소를 잃지 않고 말했다.

"이 자리에 올라온 것만으로도 너무나 행복합니다."

그레이스 부인의 말에 카일리 후작 부인은 빙그레 웃으면서 엘리샤를 바라보았다.

"펜블렌 공작 부인은 소감이 어떤가요?"

"너무 떨려서 빨리 결과를 듣고 싶어요."

엘리샤의 소감에 지켜보는 모든 이들도 웃음을 터뜨렸다. 카일리 후작 부인마저도 호쾌하게 웃으면서 말했다.

"이런, 제가 너무 여러분을 애태웠던 모양이군요! 그렇다면 바로 말씀드리겠습니다. 오늘 본선에서 1위를 차지한 레이디는…….”

우와아아!

다음 순간 카일리 후작 부인의 입술이 뻥긋거리는 것처럼 보일 정도로 사람들의 함성이 크게 치솟아 말소리가 묻혔다. 그러나 모두들 눈빛으로, 입으로 이야기하고 있었다.

엘리샤!

엘리샤!

엘리샤!

곁에 앉은 시아라 영애와 그레이스 부인, 테이블 사람들, 아니 보이는 모든 사람들이 엘리샤의 이름을 부르고 있었다.

“……아!”

도무지 무슨 말을 해야 좋을지 몰랐다. 차마 말이 채 나오지 않을 만큼 어안이 벙벙해진 엘리샤는 주변을 계속 두리번거렸다. 엘리샤가 당황한 기색이 역력하자, 카일리 후작 부인이 다시 똑똑히 결과를 전달했다.

“엘리샤 드 펜블렌 공작 부인, 1위 발표를 제대로 못 들으신 것 같아서 다시 한 번 말씀드립니다. 드레스 품평회 본선에서 총 24표의 득표로 1등을 차지하는 영광을 거머쥐셨습니다. 레이디 그레이스 포는 19표로 자연스럽게 2등이 되었답니다. 두 사람의 드레스 연출 무대는 참으로 경이로울 정도로 아름다웠고, 박빙의 승부였습니다. 펜블렌 공작 부인, 이제 잘 들으셨겠지요? 1등 축하드립니다. 바로 소감을 들어 볼까요?”

무대 위에 있는 카일리 후작 부인이 엘리샤를 향해서 어서 나오라는 듯 손짓했다. 옆에 있던 그레이스 부인이 엘리샤의 등을 토닥이며 말했다.

"1등을 진심으로 축하드려요, 공작 부인. 어서 나가 보세요."

"……네, 에."

카일리 후작 부인이 그 어느 때보다도 자애로운 미소로 엘리샤를 흐뭇하게 바라보았다. 너무 당황스럽고 떨리니 눈물조차 흐르지 않았다.

"아…… 정말, 여러분 모두에게 진심으로 감사드립니다. 무슨 말부터 꺼내야 할지 잘 모르겠어요."

1등이 욕심나긴 했지만, 막상 정말로 1등이 되니 머리가 새하얗게 텅 비어 버린 것 같았다. 무언가 거창한 소감을 이야기할 정신도, 준비도 되어 있지 않았다.

엘리샤는 그저 지금 느끼는 소소한 감정들을 줄줄이 이야기했다.

"드레스를 만드는 동안 참 행복했어요. 소중한 기회를 주신 카일리 후작 부인과 이곳에 계신 많은 레이디, 그리고 언제나 격려와 배려를 아끼지 않는 저의 공작님께 감사의 말씀 전합니다. 그리고 오늘 제 무대는 저 엘리샤에게 바치겠습니다. 제 이야기를 마음껏 드레스로 풀 수 있어서 좋았어요. 이상이에요. 아, 그리고 테본의 시내 광장에 있는 콜린 자작의 오트쿠튀르에 구경와 주세요. 아름다운 옷들이 많아요. 물론, 제가 만든 드레스를 의뢰하실 수도 있어요."

"어머나, 드레스 의뢰 홍보까지, 정말이지 완벽한 수상 소감이었습니다. 너무 축하해요. 펜블렌 공작 부인."

카일리 후작 부인이 다가와 엘리샤를 그대로 포옥 안아 주었다.

결과 발표에 이어서 시상식이 이어졌다. 바이올린과 첼로의 우아한 선율과 함께 트럼펫이 추가되어 어느새 파티와도 같은 분위기로 바뀌었다.

자신도 모르게 몸을 조금씩 흔들면서 가벼운 춤을 추는 이들도 있었고, 오후 늦은 시간까지 계속되는 탓에 즐길거리로는 가벼운 와인과 함께 치즈가 세팅되었다.

드레스 품평회에서 1등을 차지한 엘리샤에게는 엘리노어 수제의 손수건 다섯 장과 함께, 부상으로 실버벨 모양의 은빛 브로치와 은빛의 티아러가 수여되었다.

다이아몬드가 장식된 티아러는 카일리 후작 부인이 직접 맞춤 제작한 것으로, 예정된 부상에는 없던 것이라 모두의 부러움을 샀다.

엘리샤의 분홍 머리 위를 티아러의 영롱한 빛이 비추자, 한결 아름다워 보였다.

"축하드려요, 공작 부인! 오늘부로 팬이 되었어요."

"콜린 자작의 오트쿠튀르로 가면 부인이 제작하신 드레스를 의뢰할 수 있을까요?"

"네, 그곳에 오셔서 제 시녀인 데이지를 찾아 주세요. 저도 가끔 들를게요. 아니면 공작 성으로 직접 찾아오셔도 된답니다. 감사해요, 다들."

시상식이지만, 그동안 테이블에 앉아만 있어서 멀리 있던 이들도 수상자에게 가까이 다가와 축하 인사를 건네는 자유로운 분위기였다.

레이디 그레이스 포와 시아라 영애의 시상식까지 이어졌고, 각각 손수건 세 장과 한 장을 받은 후 부상으로 실버벨 모양의 은빛 브로치를 받았다.

엘리샤와 같은 테이블이었던 윌리엄 부인이 부산스럽게 다가오더니 그녀의 어깨를 톡톡 두드렸다.

"공작 부인, 공작 부인! 우리 공작 부이인~! 너무너무 잘하셨어요! 무대 위에 서시니 어쩜 더 찬란하시더군요. 우리 테이블끼리 뒤풀이라도 따로 가지는 게 어떨까요?"

금세 같은 테이블의 부인들이 둥글게 엘리샤 주변을 에워쌌다.

"아…… 그러고 싶지만 다음에 더 좋은 기회가 있을 거예요. 죄송해요. 부인들께서도 그간 수고 많으셨어요."

엘리샤가 웃으면서 그리 말하자, 노부인이 말했다.

"우리가 한 것이 뭐 있다고요. 아쉽지만 다음에 따로 보았으면 좋겠군요. 공작 부인, 이 은혜를 정말 잊지 않을 거예요. 감사해요. 덕분에 손수건을 많이 얻었어요. 오트쿠튀르에도 꼭 들를게요."

"이해해 주셔서 감사해요. 그럼 다음 모임에서 또 뵈어요."

"으응? 아니 그럼 오늘을 그냥 보내자고요? 윽……."

윌리엄 부인이 아쉬운 듯 꿍알거렸지만, 모두 엘리샤의 의견을 존중하고 다음을 기약했다.

엘리샤는 후작 성을 나서기 전에 마지막으로 카일리 후작 부인을 찾았다. 사람들과 인사를 마친 그녀의 뒤를 졸졸 따라다니던 엘리샤는 몇 분 후에야, 카일리 후작 부인과 눈을 마주쳤다.

"오, 펜블렌 공작 부인. 아직 안 가셨군요?"

한결 친근하고 편안해진 눈길에 엘리샤 역시 수줍게 미소를 지었다.

"네, 인사를 드리고 가려고요."

"잘됐어요. 지금 시간 있어요?"

"아……."

엘리샤는 살짝 머뭇거렸지만, 곧바로 고개를 끄덕였다.

"네. 차 한잔할 정도라면 괜찮을 것 같아요."

카일리 후작 부인이 웃으면서 위층을 가리켰다.

"잠깐이면 돼요. 연회장은 조금 어수선하니 이 층으로 올라가죠. 메리, 테라스에 차를 준비해 주렴."

"예, 마님."

레이스처럼 빚어진 우아한 미색의 찻잔에 담긴 분홍 찻물을 한 모금 천천히 들이켠 엘리샤는 웃으며 말했다.

"피로가 풀리는 것 같아요."

"하루의 시작과 마지막은 차가 최고죠."

카일리 후작 부인도 한결 맥이 풀린 얼굴이었다. 장장 몇 시간 동안 드레스 품평회를 진행하는 모습을 지켜보면서 엘리샤는 그녀의 관록이 굉장하다는 것을 느낄 수 있었다.

"맞아요. 오늘 드레스 품평회 준비하시느라 고생 많으셨어요.

이 정도로 신경을 많이 쓰셨을 줄은 몰랐어요. 무대부터 샹들리에, 나오는 음식들까지 하나하나 준비하시고, 정말 대단하세요."

엘리샤의 보라색 눈동자가 초롱초롱 빛났다. 존경심이 가득한 눈빛에 카일리 후작 부인은 슥 웃고는 말했다.

"내가 좋아하는 일이니까요. 애정을 듬뿍 쏟아부었지요. 어때요, 펜블렌 공작 부인도 그렇지 않은가요?"

'좋아하는 일'이라는 단어를 듣자마자 가슴에서 왠지 모를 물결이 일었다. 엘리샤는 고개를 크게 끄덕이면서 눈을 더욱 크게 떴다.

"맞아요. 좋아하는 일을 위해서라면, 저도 무엇이든 할 수 있을 것 같아요."

"그게 참 중요해요. 돈이라거나, 명예라거나 그런 것들 말고 순수하게 좋아서 뭔가를 한다는 것. 예전에는 몰랐는데, 공작 부인께서 무대 위에서 드레스를 재단할 때 참으로 예쁘더군요. 물론 원래 얼굴도 예쁘지만."

"앗, 그런가요? 하하. 어쩐지 쑥스럽네요."

엘리샤가 볼을 발그레 붉히자, 카일리 후작 부인이 잠시 자리에서 일어나더니 방 안에 들어가 서랍장에서 무언가를 꺼내 왔다.

"사실 공작 부인에게 제안하고 싶은 것이 있어요."

"제안이요?"

"이걸 보도록 하세요."

카일리 후작 부인이 내민 것은 미색의 종이봉투였다. 그것을 펼치자, 안에는 추천서라고 적힌 종이가 들어 있었다.

<황실 드레스메이커 대회에 이 사람을 추천합니다. 엘리샤 드 펜블렌. 그녀는 드레스에 대한 남다른 재능과 열정이 있고, 사교 모임에서 두드러진 행각으로 모두를 놀라게 했습니다.

—심사 위원 엘리노어 드 카일리.>

내용을 전부 읽은 엘리샤가 깜짝 놀라서 카일리 후작 부인을 건너보았다.

"이…… 이건! 아직 사교 모임 두 번째인 저에게는 과분해요. 저보다 손수건을 더 많이 모은 레이디가 훨씬 많을 텐데요."

"내 잘못 인정 하나 하고 가죠. 내 생각이 틀렸어요. 손수건이 많은 레이디가 가장 드레스를 잘 만들고, 열정이 있다? 그건 절대 아니더군요."

"네에? 하지만 그만큼 활동을 열심히 했다는 증거가 아닌가요?"

카일리 후작 부인이 고개를 저었다.

"아니었어요. 모두 손수건 획득에만 연연해하며, 손수건을 잃지 않고 유지하기 위해서 자신이 직접 나서지는 않는 데다, 테이블 내의 다른 누군가 중 가장 유력한 후보를 내세우죠. 그야말로 패션을 향한 열정보다는, 모임에서 퇴출당하기 싫어서 안전한 행보를 걷는 거죠."

"아……."

엘리샤는 자신의 테이블 사람들이 생각났다. 손수건을 잃기 싫어하던 부인들은 확실히 계산적이고 안전한 움직임을 보였다.

"퇴출당할 것을 각오하고서 모험을 하는 레이디는 결코 많지 않았어요. 물론 그것이 나쁘단 건 아니지만, 어딘가 모르게 내 처음 의도와는 다르게 모임이 진행된다는 생각이 들었어요. 그리고 오늘 내가 가장 아꼈던 안나를 보내고 나서야 깨달았어요. 손수건이라는 제도로 사람들을 묶어 놓은 건 다름 아닌 나였다는 것."

후작 부인의 얼굴이 사뭇 어두워졌기에 엘리샤는 아무 말도 하지 못했다.

"……어쨌든 이제 우리 모임에서 손수건도, 손수건 상인도 폐지할 생각이에요."

"그렇군요. 손수건이 경쟁을 과열시키고 사람들을 묶어 두었다는 데에는 저도 동의해요. 하지만, 손수건을 받았을 때 인정받았다는 기분이 좋았어요. 더 열심히 해야겠다는 생각이 들게 했고요. 분명 더 나은 방법이 있을 거예요."

"고맙군요. 그나저나 그래서 그 추천장은 안 받을 생각인가요?"

카일리 후작 부인이 눈짓으로 추천장을 가리켰다.

"조금, 고민을 해 볼게요."

"저런, 추천장을 받는다고 해도 결코 호락호락하지 않은 대회에요. 엘노아 제국에서 열리는 것이지만, 타국의 재단사와 디자이너들까지 모두 몰려들 테니까요. 그야말로 세계적인 대회지요 게다가 더 중요한 건 추천장이 없으면 출전하기 좀 힘들 거예요."

"앗! 그렇군요. 저는 사실 제힘으로 차곡차곡해 보려고 했는데……."

"그러니까 부담 갖지 말고, 진지하게 생각했으면 하는군요. 공작 부인의 재능은 정말로 썩히기 아까우니까."

"네, 부인. 추천장은 일단 감사히 받아 둘게요."

"그럼 어서 가 봐요. 소문에 펜블렌 공작께서 애정이 남다르다고 하시니 더 잡아 두면 안 되겠어요."

"네, 다음 모임에서 뵐게요."

"잘 가요."

입가에 미소가 절로 피어난 카일리 후작 부인을 뒤로한 채 엘리샤는 연회장 복도로 나왔다.

그곳에는 한참 동안 엘리샤를 기다리고 있던 리나와 데이지가 보였다. 엘리샤의 머리 위에 얹혀 있는 티아러와 실버 브로치를 본 리나의 눈동자가 크게 뜨이면서 말했다.

"마님, 역시…… 해내실 줄 알았어요. 정말, 정말 축하드려요. 열심히 하신 만큼 결과가 있었군요!"

"고마워요, 리나."

그리고 엘리샤는 리나의 옆에서 얌전히 서 있던 데이지에게로 시선을 옮겼다. 데이지는 곧 울 것 같은 얼굴이다 싶었는데, 진짜로 눈물을 주르륵 흘리기 시작했다.

엘리샤가 데이지의 어깨를 토닥였다.

"데이지, 네가 울 일은 없어."

데이지가 울음을 겨우 삼키고는 자그맣게 말했다.

"네, 마님. 정말로 축하드려요."

"자, 이제 마차로 돌아가자."

이제 전부 끝이 났다. 한시라도 빨리 돌아가서 루자크를 만나고 싶었다. 누구보다 그의 축하를 받고 싶었다.

총총걸음으로 마차 앞에 다다랐을 때 엘리샤는 깜짝 놀라고 말았다.

마차 앞에서 루자크가 여전히 그녀를 기다리고 있었던 터였다. 본성으로 돌아갔을 줄 알았는데, 여기에서 기다리고 있었던 모양이었다.

루자크의 얼굴을 마주하자마자 엘리샤는 긴장이 탁 풀려 버려서 다리가 흐느적거리는 듯했다.

"어엇."

그런 엘리샤의 몸을 받쳐 안아 주는 그의 손길이 단단했다.

"이런, 조심해요. 괜찮은 건가?"

엘리샤는 그의 품에 안겨서 그를 올려다보았다.

"괜찮아요. 근데 계속 밖에서 모임이 끝나기를 기다린 거예요? 지루했을 텐데."

"당신을 기다리는 일이 지루할 턱이 있나."

그리 말하면서 선선하게 웃어 주는 제 남편이 너무 고왔다. 엘리샤는 감격에 겨운 얼굴로 그를 와락 끌어안았다.

"고마워요, 루자크. 나 축하해 줘요. 본선에서 1등 했어요."

엘리샤가 배시시 웃으면서 그에게 티아러를 잘 보이도록 머리 위를 가리켰다.

"축하해, 엘리샤. 역시 우리 아가씨 실력이라면 1등 할 줄 알았지."

"아니에요, 나 말고 다른 분들도 얼마나 잘하셨다고요. 당신도 무대를 보았더라면 깜짝 놀랐을 거예요."

"호오, 그렇군. 참으로 잘된 일이야. 카일리 후작 부인의 모임으로 인해서 당신이 많이 성장한 것 같아서."

엘리샤가 볼을 붉히면서 고개를 주억거렸다.

"정말로 그래요."

'안나가 어떻게 되었을까'에 대한 생각이 떠올라, 엘리샤의 행동이 느릿해졌다. 그걸 느낀 루자크가 먼저 말했다.

"카미엘 그 여자는…… 내 권한으로 3년 징역형을 내렸어. 지금 임시 감옥에 갇혀 있고, 내일쯤 노르두아에 있는 가즈라일 감옥으로 이송될 거야."

"그렇군요."

엘리샤는 3년 징역형이라는 말을 조용히 곱씹었다. 안나가 귀족이 아니라 서민이었다면, 절도죄의 처벌은 손목이 잘리는 형이었다. 당분간은 안나 카미엘을 길에서 우연히 만나는 일조차 없을 터였다.

"이제 안심해도 돼. 그 여자가 당신을 괴롭히는 일은 더 이상 없을 거야."

"걱정 말아요. 난 그녀가, 아니 이제 그 누구도 두렵지 않으니까요. 이번 일로 깨달은 게 많아요."

엘리샤는 애써 씩씩하게 웃어 보였다. 세상에는 상냥한 얼굴과 모순되는 새카만 인간들이 훨씬 더 많기 때문에 가면을 쓴 사람과 아닌 사람을 구분해 내는 눈이 필요했다.

이제는 좀 알 것 같았다.

"내 아가씨가 갑자기 어른이라도 된 것 같은 얼굴인데?"

"무슨 말씀을! 나는 원래부터 어른이라구요!"

"얼굴은 아기지만, 몸은 어른처럼 매혹적이긴 하지."

루자크가 턱을 괴고는 눈을 갸름하게 떴다. 그의 태도에 엘리샤는 단숨에 양 볼 가득 홍조가 피었다.

"이것 봐. 얼굴이 잔뜩 빨개졌어. 귀엽군."

"그, 그나저나 시장하지 않아요? 애프터 눈 티를 먹었지만, 배가 영 안 차는걸요. 기운을 잔뜩 소진해 버려서 다시 채워 줘야 해요."

엘리샤는 그의 푸른 눈이 진해진 것을 모른 체하면서 화제를 돌렸다.

"안 그래도 민스첼이 신경을 썼다고 하는군. 어서 본성으로 돌아가지."

"정말요? 갑자기 급격하게 배가 고파요."

엘리샤가 토끼처럼 초롱초롱한 눈망울을 빛내면서 제 배를 쓸었다. 드레스 본선과 안나 일에 신경 쓰느라 애프터 눈 티타임도 제대로 즐기지 못한 터였다.

"이제야 긴장이 완전히 풀린 모양이군. 자, 레이디. 이만 마차에 오르실까요?"

루자크가 손을 내밀었다. 엘리샤는 그 손을 붙잡고는 마차 위로 올랐다.

두 사람이 마차에 오르자, 리나가 마차 문을 닫아 주었다. 문이 닫히자마자 루자크는 엘리샤의 몸을 제게로 끌어당겼다. 어느새 쪽 하는 소리가 공간 안을 가득 채웠다.

나란히 앉아서 장미 꽃잎처럼 보드라운 뺨에 입을 맞추고, 손은 깍지를 끼었다. 단단하게 서로를 옭아매는 기분, 마음마저 꽉 붙들리는 이 감촉이 좋았다.

사실 그녀가 나오는 순간부터 루자크는 눈을 뗄 수가 없었다.

장미 드레스를 입고 마차에 앉아 있는 엘리샤의 자태가 그야말로 한 송이 꽃 같았다. 그런데 아침에 입고 나간 디자인과는 조금 달랐다. 아침에는 분명 꽃봉오리 형태였는데 지금은 완연하게 피어난 장미 모양이었다.

"당신, 드레스를 두 벌 가져갔었어?"

"아뇨, 변신을 했죠. 꽃봉오리 드레스를 가위로 재단해서 만개한 장미로 탄생시켰어요."

"근사하군. 나도 꼭 보고 싶었는데. 이다음에 내게도 보여 줘."

엘리샤가 웃으면서 그의 목에 안겼다.

"같은 드레스를 그럼 또 만들어야 해요."

"음, 그렇겠군."

루자크는 턱을 매만지면서 고민하는 척하다가 품속에 넣어 두었던 벨벳 상자를 탁 열었다. 엘리샤는 눈치채지 못한 모양이었다. 그가 부드럽게 말했다.

"엘리샤, 잠시만 뒤돌아서 그대로 있어."

루자크의 요구에 엘리샤가 얌전히 뒤를 돌았다. 이윽고 그가 그녀의 가느다란 목 위로 둥근 장미 수정이 세공된 진주 목걸이를 채워 주었다.

"엇?"

엘리샤의 눈동자가 놀란 토끼처럼 되자 그가 귓가에 속삭였다.

"엘리샤, 축하해, 이건 일 등 선물."

"루자크……."

엘리샤는 감동에 젖어 쉬이 말을 잇지 못했다.

"마음에 드나?"

생각지도 못한 선물이라, 눈이 휘둥그레진 채 엘리샤가 물었다.

"……이건 대체 언제 준비하셨던 거예요? 게다가 내가 일 등을 못 할 수도 있었어요."

그녀의 말에 루자크는 씩 웃으면서 말했다.

"내 눈에는 언제나 일 등이니까. 승패에 상관없이 주는 선물이야."

"아."

엘리샤가 뒤돌자, 그의 푸른 눈동자가 살짝 출렁거리더니, 이내 루자크가 그녀의 양어깨를 가볍게 부드럽게 붙잡고 말했다. 달빛처럼 퍼지는 그의 은은한 미소에 엘리샤는 내심 가슴이 설다.

"루자크. 선물 너무 고마워요. 이건 근데 장밋빛 보석이네요? 빛깔이 너무 곱고 예뻐요. 다른 보석들처럼 너무 찬란하지 않으면서도 단아하게 눈길이 가는 것이 꼭 마음에 들어요."

장미 모양의 드레스와 꼭 어울리는 목걸이였다. 이걸 구하러 다녔을 그의 분주한 모습이 떠올라 왠지 웃음이 나기도 했다.

엘리샤가 제 품 안을 파고들면서 그리 이야기하자, 루자크는 다시 평온한 얼굴로 돌아왔다.

"엘리샤의 이번 드레스를 기념하는 선물을 해 주고 싶어서. 자작의 말로는 장미 수정이라는 원석이라더군."

"장미 수정이요?"

루자크가 고개를 가볍게 끄덕였다. 꽤나 급하게 구한 선물이지만, 엘리샤가 좋아해 주는 모습을 보니 뿌듯했다.

드레스와 보석에 대해서 잘 아는 콜린 자작에게 물은 후, 테본에서 가장 커다란 플로망디의 보석 상점에서 구입한 물건이었다. 이것을 품고 있는 내내 엘리샤에게 전해 주기만을 기다리면서 가슴을 졸였다. 사춘기 소년으로 돌아간 것처럼 말이다.

엘리샤는 장미 수정을 매만지면서 말했다.

"로즈버드 드레스와 어울리는 세트 같아서 더 마음에 들어요."

활짝 핀 웃음이 장미꽃처럼 화사했다. 본성에 당도할 때까지 두 사람은 서로의 체온을 느끼면서 꼭 끌어안았다.

* * *

빛이라고는 한 줄기도 없는 사방이 캄캄한 어둠, 몸을 뒤척일 때마다 시린 칼바람이 구석구석을 파고들었다.

안나는 자신이 만든 황금색 드레스를 그대로 입고 있었다. 그러나 이미 드레스는 처음의 그 자태를 잃은 지 오래였다. 병사들에게 질질 끌려 다니느라 드레스 끝은 다 해져 너덜거렸고, 펌프스는 벗겨져 맨발 상태였다. 매끄럽고 부드러웠던 머리카락은 이미 유령처럼 산발이 된 지 오래였다.

드러난 팔에 오소소 소름이 돋았다. 철창 너머에 인기척이 느껴지자 본능적으로 안나는 뒷걸음질 쳤다.

"안나 아가씨!"

제 시중을 들던 시녀였다. 그리고 그 옆에는 노쇠한 신사, 카미엘 자작이 지팡이를 짚은 채 퀭한 눈을 하고 있었다. 아버지의 얼굴을 본 안나가 네발로 기어가 철창에 매달렸다.

"아, 아버지."

"……쯧쯧쯧."

"아버지, 저 좀 제발 여기서 꺼내 주세요. 가능하신 일이잖아요."

안나는 눈물 고인 눈으로 애원했다. 그러나 돌아온 건 외면뿐이었다. 카미엘 자작은 주름진 눈을 감았다 뜨면서 비난의 말을 흘렸다.

"너의 그 허영심이 너를 망칠 줄 알았다. 분수에 안 맞는 그 욕심이 언제나 너를 집어삼킬 거라 생각했었지. 쯧쯧, 결국 이것이더냐? 이제 너는 내 딸자식이 아니다. 다시는 나를 아버지라고 부르지도 말거라. 너를 위해 내어 줄 돈은 이제 한 푼도 없다!"

"아버지! 어디 가세요! 절 꺼내 주셔야…… 아버지!"

안나가 철창에 매달려 외쳤지만 끝내 카미엘 자작은 뒤를 돌아보지 않은 채 그대로 감옥을 떠났다.

제가 모시던 아가씨가 이 모양 이 꼴이 된 것을 가엾게 여기는 것은 시녀뿐이었다.

"아가씨, 도움이 되어드리지 못해서 죄송해요. 부디, 몸조심하세요."

시녀가 울면서 그리 말하자, 안나는 허망한 얼굴로 실성한 사람처럼 중얼거렸다.

"이제 난 노르두아에 있는 감옥으로 이송된대. 거기로 가면 끝장이라고."

"……아가씨가 돌아오시길 기다릴게요."

삼 년이란 시간을 감옥에서 썩으면서 지내야 한다니 기가 찰 노릇이었다. 안나는 분함을 못 참고, 제 입술을 핏물이 흐를 만치 꾹 베어 물었다.

23.
제니아의 방문

보름 후.

말에서 잠시 내리자 눈앞에 펼쳐진 설산의 풍경이 가장 먼저 눈에 들어왔다. 오랜만에 밟아 보는 테본의 시린 겨울바람이 그녀의 볼을 스치고 지나갔다. 그러나 그 차가움마저도 몹시도 그립고 또한 반가웠다.

검을 들기 위해서 스스로 싹둑 잘라 냈던 은빛 머리카락은 이제 그녀의 어깨 위에서 찰랑거릴 만큼 길어졌다. 그만큼 세월이 지난 터였다.

테본을 떠나서 타국에서 지냈던 5년간 제니아는 스스로 여자이기를 포기했다. 엘노아 제국에서는 펼칠 수 없었던 날개를, 기회의 땅 폴스에서는 마음껏 펼쳤다. 정말이지 훨훨 날았다고 해도 좋을 정도로.

운 좋게 그녀는 폴스의 장군에게 신임을 얻었다. 정식으로 기사 서임까지 받았으니, 평기사였지만 행복함의 연속이었다.

테본에 남아 있었더라면 검을 휘두르는 것은 그저 취미에 불과한 일에 지나지 않았다. 그녀의 조모 엘리노어 드 카일리는 사교계의 뿌리 깊은 인물이었고, 하나뿐인 손녀가 가문의 작위를 물려받아 얌전히 드레스의 자태를 뽐내기만을 바랐다.

그건 제니아에게 있어서 끔찍한 일이었다. 할머니는 자신을 영원히 이해 못 할 것이다. 자신 역시 마찬가지였다.

고향으로 간다는 생각에 젖었을 때만 해도 가장 먼저 후작 성으로 돌아가서 할머니를 뵈어야지, 했었는데 어쩐지 자신이 서지가 않았다.

'역시 안 되겠어.'

자신의 집을 제외하자, 다음 순간 가장 먼저 떠오른 곳은 바로 블랙 윈터 본성이었다.

"오랜만에 보겠군, 루자크. 정말로."

히이이잉!

제니아는 다시 잽싸게 말에 올라타곤 고삐를 잡아당겼다. 결정을 하면 즉시 실행을 하는 그녀답게 제니아는 더욱 속도를 높였다.

그립고, 보고 싶었다. 테본의 저 설산이 녹는다 해도 루자크만은 하나도 변하지 않았을 것 같았는데…….

사실 전장에서 수많은 적들을 루자크라고 생각하면서 벨 정도로 그가 죽도록 미울 때도 있었다.

그러나 자신의 마음을 몰라주고 냉정하게 대하던 루자크의 기억은 시간이 지날 때마다 마모되었다. 어린 시절 함께 검을 맞대던 친구 루자크의 모습은 아직도 새록새록 선연하게 떠올랐다.

"어서 보고 싶은걸."

제니아가 시원스레 웃으면서 입가에 미소를 가득 지었다.

* * *

곧 봄이 가까워질 시기였지만, 테본에는 완연한 봄 날씨가 오지 않는다. 추위가 가실 정도로 따뜻한 봄이 발자국을 찍고는, 여름 계절이 오면 그때가 되어서야 봄과 여름 중간 정도인 환상적인 날씨가 한 달 동안 반짝한다.

이후로는 우기가 찾아오고, 다시 쌀쌀한 가을과 길고 혹독한 겨울이 시작된다.

쿵쿵.

추위 때문에 닫아 둔 본성의 홀 문을 누군가 두드렸다.

시간을 계산하던 반트는 공작 각하 내외 두 분인가 싶은 생각이 들었다.

그들을 맞이하기 위해서 그가 홀 문을 열자, 보이는 건 뜻밖의 사람이었다. 은발에 회색 눈, 시원스러운 이목구비와 늘씬한 체구를 가진 여자는 특이하게도 제복을 입고 있었다. 붉은색의 기사 제복 어깨 부위에는 폴스 왕국을 상징하는 문양이 박혀 있었다.

"……실례지만 신분을 밝혀 주시기 바랍니다."

"랜디어스 경, 나야!"

"……예?"

뜬금없는 친근함이 반트를 더욱 당황하게 했다. 자신이 아는 여성은 극히 드물었는데, 특히 폴스의 기사를 알 턱이 없었다.

자신을 전혀 기억하지 못하자, 상대는 이해한다는 듯이 다시 말했다.

"아, 하긴. 자네는 나를 잘 모르겠지. 늘 루자크에게서 자네 이야기를 전해 들어서 말이야. 나는 루자크의 친구 제니아 드 카일리라네."

그녀는 매우 걸걸한 말투로 말했기에 반트는 그것이 못내 거슬렸다. 그제야 어렴풋이 스쳐 지나간 기억이 나는 것 같았다. 반트의 눈이 가늘어졌다.

'제니아 드 카일리!'

그녀였다.

그녀가 어째서?

"……아, 카일리 영애셨습니까."

"미안하군. 너무 반가워서 말이야. 이 블랙 윈터 본성은 예전 그대로인 것 같아서."

"성은 그대로입니다. 폴스 왕국의 오랜 전쟁이 끝났다는 소식은 들었습니다. 테본에 다시 돌아오신 줄은 몰랐습니다."

"못 듣는 게 당연하지. 오늘 테본에 도착했거든. 후작가로 돌아가서 할머님께 큰소리 들을까 봐 곧장 여기로 왔어. 루자크는 본성에 있나?"

반트는 안경을 두 번이나 고쳐 써야만 했다. 눈앞의 이 여기사는 아직도 이곳을 어린 시절 아지트쯤으로 생각하는 모양이었다.

본성의 현재 안주인으로 마님이 계시고, 각하 역시 예전처럼 혼자인 몸이 아니라는 사실을 자각시켜 주기 위해서 반트는 머릿속에서 몇 번이나 말을 골라야 했다.

"흠흠. 공작 각하께서는 잠시 자리를 비우셨습니다. 다음에 다시 방문해 주시는 편이 좋을 것 같습니다. 게다가 각하는 현재 혼자의 몸이……."

그때, 밖으로 나란히 들어서는 두 대의 마차가 보였다.

"아! 그가 돌아온 모양이군."

반색하면서 제니아가 밖으로 다시 뛰쳐나갔다. 그녀가 잠시 세워 둔 백마가 보였다. 반트는 급격하게 두통이 일어나는 것 같았다.

'이거 큰일 났군.'

공작 부부 내외의 화목한 나날이 예기치 못했던 손님의 방문으로 흐트러지는 것은 본성의 대집사로서 원치 않는 일이었다.

다행인지 다정한 두 사람의 모습을 눈에 담은 제니아는 다시 홀로 되돌아왔다. 망연자실한 표정이라는 게 조금 마음에 걸렸지만 말이다.

"카일리 영애, 미처 먼저 말씀드리지 못했습니다만 공작 각하께서는 올해 결혼하신 몸이시고, 현재는 공작 부인과 단란한 신혼 생활을 유지하고 계십니다."

반트는 굳이 친절하게 공작이 결혼했다는 점을 특별히 강조해 주었다.

'이 정도면 잘 알아들었을 테지?'

적당히 예를 갖춰 돌려 말하긴 했지만, '공작은 신혼 중이라 바쁘니 옛 친구 운운하면서 당신을 상대해 줄 시간은 없다.' 뭐 그런 뜻으로 말한 것이었다. 그런데도 뭔가 마음 한구석이 찜찜해, 멈칫하고 있는 와중에 제니아가 더욱 불안한 말을 내뱉었다.

"그렇군. 마침 잘되었네. 인사를 한자리에서 할 수 있으니……."

"아뇨, 카일리 영애. 그건 별로 좋은 생각 같지는 않습니다만."

"그건 무슨 뜻인가?"

그녀는 정말로 모르겠다는 얼굴로 되물었다. 무엇보다도 지금 이 사실을 까맣게 모르고 있는 주군이 약간 안쓰러워졌다. 생각 같아서는 있는 그대로 속마음을 내뱉고 싶었으나, 귀족가의 영애에게는 주제넘은 언사가 될 것 같아 그러지도 못했다.

"……아무것도 아닙니다. 일단 두 분 내외께서는 외출을 다녀오신지라 피곤하실 터이니 인사는 조금 뒤로 미루시는 게 어떠신지요. 제가 공작 각하께 따로 전해드리겠습니다. 잠시 응접실에서 대기해 주십시오."

"아아, 뭐, 그래. 알겠네. 일단 따뜻한 걸 좀 마시고 싶은데."

"시녀에게 전달하겠습니다."

"고맙군."

카일리 영애를 얌전히 응접실에 모셔 놓은 후에야, 반트는 공작 내외를 맞이할 심리적 안정감을 느낄 수 있었다.

얼마 지나지 않아서, 홀 안으로 공작 부부가 들어왔다. 그야말로 간발의 차로 카일리 영애가 먼저 본성에 도착한 모양이었다. 반트는 빠른 걸음으로 달려갔다.

"잘 다녀오셨습니까, 마님."

엘리샤는 여느 때보다도 밝게 웃으면서 대답했다.

"아주 즐겁게 잘 다녀왔어요."

"다행입니다. 데이트는 어떠셨습니까?"

반트의 질문에 루자크가 말을 가로챘다.

"자네, 그건 언제나 최고이니 묻지 말도록 해. 그렇지?"

"그렇다고 안 하면 삐칠 거죠?"

엘리샤가 웃으며 대답했다. 루자크가 제 부인의 허리를 더욱 끌어안았다.

"그렇군요. 식사는 문홀에서 한 시간 후에 괜찮으시겠습니까?"

반트의 이야기를 들은 루자크가 말했다.

"그건 좀 곤란한데. 그녀가 많이 배가 고프다는군."

"아, 아뇨. 잠깐 응접실에서 차라도 한 잔 마시면 괜찮을 거예요."

엘리샤가 방긋 웃으면서 그리 말하자, 기겁한 반트가 손까지 가로저으면서 말했다.

"아, 안됩니다! 마님. 응접실, 말고 제가 직접 마님의 방으로 차를 가져다드리겠습니다."

처음 보는 반트의 당황스러워하는 모습에 엘리샤는 눈을 깜빡이면서 자신이 뭔가 잘못했나 싶어, 루자크를 마주 보았다. 루자크도 모르겠다는 눈치였다.

"알겠어요. 그럼 그렇게 해 주세요. 고마워요, 랜디어스 경."

"예, 마님."

"그럼 우린 쉬러 올라갑시다."

"잠시 드릴 말씀이 있습니다, 각하."

엘리샤와 나란히 층계로 오르려던 루자크를 반트가 불렀다.

"드릴 말씀?"

루자크의 물음에 반트가 무슨 일이 생겼다는 뜻의 심각한 눈빛을 뿜어냈다. 친우의 의도를 파악한 루자크는 엘리샤의 뺨에 키스를 하곤 말했다.

"당신 먼저 올라가서 쉬고 있도록 해."

"응. 알았어요. 그럼 식사 시간에 봐요."

엘리샤가 층계로 올라서는 걸 보며 리나가 재빨리 그 뒤를 쪼르르 따랐다.

홀에 더 이상 아무도 남아 있지 않자, 루자크가 물었다.

"무슨 일이지?"

"으음, 손님께서 찾아왔습니다만."

"응? 누구?"

단순히 손님이 찾아온 것으로 이리 호들갑을 떨리는 없을 텐데…… 하는 생각이 차오를 때쯤 반트가 물었다.

"그게…… 눈으로 직접 확인하시겠습니까?"

"어디 있지? 서재로 들여보내."

"삼 층까지 모셔도 될 만한 손님인지 판단이 서지 않습니다만."

반트의 말에 루자크는 미간을 좁혔다.

이윽고 응접실을 채우는 존재감 가득한 은발의 여자가 눈에 들어왔다. 테이블에 앉아서 무언가를 벌컥 들이켜던 여자와 눈이 마주치자마자, 그녀에게서 우렁찬 소리가 들렸다.

"어? 루자크 자네로군!"

"제니아?"

"내가 얼마나 그리웠는데!"

술잔을 탁 내려놓은 제니아가 루자크에게 반가움 가득한 얼굴로 달려왔다. 루자크는 반갑다기보다는 놀라움이 컸다.

"네가 어째서 내 성에 있는 거지?"

그의 냉랭한 말투에 제니아의 얼굴이 다소 시들해졌다.

"루자크, 오랜만에 봤는데 내가 반갑지도 않은 거냐?"

"다른 장소에서 만났더라면, 아니 미리 기별이라도 주었다면 한층 반가웠을 것 같군."

"이봐! 아니, 그럴 겨를이 없었다고. 게다가 원래부터 여기 오려고 했던 건 아니야. 후작가로 가려다가 방향을 틀어서 그렇지. 도무지 할머니 얼굴을 만날 자신이 없어서……."

"가출한 지 오 년이니 이해한다만…… 여기가 네 피난처는 아닌 것 같은데."

"……어, 어떻게 알았지? 사실 네게 며칠만 신세를 좀 지려고 했는데. 친구 좋다는 게 다 뭐야, 하하."

제니아가 머리를 거칠게 쓸어 넘기면서 시원스레 웃었다.

"당장 시내에만 나가도 여관은 깔렸을 텐데. 최고급 여관을 원한다면 잡아 주지."

"윽, 치사하게 이럴 거냐? 옛 추억에 젖어서 찾아온 친구를 쫓아낼 궁리만 하다니, 넌 참 나빠. 예전이나 지금이나."

"……."

루자크는 팔짱을 낀 채, 침묵했다. 제니아는 슬쩍 그의 눈치를 보면서 말을 늘어놓기 시작했다.

"본성만큼 조용히 숨어 지내기 좋은 곳도 잘 없단 말이야. 마음의 준비가 되었을 때, 그때 정말 후작 성으로 돌아갈게. 길지 않을 테니까……."

"반트, 그녀에게 오늘만 머무를 방을 안내해 줘."

"윽, 내일 당장 내쫓을 거야? 정 없다."

제니아가 투덜거렸지만, 루자크는 얼굴이 굳어 있는 그대로 반트에게 명령한 뒤, 응접실을 나갔다. 그러나 몇 걸음 채 가지 않아서 루자크는 깜짝 놀라고 말았다. 엘리샤가 눈앞에서 멍한 얼굴로 서 있었던 터였다.

"엘리샤?"

"아, 미안해요. 엿들으려던 건 아니었어요. 그런데 누가 와 있나요?"

엘리샤의 목소리를 들은 반트가 재빨리 튀어나왔다.

"아아, 마님. 사실 아까 전부터 손님이 와 계셨습니다만, 두 분이 도착하지 않으셔서 응접실에서 모시고 있었습니다."

반트의 말에 엘리샤가 이해했다는 듯, 고개를 주억거렸다.

"아, 그렇군요. 루자크, 당신의 친구분인가요?"

루자크는 고개를 끄덕였다.

"어렸을 적 그냥 알던 사이였어. 커서부터는 멀어져서 다시 보는 건 나도 굉장히 오랜만이군."

언제 따라 나온 것인지 루자크의 대답을 들은 제니아가 입가를 씰룩거리면서 말했다.

"아무리 그래도 '그냥 알던 사이'는 좀 너무하잖아? 하하, 안녕하세요, 공작 부인. 제니아라고 부르세요."

제니아가 엘리샤에게 손을 슥 내밀었다. 제복을 입은 여자가 이렇게 멋지다는 것을 처음 알았다. 얼핏 보면, 아주 아름다운 남기사처럼 보이기까지 했다.

그러나 목소리나 몸매를 살피면 그녀가 여자라는 것을, 그것도 대단한 미인이라는 것을 엘리샤는 금방 알아챌 수 있었다. 남편의 어린 시절 친구라니, 반갑게 맞이해 주어야 한다는 생각에 엘리샤는 보스스 웃었다.

"만나서 반가워요, 영애."

엘리샤의 미소를 본 제니아의 눈이 마구 반짝거리더니 흐물흐물해졌다.

"으으으."

"네에? 왜 그러세요?"

"악, 너무 사랑스러워서요! 루자크는 복도 많지. 이렇게 청초하고 귀엽고 사랑스러운 아가씨를 부인으로 맞이하다니…… 날도둑!"

제니아가 그렇게 외치면서 엘리샤를 품 안에 꽉 끌어안았다.

키가 큰 그녀와 나란히 서니 엘리샤는 제니아보다도 훨씬 체구가 작아 마치 인형처럼 보였다. 제니아가 비비적거리는 탓에 자신의 뺨에 속살의 감촉이 전해져 엘리샤는 괜스레 민망해졌다.

제복으로 가려져 있었지만 분명 탱글탱글하고 육감적인 몸매를 가지고 있을 게 분명했다. 제니아는 자신과는 완전히 다른 부류의 사람인 것 같았다.

털털하고 활달하고, 시원시원한 미인. 게다가 허리춤에는 검이 꽂혀 있었다. 검을 쓰는 여자라니, 그녀가 더욱이 대단해 보였다.

"엘리샤, 잠시만."

루자크가 둘이서 이야기를 하자는 눈빛을 보내왔기에 엘리샤는 그를 따라 삼 층 그녀의 방으로 올라왔다. 방 안에 들어오자마자 루자크가 그녀를 끌어당겨 와락 안았다.

"엘리샤, 갑자기 놀랐지? 미안해. 나도 조금 전에야 그녀가 도착했다는 소식을 알게 되었어."

"응? 사과하지 않아도 돼요, 루자크. 당신 어릴 적 친구라면서요. 사정이 있어서 성에 찾아온 거잖아요. 다른 손님들도 사정이 있으면 성에 기거하는걸요."

"그래도 신경 쓰여. 우리 둘이서 오붓이 지낼 시간을 빼앗기는 것 같아서. 최대한 내일 내보내도록 할게."

"루자크, 당신이 알아서 하도록 해요. 당신 친구잖아요."

어쩐지 엘리샤의 눈치를 살피는 듯한 루자크의 모습이었다.

"대신에 저녁 식사는 꼭 우리 둘이서 하도록 하지."

"아…… 그래도 친구가 왔는데 식사는 같이해야 하지 않을까요?"

"괜찮아. 난 당신이랑만 먹고 싶어."

그리 말하면서 루자크가 엘리샤의 입술 위에 제 입술을 겹쳤다. 몰캉한 속살이 서로 얽히면서 그가 부드럽게 어루만졌다. 온몸이 녹아내릴 만치 달콤한 키스를 마친 뒤, 루자크는 엘리샤의 입술을 살짝 머금었다.

"……아까부터 키스하고 싶은 걸 종일 참았더니, 가시가 돋칠 참이야."

"정말? 언제부터요?"

"보자마자."

"못 말려!"

루자크가 엘리샤를 번쩍 안아 들더니 그녀의 푹신한 침대로 데리고 갔다.

"앗. 저녁 식사 먹어야 하잖아요, 우리."

"그냥 침실에서 먹으면 안 될까? 지금 미칠 것 같은데……."

루자크의 아이 같은 투정에 엘리샤가 그를 슬쩍 밀어내면서 말했다.

"안 돼요. 모처럼 친구가 왔는데……."

"그렇게 신경 쓸 거 없어. 그다지 친한 사이도 아니고."

"그래요? 하지만 제니아는 당신을 무척 특별하게 생각하고 있는 눈치였어요."

엘리샤의 말에 루자크가 살짝 뜸을 들였지만 이내 대답했다.

"그럴 리가. 나한텐 귀찮은 존재였을 뿐이야."

"으음."

"어쨌든 둘이 있을 땐 우리 이야기만 하면 좋겠군."

엘리샤가 고개를 끄덕이며 웃었다.

"알겠어요."

"엘리샤, 진지하게 다시 물을게. 오늘 저녁 식사는 침실에서 즐기는 게 어때?"

루자크의 능청스러운 제안에 엘리샤는 잠시 머뭇거리다가 대답했다.

"안 돼요. 손님과 저녁 식사도 하지 않는 법이 어디 있……"

"그건 내일 아침에 만찬을 즐기면 되겠지."

오늘 밤만은 그 누구의 방해도 받지 않겠다는 루자크의 강력한 눈빛에 지고 만 엘리샤는 그의 제안을 수락하기로 했다.

"그럼 내일 아침은 꼭 다 같이 식사하도록 해요."

"그러지."

루자크는 금세 신이 난 듯, 줄을 당겨서 시종을 불러 저녁을 엘리샤의 침실에서 간단히 먹겠노라는 뜻을 비쳤다.

이윽고 두 사람은 잠시 후 도착한 민스첼의 특제 양고기 스테이크를 네 접시나 먹어 치웠다.

"이제 식사도 했겠다. 본론으로 들어가 볼까?"

입꼬리를 느른하게 올린 루자크가 장난스럽게 엘리샤를 뒤에서 꼭 끌어안았다.

"앗, 아직 안 돼요."

"내 아가씨 먼저 씻고 와."

엘리샤가 침대 옆 태피스트리를 걷어 올리고는 옷방으로 먼저 향했다. 오늘 자신을 빛내 주었던 로즈버드 드레스를 벗어서 잘 정돈해 놓고는, 욕실로 향하는 소복도를 걸어갔다. 알몸인 탓에 약간 몸이 떨렸다.

두 사람의 부부 침실이 아닌, 엘리샤 자신의 단독 침실에서 동침할 생각을 하니 왠지 새로운 기분이 들었다.

부지런히 몸을 씻고는 대충 천으로 닦고, 다시 침실로 돌아오는 길이었다.

"다 씻었어?"

느닷없이 루자크의 목소리가 들려왔다. 어느새 복도까지 나왔던 모양이었다.

시중을 드는 시녀가 없었기에 물기를 제대로 닦지 못해서 바닥으로 물방울이 툭툭 떨어졌다.

"엘리샤, 잠시만 기다려."

곧 깨끗한 천을 가져온 루자크가 젖은 천을 덮고 오들오들 떨고 있는 엘리샤의 몸을 닦아 주며 말했다.

"이런, 이렇게 다니면 감기 들 텐데. 벽난로에서 물기를 좀 말리고 왔으면……."

"당신이 기다리고 있으니까요."

엘리샤의 말에 루자크가 얼굴을 굳혔다.

"난 몇 시간이고 기다릴 수 있어. 그보다 당신이 병에 걸리지 않는 게 더 중요해. 안 그래도 추운 날씨라 늘 걱정이 많아, 엘리샤."

"난 괜찮다니까요, 루자크. ……푸엣취!"

그녀의 기침 소리에 루자크의 안색이 안 좋아졌다.

"그것 봐. 항상 당신 몸부터 먼저 챙기도록 해. 당신이 아프면 난 무척 화가 날 거야."

"……루자크, 걱정해 주는 건 좋지만 난 정말로 괜찮아요. 아까 그건 가벼운 재채기라고요. 난 건강해요."

엘리샤가 두 팔로 루자크의 목에 매달렸다. 그러자 잠시 화가 났던 그의 안색이 풀렸다.

더욱이 가운 사이로 뽀송하고 매끈한 그녀의 속살이 들여다보였다. 그녀는 고작 천 하나로 제 몸을 가리고 있을 뿐이었다.

"루자크, 화 풀어요. 응?"

"화가 난 것이 아냐."

순간 참지 못하고 그가 엘리샤의 알몸으로 손을 뻗었다. 부드러운 감촉이 손끝에 전해져 왔다. 그녀의 아리따운 몸과 싱그러운 향기, 예쁜 목소리, 부드러운 감촉까지 오감이 모두 그를 자극하고 유혹하고 있었다. 그러나 먼저 씻고 온 그녀를 위해서 루자크는 가녀린 어깨 위에 가운을 입혀 주었다.

"추우니까 이 안에 들어가 있어. 금방 다녀올게."

그는 엘리샤를 침대 이불로 꽁꽁 싸매서, 토닥토닥해 주고는 셔츠를 벗으면서 욕실로 향했다.

"응, 알았어요."

엘리샤는 금세 이불 속에서 몸을 둥글게 말아 놓고 손끝으로 허공을 가리키면서 주문을 외웠다.

'어둠을 밝히는 이여, 여기 머물라.'

퐁!

작고 동그란 빛 덩어리 하나가 어두운 방 안에 소환됐다. 촛불마저 켜지 않았기에, 빛이라고는 그것뿐이었다.

엘리샤는 장난스럽게 미소 지으면서 손가락을 빙글빙글 돌렸다. 그러자 빛의 구도 엘리샤를 따라서 빙글빙글 돌기 시작했다. 빛이 생기니 자연히 그림자도 생겼다.

엘리샤의 눈이 빛나며 더욱 장난기가 발동했다.

'상냥한 공기의 친구여, 그대 손을 빌려 다오.'

주문을 외우자, 엘리샤가 응시한 물건들이 하나둘 공중으로 뜨기 시작했다. 손수건이나 머리핀 등의 작은 물건부터 시작해서 의자와 테이블, 이윽고 그녀가 올라앉아 있는 침대까지.

둥실둥실 떠오른 침대 위에서 누워 있으니, 마치 어린 시절로 돌아간 것만 같았다. 실제로 그녀가 어렸을 때 자기 전에 곧잘 하던 장난이었다.

"으음…… 루자크는 아직 안 나오네?"

엘리샤는 물건을 원래대로 돌려놓으려다가 그를 골려 줘야겠다는 생각에 그대로 놔두었다. 하지만 포근한 이불 속에서 있으려니 자꾸만 졸음이 쏟아졌다.

"……엘리샤?"

잠시 후, 엘리샤의 방으로 돌아온 루자크는 자신이 목도한 풍경이 꿈인가 싶어서 눈을 비볐다. 방 안에는 온통 가구며, 물건들이 공중 위에 둥실둥실 떠 있었고 그 사이를 자그만 빛의 구가 둥둥 떠다니고 있었다.

마치 별처럼.

"이게 다 뭐지?"

쿨—쿨—

방을 엉망진창으로 만들어 놓은 주인공은 아주 곤하게 잘 자고 있었다. 그는 지금 이 상황이 너무 황당했지만 그렇다고 그녀의 단잠을 깨우고 싶지는 않았다.

"쿡, 이 아가씨. 정말 못 말리겠군."

그녀는 얼마나 피곤했는지 세상모르게 자고 있었다. 그것도 저렇게 높이 허공에 떠서…….

'아무래도 오늘은 내 방으로 가야겠군.'

그런데 한 가지 문제가 있었다. 엘리샤가 방에 있는 거의 모든 물건을 공중에 띄워 놓았는데, 루자크가 걸쳤던 옷마저 높다란 천장에 매달려 있었다.

"저걸 어쩐다?"

그는 살짝 고민하더니, 가볍게 점프를 해서 옷자락을 붙잡았다. 주섬주섬 옷을 챙겨 입은 루자크는 나가기 전, 엘리샤를 올려다보면서 중얼거렸다.

"잘 자, 엘리샤."

아쉬운 발걸음으로 돌아 나온 루자크는 복도에서 마주치는 시종에게 고했다.

"내일 아침에는 마님이 나오실 때까지 절대로 먼저 깨우지 말도록. 다른 모두에게도 전달해."

"알겠습니다, 각하."

그리 말한 루자크는 기다란 사지를 놀려 제 서재로 향했다. 이미 홧홧하게 달아오른 몸과 심장 때문에 쉬이 잠이 들지는 못할 듯했다.

처리할 업무는 쌓였으니, 긴 고민은 필요하지 않았다.

'차라리 일이나 하자.'

* * *

다음날 아침, 부스스한 모습으로 일어난 엘리샤는 벽시계를 보고는 자신이 열두 시간을 꼬박 기절해 있었다는 걸 깨달았다.

주변을 둘러본 엘리샤는 깜짝 놀랐다. 방에는 여전히 물건들이 허공에서 넘실거리고 있었다.

"윽…… 설마 나 이러고 잔 거야?"

어쩐지 자는 내내 마법을 쓰는 꿈을 꿨다. 마법을 유지하느라고 마력이 바닥나 있을지도 몰랐다. 재빨리 엘리샤는 물건들을 제자리로 돌려놓고는, 대충 혼자서 드레스를 챙겨 입고 머리를 빗었다. 화장대 거울에 비친 모습을 보니, 평소보다 꾸미진 않았지만 수수한 제 모습이 나쁘지 않아 보였다.

엘리샤는 서둘러 방문을 열고 나섰다.

'다행히 그 꼴을 아무도 못 봤겠지?'

누군가 보았더라면 한참 전에 난리가 났을 터였다.

"좋은 아침이에요, 마님! 잘 주무셨어요?"

리나가 반갑게 인사를 걸어왔다.

"네, 거의 기절하듯 잤어요."

"그동안 고생하셨으니 푹 쉬시는 게 당연해요. 오늘 아침에는 마님께서 나오실 때까지 깨우지 말라는 각하의 명이 있었답니다."

리나의 귀띔에 엘리샤는 절로 미소가 지어졌다.

"아, 그랬군요."

"참, 로로를 제가 돌보고 있었어요. 인사하시겠어요? 여기요."

"네, 오늘은 한가하니 제가 데리고 있을게요."

리나가 안고 있던 로로를 엘리샤에게 안겨 주었다.

냐옹!

엘리샤의 품이 그리웠던지 로로가 냉큼 제 얼굴이며 발을 엘리샤의 팔에 비벼 댔다.

"내가 보고 싶었구나."

로로의 머리를 부드럽게 쓰다듬으며 엘리샤가 리나에게 물었다.

"각하께서는 정무실에 계신가요?"

"아뇨. 아침 일찍 식사를 마치시고 기사단으로 가셨다고 하네요."

"아, 그렇군요."

루자크에게 미안했다. 어젯밤 둘이서 한껏 잡아 놓은 분위기를 먼저 잠들어 망친 것도 모자라, 방을 그렇게 만들어 놓기까지 했으니…….

그러면서 어제는 참으로 길고도 행복한 하루라는 생각을 하는 그녀였다.

응접실로 내려온 엘리샤는 반트에게 말을 걸었다.

"좋은 아침…… 아니 좋은 오후에요, 랜디어스 경."

"예, 마님. 간밤에는 잘 주무셨습니까?"

낯빛이 한결 좋아진 마님을 보니, 그도 기분이 좋은 모양이었다.

"각하께서 기사단에 가셨다고 하는데, 저도 오랜만에 가 볼까 해서요. 마차를 대기시켜 주시겠어요?"

"물론입니다. 잠깐 차 한잔하고 계시지요."

그의 말대로 차 한 잔을 다 마실 무렵, 마차가 준비되었다. 엘리샤는 로로를 안은 채, 야외용 모자를 따로 챙겨서 마차에 올라탔다.

"이랴!"

마부의 목소리와 함께 마차가 덜컹거림 없이 출발했다. 본성 내의 길은 대부분 잘 정돈된 고운 흙길이었다.

엘리샤는 창문을 열어 찬바람을 맞았다. 추운 테본 땅에도 봄이 오기는 올 모양이었다. 여기저기서 새가 지저귀는 소리가 들려왔다.

"마님, 기사단에 도착했습니다."

"고마워."

마부에게 인사를 한 엘리샤가 로로를 안아 든 채 마차에서 내리자 머지않은 곳에서 쇠붙이 소리가 들려왔다. 그녀는 본능적으로 그쪽으로 고개를 돌렸다.

그곳에는 가벼운 셔츠와 팬츠 차림으로 검을 맞대고 있는 두 사람과 그들을 빙 둘러싸고 앉아있는 기사들이 보였다.

챙! 챙!

엘리샤의 보라색 눈이 동그랗게 커졌다.

한 사람은 제 남편인 루자크였고, 나머지 한 사람은 제니아였던 것이었다.

슈욱!

제니아의 검이 루자크의 옆구리를 거칠게 찌르고 들어왔으나, 그 틈은 곧 막혔다. 루자크는 그녀의 검을 힘으로 튕겨 내곤, 다음 순간 어깨를 노리고 들어왔다.

제니아가 픽 웃으면서 루자크의 검을 막아 냈다.

"우습게 보지 마."

"……제법 늘었군."

루자크는 거의 무표정에 가까웠지만, 엘리샤는 왠지 쿵 하고 심장이 내려앉는 기분마저 들었다.

어깨만치 오는 은발을 휘날리며, 결투에 열중하고 있는 제니아는 같은 여자가 보기에도 매력적이었다.

사실 큰 내색은 하지 않았지만 조금 놀라긴 했다. 그냥 아는 사이라던 제 남편의 친구는 미인인 데다가 성격도 화끈해 보였다. 아무렇지 않을 거라 생각했는데, 두 사람이 검을 맞대는 모습을 보니, 왠지 자신이 낄 틈이 사라진 것 같아서 외로운 마음이 들기도 했다.

갑자기 이런 마음이 불쑥 드는 자신이 이상하고 낯설었다. 엘리샤는 고개를 저었다.

'제니아는 루자크의 친구일 뿐이잖아. 엘리샤, 침착해.'

그녀는 그렇게 마음을 다잡고는 기사들이 자리한 곳으로 다가갔다. 안돌프가 먼저 그녀를 알아보고는 예를 표했다.

"마님! 오랜만에 기사단에서 뵙습니다."

"잘 지내셨습니까!"

그를 따라 잠시 호위 기사였던 앨버트도 인사를 했고, 나머지 기사단의 기사들도 차례차례 인사를 했다.

"나는 잘 지냈어요. 각하가 기사단에 가셨다기에 나도 놀러 와 봤어요."

"잘 오셨습니다. 마침 각하께서 카일리 경과 검술 대결을 하고 계시는군요. 이쪽으로 오십시오. 여기가 잘 보입니다."

안돌프가 친절하게 제 자리를 양보해 주었다.

"고마워요, 가이시 경."

그러나 자리를 잡고 서자마자, 곧 대결이 끝나 버렸다.

챙!

챙!

휘익!

루자크가 금세 제니아의 검을 날리곤, 그녀의 목을 겨누었다.

제니아가 분하다는 투로 말했다.

"윽. 이길 것 같았는데, 아쉽군."

"질질 끄는 건 질색이라서."

와아!

기사단의 함성이 울리자, 루자크가 손을 들었다. 그만두라는 뜻이었다.

"두 눈을 감고도 이길 경기에서 함성까진 필요 없지."

"쳇! 뭐야?"

투덜거리는 제니아를 뒤로한 채, 루자크는 곧장 엘리샤에게로 다가왔다. 냉기 가득한 푸른 눈은 어느새 따뜻함을 머금은 하늘색이 되어 있었다.

"날 보러 여기까지 왔군. 잘 잔 거야?"

엘리샤는 어쩐지 부끄러워졌다. 마치 여러 사람 앞에서 그에게 고백이라도 받는 기분이랄까.

"나, 날씨가 좋아서 산책 왔을 뿐이에요!"

엘리샤는 괜스레 뾰로통해져선 그리 말했다. 그러자 제니아가 뒤에서 휘익, 하고 휘파람을 불었다.

"한참 신혼이시군요, 공작 각하!"

그녀의 놀림에 이어서 기사단 사람들이 전부 휘파람을 불기까지 하자, 엘리샤의 두 뺨이 온통 새빨개졌다. 아무래도 괜히 왔다는 생각이 머릿속을 점령했다.

너른 풀밭 위에서 가볍게 검을 부딪치는 루자크와 안돌프를 바라보면서 제니아가 말했다. 그녀의 눈빛이 은은하게 빛나고 있었다.

"옛날 생각이 나네요. 아직도 제 눈에는 소년 루자크가 선한데, 세월이 참 금방이군요."

제니아는 과거를 회상하는 일이 무척이나 즐거운지 유독 낯빛이 밝아 보였다.

"루자크와 함께 이곳 본성에서 검술을 익혔죠. 지금은 돌아가셨지만, 전대 공작 각하의 부관인 발토르 경이 검술 스승님이었어요."

엘리샤는 전혀 모르는 까마득한 이야기인 데다가, 검술이라니 자신과는 접점이 전혀 없는 주제였다.

"본성에 자주 오셨던 모양이에요."

제니아는 고개를 주억거렸다.

"제집처럼 드나들었어요. 언젠가 한번은 가출해서 몰래 숨겨달라고 온 적도 있었고. 길을 잃어서 울기도 했죠."

"아……."

엘리샤는 무어라 대답할 말을 잃고 말았다. 루자크와 자신의 보금자리인 이곳 본성이 그녀에게는 유년 시절의 추억을 떠오르게 하는 곳이라니, 기분이 미묘했다. 제니아는 여전히 추억 속에 잠겨 계속 말을 이었다.

"루자크의 어린 시절 궁금하죠?"

더욱 신이 났는지 제니아가 질문했다. 마치 지금 아내인 엘리샤보다 자신이 루자크를 훨씬 더 잘 알고 있다는 얼굴로.

"……어땠나요?"

엘리샤가 마지못해 물었다.

"나와 안면을 트고도 1년 정도는 말도 안 했어요. 쪼끄만 게 얼마나 차갑고 도도하고 오만하던지…… 아주 건방진 꼬마였죠."

그녀는 머리를 흔들며 씩 웃었다.

"각하가 그러셨다고요? 믿기 어렵네요."

엘리샤에게는 무척이나 생소한 이야기였다. 제게는 한결같이 따스한데다 다정한 사람이었다. 단 한 번도 냉정하게 군 적이 없었을 정도로.

엘리샤의 얼굴을 살피던 제니아가 입을 열었다.

"하긴. 정말 깜짝 놀랄 만큼 사람이 변했어요. 분명 전부 공작부인 덕분일 거예요. 이렇듯 사랑스러운 분이라니, 그럴 만도 해요!"

이상하게도 칭찬을 듣고 있는데 전혀 기쁘지 않았다.

"그렇군요. 카일리 영애께서도 정말 대단하세요. 타국의 전장에서 검을 든다는 게 쉽지 않으셨을 것 같아요."

"난 오히려 즐겁더군요. 자유롭게 검을 들어도 뭐라고 나를 욕할 사람이 아무도 없었으니까요. 억지로 드레스와 구두를 신고 있는 것만큼 고역은 없었어요. 할머니는 나와는 정말 안 맞아요. 난 드레스와 화장에 공들일 시간에 차라리 낮잠이라도 자는 게 좋다고 생각해요. 예쁜 건 언제든 시들기 마련이고요. 그냥 생긴 대로 사는 게 좋지 않은가요?"

제니아의 뒷말에는 전적으로 동의할 수가 없었다. 엘리샤는 더 이상 참지 못하고 입술을 열었다.

"……음, 그건 아니라고 생각해요. 자신을 아름답게 가꾸는 것도 검을 갈고닦는 것만큼이나, 중요하고 가치 있는 일이에요. 자신이 좋아하지 않는다고 해서 그렇게 쓸데없는 것으로 매도하는 건 옳지 않아요, 여기사님."

물론 마지막에는 생긋 웃는 것을 잊지 않았다.

"……으응?"

순간 벙찐 얼굴로 엘리샤의 말을 듣고 있던 제니아가 그제야 정신이 들었는지 얼굴이 붉어진 채 말했다.

"아, 매, 매도하려고 한 건 절대로 아닙니다. 미안해요."

"아니에요. 저도 그만 흥분하고 말았어요."

어색해진 탓에 더는 대화를 이어 나갈 분위기가 아니었다. 엘리샤의 품속에 얌전히 안겨 있던 로로에게로 시선을 돌린 제니아가 외쳤다.

"오, 귀여운 고양이군요."

기분 좋은 상태로 엘리샤의 손길을 느끼고 있던 로로가 갑자기 귀를 뒤집으면서 몸을 빳빳하게 굳혔다.

하악!

제니아의 손이 머리에 닿자마자 로로가 날카롭게 입을 벌렸다. 아직 어린 새끼 고양이임에도 이빨이 제법 뾰족했다. 낯선 사람을 좋아하는 편은 아니지만, 리나나 다른 사람에게도 곧잘 머리를 내어 주던 로로가 이렇게까지 심기가 불편해 보이는 건 처음이었다.

"미안해요, 카일리 영애. 로로, 왜 그러니?"

엘리샤가 로로를 쓰다듬자 다시 좀 누그러졌는지 얌전했다. 제니아는 뾀쭘한 얼굴이었다.

"하하, 제가 괜히 건드렸나 본데요?"

이윽고, 루자크가 이쪽으로 다가오고 있는 것이 보였다. 제니아가 그에게 걸어가면서 친근하게 말했다.

"그 버릇은 여전하네."

"버릇?"

"검을 겨눌 때, 한쪽 눈을 찡긋하는 버릇 말이야."

"흠, 그랬나?"

그는 대수롭지 않다는 투로 어깨를 으쓱하곤 그대로 제게로 다가오는 제니아를 슥 지나쳤다. 그러곤 곧장 엘리샤에게로 다가왔다. 처음부터 푸른 눈동자는 오로지 엘리샤만을 향해 있었다.

"엘리샤, 기다리느라 지루했을 텐데."

엘리샤가 고개를 저으면서 웃어 보였다.

"그럴 리가요. 카일리 영애도 계시고 로로도 있었는걸요."

흘낏 제니아를 바라보자, 그녀는 저만치 멀어져서 기사들이 있는 쪽으로 걸어가고 있었다.

"그녀를 조금 더 챙겨 주어야 하는 거 아니에요, 루자크?"

"본성에 머무르게 한 것만으로도 충분하다고 생각하는 바야. 내가 챙길 사람은 당신뿐이야."

그의 대답을 들은 엘리샤는 그제야 맘이 놓이는 것 같았다.

"그래도 그녀에게 어제저녁과 아침 식사를 제대로 접대하지 못했으니, 점심이라도 함께해요."

루자크가 엘리샤를 내려다보면서 부드러이 웃었다.

"내 아가씬 너무 착해서 탈이야. 그러도록 하지."

엘리샤는 웃으면서 속으로 생각했다.

'루자크, 난 당신 생각보다는 착하지 못해요, 얼마나 이기적인지 몰라요.'

그녀의 머리칼을 어루만진 루자크가 한쪽 입가를 들어 올리며 물어 왔다. 은근한 눈빛을 한 것이 보였다.

"그런데 어제 못 다 한 우리 일과는 언제 나누지?"

"……일과? 아."

그가 말한 일과가 무얼 뜻하는지 금세 깨달은 엘리샤가 곱게 눈을 흘겼다.

"지금은 그럴 시간이 아니라고요!"

엘리샤의 투정에 루자크가 특유의 상큼한 미소를 보내면서 말했다.

"난 시간 안 가려."

"그나저나 어젯밤은 미안했어요. 그리고 고마워요. 당신이 내 방에 들어오지 말라는 명을 내려 주어서 아무에게도 안 들킬 수 있었어요. 다행이에요!"

엘리샤는 혀를 쏙 내밀면서 말했다.

"하여간 한시도 눈을 뗄 수 없다니까. 오늘 밤은 공중 침대에 나도 초대해 줘."

"안 돼요. 떨어지면 큰일 나요."

"더 짜릿하겠군."

은근히 귓가에 속삭이는 그의 목소리에 마음도 간질간질했다. 루자크가 거의 안을 듯 엘리샤에게 몸을 바짝 붙여 오자, 그녀가 그를 밀어냈다. 주변을 살짝 둘러본 엘리샤가 중얼거렸다.

"모두 보고 있어요. 당신 친구도요."

"상관없어. 얼마든지 보라고 해."

"……."

역시 그에게 이런 말은 통하지 않았다. 엘리샤는 그쯤에서 그를 그만 자극하기로 했다. 과거 황성에서도 제게 공개 키스를 한 전적이 있는 남자였다. 기사단이라고 별반 다를 것도 없었다.

* * *

본성에 돌아온 이후로, 처음으로 대접을 받는 기분이었다. 그동안 전장을 누비면서 사람의 식사 수준이 얼마든지 안 좋아질 수 있다는 걸 몸으로 체득한 제니아에게는 지금 이 식탁은 황실의 것이라고 할 만치 풍성한 것이었다.

입에 넣기만 해도 살살 녹아내리는 쇠고기 스테이크와 양갈비, 칠면조구이, 올리브와 치즈를 가득 얹은 샐러드, 싱그러운 바다 내음이 나는 조개관자 요리와 향긋한 적포도주까지 더할 나위 없이 완벽했다.

그러나 이번에도 주인공은 공작 부인인 모양이었다. 루자크는 제 부인의 접시를 아예 가져다가 스테이크를 썰어 주고는, 조개의 살까지 친히 발라 주고 있었다.

'정말 못 봐 주겠군.'

식사는 매우 맛있었지만, 저 모습을 보자니 심히 괴로웠다. 둘이 있을 때는 저리하더라도, 적어도 자신이 보고 있는데도 이러는 건 그냥 고문을 하고 있는 거나 다름없었다.

"영애, 음식은 입에 맞으시나요?"

"네, 아주 맛있군요. 루자크의 새로운 모습을 보는 재미도 쏠쏠했고요."

제니아의 말에 루자크가 그녀를 무심한 눈으로 바라보면서 말했다.

"맛있다니 다행이군. 그래, 후작가에는 오늘 돌아가는 것 맞지?"

식탁에 앉은 후로, 루자크가 자신에게 처음으로 던진 말이었다. 쌀쌀맞은 남자 같으니.

"글쎄……후작가 생각만 해도 숨이 턱 막혀서 말이지."

제니아의 대답에 루자크의 푸른 눈은 다시 제 부인에게로 향했다. 제니아는 흘깃 엘리샤를 바라보았다.

작고, 가녀리고, 예쁘다. 별이 뜬 것처럼 반짝이는 보라색 눈망울과 올망졸망한 코와 입술, 자그마한 체구와 팔다리, 사랑받기 위해서 태어난 것 같은 연분홍의 굽실거리는 머리카락은 쓰다듬지 않을 수가 없었다.

자신과는 태생부터가 다른, 작고 여린 소녀였다.

'원래 루자크의 여자 취향은 저렇지 않았는데…… 무엇이 널 변하게 한 거지?'

반트와 시종들이 진수성찬으로 차려진 음식들을 계속 날라왔다. 제니아는 먹는 일에 집중했다. 식사를 마치고 자리에서 일어나자 여전히 단란한 그들의 모습이 눈에 들어왔다.

루자크는 공작 부인에게 귓속말로 무어라고 말하며 다정하게 뺨에 키스를 퍼부었다. 치밀어 오르는 불편함에 제니아는 차라리 먼저 나가는 게 좋겠다 싶어 자리를 빠져나가려 했다.

"카일리 영애."

자신의 이름을 부르는 목소리에 제니아는 고개를 들었다. 지금껏 그녀에게는 관심조차 없던 루자크의 부름에 제니아는 반사적으로 얼굴에 미소가 떠올랐다.

"무슨 일이야, 루자크?"

"잠깐 걸을까."

제니아의 눈동자가 커졌다. 루자크의 어린 신부는 손을 흔들면서 먼저 식당을 빠져나갔다.

"산책이라면 얼마든지."

자연스럽게 홀에서 이어진 층계를 따라서 나가자, 작은 정원이 있었다.

본성에 오고 나서 둘만의 시간을 가진 적이 없었던 탓일까. 별것 아닌데도 자꾸 긴장이 되었다. 나란히 풀밭 위를 걸으며 제니아가 말했다.

"이러고 있으니 정말 옛날 생각이 나는데. 안 그래, 루자크?"

제니아가 은발을 넘기면서 루자크를 바라보았다.

밤하늘처럼 새카만 머리카락 아래 호수처럼 시푸른 눈동자는 마주치기만 해도 심장이 반응한다.

결혼했다는 사실을 알면서도 이 마음은 어쩔 수 없는 건가?

휘잉, 한기가 가득한 바람이 지나가면서 루자크의 말이 훅 들어왔다.

"앞으로 내 이름을 함부로 부르지 않았으면 좋겠군."

"……응?"

오랜만에 찾아온 친구를 홀대하는 것도 모자라서 이제는 이름도 부르지 말라니, 서운하고 섭섭함이 밀려들었다. 이어서 들려온 선을 긋는 말에 제니아는 할 말을 잃었다.

"나도 이제는 결혼한 몸이고, 아무리 어릴 적 알던 사이라지만, 이제는 예의를 갖춰야 하지 않을까."

"……그게 이유야?"

"내가 신경 쓰이기도 하고."

"큭, 그렇구나."

제 사랑스러운 아내가 신경 쓰일까 봐 그런 게 아니고?

속이 쓰리다 못해 뒤틀렸다. 반갑게 환영을 해 줄 거라는 기대도 없었지만, 이제는 친구, 아니 남보다도 못한 취급을 받는 것 같아서 몹시도 씁쓸했다.

"뭐, 네가 원한다면 그렇게 할게."

"또 한 가지."

"……말해 봐."

"그 일은 거론하지 않았으면 좋겠군."

'그 일'이 지칭하는 건 단 한 가지였다. 자신이 그를 좋아한다고 고백했던 일.

새삼 더 비참하게만 느껴졌다. 8년 전 그날보다도 지금 자신을 바라보는 루자크의 눈빛은 수억 배는 더 차가워져 있었다.

제 부인에게는 그렇지 않았으면서. 정략결혼 한 사이라고는 믿을 수 없을 만큼 둘은 알콩달콩 깨가 쏟아졌다. 괜히 더 심술이 났다. 비쭉하고 무언가가 치고 올라왔다.

"근데 말이야. 그녀의 어디가 그렇게 좋은 거지? 넌 여자에게 마음을 열지 않겠다고 했잖아."

'왜 나는 가지지 못했는데 그 여자애는 널 가진 거야?'

말하다 보니 무언가가 더 솟구쳐 오르는 걸 느꼈지만 제니아는 이를 콱 물고는 참아 냈다. 그리고 루자크를 원망하듯 쏘아보았다.

제니아의 그런 시선에도 아랑곳하지 않고 루자크의 입가에는 금세 미소가 번졌다. 분명 무슨 생각을 하는지 알 만했다.

"봐서 알겠지만…… 머리부터 발끝까지 다 좋다."

루자크의 만개한 미소를 본 제니아의 낯빛은 흙색이 되어 있었다. 이런 모습을 보고자 그를 찾아온 게 아니었다.

결혼을 한 것도 충격이지만. 이렇게 다른 여자에게 푹 빠진 루자크 드 펜블렌을 마주할 줄은 상상조차 못 했다.

한 가닥 남았던 미련이 파스스 재가 되어서 사라졌다. 제니아는 겨우 입술을 열었다.

"잘됐군, 정말 잘됐어. 역시 연분은 따로 있구나."

"후작 성에는 언제쯤 돌아갈 거지? 후작 부인께서도 널 기다리실 텐데."

"알겠어. 어서 본성을 떠나라 그 말인가?"

"그래 주면 더 좋겠지만. 후작 부인의 일부터 해결하는 게……"

"그건 내가 알아서 합니다, 각하. 이래라저래라 참견하지 마. 숙소에 대한 문제라면 오늘 당장이라도 나가고 싶지만, 조금만 더 여유를 줘. 때가 되면 알아서 나갈게."

"알겠다."

루자크는 짧게 한숨을 쉬고는 대답했다.

"고마워."

저벅저벅. 제니아는 먼저 등을 보인 채 그 자리를 떠났다.

* * *

드레스 품평회가 끝나고 며칠 시간이 지났다. 제니아가 본성에 온 것을 제외하면 별다른 일 없이 소소한 하루가 계속되었다.

엘리샤는 제 방 서재에서 안주인의 업무를 보거나, 그동안 밀렸던 의뢰용 드레스를 만들었다. 때때로 콜린의 오트쿠튀르에도 나가서 새로운 드레스 의뢰를 받아 왔다.

사교 모임의 영향력은 실로 막강했다.

요 며칠 사이 블랙 윈터 본성을 다녀간 귀부인이며 영애들이 벌써 일곱 명이었다. 그중에는 안나와 친하게 지내던 귀부인인 마가렛과 조세핀도 있었다.

그들이 먼저 안나 이야기를 꺼냈는데, 대부분 뒷담이었다. 안나가 잘나갈 때는 누구보다도 가까웠던 이들이, 이제는 자신에게 잘 보이려 애를 쓰는 것이 엘리샤는 못마땅했다.

"생각만 해도 소름 끼쳐요. 알고 보면 그게 전부 계산된 행동이었어요. 그동안 선한 얼굴로 가식을 떨었던 거잖아요."

"맞아요. 속은 것만 같네요."

"이제야 테본에 진짜 여왕이 나타나셨어요, 펜블렌 공작 부인! 정말 대단하세요. 어떻게 그런 드레스를 만드실 생각을 다 하셨을까요?"

"과찬이에요."

케이크처럼 귓가에 쏟아지는 사탕발림 같은 말들, 그러나 이것도 앞에서만 그럴 테지. 뒤에서는 어떤 말이 나올지 알 수 없었다. 물론 엘리샤의 뒤에는 펜블렌 공작가가 있었으니, 입조심을 하긴 하겠지만 말이다.

엘리샤는 생긋 웃으면서 두 사람에게 말했다.

"두 분 오늘 즐거웠어요. 곧 드레스를 제작해야 하는데, 다음을 기약하지요."

"어머, 저희가 시간을 빼앗았군요!"

"본성이 너무 아름다워서 구경하느라 시간 가는 줄도 몰랐어요."

"다음에 또 뵙도록 해요. 살펴 가세요."

그들이 사라지자, 엘리샤는 한숨을 옅게 내쉬었다.

"휴우, 겨우 보냈네."

벽시계를 보니, 오후 두 시였다.

"조금 늦었지만 오늘은 콜린의 오트쿠튀르에 나가 볼까?"

가끔씩 데이지를 보내서 오트쿠튀르에 들어오는 드레스 의뢰를 받고 있었지만, 콜린이 신경 좀 쓰라고 잔소리를 여러 번 했던 것이 생각났다.

엘리샤는 리나를 불러 말했다.

"리나, 오늘은 오트쿠튀르에 나가 보려고요. 실외용 드레스로 갈아입어야겠어요."

"알겠습니다, 마님. 드레스부터 먼저 고르실 것이지요?"

드레스 고르는 것을 도우려던 리나가 뭔가 갑자기 생각난 듯 말했다.

"아, 그런데 마님께 그동안 들어온 선물들은 어떻게 할까요?"

그동안 방문한 손님들이 가져다준 선물들이 벌써 엘리샤의 서재 한구석을 차지하고 있었다.

"그건 음, 오늘 저녁에 정리하기로 해요."

"네, 마님. 요즘 유독 사람들이 마님과 친해지려고 하는 것 같아요."

"그러게요. 처음에는 아는 사람이 하나도 없었는데 말이에요."

"마님의 진가를 이제야 알아보는 거예요. 저는 첫눈에 알아보았지만요."

리나가 웃으면서 엘리샤의 손을 잡고 함께 옷방으로 갔다.

"리나는 정말 좋은 사람이에요."

"마님에게는 쭉 좋은 사람이고 싶네요."

"저도요."

둘은 자매처럼 서로를 마주 보면서 배시시 웃었다.

"요즘 이렇게 활짝 웃는 모습을 별로 못 뵌 것 같았는데 이제야 저도 기분이 좋네요."

"아…… 그랬나요?"

"네, 제가 누군가요? 마님이 조금만 심기가 안 좋으셔도 금방 알아차린다고요."

"실은…… 아, 아무것도 아니에요."

옷장을 열고 드레스를 고르는 엘리샤의 손길이 잠시 멈추었다.

"무슨 고민이라도 있으세요?"

"고민까지는 아니지만, 그냥 자꾸 신경이 쓰여요. 제니아 영애 말이에요. 각하의 어린 시절 검술 수업을 함께 들었던 친구 사이인 것도 이해가 되고, 본성에서 보냈던 추억이 많고 그리운 것도 이해는 되지만……. 잘 모르겠어요, 그냥. 검술도 잘하는 데다가, 또 미인이고 매력적이라서 그럴까요? 자꾸 신경이 쓰이네요."

"그러셨군요. 저라도 당연해요."

"내가 너무 과민 반응을 보이는 게 아닐까 싶었어요."

"솔직히 말씀드리면 저 또한 카일리 영애께서 이곳에 계실 명분은 없다는 생각이 들어요. 결혼 전이라면 모를까, 지금 각하께서는 엄연히 마님과 신혼을 즐기시는 중인데 말이에요."

"그래도 다행인 건 각하가 카일리 영애에게 유독 차갑게 군다는 거예요. 그걸 볼 때마다 안심하는 제 자신이 약간 이상했어요. 난 질투를 하고 있었던 걸까요?"

"그런 것에 너무 연연하지 마세요. 마님은 어엿한 공작 부인이시고, 눈치를 보거나 신경 쓰실 필요는 없어요. 오히려 그래야 할 사람은 카일리 영애 쪽이에요."

리나의 말에 엘리샤가 고개를 주억거렸다.

"네. 리나에게 털어놓으니 그래도 속이 좀 풀렸어요."

"그렇다면 다행이에요. 자, 드레스부터 고르실까요?"

"오늘은 색다른 스타일이 좋겠어요. 잘 부탁해요."

"마님의 드레스를 고르는 일이 더욱 신중해지는걸요. 모두 마님을 따라 입을지 모르니 말이에요."

그러자 리나가 웃으면서 드레스 한 벌을 가리켰다.

"오, 그렇다면 이 드레스는 어떠세요?"

최근엔 자신이 직접 드레스를 골라서 입고 다녔던 터라, 오랜만에 리나가 골라 주는 드레스를 입는 것도 좋을 것 같다는 생각이 들었다.

게다가 리나가 내민 것은 매혹적인 남색의 다마스크 원단으로 만들어진 드레스였다. 마치 로브처럼 소매가 달린 보디스의 가장자리와 오버스커트가 이어져 있어 더욱 고전적인 느낌을 주었다.

소매 부분은 무척이나 길어서 종아리 아래까지 내려와 무게감이 있어 보였다. 테두리에는 은사로 덧대어 한층 고급스러웠고, 언더 스커트와 가슴 부분의 보디스 판은 남색과 어우러지는 청명한 바다색의 벨벳 천으로 되어 있었다.

"어른스럽고 우아한 드레스네요. 이 드레스에는 허리띠가 잘 어울릴 것 같아요."

엘리샤의 의견에 리나가 손뼉을 짝 쳤다.

“어머나! 좋은 생각이에요, 마님. 역시 우리 마님께서는 옷을 보는 감각과 안목이 타고나셨다니까요.”

리나가 옷장의 다른 칸을 열었다. 그러자 온갖 허리띠들이 주렁주렁 걸려 있었다. 갖가지 보석과 금은으로 세공된 허리띠들과 리본, 꽃, 모피 등 드레스 위에 두를 수 있는 장식품들이 한눈에 들어왔다.

엘리샤는 찬찬히 그것들을 살펴보다가 찬란한 은빛이 도는 허리띠를 하나 들었다. 길게 늘어진 은색 체인 끝에 십자가 모양으로 다이아가 촘촘히 세공된 허리띠였다.

“이 허리띠가 드레스와 고상하게 잘 어울릴 듯하네요.”

“네, 탁월한 선택이세요.”

“펌프스는 남색으로 준비해 주세요.”

“남색 펌프스는 세 켤레인데 모두 가져올까요?”

“네. 보고 고를게요.”

“알겠습니다, 마님.”

엘리샤는 리나가 올 때까지 화장대 앞에 앉아서 간단히 화장을 수정했다. 온몸에는 상큼하고 시원한 페퍼민트 향을 여기저기 뿌렸다.

킁킁. 왠지 정신이 맑아지는 향기였다. 귀걸이도 허리띠와 어울리는 은색의 긴 십자가로 꺼내 놓았다. 목걸이 역시 십자가 모양을 찾았다.

금세 돌아온 리나는 엘리샤가 드레스 입는 것을 도와주었다. 엘리샤의 영향으로 이제 테본에서도 풍성한 페티코트를 입는 영애들이 제법 많았다.

일부에서는 공작 부인풍의 드레스라고 해서, 밝은색 계열의 풍성하고 리본 장식이 달린 소녀스러운 드레스가 유행이기도 했다.

모든 준비를 마치자 그녀는 남색 드레스와 어울리는 검은색의 망토를 걸쳤다. 망토 아래로 드러난 은빛 목걸이와 드레스, 허리띠가 어딘가 이지적인 어울림을 만들어 냈다.

"마님, 세련되고 지적이게 보이시는걸요."

그러나 거울을 본 엘리샤는 고개를 갸웃거렸다. 드레스에 비해 엘리샤의 풍성하고 긴 머리카락은 발랄한 이미지라는 생각이 들었다.

"머리를 정돈하는 게 좋겠어요."

"음, 그렇긴 하군요."

리나도 동의하고는 말했다.

"가늘게 몇 가닥 땋아서 하나로 모아 묶으시는 게 어떨까요? 그렇게 하면 너무 간단하지도 않고 예쁘실 것 같아요."

"아, 좋아요."

"예, 제가 직접 만져드릴게요. 여기 앉아 계세요."

엘리샤가 얌전히 앉아서 리나에게 머리를 내어 주었다. 리나는 보드라운 분홍빛 머리카락을 빗질로 정돈하고는 양쪽에서 가닥을 잡아 얇게 땋음 머리를 만들었고, 하나로 모아서 낮게 묶었다.

그러자 인상이 훨씬 깨끗하고 깔끔하면서도 우아함이 배가 되었다. 드레스와 꼭 맞는 머리 모양이 마음에 든 엘리샤는 활짝 웃었다.

"너무너무 마음에 들어요, 리나!"

"네, 마님. 이제 각하께 인사를 드리고 오세요. 저도 외출 준비를 하고 마차를 대기시켜 놓을게요."

"알겠어요."

샤라락, 샤라락.

벨벳 천의 드레스 자락이 바닥에 끌릴 때마다 스치는 소리가 났다.

문은 이미 열려 있었다. 살짝 열린 문틈으로 남편의 서재 안을 들여다보려던 엘리샤는 깜짝 놀라고 말았다.

막 대화가 끝났는지 제니아가 문을 향해서 걸어 나오고 있었기 때문이었다.

'앗!'

엘리샤는 허겁지겁 복도의 기둥 뒤로 가서 숨으려고 했지만, 동선이 꼬였다.

"어…… 공작 부인?"

마치 그들의 대화를 엿들었다는 오해를 살 수도 있을 거라는 생각을 하며 엘리샤는 어색하게 인사했다.

"아, 좋은 아침, 아니 오후에요, 카일리 영애."

"네, 어딜 나가시는 모양이군요. 공들여 예쁘게 단장하셨네요."

제니아의 시선이 엘리샤의 차림새에 닿았다. 노골적으로 훑어보는 느낌이 들었다.

"공작 부인이 드레스를 입으신 모습을 보니 좋군요. 제가 입는 것은 불편하지만 잘 어울리는 사람이 입으니 아름다워요."

"감사해요, 카일리 영애께서도 몸매가 좋으셔서 걸치기만 한다면 정말 멋질 텐데 아쉽네요."

"아뇨, 드레스는 정말 싫어요."

제니아는 딱 잘라서 말했다.

"아…… 네에. 어쩔 수 없겠군요. 그럼."

엘리샤가 먼저 고개를 까딱하고는 지나가려는데 제니아의 말이 그녀의 발걸음을 붙잡았다.

"이런, 공작 부인께서는 아직 잘 모르시는 것 같군요. 이 향 루자크가 싫어하는 향이에요. 페퍼민트 향."

"……네?"

그 말을 들은 엘리샤의 표정이 자신도 모르게 당혹감으로 물들었다.

"정말 모르셨군요. 아무런 이야기도 듣지 못했나요?"

"그게 무슨…… 페퍼민트가 어쨌다는 거지요? 저는 단 한 번도 듣지 못했는걸요."

엘리샤가 눈을 동그랗게 떴다. 제니아는 자신만만한 얼굴로 그리 말했다. 그 모습에는 왠지 모를 우월감이 느껴졌다. 너는 모르는 것을 나는 알고 있어.

"루자크가 어렸을 적 페퍼민트가 들어간 타르트를 먹고 심하게 체한 적이 있어요. 제게 검술로 패한 첫날이었죠. 아직도 기억나요."

"……그런가요? 하지만 저는 이해가 가지를 않네요. 최근 각하께서는 티타임에서 페퍼민트를 곧잘 드셨거든요. 그동안 각하의 입맛도 변하신 게 아닐까요? 시간이 많이 지났으니까요. 여자에 무감정하던 그분이 지금 저를 사랑하는 것처럼요."

엘리샤가 생긋 웃으면서 뒷말을 덧붙였다. 스스로 말하고도 조금 재수 없는 말이었지만, 카일리 영애에게 당하고만 있지는 않을 생각이었다.

"그럼 먼저 실례할게요, 카일리 영애."

자신 있게 루자크의 서재로 들어서는 엘리샤의 뒷모습을 보는 제니아의 얼굴은 뭔가에 얻어맞은 표정이었다.

엘리샤가 서재로 들어서자 루자크는 기다렸다는 듯 자리에서 일어났다.

"엘리샤? 언제 왔지?"

"아, 지금 막 왔어요. 잠깐 당신 얼굴만 보고 시내에 나갔다 오려고요."

"그래서 우아하게 차려입었군. 예뻐."

루자크가 그리 말하면서 엘리샤의 손등에 키스했다.

"리나가 골라 준 드레스에요. 그런데 방금 당신 방에서 나오는 카일리 영애와 마주쳤어요."

"아, 별것 아니었어."

"……그렇군요."

얼버무리는 말에 엘리샤는 캐묻지는 않았다. 알아서 그가 이야기해 주기를 바랐기에.

엘리샤의 기색을 살피던 루자크는 이내 입술을 열었다.

"카일리 영애는 내일이면 떠날 테니 너무 신경 쓰지 마, 엘리샤."

"……아, 그녀가 무슨 말을 했나요?"

"자기 때문에 당신이 불편해하는 것 같다고 말을 하더군. 미처 헤아리지 못해서 미안해, 엘리샤."

그 말에 어이가 없어진 엘리샤는 루자크가 자신을 폭 끌어안았음에도 느끼지 못했다. 물론 조금 불편한 건 사실이지만, 그걸 제 남편에게 대놓고 이야기했을 줄은 추호도 몰랐다. 엘리샤는 그래도 그녀가 머무는 동안은 내색을 하지 않을 생각이었던 터였다.

마치 자신이 이해심 없는 까탈스러운 여자가 된 것만 같아서 무척이나 찜찜했다.

"리샤? 기분이 안 좋아 보이는군."

"아, 아무것도 아니에요. 그런데 당신, 어릴 적에 페퍼민트를 싫어했어요?"

"어렸을 땐 그랬던 것도 같은데. 기억이 잘 나지 않는군. 그건 왜?"

"간혹, 싫어하는 사람들도 있길래요. 지금은 잘 드시는 것 같아서 다행이에요. 목감기에 좋으니까요."

엘리샤가 배시시 웃으면서 말했다.

"그렇지. 지금은 좋아. 당신에게도 은은하게 나는 것 같아서 좋군."

루자크의 말에 엘리샤는 안심이 되는 것 같았다. 그가 엘리샤에게 재차 물었다.

"그런데 시내라면 역시 오트쿠튀르에 가는 건가?"

"네, 제 의뢰도 계속 들어오고 있어서 가 봐야 할 것 같아서요."

"그렇군, 요즘 당신이 워낙 유명해져서 말이지. 나날이 명성이 높아지고 있어."

"후후, 조심해요. 펜블렌 공작 각하의 아성을 넘어 버릴지도 모르니까."

다시 밝아진 엘리샤의 낯빛을 보고 루자크는 안심하면서 그녀의 등을 토닥였다.

* * *

"어머, 저기 공작 부인 아니에요?"

"맞아요, 맞아!"

"오기를 잘했어요."

"소문처럼 옷차림이 정말 근사해요."

"그러게 말이에요. 늘 소녀처럼 사랑스러웠는데, 오늘은 우아하네요."

오늘따라 오트쿠튀르는 마치 무슨 날인 것처럼 사람들로 붐볐다. 데이지와 리나까지 합세해서 공작 부인에게 드레스 의뢰를 맡기는 사람들을 따로 받았고, 엘리샤는 그 옆에서 줄자를 들고 직접 옷 치수를 재어서 기록했다.

콜린은 뭐가 그리 못마땅한지 팔짱을 낀 채 엘리샤를 쏘아보면서 이건 아니야, 라고 연신 투덜거리고 있었다.

하지만 엘리샤는 여유가 날 때 가능한 많은 사람에게 드레스를 만들어 주고 싶었다. 오늘은 엘리샤가 만든 드레스를 입은 부인도 두 명이나 마주쳐서 무척 반가웠다.

“공작 부인께서 제작하신 드레스는 남다른 구석이 있어서 제가 가장 아끼는 옷이 될 것 같아요. 품질도 좋고, 무엇보다 디자인이 너무 아름다워요.”

“아껴 주시니 보람이 있네요, 부인.”

엘리샤는 생긋 웃었다. 조신하게 앉아서 그리 말했지만 엘리샤는 사실 나가서 춤이라도 추고 싶었다. 자신이 만든 드레스를 좋아해 주는 사람이 있다는 게 뿌듯했고, 또 더 좋은 옷을 만들고 싶다는 생각이 들게끔 만들었다.

해가 어둑어둑해질 무렵이 되자, 이제 사람들의 발길이 뜸해졌다. 오늘은 정신이 하나도 없었다는 생각을 하며 엘리샤는 아까부터 자신을 힐끔거리는 시선 하나와 마주쳤다.

“왜요, 콜린?”

엘리샤가 묻자, 콜린이 고개를 돌리면서 말했다.

“그 정도면 가게를 따로 내도 될 수준인 것 같은데……. 네 이름을 건 가게 말이야.”

“내 이름을 건 가게…….”

콜린의 말에 엘리샤는 잠시 상상을 해 보았다.

작지만 실속 있는 아기자기한 부티크.

장미를 모티브로 한 편안한 분위기의 찻집 같은 곳.

‘간판은 역시 분홍색이 좋겠지?’

사랑스러운 드레스들이 줄줄이 걸린 진열대와 마네킹.

이름은 그래, 엘리샤의 프티 로즈가 어떨까?

옷에는 전부 장미 자수와 엘리샤의 이름을 박아서, 자신이 만든 드레스라는 걸 나타내면 좋겠다.

자신만의 가게를 상상하는 엘리샤의 뺨은 어느새 발그레해져 있었다. 마치 첫사랑을 시작하는 것처럼 가슴이 설레었다.

"뭐야, 뭔 생각을 하길래 그렇게 실실 쪼개?"

"아…… 생각만 해도 너무 좋을 것 같아서요."

"그렇게 어려운 일도 아니잖아? 공작 각하께 말씀드리면 당장에 내 오트쿠튀르보다도 훨씬 으리으리한 궁전을 지어 줄걸?"

어쩐지 샘을 내는 말투였다. 엘리샤는 고개를 저었다.

"아뇨, 내 힘으로 차릴 거예요. 그리고 아직은 아니에요. 제 이름을 걸고 가게를 차리기 위해서는 저만의 무언가가 있어야 한다구요."

"……욕심쟁이. 이미 부자면서 돈을 얼마나 더 벌려고?"

엘리샤가 윙크하면서 넉살 좋게 말했다.

"하려면 제대로 해야죠. 어설프게 하면 망해요, 콜린."

콜린의 미간이 좁혀졌다.

"그거 나보고 하는 말 아니지?"

"콜린은 완벽하게 잘하고 있잖아요."

"입술에 침이나 바르고 말하시든가."

"정말 진심이에요!"

엘리샤가 억울한 어조로 말했지만, 그는 이미 듣고 있지 않았다.

"됐고, 잠깐 나 좀 봐. 할 얘기가 있어."

그리 말한 콜린은 작업 공방을 가리켰다.

스윽.

"이걸 좀 봐 봐."

"네?"

콜린이 보여 준 건 황실 드레스메이커 선발제 심사 위원 초청장이었다.

"앗! 콜린도?"

"이쪽 세계에서 카일리 후작 부인만 유명 인사는 아니다 이 말이지. 그녀만큼은 아니지만, 나도 꽤…… 에헴!"

엘리샤의 눈이 휘둥그레졌다.

"굉장하네요, 콜린."

"그래, 그래. 이 몸은 더 존경해도 된다고. 그러니까 잘 보이란 말이야. 내가 추천서를 써 줄 수도 있으니까."

엘리샤가 빙긋 웃으면서 말했다.

"저 그거 있어요, 콜린."

"엉?"

"추천서 말이에요. 카일리 후작 부인이 써 주셨어요."

해맑은 미소로 대답하는 엘리샤의 말에 콜린은 뒤늦게 이해를 하고는 똥 씹은 얼굴이 되었다.

'뭐야, 뭐가 그렇게 빠른 건데? 또 한발 늦은 건가?'

"아, 그래? 잘됐네. 그래서 선발제는 나갈 거야?"

"여러모로 좋은 경험이 되지 않을까 싶어요."

"그렇지. 세계적으로 내로라하는 재봉사와 디자이너들이 모이는 자리니까. 넌 뭐든지 흡수가 빠르니까, 많이 보고 들으면 어쨌든 도움이 될 거야."

콜린의 말에 엘리샤가 고개를 끄덕였다.

"조언 고마워요. 추천서, 말만으로도 고마워요!"

"그래서 내 건 안 받게?"

콜린의 눈이 가늘어졌다.

"네?"

"그거 중복으로 받을 수 있다고. 추천서가 있으면 우선적으로 참가가 가능하고, 추가로 받은 추천서는 아마 가산점이 될 거야. 고로 많을수록 유리하다는 말씀."

"헉, 그런 거였어요?"

"그것도 몰랐냐? 카일리 후작 부인도 거기까지는 알려 주지 않은 모양이군, 훗."

콜린이 마음껏 잘난 척을 했지만, 엘리샤는 여전히 충격이 가시지 않은 듯한 얼굴이었다.

"그럼 사양하지 않고 받아 둘게요, 콜린."

* * *

까마득한 밤.

촛불을 대신해서 빛의 구를 생성해 놓은 엘리샤가 제작한 드레스를 한 벌, 두 벌 모아서 개켜 놓았다. 어느새 그녀의 서재는 드레스들로 가득 차게 되었다.

"드레스를 보관할 곳이 필요하겠네."

그동안은 따로 작업 공방 없이 잘 지냈지만, 이제는 드레스의 부피가 점점 늘어나서 새로운 공간이 필요했다.

"엘리샤, 많이 바쁜가?"

마침 씻고 잠들기 전 엘리샤의 얼굴을 보러 온 루자크가 앉아 있는 그녀의 등을 가볍게 안았다.

말끔하게 씻고 온 그에게서는 상쾌한 향기가 폴폴 났다. 어둑한 방 안에서도 루자크의 얼굴만이 환하게 빛나 보여서 엘리샤는 그를 보자마자 입가에 미소를 지었다.

"응, 조금요. 씻었어요? 좋은 냄새가 나요."

"그런가."

루자크가 습관처럼 엘리샤의 정수리에 얼굴을 묻자 그녀가 기겁했다.

"아. 잠깐만요. 나는 아직 안 씻었는데……."

"그래도 좋은 향기가 나는걸."

"푸훗, 거짓말."

"그나저나 오늘 갑자기 왜 이렇게 열심이지? 오트쿠튀르에 가서 자극받고 온 모양이군."

루자크가 그리 추리했다. 뭐 반은 맞는 말이었다. 엘리샤는 서랍을 뒤적거리더니, 짠! 하고 추천서 두 장을 루자크에게 보여주었다.

"이것 보세요."

"음, 이건."

루자크의 눈동자가 금세 가장 윗줄을 읽었다.

〈황실 드레스메이커 선발제 추천서〉라는 글씨가 가장 먼저 들어왔다. 추천인은 각각 '엘리노어 드 카일리'와 '콜린 폴드'였고, 추천 대상은 '엘리샤 드 펜블렌'이라고 적혀 있었다.

"황실 드레스메이커 선발제?"

"네. 제국에서 열린다는데 세계의 실력자들이 모인대요."

"당신에게 좋은 기회로군. 이름을 알릴 기회이기도 하고. 앞으로 더 바빠질 것 같아서 아쉽지만……."

"아…… 미안해요, 루자크. 요즘에도 항상 내가 바빠서 같이 시간을 보내지 못해서 미안했는데, 당신이 나가지 말라고 한다면……."

"그런 말 마. 나가고 싶잖아. 난 당신이 꿈을 이루는 데 방해를 하고 싶지 않아. 절대적인 후원자라면 또 모를까."

"……루자크."

자신을 생각하는 그의 마음에 엘리샤는 살짝 눈물이 고였다. 그는 언제나 자신만을 배려하고 위해 주는데, 자신은 그렇지 못한 것 같았다.

제니아가 본성에 방문한 이후로는 그를 보고 싶어도 일부러 보러 가지 않은 적도 있었다. 질투심에서 비롯된 괜한 심술이었다. 그런 이런저런 감정 덩어리들이 한데 뭉쳐서 폭발해 어느새 울음으로 변했다.

"이런, 우리 아가씨는 눈물이 너무나도 많군."

"으흑…… 미안해요, 루…… 읍!"

울먹이던 엘리샤의 입술이 벌어진 틈을 부드럽게 가른 그의 혀가 고집스레 비집고 들어왔다. 눈물이 흘러내려 축축해진 뺨을 루자크의 따뜻한 손이 쓸었다.

갑자기 시작된 키스에 엘리샤는 어찌해야 할 바를 몰라 하다가, 겨우 그의 가슴에 손을 짚었다.

두근두근.

살결이 떨릴 만치 시작되는 심장박동.

한없이 그녀의 속살을 맛보던 루자크가 지그시 엘리샤의 입술을 휘감았다가 깨물고는 입술을 조심스레 뗐다. 아쉬워서 멀어지고 싶지 않은 듯, 다시 한 번 입술에 도장을 찍고는 그가 말했다.

"사랑한다는 말이 더 좋겠어."

엘리샤는 촉촉이 젖은 그의 푸른 눈 속에 빨려 들어가는 기분으로 대답했다.

"사랑해요."

"사랑해. 단 한순간도 그러지 않은 순간은 없을 테니. 안심해."

"……응, 알아요."

엘리샤는 아이처럼 대답하고는 그의 품에 안겼다. 루자크는 그녀를 토닥토닥 쓰다듬어 주었다. 요람에 누운 아기처럼 엘리샤는 그대로 편안하게 눈을 감았다.

동그란 이마에 입을 맞춘 루자크는 엘리샤가 편히 쉬도록 한참 동안 품을 내주었다. 그가 귓가에 조용히 속삭였다.

"침실로 데려다줄 테니, 그만 자."

엘리샤는 밀려드는 잠을 몰아내곤, 중얼거렸다.

"으, 안 돼요. 오늘은 새벽까지 드레스를 만들려고 했는데…… 아참, 루자크. 나 필요한 게 있어요."

갑자기 입을 여니 잠긴 목소리가 나왔다.

"뭐든 말만 해."

그가 나직이 웃으면서 말했다.

"작업 공방이요."

"나도 그 생각을 하긴 했어. 마침 당신 침실 옆방이 비어 있으니, 그곳을 드레스 작업 공방으로 꾸미면 되겠군. 지금 당장 명을 내릴까?"

마치 어린 딸에게 우쭈쭈 하듯이 엘리샤를 무릎 위에 올려놓은 루자크가 그리 말했다.

그녀가 고개를 저었다.

"내일 명을 내리셔도 늦지 않아요. 오늘은 너무 늦었어요."

"늦었으니 당신도 자야지?"

"응, 오늘은 말 들을게요."

"영광스러운 날이군. 그럼 갈까?"

"네."

자리에서 일어난 두 사람은 나란히 손을 잡고는 이동했다. 그러고는 복도에서 헤어지면서 엘리샤가 보스스 웃었다.

"오늘은 따로 준비하고 올게요."

"빨리 와."

그의 재촉에 엘리샤가 고개를 까딱했다.

*　*　*

"마님, 오늘은 유독 신경 쓰시네요?"

목욕을 마치자마자, 거울을 들여다보면서 화장수를 바르고 연하게 입술을 칠하는 엘리샤를 본 리나가 웃으면서 말했다. 그 말에 엘리샤의 얼굴이 붉게 달아올랐다.

"아, 아뇨. 그냥 늘 하던 거잖아요, 리나."

"저한테 뭘 감추셔요. 오늘 각하와 오랜만…… 이신 거죠?"

끄덕끄덕.

리나는 그런 엘리샤가 귀엽다는 듯이 쿡 웃음을 터뜨렸다.

"그럴 줄 알았어요. 요즘 통 각하의 안색이 어두우시더라니!"

"어머, 그랬나요?"

"네에, 마님과 동침하신 후에는 어찌나 안색이 밝으신지 낯빛이 다르시던걸요? 후후후."

"그렇게 티를 내신단 말이에요?"

엘리샤는 사뭇 민망해져서 물었다.

"일부러 그러시는 건 아니지만, 제가 알아차릴 만큼은요."

"마, 말도 안 돼."

"걱정 마세요, 다른 사람들은 봐도 잘 모를 거예요. 제가 워낙에 좀 그런 것은 잘 살펴서, 오호호!"

"윽, 리나에겐 못 당하겠군요."

"네에, 이제 두 분도 얼른 아가님이 생기셔야 하잖아요."

'아가님'이라는 단어에 엘리샤는 뭔가 막막해졌다. 아직은 생각해 본 적도 없었다.

“아가님?”

“네에, 신혼을 즐기시는 것도 좋지만 아가님은 하늘이 내려 주신 축복이니까요.”

“하지만…… 저는 아직.”

“아, 에고. 제가 주책이었어요. 두 분께서는 아직 계획에 없으신 거군요? 그렇다면 따로 처방이라도 필요하실 거예요. 두 분 모두 신체 건강한 한창때이시니까.”

“네에, 그건 그래요. 각하와 한번 이야기를 나누어 보아야겠어요.”

침실로 조심스레 들어온 엘리샤는 슬쩍 루자크의 눈치를 살폈다. 엘리샤가 들어오자, 그는 읽던 책을 협탁 위에 올려놓고는 그녀에게 손짓했다.

어서 와서 안기라는 손짓. 엘리샤는 서슴없이 다가가서 그에게 안겼다. 이미 반쯤 풀어 놓은 가운 안으로 단단한 근육이 뺨에 닿았다. 마음껏 비벼도 질리지 않는 품이었다.

“생각보다 늦었군.”

“많이 기다렸어요?”

“응. 몹시.”

루자크는 제 품에 안긴 엘리샤의 턱을 들고는, 입을 맞추기 시작했다. 달콤하게 적셔 오는 키스에 눈을 감고 그를 맞이하던 엘리샤는 아까 리나의 이야기가 떠올라 잠시 그를 제지했다.

“루자크.”

"으응?"

나풀거리는 슈미즈 드레스가 올라가며 곧게 쭉 뻗은 고운 다리가 드러났다. 다리를 허벅지까지 타고 올라오는 그의 손길이 멈추지 않자, 엘리샤의 그의 손 위로 제 손을 가만히 포갰다.

"리샤?"

"루자크, 아무래도 우리……."

엘리샤는 시원스럽게 말을 하고 싶었지만, 차마 입이 떨어지지 않았다. 그녀의 머뭇거림에 루자크가 말했다.

"무슨 할 말이 있는 건가?"

"네, 저어…… 당신이 어떻게 생각하실지 모르지만, 저는 아직 아기를 맞이할 준비가 안 된 것 같아요. 드레스를 만드는 일 때문에도 너무 바쁘고요. 지금까지는 괜찮았지만 앞으로 아기가 생기지 않는다는 보장이 없으니까……."

엘리샤가 쏟아 내는 말을 듣고 있던 루자크는 매우 복잡한 표정을 짓고 있었다.

"그러니까, 지금 아이를 나중에 갖자는 뜻인가?"

"혹시…… 서운해요?"

조심스레 입술을 여는 엘리샤를 향해 루자크는 고개를 저었다. 짧은 순간 많은 생각이 머릿속을 교차했다.

결혼식을 하고 지금에 이르기까지 루자크는 단 한 번도 엘리샤와의 아이를 원하지 않은 적이 없었다.

그건 그로서는 특별한 변화였다.

자신을 닮은, 혹은 엘리샤를 닮은 아이를 갖는 것.

소중한 존재가 생긴다는 것 자체가 두렵기도 했지만 그걸 극복해 낼 정도로 그에게 사랑하는 여자가 생긴 터였다.

이따금 사랑하는 여자의 아이가 생긴다면 어떨까 하는 상상에 젖기도 했었다. 물론 엘리샤와 단둘이 신혼을 즐기는 지금도 꿀처럼 달콤했지만, 그건 별개로 누리는 행복일 것 같았는데…….

하지만 엘리샤는 자신과는 다른 생각을 하고 있었던 모양이었다. 순간 그것이 야속하게 느껴졌지만 루자크는 화를 내고 싶지는 않았다. 엘리샤는 아직 충분히 어리고, 재능이 있었다. 그녀의 꿈을 마음껏 펼치게 해 주고 싶기도 했다.

하지만 엘리샤에게 방금 그 이야기를 들었을 때 심장을 내리누르는 커다란 돌덩이가 하나 얹어진 느낌이었다.

루자크는 눈을 감았다가 떴다. 또렷한 쌍꺼풀이 더욱 도드라졌다. 웬만한 여자보다도 긴 속눈썹은 그의 눈빛을 더욱 매혹적이게 만들었다.

'내 뜻을 말해 줄까. 아니면 엘리샤를 위해서 기다려 줄까.'

무슨 일이든 그녀가 최우선이었던 루자크였지만 이번 일만은 욕심이 생겼다. 다른 일도 아닌 아이 문제는 무엇보다 중요한 사안이었다.

엘리샤의 마음도 이해하지 못하는 건 아니었다. 아직 어린 그녀는 아이 낳기가 두려운 마음도 클 터였다.

오락가락하는 마음을 겨우 붙잡은 루자크가 한참 만에 침묵을 깨고 입술을 열었다.

"엘리샤."

"네, 루자크. 듣고 있어요."

"당신이 원한다면 아이는 나중에 갖는 게 좋겠어. 하지만 내 의사는 밝혀 두고 싶군. 엘리샤, 나는 우리 사이의 아이를 원치 않았던 적이 없어. 당신을 꼭 닮은 아이를 보고 싶으니까……. 그건 나에게 굉장히 소중하고 새로운 일이야."

루자크의 진심을 알게 된 엘리샤 역시 생각이 많은 얼굴이었다.

"……루자크. 그랬어요? 나는 당신 마음도 모르고. 혹시 서운했다면 미안해요. 하지만, 아직은 잘 모르겠어요. 내가 좋은 엄마가 될 수 있을지 준비가 된 것 같지 않아요. 물론 가문에 시집온 여자는 아이를 생산해 내는 것이 의무인 건 알지만…… 조금만 시간을 주세요."

"그래, 우리는 아직 젊으니까 시간은 많아. 그리고 내게 미안할 것 없어. 당신이 이렇게라도 이야기를 꺼내 주어서 고맙군. 나에게 말도 안 하고 혼자서 피임약이라도 먹었더라면, 매우 화가 났을 거야."

"……나도 리나의 조언을 듣고 당신에게 꼭 말해야겠다고 생각했어요. 아무래도 우리의 미래가 걸린 문제니까."

"사실 내가 먼저 이야기를 꺼냈어야 했는데…… 나야말로 미안하군."

루자크의 말에 엘리샤의 눈이 어느새 촉촉해졌다. 그가 엘리샤를 제 품으로 끌어당기며 말했다. 이 순간 엘리샤의 우는 모습조차도 사랑스러웠다.

"리샤, 이리 와. 내일 당장 리나에게 치료 사제를 부르도록 명을 내리지. 그동안 불안함에 떨면서 내게 안겼을 당신을 생각하니까, 괴로워지려고 해."

"아니에요, 아직까지는 아기 소식을 들은 적이 없으니 괜찮아요."

엘리샤가 루자크의 품에 고개를 묻었다.

*　　*　　*

이른 아침 제니아는 복도로 나섰다. 그냥 조용히 사라져 줄까도 싶었지만, 침실에서 나오는 다정한 그들의 모습을 보자 삐죽한 마음이 돋아났다.

과거는 과거일 뿐이라고 생각했는데, 이제는 그가 완전히 다른 사람의 것이라고 하니 더욱 이상했다. 자신은 단 한 번도 가지지 못했는데, 어떻게 저 여자는 단숨에 그를 사로잡아 버렸을까?

동시에 공작 부인의 아름다운 드레스에 눈길이 갔다. 드레스는 싫지만, 루자크의 눈에 들 수 있었을지도 모르니 입어 볼 걸 그랬다.

뒤늦은 후회였다.

"그래, 마지막으로 한 번 정도는……."

제니아는 그길로 삼 층 복도에 있는 엘리샤의 서재로 가서 문을 두드렸다.

"제니아에요, 공작 부인. 부탁이 한 가지 있어요."

"부탁이요?"

"네. 오랜만에 할머니를 뵈러 가는데, 원하시는 모습으로 가고 싶군요. 부인의 드레스를 빌려 입고 싶은데 제 몸에 맞을 만한 게 있을까요?"

"분명 드레스를 싫어하신다고……."

의아한 물음이 돌아왔지만, 제니아는 씩 웃으면서 말했다.

"하하, 그랬는데 처음이자 마지막으로 입어 보려고요."

"그렇군요. 리나에게 영애께 어울릴 만한 드레스를 찾아보라고 할게요. 같이 내 방으로 가요."

"예, 고마워요! 괜히 시간을 빼앗아서 미안해요, 펜블렌 부인."

"괜찮아요."

제니아는 그리 말하면서 그녀의 얼굴을 살폈다. 내키지 않는 일을 하는 듯이 내내 어두웠다. 처음에 보았던 공작 부인은 밝고 활발했었는데, 지금은 다른 사람처럼 착 가라앉아 있었다.

'역시 속마음을 숨기지 못하네.'

그런 점마저도 귀엽게 느껴져 질투가 날 것만 같았다. 제니아는 공작 부인의 자그만 체구를 뒤따라 걸어갔다.

눈이 환해질 정도로 환한 은색의 드레스가 제니아 앞으로 내밀어졌다. 엘리샤는 자신도 모르게 한층 상냥해진 얼굴로 말했다.

"와아, 너무 근사한 드레스에요."

좋아하는 것도 숨기지 못하는 듯했다. 그녀의 보라색 눈동자가 보석처럼 반짝반짝거렸다.

어째서 공작 부인은 무얼 하든 예쁘게만 보일까.

'참 예쁘네, 이 여자.'

엘리샤가 신이 난 듯 이어서 말했다.

"영애는 키도 크시고 늘씬하셔서 이렇게 기장이 긴 드레스도 잘 어울리실 거예요. 저는 키가 작아서 한 번도 입지 못했어요."

자신도 모르게 엘리샤를 빤히 바라보던 제니아가 뒤늦게 대답했다.

"아, 화려한 드레스네요."

"은발에 은빛 드레스라니, 환상적이에요."

"그럼 이것으로 입어 보지요."

"네, 리나가 도와줄 거예요. 저는 나가 있을게요."

공작 부인이 리나라는 시녀를 보면서 빙긋 웃더니. 옷방에서 나가 자리를 비켜 주었다.

"팔을 위로 잠시 뻗고 계시면 제가 페티코트부터 입혀드리겠습니다."

그녀의 말을 들은 제니아가 팔을 뻗었다. 페티코트가 입혀졌고, 다음은 드레스가 입혀졌다.

"……공작 부인은 참으로 상냥하시군. 그쪽도 들어서 알겠지?"

"네?"

"그 이야기 말이야. 나와 루자크 사이의……."

제니아의 말을 들은 리나의 입술과 손이 그대로 굳어 버렸다.

"저는 아무것도 듣지 못했습니다, 아가씨."

"재밌군. 공작 부인께서도 혹시 알고 계신가 해서 물어봤네."

"……아실 리 없습니다."

"그래? 그럼 내가 알려드리고 싶은걸. 뭐 크게 중요한 이야기는 아니잖아. 변하는 건 아무것도 없는데. 루자크를 나 혼자 짝사랑했던 것뿐이니까. 결국 나만 버림당한 거니까……."

그러자 리나가 무릎을 꿇고 말했다.

"……죽을 각오를 하고 말씀드립니다만, 마님께서는 그 사건으로 인해서 이미 대가를 치르셨다고 생각합니다. 사교계의 대모이신 카일리 후작 부인께서 펜블렌 공작가에게 결코 호의적이지 않으셨으니까요. 그건 당연한 마음이셨을 겁니다. 지금은 사교 모임에서 카일리 후작 부인께 인정을 받으셨지만, 시작은 결코 쉽지 않았답니다."

제니아는 눈을 크게 떴다. 뜻밖의 말을 들은 터였다.

"그랬구나. 그런 일이 있었구나. ……너는 좋은 시녀로군."

그 말을 듣자, 괜스레 그녀를 향했던 질투를 느끼고 루자크를 향한 쓸데없는 미련을 부리던 자신이 덧없어졌다.

제 마음을 거절한 루자크에게 상처를 받은 건 사실이었지만, 그걸 털어 버린 건 오래전이었는데 이제 와서 대체 자신은 무얼 하고 있었던 걸까.

'못된 심술은 그만 부리고 가자. 나답지 않아.'

스르륵.

드레스를 벗은 제니아는 원래 입었던 셔츠와 팬츠로 갈아입었다.

"드레스는 어째서……"

시녀를 돌아보면서 제니아가 말했다.

"역시 난 드레스는 안 되겠어. 걱정 마. 공작 부인에게는 아무 말도 하지 않을 테니까. 그녀가 부럽군. 이렇게 아껴 주는 사람들이 많으니."

그 말만을 남기고 제니아는 옷방을 뚜벅뚜벅 빠져나갔다. 침실 방에는 공작 부인이 없었다. 서재에 가 보니, 열린 문틈 사이로 드레스를 만드는 일에 집중하는 그녀의 모습이 보였다. 제니아는 손을 모아 외쳤다.

"공작 부인! 전 이제 가 보려고 해요. 그동안 심술부려서 미안했어요."

뒤를 돌아본 그녀는 깜짝 놀란 얼굴이더니, 이내 보스스 미소 지으면서 다가왔다.

"……저도 사실 심술부렸는걸요. 미안해요, 카일리 영애. 아니, 기사님이라고 부르는 게 좋겠네요!"

"네, 두 분 앞으로도 행복한 결혼 생활 되시기를! 드레스는 계속 만드셨으면 좋겠군요. 공작 각하에게는 대신 인사 전해 주세요."

"아…… 서재에 계실 거예요. 마차를 준비해서 배웅을 해드려야……"

"아닙니다. 그냥 조용히 갈게요. 건강히 잘 지내라고 전해 주세요."

"그럴게요. 앞으로 기사님의 앞날에 영광만 가득하기를."

제니아가 싱긋 웃었다. 일을 더 크게 만들지 않은 채, 가볍게 떠날 수 있어서 다행이었다. 폴스의 기사 제니아 드 카일리는 구차하고 찌질한 행동을 해서는 안 되니까!

곧 그녀의 백마가 본성의 성문을 빠져나갔다.

24.
데이트

"부르셨습니까, 각하."

반트와 리나를 각각 부른 루자크는 그들이 오자마자 자리에 앉은 채 고개를 끄덕였다.

"두 사람이 해 줄 일이 있어. 먼저 반트, 자네는 마님의 재봉 공방을 꾸며 주었으면 하는군. 급한 건 아니지만, 작업에 모자람이 없도록 신경 써 줘. 예산은 얼마든지 써도 좋아. 마님의 의견을 적극적으로 반영하고."

"안 그래도 드레스를 만드실 공간이 따로 필요해 보였는데 잘 되었군요."

"자네는 이만 나가 보도록."

"예."

반트가 고개를 까딱하고는 리나를 힐긋 쳐다보았다. 무슨 일이 있었던 것인지 리나는 평소보다 가라앉아 있었다. 하지만 지금 자신은 저 문을 통해서 나가는 게 순서였다.

조용히 문이 닫히자, 루자크가 입술을 열었다.

"체임버러 양."

"예, 하명하세요. 각하."

리나는 아까의 일을 털어 버리려는 듯 의지 가득한 눈빛으로 루자크의 명을 기다렸다.

"혹시 여성의 몸에 능통한 약제사를 알고 있나?"

"한번 수소문해서 알아봐야 할 것 같아요."

"그렇군."

"마님 때문에 그러신가요?"

루자크가 고개를 짧게 끄덕였다.

"아직 준비가 되지 않은 것 같아서 그녀의 뜻을 존중하려고 하네."

"그렇군요. 무슨 말씀이신지 잘 알겠어요. 두 분께서 그리 결정을 하셨으니, 약제사를 찾아보겠습니다."

"찾는 대로 보고해 주도록."

"예, 각하. 참, 카일리 영애께서 본성을 떠나셨다고 합니다."

"……그랬군. 그럴 것 같았어. 알겠어, 나가 보도록 해."

"네."

제니아가 떠났다니, 자신도 오히려 홀가분했다. 다시 만난 제니아는 이상할 정도로 과거에 집착하고, 엘리샤뿐 아니라 그까지도 불편하게 만들었다. 그래서 더욱 매몰차게 대한지도 몰랐다.

기억 속의 제니아는 이 정도로 이상한 행동을 하지는 않았었는데, 어찌 되었든 걱정을 덜 수 있어서 다행이었다.

루자크는 자리에서 몸을 일으켜 옷매무시를 점검했다.

하얀색 셔츠 위에 검정색 웨이스트 코트 차림이 수수하고도 편안해 보였다. 업무 스트레스로 인해 수도 없이 넘긴 머리카락을 정돈한 루자크는 아직도 서류 더미가 넘치는 책상을 미련 없이 떠났다.

연말 보고서를 검토해야 했지만, 그건 최종으로 미루기로 했다. 500페이지가 넘는 두께의 보고서를 지금 펼쳤다간, 오늘 엘리샤의 얼굴을 보기란 다 틀린 일이 될 것이다.

환한 얼굴로 서재를 나선 루자크는 엘리샤의 방으로 빠르게 발을 놀렸다.

'지금쯤이면 한참 작업 중이겠지?'

분명 매일 얼굴을 보고 사는데도 자꾸만 함께 시간을 보내지 못한 기분이 들었다. 그만큼 엘리샤와의 달콤한 시간이 부족했을까?

아니면 자신의 애정이 지나쳐서일까?

결론은 둘 다였다. 게다가 요즘 이런저런 이유로 그녀를 안아 보는 일도 드물지 않은가.

벌컥.

문을 열자마자 보이는 그녀의 등. 그 위에 분홍 머리카락이 탐스럽게 덮여 있었다. 특유의 자그마한 체구와 분홍색 머리 덕분에 엘리샤를 길에서 잃어버려도 금방 찾을 수 있을 거란 생각이 들었다.

그녀의 뒷모습을 사랑스럽게 바라보던 루자크가 말했다.

"실례해도 될까요, 레이디?"

그제야 뒤를 돌아보며 엘리샤가 맑게 웃었다.

"루자크라면 얼마든지 해도 용서해 줄게요. 어서 들어오세요."

루자크가 방으로 들어가면서 그녀의 책상을 건너다보았다. 책상에는 어지럽게 놓인 옷본들이 쌓여 있었고, 책장 앞에는 가봉한 드레스들이 개켜져 있었다. 그가 엘리샤를 보면서 웃었다.

"가만 보면 나보다 더한 일중독인 것 같단 말이지. 가끔은 쉬는 것도 필요해."

"당신이야말로 가끔씩 쉬어야 해요. 테본을 이끄는 분이니까!"

"그럼 내일은 오랜만에 함께 시내 데이트나 할까?"

루자크가 눈을 반짝이면서 말하자, 엘리샤도 고개를 마구 끄덕였다.

"좋아요!"

결혼 이후로 두 사람이 함께 시내에 나가는 건 처음이었다. 들뜬 마음을 감추지 못한 엘리샤는 아침 일찍 일어나서 수선을 떨었다.

"아, 오늘따라 피부도 푸석하네. 드레스는 뭘 입을까? 어제 골라 놓고 잘 걸 그랬어!"

제 피부를 톡톡 만지면서 거울을 들여다보던 엘리샤가 중얼거렸다.

"아! 맞다. 오늘은 쥘슨 백작가로 보낼 드레스 세 벌 납품일이구나."

엘리샤는 데이지를 불러서 의상을 납품할 것을 명했다.

"네, 마님. 다녀오겠습니다."

"수고해, 데이지."

벌써 몇 번째나 이 일을 맡아 온 데이지는 이제 듬직한 일꾼이 되었다. 그녀가 없으면 엘리샤가 일정을 진행하는 데 무리가 생길지도 모를 정도였다.

데이지가 낑낑대면서 드레스를 날라서 가져갔다. 가져간 드레스는 다른 시녀와 함께 포장을 해서 마차로 배송을 보내기도 하고, 오트쿠튀르나 본성으로 방문한 손님에게 직접 납품하기도 했다.

"마님, 어쩐지 분주해 보이시네요?"

리나가 밝은 얼굴로 엘리샤에게 아침 인사를 했다.

"네, 정신이 없네요. 각하와 시내로 데이트를 나가기로 해서 마음이 너무 들떴나 봐요."

말을 하는 도중에도 엘리샤는 미소를 잃지 않았다. 사실 엘리샤 역시 그동안 루자크에게 미안한 마음이 있던 탓이었다. 재봉보다는 그를 뒷전으로 미루어 놓은 것 같다고 생각해 왔었다.

냐앙!

그새 잠이 깼는지 엘리샤의 침대 옆에 자리한 아늑한 바구니 침대에서 로로가 기지개를 켜면서 느릿느릿 걸어 나왔다.

"로로도 일찍 일어났네."

엘리샤가 냉큼 다가와서 로로를 품에 안고는 말했다.

"미안, 내가 너무 소란스럽게 했지?"

갸르릉!

엘리샤의 손길이 닿자 로로는 기분이 좋은 모양이었다. 귀를 한껏 세우고는 엘리샤의 몸에 제 털을 비비적거렸다. 로로의 작고 깜찍한 머리에 뽀뽀를 한 엘리샤가 리나에게 말했다.

"리나, 오늘 몸단장은 내가 직접 해 볼까 해요."

"네에? 하지만……."

"대신에 오늘 리나가 해 줄 일이 있어요. 내 드레스 작업 공방을 꾸미는 일 말이에요. 랜디어스 경이랑 함께 다니면서 가구나 부자재 같은 것들을 준비해 주었으면 해요."

"아, 랜디어스 경과 함께요?"

"네, 오늘 데이트가 아주 길어질 것 같으니까요. 두 사람도 편안하게 외출을 다녀오도록 하세요."

엘리샤가 싱긋 웃으면서 말했다. 의아한 얼굴의 리나를 보았음에도 모른 척하며 등 떠밀었다.

"자자, 어서요."

"마님이 그렇게 말씀하신다면야……."

끝까지 고개를 갸웃거리는 리나를 보면서, 엘리샤가 속으로 큭큭 웃었다.

'두 사람도 오늘 데이트하고 오라고요!'

사실 루자크에게도 살짝 귀띔을 해 놓은 상태였다. 대신에 본성의 일을 가장 나이 든 시종인 헨델이 돌보기로 했다.

'그러고 보니, 랜디어스 경을 도와줄 부집사를 한 명 뽑아야겠다.'

리나가 나가자, 엘리샤는 곧장 옷방으로 향했다.

"음…… 뭘 입을까?"

가끔씩 성숙하고 우아한 디자인의 드레스를 입기도 하지만, 역시 엘리샤에게 가장 잘 맞는 드레스는 밝은 색감의 발랄한 드레스였다.

테본의 트렌드는 어둡고 짙은 색의 드레스였지만, 이제는 그런 것을 눈치 보지 않기로 했다. 사실 엘리샤가 트렌드를 선도한 탓에 테본의 거리에도 이제는 밝은색의 드레스를 자주 볼 수 있었다. 색색별로 정돈된 드레스들 중에서 엘리샤는 산호색의 색감이 예쁜 드레스를 꺼냈다. 가끔 시간이 남을 때 심심해서 만들어 둔 드레스가 몇 벌 있었다.

혼자 입느라 조금 힘이 들었지만, 페티코트를 입지 않았더니 과정이 한결 수월했다. 드레스를 입고 거울을 보자, 확실히 산뜻해 보이면서 안색을 밝혀 주는 것 같았다.

산호색 드레스는 중앙에 흰색과 노란색 천이 지그재그로 장식되어 있었고, 가슴 부분에는 커다란 리본이 매듭지어 있었다.

허리 부분을 잡아 주는 리본도 흰색이었고, 아래 치맛단은 무척이나 풍성해서 종 모양처럼 퍼졌다. 페티코트를 입지 않아도 제법 볼륨이 산 데다, 밑단에는 밋밋하지 않게 레이스도 함께 장식되어 있었다.

엘리샤가 거울로 뒷모습까지 확인해 전체적인 옷매무시를 가다듬었다.

"드레스 입는 건 이제 됐고, 다음은 화장을 해야 하나?"

늘 리나가 손수 해 주는 화장에 길들여진 터라 어색했지만 엘리샤는 하나씩 시작해 보았다.

살결을 부드럽게 하는 화장수를 바르고, 식물에서 추출한 푸딩을 펴 발랐다. 다음은 하얀 분가루를 톡톡 두드려 발랐고, 곱게 빻은 꽃물이 묻은 종이를 입에 베어 물자 일단 어떻게든 화장을 마칠 수 있었다.

뭔가 더 길고 세세한 과정이 잔뜩 있었던 것 같은데 나머지는 엘리샤의 능력 밖이어서 이 정도에서 마무리하기로 했다.

그다음은 머리 스타일이었다. 풍성한 머리카락은 옆으로 모아서 땋아 주고는 하얀 데이지꽃이 달린 리본으로 묶었다. 그것만으로는 심심한 기분이 들어서 리본으로 띠를 두른 밀짚모자를 쓰니, 한결 경쾌해 보였다.

오늘은 발랄한 풍의 옷차림이니 액세서리도 최대한 밝고 가벼운 느낌이 어울릴 거야.

마침 얼마 전 루자크가 엘리샤에게 선물한 장미 수정이 장식된 진주 목걸이가 눈에 들어왔다. 목걸이를 착용하자, 피부를 더욱 화사하게 밝혀 주었다.

마지막으로 신발은 미색의 펌프스로 신었다. 상큼한 라임향의 퍼퓸을 온몸에 뿌린 엘리샤는 방문을 나섰다. 스스로 준비하니, 아무래도 시간이 더 걸렸지만 그래도 제법 뿌듯한 기분이 들었다.

방을 나서자마자 마주치는 얼굴에 엘리샤의 눈동자가 동그래졌다.

"각하, 여기서 기다리고 계셨군요."

루자크가 엘리샤의 모습을 찬찬이 훑어보더니, 이내 활짝 웃으면서 말했다.

"평소보다 자연스러운걸? 역시 엘리샤는 화장 안 하고 꾸밈없는 모습이 제일 예뻐. 어쩐지 자고 일어난 아침이 가장 예쁘더라니."

"앗, 말도 안 돼요. 나름 화장하긴 한 거라고요."

"그런가? 내 눈엔 안 한 거랑 똑같은…… 흠흠. 아무튼 오늘 최고로 예뻐. 앞으로도 얼굴은 이렇게 하고 다녔으면 좋겠군."

"안 한 거랑 똑같다니요. 너무해."

"하하, 그만 가도록 할까?"

입술을 삐죽거리던 엘리샤의 손을 꼭 붙잡은 루자크가 그녀를 다정스레 아래층으로 에스코트했다.

반트와 리나가 그들을 배웅하기 위해서 나와 있었다.

"두 분 모처럼 만의 시내 나들이 즐겁게 보내시길 바랍니다."

"물론이에요, 랜디어스 경. 리나에게 이야기는 전해 들으셨겠지요? 제 취향은 리나가 잘 알고 있으니까 그녀와 상의해서 모든 걸 결정해 주세요."

"알겠습니다, 마님."

반트가 그리 대답하면서 옆에 서 있는 리나의 얼굴을 흘깃 바라보았다.

"각하와 마님, 걱정 마시고 잘 다녀오세요. 제가 랜디어스 경을 잘 리드할 테니까요!"

"하하, 역시 체임버러 양은 씩씩해서 좋군. 그럼 잘 부탁하네."

"예!"

어쩐지 묘하게 말수가 적어진 반트를 보면서 엘리샤는 쿡 웃고 말았다.

마차에 나란히 오른 두 사람은 여전히 손을 꼭 잡은 상태였다. 사실 그녀는 장갑을 따로 가져왔지만, 일부러 끼지 않았다. 루자크의 따뜻한 체온을 조금이나마 더 느끼고 싶었다.

엘리샤는 살그머니 고개를 들어서 그를 올려다보았다. 어쩐지 평소와 느낌이 다르다 싶었는데, 가르마를 바꾼 모양이었다. 살짝 옆 가르마로 바꾼 루자크는 앞머리를 자연스럽게 넘겨서 전보다도 한결 성숙하고 고혹적으로 보였다.

그가 차려입은 코트와도 잘 어울렸다. 진회색 코트 위로, 살짝 드러나는 격자무늬의 웨이스트 코트, 흰색의 셔츠와 무늬 없는 흰색의 크라바트.

군더더기 없이 깔끔하고 정갈한 차림에 엘리샤는 분홍빛 입술을 열었다.

"당신은 오늘 왜 이렇게 신경 쓰고 나오셨어요?"

"그야 오랜만의 데이트니까."

그가 싱긋 웃었다. 엘리샤는 왠지 자유분방한 느낌의 드레스를 입고 온 터라, 그의 스타일에 맞춰 정갈하고 우아한 드레스를 입을 걸 그랬나 싶었다. 하지만 역시 외출복으로는 활동하기 편안한 옷이 가장 좋았다.

창밖으로 지나가는 풍경들을 본 엘리샤가 물었다. 어쩐지 시내로 가는 길이 아닌 것만 같았다. 아일레스 강의 푸른 물결이 내다보였다.

"아, 그런데 어디부터 갈까요?"

그저 나온다는 것만으로도 설레서 아무 생각도 없었는데 뒤늦게 이제부터 뭐할까, 라는 생각이 들었다.

루자크가 그녀의 뺨에 묻은 실밥을 하나 떼어 주고 나서 말했다.

"식사는 미리 예약을 해 두었어. 식사 후에는 오페라 공연을 볼까 하는데, 어때?"

"아…… 언제 그런 걸 다 미리 준비한 거예요?"

정무를 보는 데에만도 많은 신경을 쓸 텐데 데이트까지 신경을 써 준 그가 못내 고마웠다.

"내 아가씨를 위해서 그 정도 노력은 해야지."

루자크가 그녀의 손등을 가져가더니 입술을 대었다. 엘리샤는 그에게 말했다.

"고마워요, 루자크. 나…… 오페라 공연은 처음이에요!"

"취향이 맞는다면 좋겠어. 게다가 당신이 드레스를 만드는 데도 영감을 줄지도 몰라. 배우들의 의상이 제법 화려하니까."

그리 말하자 엘리샤는 반짝거리는 눈으로 두 손을 마주 잡으며 물었다.

"아, 정말 그렇겠어요! 배우들의 의상이라니 기대돼요!"

잔뜩 흥분한 엘리샤를 보자 루자크가 고개를 저으면서 웃었다.

"하여간 못 말리는 아가씨로군. 응? 그러고 보니 그 목걸이…… 하고 왔군."

엘리샤의 하얀 목 위로 달랑거리면서 목에 매달려 있던 장미수정 목걸이가 루자크의 눈에 들어왔다.

"네, 장미 드레스를 기념하는 목걸이지만 당신이 준 선물이니까 평상시에도 애용하려고요."

"급히 고른 보람이 있군. 잘 어울려. 그런데 그 목걸이는 자주 하지 않더군. 결혼 선물로 주었던 다이아몬드 목걸이……."

다이아몬드 목걸이 이야기가 나오자, 엘리샤가 수줍은 표정을 지었다.

"아, 그건 너무 귀한 것이라 아끼는 중이에요."

"……너무 아끼지 말아요. 보석은 자주 써야 더 빛나는 법이지. 당신 존재주처럼."

그의 말이 끝나기가 무섭게 마차가 어딘가에 도착했다. 약간 덜컹거리는 걸 보니 길이 잘 정비된 곳은 아님에 틀림없었다.

"레스토랑에 도착했군. 내릴까요, 레이디?"

"네."

엘리샤는 조금 전 루자크가 했던 말을 가슴에 되새기면서 그의 손을 잡고는 마차에서 내렸다.

강변에 위치한 초록색 지붕의 아담하고 예쁜 건물이 보였다. 널찍한 야외 테라스가 있어서 흐르는 강물을 감상하면서 식사를 할 수 있는 곳이었다. 게다가 난로를 피워 놓아서 춥지 않았다.

"어쩐지 시내에서 멀리 온다 싶었는데, 강 근처까지 왔군요. 너무 예쁜 식당이에요."

엘리샤가 좋아하는 기색을 감추지 않고, 곧장 테라스로 쪼르르 달려가서 탁 트인 강변을 감상했다. 저 멀리 오리 가족들이 노닐고 있었다.

아이처럼 좋아하는 엘리샤를 보자 루자크도 흡족했다. 곧 안에서 나이가 지긋한 육십 대의 남성이 나왔다. 머리가 희끗희끗한 남성은 루자크를 보자마자 화색이 돌았다.

"오랜만에 방문하셨군요. 공작 각하."

"잘 있었나?"

"예, 저야 항상 똑같습니다."

주름진 눈웃음이 온화했다. 남성이 공작 옆에 선 엘리샤를 보더니 더욱 활짝 웃었다.

"이분이 바로……."

"내 아내인 엘리샤 드 펜블렌 공작 부인일세. 이쪽은 본성의 전 주방장 알프레도."

엘리샤는 그제야 의문이 풀렸다.

"만나 뵙게 되어서 영광입니다, 마님! 두 분 결혼 소식을 듣고 저도 멀리서나마 축하를 드렸지요. 마님께서는 소문보다도 훨씬 더 예쁘고 귀여우신 분이군요. 허허, 테본 땅에 광영이 내릴 모양입니다."

자상하고 따뜻한 환대에 엘리샤도 웃음을 머금으면서 인사했다.

"과찬이세요. 저도 반가워요, 알프레도. 각하가 다시 찾을 정도라면 분명 음식 실력도 좋으실 것 같아요."

"하하, 제가 할 줄 아는 거라곤 음식과 싸우는 것뿐이지요. 그럼 두 분 원하시는 요리가 있으십니까?"

"엘리샤, 먹고 싶은 걸 말해 봐."

"음…… 뭐, 뭐가 좋을까?"

매우 진지하게 고민하는 엘리샤의 얼굴을 보고는 두 사람이 웃음을 터뜨렸다.

"너무 어려워요. 혹시 추천 요리가 없을까요?"

"해산물에는 자신이 있습니다. 안 그래도 각하의 전갈을 듣고 부랴부랴 싱싱한 바닷가재를 공수해 왔습지요."

"바닷가재라, 좋군. 엘리샤는?"

"저도 좋아요."

"그 밖에는 알아서 어울리는 것으로 준비해 주었으면 하네."

"예, 알겠습니다. 각하."

* * *

"차를 내오도록 하렴."

엘리노어는 시녀장 메리에게 그리 주문하고는 흔들의자에 몸을 파묻었다. 자신은 아직도 쌩쌩하다고 믿고 싶지만, 어쩔 수 없이 늙어 가는 몸이었다.

그러나 대중 앞에서 그녀는 여전히 카리스마 넘치고 매력적인 귀부인이어야만 했다.

이제 자신의 자리를 누군가에게 물려주고 뒤편으로 물러나고 싶은 마음도 들었지만, 안나가 그리되고 난 후 그녀는 충격이 컸다. 펜블렌 공작 부인에게 자리를 넘겨줄 수도 있었지만, 그녀는 자신이 붙잡아 두기에는 아까운 인재였다. 더 넓은 세상으로 가서 마음껏 나래를 펼칠 수 있는 재능이 엿보였다.

하나 남은 피붙이, 손녀 제니아가 그렇게 떠나 버리지만 않았어도.

엘리노어는 찻잔을 들면서 우울한 생각에 젖어 들었다. 제니아에게 마지막으로 서신을 받은 게 벌써 꽤 오래전이었다. 리마 공국의 전장에 있다는 이야기였다.

그 소식을 듣고 엘리노어는 기절하고 말았다. 그 애가 워낙 호탕한데다 검 쓰는 걸 좋아하긴 했지만, 설마 진짜 전장에 참가해 적과 검을 맞설 줄은 몰랐다.

그냥 평범한 여자아이처럼 자라 주었으면 좋았을 텐데……. 무슨 일이든 불같이 거침없이 달려드는 고 성격 때문에라도 인생이 평탄치 않을 거라는 예감은 했었다.

항간에 떠도는 이야기로는 이제 폴스와 리마의 전쟁은 끝이 났다고 하는데, 제니아는 아직 깜깜무소식이었다.

"어디 있든 제발 돌아만 와 다오……."

엘리노어는 행방을 알 수 없는 손녀 걱정에 눈가에 물기가 고이고 말았다.

"마님! 마님!"

메리가 정신없이 뛰어 들어왔다. 평소라면 경박스럽다고 핀잔을 주었을 텐데, 어찌나 놀란 모습인지 엘리노어마저도 회색 눈을 휘둥그레 치떴다.

"무슨 일인데 그러는 것이냐?"

"그, 그게……!"

너무 놀란 모양인지 말도 제대로 잇지 못하는 그녀의 뒤로 누군가 나타났다.

쨍그랑!

엘리노어는 깜짝 놀라서 그만 찻잔을 떨어뜨리고 말았다. 뜨거운 찻물이 튀었지만 통증이 느껴지는 줄도 몰랐다. 엘리노어 앞으로 다가선 건 그녀가 끔찍하게 사랑했던 손녀 제니아였다.

제니아는 고개를 살짝 기울이며 웃었다.

"할머님, 저 돌아왔습니다. 제니아가 돌아왔어요."

씩씩하게 말하는 손녀는 폴스의 기사 제복을 입은 채였다. 자신과 똑같은 회색 눈동자를 하고서.

"……저, 정말로 너로구나. 제니아!"

엘리노어는 달려가서 손녀를 힘주어 꽉 껴안았다. 빛나는 은발에 시원스러운 미소, 자신의 젊은 시절을 꼭 닮은 제니아가 맞았다.

"도대체 어디를 떠돌아다녔던 거니? 어디 다친 데는 없는 거야?"

"네, 보시다시피 건강해요. 재밌게도 리마 공국에서는 용병으로 싸우다가 잘리고, 어찌어찌 폴스 왕국으로 넘어가 기사가 되었어요. 저, 무척 잘 어울리지 않나요?"

"세상에, 난 아직도 네가 전장에서 검을 들고 싸운다는 게 믿기지가 않는다. 연약한 여자의 몸으로 기사를 한다니……."

엘리노어는 도리질을 쳤지만, 제니아는 샐쭉한 표정으로 말을 이었다.

"또 그 말씀하실 줄 알았어요. 엘노아 제국에서는 여자가 기사가 될 수 없지만, 폴스 왕국에서는 가능해요. 거긴 남자 수가 현저히 적거든요. 전 아직 평기사지만, 대장 중에도 여자가 많다고요."

"제니아. 제발 레이디다운 모습을 보여 줄 수는 없는 거니? 기사 같은 건 그만둬. 넌 그 미모를 썩힐 참이야? 제니아, 세월이 흐르면 꽃은 진단다."

"꽃은 지지만, 칼은 더욱 강해지죠. 할머니, 휴가가 끝나면 전 다시 그곳으로 돌아갈 거예요. 여기에서는 제 꿈을 키울 수가 없어요."

제니아는 할머니를 보고 있지 않았다. 그녀의 시선은 창밖의 푸른 하늘로 향해 있었다.

엘리노어가 물었다.

"언제까지 집에 머무를 수 있는 거니?"

"한 달 정도 포상 휴가를 받았어요. 여기 지내는 동안은 할머니가 시키는 대로 얌전히 곁에 있을게요. 드레스 입으라는 말씀만 안 하시면요."

"이 녀석, 고집하고는."

"할머니, 항상 테본과 할머니 품이 그리웠어요."

"나도 네가 늘 그리웠다."

엘리노어는 제 품을 파고드는 제니아를 꼭 끌어안았다.

* * *

타닥타닥!

난롯가 가까이로 자리를 잡은 두 사람은 불에 손을 쬐면서 요리가 나오기를 고대했다. 시간이 꽤 걸린다기에 천천히 기다리기로 했다. 모처럼 만에 즐기는 여유로운 시간에 엘리샤는 마냥 기분이 좋았다.

루자크가 엘리샤 옆으로 자리를 옮겨 앉으면서 말했다.

"오늘 나오길 잘했군."

"정말 그래요."

엘리샤가 고개를 두 번이나 끄덕였다. 강물 위로 아른아른 떠오른 물안개와 멀리 보이는 갈대밭이 아름다웠다. 특별히 어떤 대화를 나누지 않아도 그저 루자크의 어깨를 기대고 있으니 그냥 지금 이 순간이 천국 같았다.

"오래 기다리셨습니다."

드디어 요리가 나오기 시작하자, 엘리샤의 눈이 초롱초롱해졌다. 연어 샐러드와 복숭아 향이 나는 화이트 와인이 입맛을 돋울 때쯤, 새우구이가 나왔다.

부드러운 식감에 감탄하면서 두 사람은 금세 나온 접시를 비웠다. 따뜻한 게살이 들어간 수프와 함께 커다란 은빛 접시가 등장했다.

가장 고대하던 바닷가재가 파인애플, 토마토, 레몬 등과 함께 먹음직스럽게 접시에 놓여 있었다. 껍질을 반으로 갈라서 먹기 좋게 속살까지 발라진 배려도 돋보였다.

구수하고 향긋한 내음에 엘리샤는 침을 꼴깍 삼켰다. 차마 먹기가 아까울 정도로 훌륭한 모습에 엘리샤가 알프레도를 향해 말했다.

"……너무 황송한 요리라서 먹기가 아까울 정도에요."

"감사합니다, 마님. 식기 전에 드시는 게 좋습니다."

루자크도 엘리샤를 보면서 말했다.

"눈으로만 보면 후회할걸?"

루자크가 집게발에 들어 있던 가재의 살을 포크로 찍어서 내밀었다.

"자."

엘리샤의 입 안으로 포크에 찍힌 살이 쏙 들어갔다. 신선하고 부드럽고 고소한 맛과 함께 바다 향이 물씬 났다.

"흑, 너무 맛있어요!"

엘리샤의 황홀한 표정을 본 루자크가 놀려 댔다.

"내가 목걸이를 주었을 때보다 더 감동한 얼굴인데?"

"서, 설마요."

그 후 두 사람은 말하는 시간도 아까운지 요리를 마음껏 즐겼다. 배가 불러 올 때쯤, 알프레도가 달콤한 딸기 셔벗을 가져왔다.

"알프레도, 진심으로 물을게요. 다시 본성으로 돌아오실 생각은 없으신가요?"

엘리샤의 물음에 두 사람이 또다시 웃음을 터뜨렸다.

만족스러운 식사를 마친 두 사람은 마차에 올라서, 시내로 향했다.

"나가서 거리를 좀 걸을까?"

마차 차창에 거의 붙어있다시피 한 엘리샤를 보고는 루자크가 말했다.

"그럴까요?"

"여기서 마차를 멈춰라. 내려서 가겠다."

루자크가 마부에게 말하곤, 내려서 지시했다.

"극장으로 가서 마차를 대기해 놓도록."

"예, 편히 다녀오십시오!"

펜블렌가의 문장이 그려진 마차 휘장을 알아본 사람들이 있는 모양이었다. 마차에서 내리자마자, 그들을 힐끔거리는 시선이 있었다.

모자를 벗어 인사하는 남성이나 드레스 자락을 붙잡고 인사하는 부인들의 모습에 엘리샤는 마주 보며 고개를 숙였다.

"어쩐지 쑥스럽네요."

"보는 눈들이 많긴 하지만, 이것도 나쁘진 않군."

루자크는 엘리샤의 손을 꼭 잡은 채 조용히 눈인사를 하면서 사람들 사이를 지나갔다.

"두 분은 정말 잘 어울리는 한 쌍이에요!"

"공작 부인께서 오늘 입은 드레스도 왜 이렇게 예뻐 보일까요?"

사람들은 공작 부부 내외를 보면서 그리 속닥거렸다.

오페라 극장으로 향하는 길목에는 유난히 멋들어진 거리와 찻집, 상점들이 많아서 눈을 사로잡았다.

특히 칼리아 오페라 극장은 누아 여신의 신전과 가까이 있는지, 사제나 수녀들의 모습도 많이 보였다. 순백의 의상을 입은 그들의 인사에 엘리샤도 기도하는 손동작으로 예를 표했다.

"극장은 저쪽이야, 엘리샤."

"네."

루자크가 방향을 일러 주면서 엘리샤의 손목을 끌었다. 몇 걸음 가지 않아서 원형 돔 모양의 지붕을 가진 커다란 건축물이 보였다. 오페라 극장임이 분명했다.

입구 앞 너른 광장에는 아름다운 여인의 조각상이 세워진 대형 분수가 있었다.

쏴아아, 시원스레 쏟아지는 물줄기가 청량감을 더했다.

그 앞에는 마치 무도회장에라도 온 듯, 격식 있고 멋지게 차려입은 귀족이나 부호들이 많이 보였다.

"아직 공연 시간이 조금 남은 걸까요?"

"그런 것 같군. 하지만 우리는 좌석이 정해져 있어서 미리 들어갈 수 있을 거야."

"그렇구나."

엘리샤가 루자크의 에스코트를 받으면서 아치형 입구로 들어가려는데, 쭈뼛거리던 누군가가 뒤에서 말을 걸었다.

"……저어, 혹시 펜블렌 공작 부인?"

뒤돌아보니, 부모님을 따라온 것인지 아직 어린 소녀였다. 나이는 열한 살이나 열두 살 정도 되어 보였다.

"저를 부르셨나요, 영애?"

엘리샤가 친절하게 웃으며 묻자, 쑥스러운지 볼이 잔뜩 발갛게 된 소녀가 고개를 마구 끄덕였다. 양 갈래가 앙증맞았다.

"저에게 무슨 볼일이라도?"

"부인의 초상화를 보고 첫눈에 반했어요. 드레스도 잘 만드시고요. 시내에 있는 오트쿠튀르에도 갔었고요! 그렇지만 항상 갈 적마다 안 계셔서……."

"아, 그랬구나. 다음 주 수요일에는 꼭 갈게요. 또 놀러 오세요."

엘리샤가 눈을 곱게 휘면서 말하자, 소녀의 입술이 벌어졌다.

"정말요?"

"네."

"저도 드레스를 만드는 게 꿈이에요. 저도 공작 부인처럼 되고 싶어요!"

"음…… 그럼 만들고 싶은 드레스를 그려서 보여 줘요, 그날. 영애를 뭐라고 부르면 될까요?"

그때, 들려오는 목소리에 눈앞의 소녀가 반응했다.

"루디! 루디! 얘가 또 어디 갔지?"

"아, 저, 저는 루디라고 해요. 오늘은 이만 가야 할 것 같아요. 다음에 또 봐요."

손을 흔들면서 부모님에게 돌아가는 소녀를 바라본 엘리샤가 루자크에게로 왔다.

"너무 귀여운 아이에요."

"당신을 존경하는 아이도 생겼으니 더 열심히 해야겠군."

"그러니까요. 생각보다 많은 사람이 저를 지켜보고 있는 것 같아요."

뿌듯함과 쑥스러움이 번갈아 엘리샤의 얼굴에 비쳤다.

"응, 당신은 점점 별처럼 더 빛날 거야. 뭐든지 말만 해. 내가 도울 수 있는 거라면 뭐든지 할게."

푸른 눈동자에 서린 환한 빛이 그대로 엘리샤의 마음속으로 들어오는 것만 같았다.

"그냥 내 곁에 이렇게 있는 것만으로도 힘이 된다고요. 어서 들어가요!"

오페라 극장의 내부는 총 세 개의 층으로 이루어져 있었다. 그들의 좌석은 로열석으로, 다른 좌석과 커튼으로 분리되어 있어서 마치 둘만 있는 듯한 착각을 일으켰다.

웅장한 음악이 흐르면서, 대서사시의 시작을 예고하는 내레이션과 함께 커튼콜이 올라갔다.

공주와 음유시인의 사랑을 그린 고전적인 스토리였지만, 엘리샤는 눈 한번 떼지 않고 집중했다. 그녀는 화려한 노래와 춤,

다채로운 의상에 폭 빠져서 보고 있었다.

반면에 루자크는 어렸을 적 본 적이 있었던 내용인지라 다소 지루한 모양이었다.

공주가 아리아를 부를 때쯤, 루자크가 엘리샤의 귓가에 속삭였다.

"재미있어?"

"……아, 네. 공주 역의 여배우 너무 예쁘지 않아요? 노래도 잘하고요."

"이 공간에 예쁜 여자라면 내 옆에 있는 여자밖에 없는데."

"풋, 당신은 여전하군요. 하지만 의상들이 다들 조금 예스러워요."

"그러게. 확실히 촌스럽군."

그 말을 끝으로 다시 대화가 끊기고, 엘리샤는 공연에 집중했다. 루자크가 조용해서 힐끔 바라보았더니 그는 눈을 감고 있었다.

엘리샤는 슬쩍 그에게 말했다.

"루자크, 자요?"

"……."

"지루했었군요. 난 재밌는데."

"……응? 아니, 나도 재밌어."

방금 전까지 잤으면서 능청스럽게 그가 대답했다.

"거짓말. 잔 거 아니에요?"

"아니야."

엘리샤가 그를 놀리는 눈빛을 하고 있자, 루자크가 가까이 얼굴을 들이밀었다. 높다란 콧날이 다가와 그녀의 얼굴에 살짝 닿았다.

"……루자크?"

그가 고개를 옆으로 돌리면서 엘리샤의 뒤통수를 부드럽게 붙잡았다. 이윽고 울려 퍼지는 오페라의 노랫소리를 들으면서 두 사람은 천천히 입을 맞추었다.

벌려진 입술 안을 배회하던 그의 혀가 엘리샤를 녹아내리게 만들었다.

두근!

커튼만 열어젖혀도 곧장 다른 사람들이 모두 볼 거라는 생각을 하니, 묘한 설렘과 흥분이 일어났다.

츄읍!

자신도 모르게 엘리샤의 입술을 깊이 빨아들이자, 제법 큰 소리가 났다. 그 바람에 엘리샤의 몸 전체가 빳빳하게 경직되는 걸 느낄 수 있었다. 키스하는 내내 드레스 자락을 꼭 붙들고 있는 손가락도 귀여웠지만 말이지.

말캉거리는 속살을 몇 번이나 헤집어 놓은 후, 루자크는 그녀의 고운 목으로 입술을 가져갔다.

놀란 엘리샤가 거부의 손짓을 했다.

흥분이 쉬이 가라앉을 것 같지는 않았다. 루자크는 다시 가볍게 키스를 시작했다. 그녀의 입 안을 더욱 깊이 탐하고 싶었지만, 가벼운 키스에도 움찔하면서 바짝 긴장한 그녀에게는 그 이상을 시도하면 무슨 원망을 들을지 몰랐다.

그래도 새로운 걸 알게 되었다. 오페라 공연 중에 하는 키스가 생각 이상으로 달콤하고 짜릿하다는 것.

엘리샤가 알게 된다면 엉큼하다고 한 소리하겠지만, 얼마든지 들을 수 있었다. 그녀에게라면.

오페라 공연이 이제는 눈에도 들어오지 않는다. 곁에 앉은 엘리샤는 이미 키스의 여운을 지운 채, 다시 공연으로 눈길을 돌린 상태였다.

홧홧하게 달아오른 몸 때문에 이제 잠도 오지 않는다.

'젠장! 미치겠군.'

은근한 눈빛으로 엘리샤의 팔뚝이나 어깨 등으로 스킨십을 시도해 보았지만, 그녀는 흔들림이 없었다.

어서 빨리 시간이 가기만을 기다려야 하나?

곧장 침대 위에서의 그녀가 떠올랐다. 자신을 올려다보면서 희열에 들뜬 엘리샤의 얼굴은 세상 그 어떤 여자보다도 섹시했다.

잘록한 허리와 부드럽고 탄력 있는 허벅지, 밀가루처럼 뽀얀 피부의 몸이 눈앞에 아른거렸다.

'이건 중증이로군.'

두 시간 후, 오페라 공연이 끝날 때까지 루자크는 곤혹스러운 기분을 느껴야만 했다.

다행인 건 엘리샤가 아주 활짝 웃으면서 기뻐했다.

"루자크, 우리 이제부터 오페라 공연을 자주 보러 왔으면 좋겠어요. 너무 즐거워요!"

정말 신이 난 모양인지 엘리샤는 마차로 향하는 내내 발걸음이 경쾌했다.

"당신이라도 즐거워서 다행이야."

루자크가 웃으면서 그리 말했다.

"아, 당신은 별로 재미없었군요?"

"아니야, 당신이랑 함께 있는데 재미없을 리가 없잖아."

'뭐, 내 쪽이 재밌었던 건 공연이 아니지만 말이지.'

루자크가 속으로 생각하는 도중, 엘리샤가 그를 올려다보면서 물었다.

"우리 이제는 본성으로 돌아가나요?"

아직 시간은 오후 네 시밖에 되지 않았다.

데이트를 마치기에는 너무 이른 시각이었다. 여기에서 끝내기에는 아쉬웠다. 루자크가 엘리샤의 손을 잡으면서 말했다.

"너무 가만히 앉아 있었던 것 같군. 몸을 움직이러 가 볼까?"

"응? 뭘 하려고요? 설마?"

엘리샤가 수상하다는 얼굴로 눈을 흘기자, 루자크가 그녀의 코를 톡 건드렸다.

"이상한 상상은 금물이야. 물론, 나는 그쪽도 좋지만…… 엘리샤, 스케이트 타 본 적이 있나?"

"스케이트? 아뇨. 그게 뭐지요?"

역시 따뜻한 아를렌에서 자란 그녀는 스케이트를 전혀 모르는 듯했다. 루자크는 빙긋 웃으면서 말했다.

"가지. 직접 눈으로 보는 게 이해가 빠를 거야."

"네!"

무언지도 모르면서 씩씩하게 대답하는 엘리샤의 머리칼을 한껏 흩뜨려 놓고는, 루자크는 그녀와 함께 마차로 올라탔다.

*　　*　　*

테본 제일의 가구 장인 톰슨의 가게에서 마님의 재봉용 책상과 의자를 맞춘 두 사람은 잠시 찻집에 들러 리스트를 체크하기로 했다.

주스를 마시면서 리나가 말했다.

"책상하고 의자는 됐고, 이제는 드레스를 보관한 진열대가 필요해요. 마님께서 납품하시는 의상의 가짓수가 점점 늘어나고 있어요. 그리고 원단이나 기초 부자재도 구비해 두는 편이 좋겠어요."

"뭐, 알겠소. 확실히 체임버러 양이 잘 챙겨 주니 내가 할 일이 줄어드는 것 같소."

"어라, 그거 제 칭찬인가요? 고마워요, 후훗. 랜디어스 경."

반트는 그녀의 웃는 얼굴을 보고는 잠시 멈칫했다. 햇살에 미소가 반짝인 터였다.

'이 여자, 웃을 때만큼은 예쁘군.'

바람에 살랑거리는 초록빛 단발머리와 훤히 드러난 목덜미, 단정한 의상과는 어울리지 않는 어수선한 성격.

"엉? 뭘 그리 넋을 놓고 봐요?"

"아, 아니 아무것도……."

리나의 물음에 반트가 말끝을 얼버무렸다.

"음, 그런데 조금 이상하지 않아요?"

"뭐가 말이오?"

"사실 이 정도 일은 한 사람이 처리해도 될 만한 일이었는데, 굳이 우리 두 사람에게 명을 내리신 것 말이에요."

"글쎄. 우리는 명에 따르기만 하면 되는 것 아니겠소?"

반트의 딱딱한 말에 리나는 금세 미소를 풀고 세모꼴 눈이 되었다.

"그거야 저도 알지요. 재미없는 사람 같으니. 그나저나 슬슬 배가 고픈데 식료품점이라도 가서 먹을 걸 좀 살까요?"

"이 골목 뒤편에 맛있는 식당을 하나 알고 있소……."

"호오?"

"왜 그렇게 보시오?"

"너무 의외라서?"

"무슨 의미요?"

"아뇨, 아무것도 아니에요."

벌컥벌컥.

주스 잔을 단숨에 들이켠 리나가 자리에서 일어나 말했다.

"자자, 그럼 일단 갈까요?"

덕분에 반트는 채 비우지 못한 찻잔을 내려놓고는 자신을 기다리고 있는 리나에게 다가가 앞장섰다.

"자, 어서 안내 부탁합니다."

"알겠소. 따라오시오."

"걱정 말아요."

몇 분이 흘렀을까. 어색하게 앞장서서 걷던 반트가 리나가 잘 따라오고 있는지 힐끔 뒤를 돌아서 확인했다.

그러자 가판대에서 뭔가를 사고 있는 그녀의 모습이 보였다.

황당해진 반트가 리나가 있는 가판대로 되돌아왔다. 나이 든 할머니가 골동품에 가까운, 오래되고 낡은 물건들을 팔고 있었다.

"여기서 대체 뭘 하고 있는……."

슬쩍 따지려는 그의 얼굴 앞에 슥, 봉투 하나가 내밀어졌다.

"선물이에요."

느닷없는 말에 봉투를 열어 보니, 낡고 바랜 목각 상자가 들어 있었다. 반트의 눈동자가 이내 커졌다.

"이건……."

"수십 년도 더 된 차를 보관하는 상자래요. 이런 거 좋아하잖아요, 그죠?"

리나를 바라보던 반트가 안경을 들어 올렸다.

"고맙소."

"뭘요. 매우 싸게 샀어요. 어서 밥이나 먹으러 가요."

* * *

엘리샤는 눈을 반짝 떴다. 어느새 자신도 모르게 잠이 들었던 모양이었다. 목까지 루자크의 코트와 담요가 덮어져 있었고, 몸은 그의 어깨에 기댄 채였다.

"아……."

서둘러 엘리샤가 고개를 들자, 루자크의 다정한 음성이 들려왔다.

"괜찮아. 조금 더 자도 돼."

"아직 도착하려면 멀었어요?"

"사실, 도착은 아까 했어."

"정말요? 그런데 왜 안 깨웠어요?"

"너무 곤하게 자고 있어서 깨울 수가 없더군."

"이런, 그럼 그동안 루자크는 뭘 하고 있었어요? 미안해요. 나 때문에 움직이지도 못하고 그 상태로……."

"솔직하게 고백하자면 겨우 움직여서 입술에 뽀뽀 두 번 정도 했달까."

"네에? 푸훗!"

그의 모습을 상상하니 절로 웃음이 나왔다.

엘리샤는 그를 꼭 끌어안았다. 이 남자는 날이 갈수록 더욱 달콤해졌다. 이런 남자를 어떻게 사랑하지 않을 수 있을까?

넓고 각진 어깨는 엘리샤가 전부 품에 안을 수 없어서 한쪽만을 겨우 감싸는 정도였다. 단단한 어깨와 팔근육은 붙잡고만 있어도 무언가 든든한 느낌이 들었다.

"이제 나가 볼래요. 여기 당신 옷이요, 덕분에 포근하게 잘 잤어요."

"다행이군."

마차 문을 열자 찬 공기가 폐부 가득히 들어찼다.

시계탑 아래의 광장에 하얗고 판판한 빙판이 있었고, 사람들이 그 위를 자유롭게 노닐고 있었다.

멀거니 그들의 모습을 보고 있는 엘리샤를 보면서 루자크가 알려 주었다.

"저 사람들이 신고 있는 나무로 만들어진 신발이 바로 스케이트야."

"아…… 저걸 신으면 얼음 위를 저렇게 걸어 다닐 수 있는 거군요?"

"그렇지. 발터, 스케이트를 좀 가져오겠나?"

"예, 각하."

마차 짐칸에서 나무 스케이트 두 켤레를 가져온 마부가 그것을 공손히 내밀었다.

"여기 있습니다."

루자크가 직접 신겨 준 스케이트를 신은 채, 엘리샤는 빙판 위로 처음 발을 내디뎠다.

"발끝으로 민다는 느낌으로 디디도록 해."

"이렇게 하는 거 맞아요?"

"응. 내 손 잡고 따라와."

루자크의 손을 단단히 붙잡은 채, 엘리샤는 조심조심 빙판 위를 움직이기 시작했다. 자꾸만 발이 이리저리 미끄러지는 탓에 중심을 잡기가 매우 힘들었다.

그래도 앞에서 루자크가 끌어 주고 있어서 따라갈 수 있었지만, 그것도 한계가 있었다.

"잠깐만요. 나 혼자 해 볼게요."

"정말?"

손을 놓자마자, 루자크는 빙판 위에서 자유자재로 몸을 움직였다. 슈욱, 하고 바람처럼 사라지는 그를 보자 왠지 오기가 생겼다.

엘리샤는 힘차게 마음을 먹었지만, 빙판에 둘러진 난간을 붙잡은 손이 쉬이 떨어지지 않았다.

어느새 한 바퀴를 멋지고 돌고 온 루자크가 엘리샤에게로 다가왔다.

"처음에는 힘들 거야."

"치, 나도 할 수 있다고요."

엘리샤가 발끈하면서 난간에서 손을 떼고는 발끝을 밀며 앞으로 나아갔다. 두 팔을 휘저으려 했지만, 얼마 가지 않아서 파닥거림처럼 보였다.

그녀가 가려던 진로에 어떤 사람이 지나가고 있었다. 순식간에 중심을 잃은 엘리샤가 소리를 지르면서 넘어지는 순간이었다.

"어어어? 꺅!"

와락!

"응?"

질끈 감았던 눈을 뜨자 통증이 느껴지기는커녕, 제 몸이 차가운 빙판 위를 구르고 있지도 않았다.

꼼짝없이 엉덩방아를 찧을 줄 알았는데, 어느 순간 자신은 루자크의 품에 포옥 안겨 있었다. 여지없이 엘리샤의 얼굴이 붉어졌다.

"이런, 조심하도록 해."

"큰소리쳤는데 창피하네요."

"앞으로는 내 곁을 벗어나지 마."

루자크가 다시 그 따뜻한 손을 내밀었다. 엘리샤는 그의 손을 붙잡고 겨우 한 바퀴를 돌았고, 그러는 동안 결국 엉덩방아를 두 번이나 찧었다.

"괜찮아?"

"응, 생각보다 안 아파요."

넘어졌지만 아이 때로 돌아간 것 같아서 마음껏 기분 좋게 웃을 수 있었다.

"이렇게 아무 생각 없이 놀아 보는 거 정말로 오랜만이에요."

"나도 그렇군."

"어라? 당신은 자주 타 본 것 아니었어요?"

"사실 나도 어릴 때 이후로는 두 번째."

"에엑? 말도 안 돼! 그렇게나 잘 타면서."

루자크가 싱긋 웃고는 엘리샤의 손을 붙잡으며 씽씽 속도를 내서 발을 굴렀다.

"아앗, 나 또 넘어뜨리게요?"

"천만에, 그건 침실에서만."

어느새, 서서히 하늘이 어둑어둑해졌다. 빙판 주변에 환하게 피워 놓은 화톳불로 사람들이 하나둘 둥글게 모여들었다. 구이를 파는 상인들이 피워 놓은 불인 것 같았다.

"엘리샤, 불도 쬘 겸 뭘 좀 먹을래?"

엘리샤는 고개를 저었다.

"아니요. 아직도 배가 든든한걸요. 그러지 말고 우리, 저쪽으로 가 봐요."

"응?"

엘리샤가 손으로 가리킨 곳은 인적이 드문 곳이었다.

"빙판 위에 불빛들이 있으면 예쁠 것 같지 않아요?"

"그렇겠군."

"저 화톳불을 보고 생각났어요. 어서 따라와요."

엘리샤가 루자크의 손을 이끈 채, 인적이 드문 수풀로 숨었다. 그녀를 따라가긴 했지만, 루자크는 엘리샤가 뭘 하려는지 몰라서 그저 가만히 있었다.

나무 뒤에 살짝 숨은 엘리샤는 마력에 집중하면서 손끝으로 빙판이 있는 허공을 가리키면서 주문을 외웠다.

'어둠을 밝히는 이여, 여기 머물라.'

퐁!

동그란 빛의 구가 하나 소환되었고, 엘리샤는 그것을 반복했다. 엘리샤는 그것들을 부채질해 멀리멀리 보냈다. 이윽고 수십 개에 달하는 빛들이 허공에 떠오른 채 빙판 위를 비추었다.

"저것 봐요. 예쁘죠?"

루자크가 고개를 끄덕이면서 어두운 하늘 위를 수놓은 빛들을 바라보았다.

"엘리샤, 잊지 못할 추억을 나에게 선물했군. 여기 있는 사람들에게도."

"전부 루자크 덕분이에요. 루자크도 나에게 멋진 하루를 선물했으니까."

채 말을 마치기도 전에 루자크가 말없이 엘리샤의 몸을 끌어안아서 품 안에 꼭 가두었다. 그의 몸은 너무나 따뜻했다.

"데이트가 마음에 들었나?"

은근하게 물어 오는 저음의 목소리가 귓가에 박혔다. 엘리샤는 그의 품을 더욱 파고들면서 고개를 끄덕였다.

"그럼요. 내 평생 최고의 데이트였어요."

엘리샤의 대답을 들은 루자크는 입꼬리에 미소를 가득 지으면서, 그녀의 이마에 입을 맞추었다. 코에도 한 번, 양 볼에도 한 번씩, 그리고 마지막은 입술.

입술도 가벼운 뽀뽀일 거라 생각한 엘리샤의 예상과는 다르게 진득한 입맞춤이었다.

멀리서 사람들이 불빛을 보고 신기해하는 모습을 구경하면서 두 사람은 조용히 마차로 돌아갔다.

* * *

생각 이상으로 만족스러운 식당이었다. 근사한 내부에 이어 훌륭한 맛의 요리까지.

그러나 식사를 하는 내내 리나는 반트를 의심쩍은 눈으로 살펴보았다.

'으음, 아무리 생각해도 이상하단 말이지. 저 남자가 이렇게 괜찮은 식당을 알고 있다니. 이건 최소 데이트 목적으로 오는 곳이잖아?'

옆을 두리번거려도 남녀 손님이 대부분이었다. 그러나 그는 마주 앉아서 아무 말 없이 고기를 씹고 있을 뿐이었다. 심지어 식사가 끝나고 디저트가 나올 때까지도 그는 아무 말도 꺼내지 않았다.

아이스크림을 퍼먹으면서 리나는 생각했다.

'그러면 그렇지. 그냥 우연히 알게 된 모양이네.'

"랜디어스 경."

리나가 그의 이름을 부르자, 그는 물을 한 모금 마신 뒤 잔을 내려놓고는 대답했다.

"예?"

"경은 연애 한 번도 못 해 봤죠?"

"쿠훌럭!"

"음, 제가 너무 정곡을 찔렀나 보군요."

"못 해 본 게 아니라, 일부러 안 한 겁니다."

"……경."

그러자 리나가 애잔한 눈길로 반트를 바라보았다.

"그게 못 해 본 거라고요."

반트가 억울한 눈빛을 품었지만, 굳이 입으로 꺼내지는 않았다.

"식사는 다 하신 것 같으니, 이만 일어납시다. 잡담할 시간 없으니."

"알겠어요."

리나는 어깨를 으쓱하면서 음식값을 계산하려는 그를 붙잡았다.

"어어? 당신이 내는 거예요?"

"이게 내 선물이오."

반트가 그리 말하고는 값을 치렀다. 리나는 아까 선물을 사 준 보답인가 하는 생각이 들었다.

마차로 돌아가던 반트가 갑자기 걸음을 뚝 멈추더니 물었다.

"체임버러 양은 연애를 많이 해 봤소?"

"네에? 뜬금없이. 저야 만나 달라는 남자가 항상 깔렸었죠. 후훗. 어릴 땐 이 남자 저 남자 다 만났는데, 나이 들고 보니 다 비슷비슷하더군요. 진짜 내 남자를 만나야 하는데 말이에요."

"그렇군요."

리나의 대답을 들은 반트는 다시 저벅저벅 걷기 시작했다.

"으잉? 그게 다예요? 사람이 참 싱겁기는."

반트가 어색하게 웃었다.

25.
참가 신청

사흘 후.

"말도 안 나올 만큼, 너무 예쁘잖아요!"

리나와 반트 두 사람이 함께 준비한 엘리샤의 작업 공방은 깔끔하면서도 따뜻함이 느껴졌다.

기역 자 모양으로 놓인 최상급 오크 나무 책상, 각종 원단과 부자재가 들어 있는 서랍장, 흰색의 마네킹 두 개, 재단한 옷을 걸어 놓을 수 있는 옷걸이까지.

콜린의 작업 공방처럼 커다란 규모는 아니지만 없는 것 빼고 다 있는 엘리샤만의 작업 공간이었다. 심지어 전체적으로 갈색 톤으로 맞추어져 있어서 눈도 편안했다.

"마음에 드십니까?"

반트의 물음에 엘리샤는 고개를 연신 끄덕였다.

"네. 당장 드레스를 만들고 싶을 정도로 마음에 드는걸요."

"다행입니다."

"마님, 혹시 추가로 더 필요한 부분이 있으시면 언제든 말씀해 주세요. 아셨죠?"

반트는 짧게 대답한 반면에, 리나는 엘리샤가 좋아하는 모습을 흐뭇하게 바라보면서 말했다.

"그럼요. 두 사람의 궁합이 좋은 것 같아요!"

엘리샤의 말에 어째 두 사람이 어색한 표정을 지어 보였다.

"어머나. 궁합이라뇨."

"……그럼 저는 이만 가 보겠습니다."

리나는 얼굴에 부채질을 해 댔고, 반트는 고개를 꾸벅 숙이고는 자리를 떠났다.

엘리샤는 고개를 갸웃거리면서 두 사람을 살폈다.

'두 사람, 아무래도 그날 이후부터 기류가 이상하네? 서로 눈도 잘 안 마주치고…… 왠지 부끄러워하는 것 같아.'

그날 이후부터 변한 사람은 반트와 리나뿐만이 아니었다. 엘리샤가 약을 먹기 시작한 이후로 루자크는 밤마다 더욱 적극적으로 변했던 터였다.

"그러고 보니, 오늘 수요일이죠?"

"네, 맞아요. 마님."

"아, 그렇다면 오트쿠튀르에 다녀와야겠어요."

"네, 요즘은 자주 나가시는군요."

"약속이 있거든요."

엘리샤는 그때 귀여웠던 소녀 루디를 떠올렸다. 리나의 도움으로 빠르게 단장을 마친 엘리샤는 곧장 마차를 타고 오트쿠튀르로 향했다.

"어서 오세요, 펜블렌 공작 부인! 오늘은 손님이 와 계세요."

오늘은 점원 마샬이 먼저 엘리샤를 맞이해 주었다.

"제 손님이요?"

마샬이 가리킨 곳에는 그날 오페라 공연을 보러 갔을 때 마주쳤던 꼬마 숙녀 루디가 다소곳한 자세로 앉아 있었다. 별천지를 본 양, 눈동자를 데굴데굴 굴리느라 정신이 없는 모양이었다.

엘리샤는 콜린의 오트쿠튀르를 처음 보고 눈 돌아갔던 지난날의 자신이 떠올라 웃음이 났다. 그녀는 루디 앞으로 다가가더니, 곱게 웃으면서 인사했다.

"안녕? 영애, 미리 와 있었군요."

어찌 할 바를 몰라 손가락을 꼼지락거리던 루디가 그제야 환하게 웃었다.

"펜블렌 공작 부인! 무척 기다렸어요. 사실 혼자서는 외출 금지라 오라버니를 졸라서 겨우 나왔거든요. 저는 다 컸는데 말이에요!"

재잘재잘 참새가 떠들 듯이 제 이야기를 늘어놓는 루디가 무척 귀여워서, 엘리샤는 찬찬히 귀를 기울이며 들어주었다.

"아하, 그랬군요. 그럼 시간이 얼마 없겠어요?"

루디가 고개를 끄덕였다.

"네, 오라버니가 두 시간 후에 데리러 온다고 했어요."

"그렇군요. 두 시간이면 충분해요. 먼저 오트쿠튀르 구경부터 할래요?"

"네!"

엘리샤가 손을 내밀자, 루디가 설레는 얼굴로 손을 붙잡았다.

"제가 만든 드레스는 바로 여기 있어요."

마네킹에 입혀진 영롱한 하얀 드레스를 본 루디가 눈을 반짝거렸다.

"이 드레스에요. 공작 부인께서 초상화에서 입고 계셨던 그 드레스!"

"맞아요."

"이렇게 엉덩이 쪽이 풍성하게 주름 잡힌 드레스도 있고, 목 뒤에 로브가 달린 드레스도 있어요. 신기하죠?"

"처음 보는 스타일이에요!"

엘리샤가 루디를 데리고 오트쿠튀르 곳곳을 누비는 걸 발견한 콜린이 눈을 가늘게 떴다.

'쓸데없는 일을 벌이는군…….'

"어? 콜린! 어디 가나 했더니 돌아왔군요. 인사해요, 여긴 루디 양이에요."

"이쪽은 오트쿠튀르의 주인이자, 수석 디자이너인 콜린 자작님이에요."

"아, 안녕하세요. 루디 스텔라라고 해요."

"……."

"뭐해요, 콜린. 어서 인사하지 않고?"

콜린은 매우 귀찮다는 눈빛으로 꼬마를 내려다보았다.

"안녕하십니까, 스텔라 영애. 저희 오트쿠튀르에 방문해 주셔서 무한한 영광이로군요."

인사를 들은 루디가 얼떨떨한 표정으로 부담스러운 내용의 인사를 하는 자작을 올려다보았다.

내용은 예의 바르고 공손했지만, 말투와 눈빛은 지나치게 건성이라서 엘리샤가 또 한 번 주의를 줬다.

"콜린!"

"왜, 뭐."

"윽, 됐어요. 가요, 루디. 이제 그의 작업 공방을 구경해 볼까요?"

엘리샤가 루디에게 상냥하고 친절하게 말했지만, 콜린이 급히 외쳤다.

"거긴 안 돼!"

"어차피 지금 사용하지도 않잖아요."

"아니, 이제부터 사용할 계획이라."

"그럼 오 분만 구경하고 나갈게요."

"오십 초면 충분하지……."

"너무하잖아요. 루디는 재봉사를 꿈꾸는 소녀라고요."

"그래서 지금 선생놀이 중이야? 알았어. 오 분 뒤에 내려가지. 정확히 오 분이야. 시간 잰다."

콜린이 팔짱을 끼고는 사악한 얼굴로 말했다.

엘리샤가 고개를 절레절레 저으면서 루디의 손을 끌고 작업 공방으로 들어갔다. 겁먹은 얼굴로 루디가 엘리샤를 따라갔다.

재봉 도구들과 원단들, 가봉한 드레스들까지 본 루디가 주머니 속에서 꼬깃꼬깃한 옷본 하나를 꺼냈다.

"공작 부인, 저, 이거……."

"아, 이건 직접 그린 옷본인가요?"

끄덕끄덕.

엘리샤가 웃으면서 펼쳐 보았다. 삐뚤빼뚤한 선으로 그린 드레스가 그려져 있었다. 치수도 적혀 있지 않았고, 제대로 라인을 정확히 그려 낸 것도 아니었지만 이상하게도 느낌만은 굉장히 귀여운 드레스였다.

"귀여운 드레스네요. 나중에 꼭 제대로 배워서 다시 가다듬는다면 멋진 드레스가 될 거예요."

"그럴까요? 저도 부인처럼 만들고 싶어요."

"바느질은 할 줄 아나요?"

"기본적인 건 알지만, 아직은 서툴러요."

"기본이 가장 탄탄해야 해요. 이것 봐요."

엘리샤가 제 손끝을 루디에게 보여 주었다.

"바느질을 많이 해서 이렇게 닳아 버렸어요. 하지만 좋아하는 일이라서 아픈 것도 꾹 참고 해냈어요. 루디도 그런 일이 생기면 좋겠어요. 꼭 재봉 일이 아니더라도 좋아하는 일이 있다는 건 아주 멋진 일이니까."

"감사해요!"

루디의 눈동자가 물결치는 모습을 보곤, 엘리샤가 그녀의 머리를 쓰다듬어 주었다. 루디의 오빠가 곧 마중을 왔고, 루디는 엘리샤를 향해 열심히 손을 흔들었다.

루디를 배웅하고 들어온 엘리샤를 보면서 콜린이 말했다.

"너, 그렇게 시간이 많아? 저 꼬마 애는 그냥 예쁘고 좋아 보여서 찾아온 것뿐이잖아. 여기가 애들 놀이터야? 아무나 재봉사가 될 수 있는 건 아냐. 능력 없이 일을 시작하는 건 낙오자로 가는 길이라고."

"나도 알아요. 능력은 사람마다 전부 달라요. 하지만 좋아하는 마음, 그건 능력 이상으로 중요하다고요. 뭐든지 이겨 낼 수 있는 힘이니까요."

엘리샤가 밝게 웃으면서 말했다. 순간 콜린의 눈에는 그녀가 무척이나 빛나 보였다. 반짝반짝, 어쩜 저렇게 맑고 투명하게 빛날 수 있을까.

"천재가 하는 말이라서 신빙성이 요만큼도 없군."

콜린이 손가락으로 제스처를 취하면서 말하자, 엘리샤가 발끈했다.

"하여간 콜린은, 왜 이렇게 나만 보면 못 잡아먹어서 안달인 거죠?"

그가 턱을 괴고는 슬쩍 곁눈질하면서 말했다. 손에는 납품 의뢰서를 거꾸로 들고 있었다.

"너니까 그래도 이 정도인 거라고. 요 앞 찻집에 더럽게 맛없는 홍차를 파는데, 그거나 마시러 가든지."

"맛없는 걸 먹자는 사람은 세상천지에 또 처음 보네요."

"아니, 다른 건 맛있을지도."

"콜린이 사는 거죠?"

"부자가 사는 겁니다, 펜블렌 공작 부인."

"……먼저 가자고 한 사람이 사는 게 예의라고요. 게다가 콜린도 부자잖아요!"

"부인 남편이 테본의 주인이시라면서요?"

"그만하죠, 우리. 차는 안 마시는 걸로."

엘리샤가 문 쪽으로 가려 하자, 콜린이 다급하게 외쳤다.

"아아, 잠깐! 사 줄게!"

"풋."

두 사람은 오트쿠튀르 앞 찻집에 들어섰다. 콜린이 말한 문제의 그 '홍차'를 시킨 엘리샤는 찻잔을 우아하게 들어 한 모금 음미했다.

"음……."

"어때, 최악이지?"

"쉿, 콜린. 다 듣겠어요. 내가 먹기엔 괜찮은데요? 홍차는 원래 이런 맛이라고요."

"그거야말로 진짜 최악이네."

콜린이 얼굴을 찌푸렸다. 그가 마시고 있는 건 사과를 갈아 만든 주스였다. 빨대로 음료를 단숨에 쪽쪽 빨아서 비운 콜린이 말했다.

"이건 입맛에 맞네."

"큭, 완전 아기 입맛."

"면전에 대놓고 욕하는 거야?"

"천만에요."

"그나저나, 참가 신청은 한 거야?"

"으에?"

"황실 드레스메이커 선발제 말이지."

콜린의 입에서 튀어나온 말에 엘리샤는 너무 놀라서 홍차를 그대로 뿜을 뻔했다.

"그게 벌써 참가 신청을 받고 있다고요?"

"아, 아직 소식을 듣지 못한 모양이로군. 수도였다면 금세 들었을 텐데…… 역시 테본이 수도에서 멀긴 한가 봐."

"읏, 콜린은 어떻게 들었어요?"

"오늘 수도에서 온 손님이 알려 주더군."

"그렇군요. 나도 부지런히 해야겠네요. 테본에서 수도까지는 거리도 꽤 있으니까요."

"그렇지. 이제 카일리 후작 부인의 사교 모임은 안 나가?"

"원래 한 달에 한 번 정도 열리는 모임이에요. 게다가 지난번에 너무 크게 여셔서 힘드셨나 봐요."

"그래도 그 경험이 너에게 도움이 많이 되었을 거야."

엘리샤도 그 점에는 동의하는지 고개를 끄덕였다.

"맞아요. 그걸로 인해 나도 한층 성장한 것 같아요."

"응, 카일리 후작 부인은 굉장한 사람이야. 그걸 전부 혼자서 기획하다니……."

"확실히 배울 점이 많은 분이에요. 콜린도 그렇고요. 콜린은 바로 본성으로 돌아갈 건가요?"

"아니. 먼저 돌아가."

"알겠어요, 나중에 봐요. 차 잘 마셨어요."

"천만에."

콜린과 헤어진 엘리샤는 마차를 타고, 본성으로 돌아왔다. 참가 신청을 해야 한다는 생각을 까맣게 잊고 있었던 터라, 괜히 마음이 분주해졌다.

"다녀오셨습니까, 마님. 저녁은 어떻게 하실……"

홀에서 그녀를 맞이해 주는 반트의 말을 자르고 엘리샤가 물었다.

"랜디어스 경, 저녁은 조금 후에 먹을게요. 그보다 수도 소식을 좀 알고 싶은데요."

"예, 어떤 소식을 말입니까?"

"황실 드레스메이커 선발제에 대해서요. 지금 참가 신청을 받고 있다고 하던데, 아직 테본까지는 소식이 들어오지 않았나 봐요. 저도 콜린 자작에게 듣고 오는 길이에요."

"곧장 알아보겠습니다."

"네, 부탁드려요."

엘리샤의 초조함을 읽었는지 반트 역시 재빠르게 소식통에 연락을 취하기로 했다.

자신의 작업 공방을 빙 둘러보다가 기분 좋게 책상에 앉은 엘리샤는 손가락으로 입술을 두드리면서 곰곰이 생각했다.

"음, 드레스 납품 준비는 모두 끝냈으니 이제 뭘 할까."

정돈된 재단 책상을 바라보니 손 놓기보다는 뭐라도 하는 게 좋을 것 같았다. 하지만 머리 한구석을 계속 채우는 생각이 있었다.

황실 드레스메이커 선발제…….

전 세계에서 많은 실력자가 모여든다는 세기의 대회.

대비를 어떻게 하면 좋을까? 그러나 지금으로써는 너무 정보가 없었다. 대회의 방식이나 규칙도 전혀 알지 못했다. 우선은 참가 신청부터 무사히 마치고 나서, 콜린이나 카일리 후작 부인을 찾아가서 정보를 얻어야겠다.

지금은 무엇보다도 차분하게 랜디어스 경의 연락부터 기다리는 게 순서였다.

엘리샤는 손으로 수십여 장이 되는 원단들을 하나하나 쓸어보았다. 색색의 원단은 종류별로 잘 정돈되어서 두루마리 형태로 말려져 있었다. 리나의 솜씨였다.

하지만 모든 원단의 종류가 구비되어 있지는 않았다. 콜린의 오트쿠튀르에는 훨씬 더 많은 종류가 있었고, 실제 원단의 종류는 훨씬 방대했다.

"내일은 방직 공장이나 직물 길드에 방문해 볼까. 처음 보는 종류의 직물도 있을 것 같아. 기왕이면 큰 곳으로 가는 게 좋을 텐데. 이를테면 수도에 있는……."

"마님, 식사를 가져왔답니다. 들어가도 될까요?"

"어서 들어와요, 리나."

리나가 가져온 건 양상추와 토마토, 계란을 끼워 넣은 호밀 빵이었다. 그리고 따뜻한 옥수수 수프와 우유를 곁들였다.

"정말 이것만 드시겠어요?"

"네, 오늘은 가볍게 먹을래요."

루자크는 오늘 봉신들과 저녁 회담이 잡혀 있다고 했다.

"그럼 맛있게 드시고, 필요하신 게 있으시면 불러 주세요."

"네, 고마워요, 그런데 리나."

냉큼 호밀 빵으로 손을 뻗으며 엘리샤가 나가려던 리나를 불러 세웠다.

"내일 방직 공장이나 길드에 들러 보고 싶은데, 테본에서 가장 큰 곳이 어디가 있을까요?"

"아, 한번 알아보겠습니다, 마님."

리나도 그에 대해서는 잘 모르는 눈치였다.

"네, 너무 무리하지 말아요."

사실 방직 공장이나 길드 같은 건 오히려 공작인 루자크가 훨씬 더 잘 알고 있을지도 몰랐다. 그는 테본에 대해서는 누구보다도 꿰뚫어 보고 있는 사람이니까.

빵을 한입 베어 문 엘리샤는 문득 리나의 원피스 밑단이 많이 해져 있는 것을 발견했다.

"리나, 옷이 많이 닳았어요. 수선해 줄까요?"

"아유, 아니에요, 마님. 저는 이 닳은 옷이 사실 더 편안해서 자주 손이 가더라고요. 새 드레스가 있지만 표면이 너무 까칠해서 불편해요."

"하지만 그 옷은 너무 춥지 않겠어요?"

"조금 춥기는 해요. 가볍게 겹쳐 입을 만한 튜닉을 사야겠어요."

"아, 그렇군요. 리나 일단 식사는 치워 주세요."

"알겠습니다, 마님."

리나가 나가자마자, 엘리샤는 테일러 키트를 꺼내 재단 책상에 올려놓았다. 손가락이 닿자마자 잔뜩 흥분한 재봉 도구들이 달그락거렸다.

최근 가장 마지막으로 테일러 키트를 사용한 게 로즈버드 드레스를 만들 때였다. 며칠간 몸을 움직이지 않았으니 다시 몸이 근질근질한 모양이었다.

"음…… 사용감이 있는 것처럼 편안한 옷감이 없을까? 따뜻하고 가벼우면 더 좋을 것 같은데……."

이리저리 원단을 뒤적거리던 엘리샤는 문득 보드라우면서도 양면이 기모(起毛)로 되어 있는 원단을 찾아냈다.

"그래, 플란넬로 튜닉을 만들어 볼까?"

플란넬은 중간 굵기의 양모를 평직이나 능직으로 짠 원단으로 부드럽고 탄력 있는 촉감의 원단이었다.

이거라면 다른 원피스 위에 튜닉으로 걸쳐도 부담스럽지 않고 편안하면서도 보온을 주는 기능을 톡톡히 할 것 같았다.

엘리샤는 손바닥을 내밀었다. 이제 제법 주인의 마음을 잘 알게 된 초크가 스윽 하고 손바닥 위에 올라왔다. 엘리샤는 입가에 옅은 미소를 띠우며 입술을 열었다.

순간 엘리샤의 머릿속에 여러 가지 튜닉 디자인이 떠오르기 시작했다. 러플이 지나치게 화려하거나 거추장스러운 장식이 있는 디자인은 배제하고, 단순하면서도 우아한 곡선을 살린 튜닉을 선택했다.

'초크, 그려 줘!'

엘리샤의 말이 떨어지기가 무섭게 초크가 부지런히 움직여 슥슥 옷본을 그려 냈다. 허공에 팔랑거리는 옷본을 붙잡은 엘리샤는 이제 손짓 없이 눈빛만으로 다음 대상을 지정하고, 시동어를 내렸다.

마법의 옷감과 가위가 차례를 기다리고 있었는지 준비하고 있는 것이 보였다.

'잘라 줘!'
'꿰매 줘!'

몇 분이 채 되지 않아서 엘리샤의 손에는 단정하고 차분한 베이지색의 튜닉 한 벌이 들려 있었다. V자로 파인 형태라서 생활하기에도 간편했다.

엘리샤는 제 몸에 대보았다. 자신보다 키가 큰 리나에게 맞춘 옷이라서 엘리샤에게는 다소 길게 내려왔지만, 자신 것도 하나 더 만들까 싶을 정도로 괜찮게 만들어졌다.

"이왕 리나를 위한 선물이니까 이대로 줄 순 없지."

엘리샤는 마법의 바늘 대신에 도구함에서 일반 바늘을 잡아 실을 꿰었다. 다른 건 몰라도, 스티치만큼은 제 손으로 수를 놓아 주고 싶었다.

튜닉의 허리 부분에 은사로 장미 스티치를 새기고 나니 한결 고급스러운 느낌이 살았다.

엘리샤는 그것을 마네킹에 입히고는 테일러 키트를 정돈해 숨겼다. 리나를 직접 부르러 가기 위해 복도로 나가서 마주친 어린 시종에게 물어보니, 리나는 응접실에 있다고 했다.

"리나에게 작업 공방으로 와 달라고 전해 줘."

몇 분이 되지 않아서 리나의 목소리가 들렸다.

"마님, 무슨 일이신가요?"

작업 공방의 문을 활짝 열어 놓았던 터라 여과 없이 바로 들려왔다. 엘리샤는 곧장 문으로 달려가 리나의 손을 덥석 잡고는 끌었다.

"리나, 보여 줄 게 있어요."

"네에?"

몇 걸음 함께 걸어가자, 마네킹에 입혀진 베이지색 튜닉이 보였다. 리나의 눈동자가 커다랗게 뜨였다.

"어때요?"

"예쁘고 깔끔한 튜닉이네요. 색상도 곱고 따뜻해 보여요."

"리나에게 주는 것이에요."

"네에? 제게요?"

엘리샤는 웃으면서 고개를 끄덕였다.

"어서 입어 보도록 해요."

"맙소사, 마님……."

손으로 제 입을 가린 리나는 황송한 표정으로 튜닉과 엘리샤의 얼굴을 번갈아 보았다.

"사실 아주 훌륭한 드레스도 만들고 주고 싶은데, 일단 리나에게 유용한 옷은 이 튜닉이 먼저인 것 같아서요."

"정말…… 뭐라고 감사의 말씀을 드려야 할지. 마님 같은 분은 이 세상에 없을 거예요."

"어서 입어 봐요. 궁금하단 말이에요."

"네."

엘리샤의 재촉에 리나가 입은 원피스 위로 튜닉을 입었다. 사이즈를 재진 않았지만 대충 눈짐작이 맞아떨어졌는지 잘 맞았다. 리나가 감탄하면서 말했다.

"어머, 제 몸에 꼭 맞는데요?"

"후후, 이래 봬도 제가 눈썰미 하나는 기가 막히거든요!"

"하지만 치수를 잰 적도 없으신데…… 너무 신기하네요. 게다가 몸에 착 달라붙은 느낌이에요. 편안해요."

"리나, 거기서 한 바퀴 돌아봐요."

리나가 빙 돌자 튜닉의 치맛자락이 자연스럽게 퍼졌다. 본래 원피스 자락이 살짝 아래로 드러나면서도 핏은 그대로 유지해 주었다.

"잘 어울려요, 리나."

리나가 쑥스러우면서도 미소를 감추지 않았다.

"정말 감사해요, 마님. 마음에 쏙 드는 옷이에요! 자주 입을 것 같아요."

"그렇다면 더 기쁘겠어요."

두 사람이 오순도순 대화를 나누는 것을 듣고는 누군가가 인기척을 냈다.

"흠흠, 마님. 수도의 소식을 가지고 왔습니다."

반트의 목소리였다.

"앗, 정말요?"

"예."

"저는 이만 물러가 볼게요. 두 분 이야기 나누세요."

리나가 웃으면서 일어나자, 엘리샤가 재빠르게 반트에게 물었다.

"랜디어스 경, 오늘 리나 너무 예쁘지 않아요?"

뜬금없는 엘리샤의 질문에 반트가 리나의 모습을 힐끔 바라보았다.

"……예? 아, 예."

그러나 그는 급히 고개를 돌리면서 겨우 대답했다.

엘리샤는 속으로 탄식했다.

'아휴, 이게 아닌데…….'

"호호, 저는 이만 나가 볼게요."

리나도 살짝 실망한 얼굴로 자리를 떠났다.

둘만 남게 되자, 엘리샤는 약간 한심하다는 눈빛으로 반트를 바라보았다.

"랜디어스 경, 거기에서 그렇게 말씀하심 어떡해요?"

"예? 무슨 말씀이신지."

"후우, 답답해."

엘리샤는 옅은 한숨을 내쉬고는 당황스러워하는 반트에게 조언했다.

"솔직히 말해 봐요. 오늘 평소보다 리나의 복장이 다르지 않았나요?"

"의상이 달라진 건 같습니다만……."

"그럼 거기에서 예쁘고 잘 어울린다고 칭찬을 해 주었어야죠. 그래야 호감 점수가 팍팍 올라갈 텐데…… 으으."

"……예?"

"후우, 됐어요. 아무것도 아니에요."

'누가 친구 사이 아니랄까 봐, 예전 루자크처럼 자기 마음을 표현할 줄 모르는구나. 아니 랜디어스 경은 더 심하잖아. 아예 자기 마음도 모르는 거 아닐까.'

"그럼, 황실 드레스메이커 선발제 참가 신청에 대해서 보고 드려도 되겠습니까."

원래 마님께 온 목적만을 되새김질하고 있던 반트가 말했다.

"아, 그래요. 그것부터 알려 주세요."

"이미 수도에서는 참가 신청을 받고 있다고 합니다."

"에엑! 정말요? 그럼 저는 어떻게 하죠?"

"그리 걱정하실 건 없습니다. 곧 테본에도 황실에서 파견된 인원이 접수를 받으러 올 겁니다. 그때 참가 신청을 하시면 될 것 같습니다. 아마도 이번 주 내로 도착할 것이고, 도착한다면 바로 알려드리겠습니다. 그러니 참가 신청을 하지 못한다거나 하는 불상사는 일어나지 않을 겁니다."

반트는 엘리샤가 원하는 말만 쏙쏙 골라서 전달했다. 정말이지 똑 부러지는 일 처리였다.

"랜디어스 경은 일 처리가 정말 정확하세요. 제 속마음을 읽으시는 거 같다니까요."

"감사합니다."

"저뿐 아니라 다른 사람 속마음도 정확하게 읽어 주면 더 완벽할 거예요. 소식 알려 주셔서 감사해요. 그럼 이만 나가 보세요."

"……예, 마님."

엘리샤의 마지막 말을 되새김질해 보았지만 그는 여전히 이해가 되지 않는 눈치였다.

* * *

아까 리나의 튜닉을 만들면서 허리에 수놓은 장미 스티치가 제법 마음에 들었던 엘리샤는 여러 종류의 실과 원단, 모양이나 크기가 다른 장미를 계속해서 수를 놓고 있었다.

자신이 만들었다는 표시로 이니셜을 수놓는 것은 너무 흔한 것 같았다. 그래서 엘리샤는 뭐가 좋을까 고민해 보았지만 역시 가장 떠오르는 건 장미였다.

로즈버드 드레스 때처럼, 꽃봉오리 장미와 이니셜을 함께 수 놓을 생각이었다. 기존에 그녀가 알고 있는 스티치 방식은 대개 만개한 장미였던 터라, 새로운 도안을 여러 장 그려 보았다.

그러기를 열한 번째.

작고 도톰한 장미 꽃송이가 예쁘게 만들어졌다. 작업 공방에 검은 그림자가 드리워진 것도 모른 채, 엘리샤는 양팔을 뻗으면서 기지개를 켰다.

"끄으응!"

고개를 완전히 뒤로 젖혔을 때 보인 건 천장이 아니었다. 말끔한 얼굴의 공작이 서서 그녀를 내려다보고 있었다.

순간 깜짝 놀라서 헉, 하고 숨을 들이켜자마자 그대로 그의 입술이 엘리샤의 입술 위로 살포시 내려앉았다. 예상치 못했던 등장과 키스에 엘리샤의 심장이 거세게 뛰었다.

두근두근!

"읍!"

가로막힌 입술은 비명을 내지를 수 없었다. 찬 기운이 섞인 그의 입맞춤은 시원하고 달짝지근했다.

잔뜩 놀라게 한 게 미안했던지 그는 곧 입술을 떼고는 말했다.

"놀랐어?"

엘리샤는 일어나서 그의 가슴을 팡 쳤다.

"너무해요, 당신. 심장 떨어지는 줄 알았잖아요."

"날 보고 두근거리게 만들려고."

"작전은 성공하셨어요, 각하."

뾰로통하게 쏘아붙이는 엘리샤의 말에 루자크가 쿡 웃으면서 여전히 의자에 앉아 있는 엘리샤의 어깨를 감싸 안았다. 그러곤 그녀의 재단 책상을 바라보았다.

"장미를 연습 중인가?"

"아…… 내가 만든 옷이라는 걸 나타내고 싶어서요. 그냥 이니셜보다는 장미로."

"근사한 생각이군."

"정말요?"

"응, 정말이야."

"아, 루자크. 회담은 잘 마치신 거예요? 사실 내일 아침에나 볼 수 있을 줄 알았어요."

"물론. 일부러 짧게 끝내고 왔어. 내가 요즘 과도하게 불만이 쌓여 있어서 말이지."

그리 말하는 루자크의 표정이 더욱 느른해졌다.

엘리샤와 단둘이 있을 때면 나오는 약간 풀린 듯한 루자크의 얼굴은, 그를 더욱 묘하고 섹시해 보이도록 만들었다.

엘리샤가 그를 멍하니 바라보자, 그가 말했다.

"내 뜻을 이해했어?"

엘리샤가 조용히 고개를 끄덕였다. 서서히 그녀의 얼굴이 붉어졌다.

이윽고 루자크는 엘리샤를 품에 들어 올렸다. 엘리샤 역시 잔뜩 상기된 얼굴로 그의 목을 끌어안았다.

그의 열정을 느껴 본 지 무척 오래되었던 탓일까. 그녀 역시 가슴을 두드리는 흥분감에 다소 긴장한 상태였다.

이미 깊은 밤이었다. 복도에는 아무도 없었다. 루자크는 이내 참지 못하고 연신 엘리샤의 부드러운 머리칼에 입을 맞추면서 걸음을 옮겼다.

그의 긴 다리가 빠르게 움직였다.

저벅저벅.

철그럭, 탁!

문이 열리고, 닫혔다.

방 안은 무척이나 어두웠지만 이대로도 좋았다.

촛불을 켤 틈도 없었을뿐더러 서로의 숨결, 침이 넘어가는 소리, 옷깃이 스치는 사라락 소리까지 빠짐없이 들리는 지금이 좋았다.

그저 서로에게 집중하기 좋은 환경이랄까.

루자크는 엘리샤를 침대에 살그머니 올려놓았다. 어둠을 머금어 까맣게 빛나는 눈동자는 그 어느 때보다도 촉촉했다. 엘리샤를 내려다보는 그의 푸른 눈 역시 크게 일렁이고 있었다.

벼루고 별렀던 순간을 기다려 온 맹수처럼 그는 순식간에 엘리샤를 붙잡은 채, 그대로 넘어뜨렸다.

루자크의 입술이 곧 파고들었다. 그의 입술이 마치 불처럼 뜨거웠다. 그 불이 제게 전해지자, 엘리샤는 잔뜩 움츠렸던 몸을 서서히 펼쳤다.

키스를 하는 내내, 그의 손길은 가만히 있지를 않았다. 향긋한 머리카락부터 보드라운 뺨과 가느다란 목, 드레스 바깥으로도 느껴지는 여린 속살까지 전부 음미하는 듯 오래도록 머물렀다.

그가 얼마나 오랫동안 기다려 왔는지, 그녀는 정성 어린 손길에서 느낄 수 있었다.

엘리샤의 등줄기를 타고 내려가던 손길이 여섯 개의 단추를 풀었다.

스르륵.

이번에는 급하게 움직이지 않았다. 조심조심, 그녀를 처음 안는 사람처럼 아주 느릿하고도 차분하게 드레스를 벗겨 냈다.

다시 이어진 진한 입맞춤.

온몸이 타들어 갈 것 같은 키스였다. 마지막 남은 옷가지까지 바닥에 던져지고 나자 비로소 서로의 몸이 맞닿았다. 미칠 듯 안온한 촉감.

엘리샤는 속으로 생각했다.

그 어떤 원단도 루자크처럼 포근할 수는 없을 거라고.

*　　*　　*

열띤 시간을 보내고 엘리샤는 옅은 잠에 빠졌다. 자신이 과한 것은 아니었을까? 늘 자신을 받아들이기 힘겨워하던 그녀였으니, 고단함에 쭉 뻗은 것도 무리는 아닐 터였다.

그러나 자신은 한 번으로는 부족했다. 엘리샤의 몸 곳곳에 온전히 제 사람으로 만들었다는 낙인을 붉게 찍고 싶다는 생각마저 들었다.

바르르 떨면서 제 품에 매달리던 그녀가 사랑스러웠다. 밤이 깊었지만 잠이 쉽사리 오지 않는 것은 비단 성에 차지 않은 욕망 때문만은 아니었다.

이렇게 제 곁에 꼭 두고 있는데도 왜 이렇게 안달이 나는 것일까. 왜, 이렇게 좋은 것일까?

엘리샤의 일이라면 그게 무엇이든 용납할 수 있었다.

그녀의 부탁은 어쩌면 달콤한 명령이었다. 절대로 어길 수 없는, 자신만의 작은 여왕님.

루자크는 빙긋 미소를 지으면서 그녀의 드러난 속살이 추울까 봐 이불을 잔뜩 끌어와 덮어 주었다.

토닥토닥, 아기 재우듯이 어깨와 배를 두드려 준 후 보드라운 머리칼에 입을 맞췄다. 옆에서 바라보는 것만으로도 애틋하고 또 애틋해서 차마 눈을 뗄 수가 없었다.

새벽녘이 되어서야 겨우 잠이 들었을 무렵, 제 품에 안겨 있던 엘리샤가 뒤척이는 움직임에 루자크는 무의식적으로 눈을 떴다.

꿈틀거리면서 이불 밖으로 몸을 빼내던 엘리샤는 눈을 비비다가, 마주친 푸른 눈동자를 보고는 놀란 듯 눈을 크게 떴다.

"……미안, 당신 언제 깼어요?"

잔뜩 잠에 취해서 반쯤 잠긴 목소리임에도, 귀여움이 줄지 않았다.

"괜찮아. 그래도 좀 잤어."

루자크는 대답하면서 습관적으로 제 입술을 엘리샤의 입술에 꾹 내리누르듯 가져가 대었다.

"나는 언제 잤는지도 모르게 잠들었나 봐요."

"큭, 내 아가씬 침대에선 기절이 취미잖아."

"그거야 당신이 너무 강렬하게……!"

말하다 보니 어쩐지 민망해서 뒷말을 삼킨 것이 느껴졌다. 루자크는 그런 엘리샤의 알몸을 꽉 끌어안았다. 옴짝달싹하지 못하도록. 터트려 버리고 싶을 정도로 이 여자는 지나치게 사랑스러웠다.

"아파, 아프다고요."

"그런데 왜 이렇게 빨리 깼어? 정오쯤 되어서야 햇빛을 받으면서 일어날 줄 알았는데."

"안돼요. 사람이 그렇게 게을러지면…… 아, 그러고 보니 테본에서 가장 큰 방직 길드나 공장을 알고 있어요? 드레스 선발제를 대비해서 공부할 겸 다녀오고 싶어요."

"음, 쥘슨 백작의 사촌이 운영하고 있는 곳이 아마 가장 클 거야. 그럼 일어나자마자 백작가에 연락을 보내도록 하지."

"알겠어요. 역시 당신에게 묻기를 잘했네요."

"또 뭐 필요한 것이 있으면 얼마든지 말해."

"그거면 충분해요."

"나도 한 가지 부탁이 있어."

그의 눈빛이 더욱 그윽해졌다. 루자크의 눈빛을 보고는 엘리샤는 뭔지 알겠다는 듯이, 새초롬한 얼굴로 말했다.

"말해 봐요."

"꼭 말로 해야 알겠어?"

이내 이불 안으로 기어들어 간 루자크가 엘리샤를 확 안고는 몸 위로 이불을 덮었다.

"꺄악!"

평화로운 아침의 시작이었다.

* * *

루자크의 전갈을 받은 즉시, 쥘슨 백작가에서는 마차까지 직접 보내왔다. 더욱이 방직 공작을 직접 안내해드리겠다는 명목으로 백작 부인이 본성으로 방문했다.

엘리샤가 늦은 아침 겸 점심을 먹고 있는 와중에 리나가 이 사실을 알렸다.

"마님, 쥘슨 백작가에서 백작 부인이 직접 오셨어요."

"백작 부인께서요?"

"네, 아래층 응접실에서 대기하고 있으시겠대요. 오늘 방직 길드를 안내하러 오셨다는데요?"

"아, 백작 부인께서 직접 오실 필요까지는 없을 텐데."

뒷말을 잇지 않은 채, 엘리샤는 응접실로 나갔다. 거기에는 몹시도 화려한 차림으로 나타난 삼십 대의 젊은 부인이 앉아 있었다.

타조 깃털 장식과 청록색의 드레스, 그 위에는 검은색 모피를 두른 그녀에게서는 무척이나 진한 향수 냄새가 끼쳐 왔다. 아마도 전신에 한 통을 전부 들이부은 게 아닐까 의심스러웠다.

'코가 마비될 것 같아.'

엘리샤가 겨우 포커페이스를 유지하려 노력하자, 느닷없이 다가온 부인이 말했다. 그녀는 마치 놀라기 위해서 노력하는 것처럼 삼단 놀라기 기술을 선보였다.

"어우, 어머나, 와! 안녕하신가요, 펜블렌 공작 부인!"

"아아, 반가워요. 쥘슨 백작 부인. 방직 길드를 안내하러 오셨다고요?"

"네에, 그럼요. 제가 당연히 직접 모셔야지요. 아아, 펜블렌 공작 부인을 이렇듯 직접 뵈니 꿈만 같아요. 그야말로 머리부터 발끝까지 빛이 나시네요! 어유, 그 조그맣고 고우신 손으로 드레스를 직접 만드신다면서요?"

그녀가 제게로 다가오자, 엘리샤가 흠칫 물러나면서 대답했다.

"아…… 네에. 드레스를 만드는 일에 관심이 많은 편이에요."

"공작 부인의 지위쯤 되신다면, 돈으로 얼마든지 사실 수 있을 텐데 참으로 훌륭하시네요."

"돈으로 사는 것보다 만드는 걸 더 좋아할 뿐이에요. 사실 부인께서 직접 방문하실 줄은 몰랐어요. 더욱이나 우린 초면인 것 같은데 말이에요."

엘리샤의 담백한 말에 그녀가 입을 가리고 호호 웃더니, 말을 늘어놓았다.

"제가 그동안 둘째를 출산하느라, 도통 사교계 모임에 참석하지 못했답니다. 결혼식에도 찾아뵙지 못해서 이번 기회에 인사도 드릴 겸 안내해드리고자, 이렇게 부랴부랴 달려왔답니다."

"아, 그래서 처음 뵈었던 거군요."

"네, 진작에 찾아뵈었어야 하는데 죄송해요. 참, 이제 슬슬 가실까요? 마차도 제가 가장 푹신한 털을 깔아서 준비해 놓았답니다."

"아, 하지만 외출 나갈 준비를 아직 하지 못했어요. 생각보다 일찍 오셨네요."

"오, 이런. 제가 초면에 실례를 저지르고 말았군요. 하지만 저는 상관없으니 천천히 단장을 하도록 하세요. 아니면, 제가 좀 도와드릴까요?"

"네에?"

엘리샤가 뜻밖이라는 얼굴로 물었다.

"제가 이래 봬도 시중에는 자신이 있답니다, 호호. 예전에는 어떤 후작 부인의 시중도 든 적이 있어요."

물론 황실이나 지체 높은 부인들 중에는 고위 귀족이 시중을 드는 경우도 있지만, 엘리샤는 딱히 젊은 백작 부인의 시중을 받고 싶지는 않았다.

특히 그녀는 몹시 화려하고 엘리샤의 취향이 전혀 아닌 차림을 하고 있던 데다 오랫동안 함께 있으면 피로도가 상승할 것 같다는 느낌이 들었다.

"……으음, 아니에요. 저를 담당하는 전용 시녀장이 따로 있으니까요.”

“네에, 그럼 다 되시면 불러 주세요. 저는 없는 사람 치시고요.”

최근에 만난 사람 중 가장 호들갑스러운 인사였다. 게다가 더욱 눈에 거슬리는 건 부담스러운 그녀의 태도였다. 엘리샤가 손짓 한번 하면, 엎드려 구두라도 닦아 줄 판이었다.

양손까지 모은 채로, 살살 치는 눈웃음이 어떻게든 엘리샤의 마음을 잘 구워삶겠다는 의지가 보였다.

“일단 차라도 한잔하고 계세요. 금방 채비하고 올게요.”

“네. 여기서 꼼짝 않고 기다리겠어요, 펜블렌 공작 부인.”

그녀가 웃으면서 손을 흔드는 모습을 본 엘리샤는 고개가 절로 저어졌다.

‘휴우, 딸랑딸랑. 소리가 들린다, 들려.’

* * *

생각보다 커다란 규모였다.

방직 길드는 크게 두 개의 하우스로 나뉘었다. 하나는 양털이나 섬유를 생산하고 보관하는 하우스였고, 나머지 하나는 베틀을 이용하여 직물을 짜는 하우스로, 방직 공장과 유사한 곳이었다.

다만 방직 공장이 단순한 노동만 반복하는 곳이라면, 방직 길드는 더욱 섬세한 섬유를 만들기 위해서 실험까지 거치는 곳이었다.

엘리샤의 우려대로 방직 길드를 돌아보는 동안에도 쥘슨 백작 부인은 계속 옆에서 얼쩡거리면서 딸랑거렸다. 엘리샤는 상관하지 않고, 머릿속에 원단의 종류를 기억했다.

"확실히 테본에는 따뜻한 모(毛) 재질의 원단이 많네요. 지금까지 개발된 원단 중에는 양모가 가장 두껍고 보온성이 좋군요."

"그렇지요. 추운 걸 좋아하는 사람은 아무도 없으니까요, 이제 길드는 대략 둘러보셨으니, 저희 저택으로 가셔서 잠시 차라도 하시겠어요? 공작 부인을 위해서, 제가 어젯밤 고심해서 고른 차가 있답니다. 아, 맛있는 쿠키도요."

쥘슨 백작 부인이 눈을 휘면서 엘리샤의 대답을 기다렸다. 맛있는 쿠키는 구미가 당겼지만, 저 여자랑 더 시간을 보내고 싶지는 않았다.

"아니에요, 쥘슨 백작 부인. 오늘 직접 안내해 주셔서 덕분에 수월하게 구경했어요."

엘리샤가 이쯤에서 헤어지자는 뉘앙스로 인사하자, 그녀의 얼굴에 다급함이 묻었다.

"아, 아니, 저기 그래도…… 그러시다면 저희 마차로 본성까지 모셔다드릴게요."

"아뇨. 제 마차도 같이 대기시켜 놓았으니, 그걸 타고 갈게요. 그게 훨씬 더 편하지 않겠어요?"

"아아…… 그, 그러시다면야. 그럼 추후에 다시 방문하겠어요."

"잘 가세요, 부인."

엘리샤는 뒤돌아서면서 후우, 하고 한숨을 내뱉었다. 나쁜 사람 같지는 않지만, 쭉 보고 싶은 사람도 아니었다. 마차에 오른 엘리샤는 안돌프의 호위를 받으면서 본성으로 돌아왔다.

*　　*　　*

보름 후.

블랙 윈터 본성으로 마차 여러 대가 들어서는 것을 확인한 반트는 주군의 서재로 올라갔다.

열흘 전, 황실 대회 홍보 사절단이 테본 본성에 방문하겠다는 전갈이 도착했었다.

문을 두드릴 것도 없이, 루자크는 서재 밖으로 걸어 나오고 있었다. 복도에서 눈을 마주친 두 사람은 자연스럽게 구석으로 가서 이야기를 했다.

"각하, 보고 계셨던 모양입니다."

반트의 말에 루자크가 고개를 끄덕이면서 입술을 열었다.

"내 촉은 자네도 알잖나. 이쯤 되면 도착할 거라 생각했지. 그런데 생각보다 규모가 큰 것 같은데……."

"그러게 말입니다. 황실 대회 전담 인원까지 꾸린 것을 보아하니, 아무래도 황제 폐하께서는 이번 대회를 무척 크게 여실 모양입니다."

"그렇지. 그러니 나에게 대회 주최 위원단을 보내는 거겠지. 원조 요청을 뭘 얼마나 해 올지는 모르겠지만, 마음의 대비는 해 두어야겠어."

"어느 정도까지는 지원을 하실 의향이 있다는 말씀이시군요. ……역시 마님 때문입니까?"

반트가 슥 루자크의 기색을 살피면서 물었다.

루자크는 부끄럼도 타지 않고 곧장 말했다.

"당연한 건 묻지 마."

반트가 쿡 웃으면서 농담을 던졌다.

"희대의 사랑꾼이 되셨군. 이쯤 되니 어쩐지 여자에게 차갑던 각하가 그리울 정도야……."

루자크가 도리질을 치면서 반트의 어깨를 두드렸다.

"그녀에게 차갑게 대한다는 건 상상조차 할 수 없군. 자네도 해 보면 이해할 거야."

루자크의 얼굴에는 '넌 아직 아무것도 몰라, 자식아.'라고 쓰여 있었기에 반트는 다소 불쾌해졌다.

"뭘?"

반트가 물끄러미 바라보자, 그가 강조하듯 말했다.

"연애 말이야."

"연애라니, 그런 건 관심도 없고 할 시간도, 사람도 없습니다. 각하."

"관심과 시간은 만들면 돼. 사람은 저기 있군."

루자크가 건너편 복도를 걸어오는 리나를 가리키면서 슥 웃었다.

반트의 얼굴에는 순간 당황한 기색이 스쳤다.

"……그 무슨."

그는 연신 안경을 들어 올렸고, 빠르게 말했다.

"지금 이럴 때가 아니지 않습니까, 각하. 황실 대회 주최 위원단을 맞이해야지요."

"나는 준비 다 됐네."

루자크가 싱긋 웃었다.

"그럼 저 먼저 내려가 있겠습니다."

"저런."

리나가 가까이 오기 전에 반트는 부지런한 걸음으로 층계를 내려갔다. 그 모습을 본 리나는 의아한 얼굴이었다. 루자크가 리나에게 말했다.

"체임버리 양."

"예, 각하."

"곧 황실 대회 홍보 사절단이 도착할 거야. 나와 먼저 회의를 할 거고, 티타임에 마님도 한번 참석하시는 게 좋겠다고 전해 줘. 그녀가 최대 관심사인 대회니까."

각하의 명에 리나도 웃으면서 대답했다.

"아, 알겠습니다. 마님께서도 좋아하실 소식이군요. 어서 가서 전해드려야겠어요."

"그래, 부탁하겠네."

말을 마친 루자크는 아래층으로 향했다.

* * *

한편 엘리샤는 제 방 서재에서 그동안 다마스크 원단과 드레스를 납품해서 벌어들인 수익을 계산하고 있었다. 돈을 받을 때마다 작은 자루에 넣어 두었는데, 어느새 그 자루가 묵직해졌다.

왠지 마음이 뿌듯해졌다. 물론 공작 부인이 되었으니 이제는 수백만 골드도 우습게 쓸 수 있었지만, 그 돈과 이 돈은 엄연하게 달랐다.

이건 누가 뭐라고 해도 자신이 번 돈이었다. 왠지 감회가 남달랐다.

자루를 매만지면서 엘리샤는 연신 미소 지었다. 그동안 액수가 궁금해서 세어 보고 싶었지만, 자루 하나가 다 찰 때까지 참고 있던 터였다.

설레는 마음에 자루를 열어 보자, 안에는 은화와 금화가 가득 들어 있었다.

"이게 다 내가 번 돈이라니……."

은화는 대부분 사실 메이플 성에서부터 모아 왔던 2만 실링이었고, 금화는 본성에서 본격적으로 모으기 시작한 돈이었다.

촤르르륵.

엘리샤는 자루를 통째로 책상 위에 쏟아 놓고는 하나하나 세기 시작했다. 혹여나 잘못 세었나 싶어, 두 번이나 셌다. 다 세어 보니 정확히 79만 골드였다.

엘리샤는 쉬이 믿기지 않아서 눈이 휘둥그레졌다.

"와아! 나 정말 그동안 많이 벌었구나. 굉장해."

스스로가 왠지 대견해졌다. 아직 드레스 대금을 치르지 않은 것까지 포함하면 그 이상을 벌어들인 셈이었다.

아직 가게를 차릴 정도의 자금이 되려면 한참 멀었지만 벌써부터 부자가 된 것 같았다.

본성의 예산을 살필 때는 훨씬 큰 단위의 돈이 오가는 것을 알고 있었지만, 막상 자신의 재산은 조금만 숫자가 높아져도 마냥 신기하기만 했다.

이렇게 모으다 보면, 언젠가는 가게를 세울 만큼 돈을 버는 날도 오겠지?

엘리샤는 그날을 상상하면서 배시시 웃고는, 돈을 다시 자루에 챙겨 담았다.

똑똑!

"마님, 리나입니다."

엘리샤는 자루를 서랍장에 넣으면서 대답했다.

"아, 잠시만요. 이제 됐어요. 들어오세요, 리나!"

리나가 들어와 고했다.

"마님, 황실 대회 홍보 사절단이 본성에 이제 막 도착하고 있답니다."

"아, 드디어 도착했군요."

기다렸던 선발제 소식에 엘리샤는 미소를 머금었다.

"네, 곧장 각하와 회의를 하실 예정인가 봐요. 잠시 후에 마님께서도 함께 티타임을 나누면서 이야기를 들어 보시라는 각하의 명이 계셨어요. 어떻게 하시겠어요?”

엘리샤는 고개를 끄덕였다.

“네, 물론이에요. 당연히 참석해야지요.”

이런 것이야말로 공작 부인이 해야 할 일일 것이다. 게다가 황실 대회에 대한 호기심이 가득한 지금은 귀를 활짝 열 시간이었다.

*　　*　　*

홀에서 대략적으로 인사를 나누기는 했지만, 접견실에서 루자크는 홍보 사절단 인원들을 돌아보며 다시 한 번 인사를 전했다.

“블랙 윈터 본성에 온 것을 환영하오. 먼 길 오시느라 고생하셨소.”

“펜블렌 공작 각하를 뵙습니다. 이번 황실 대회 홍보 사절단을 대표해, 인사 올리겠습니다. 카론 후작입니다.”

후작은 콧수염을 기른 삼십 대 후반의 남성이었다. 그가 예를 표하자, 루자크가 말했다.

“반갑소, 후작. 나를 비롯해 우리 테본에서는 이번 황실 대회를 크게 지지할 것이니, 편안하게 의논했으면 좋겠소.”

그의 말이 떨어지자, 자못 긴장했던 카론 후작은 안심한 얼굴로 미소를 지으면서 말했다.

"따뜻하게 맞아 주시니 감사합니다, 각하. 그럼 먼저 황제 폐하의 친서를 고하겠습니다."

그가 두루마리를 펼쳐 황명을 낭독하기 시작했다.

"……이번 대회는 우리 엘노아 제국이 세계의 의복 문화를 선도하고 많은 직물의 주 생산지임을 자리매김할 것이오. 나아가 경제적, 문화적 발전이 크게 이루어질 것이라 기대하는 바가 아주 크다오. 국가적으로도 매우 중요한 대회가 될 것이라 자부하고 있소. 그러니 펜블렌가에서도 이번 대회를 개최함에 있어서 적극적으로 협조했으면 하는 바요."

요약하자면 중요한 국가적 행사이니 펜블렌가에서도 좀 도와줘라, 라는 거였다.

루자크는 제 앞에 있던 후작의 표정을 흘깃 살펴보았다. 긴말은 필요 없었다.

"황실에서 원하는 모든 것을 협조하겠소."

그러자 카론의 안색이 눈에 띄게 밝아졌다.

펜블렌 공작을 대면해 본 자들에 의하면, 무척이나 깐깐하고, 냉정하며, 아무리 황명이라고 해도 돌려 까 버릴 수 있는 유일한 남자다라는 여론이 돌았던 터였다.

"저, 정말이신지요?"

"그렇소. 자금적인 협조가 필요한 것이오?"

"아닙니다. 자금 문제가 아니라, 이 대회를 온 나라의 축제처럼 즐기는 분위기가 되기를 황제 폐하께서 원하고 계십니다."

카론 후작의 말에 루자크는 미간을 좁혔다.

"지나치게 추상적이군. 나는 직관적인 걸 좋아하지. 더 구체적으로 말해 보시오."

"하하, 생각보다 화통하십니다. 그럼 직접적으로 말씀드리겠습니다. 테본 지역은 카일리 후작 부인이나 콜린 자작 등, 관련된 유명 인사가 계시니 그들을 적극적으로 후원하시면 대회 개최에도 더 많은 홍보와 좋은 인상을 남길 것입니다."

"카일리 후작 부인은 몰라도 콜린 자작이라면 이미 많이 후원하고 있소만."

"그렇습니까. 잘되어 가고 있군요."

카론 후작의 말에 루자크가 뜻 모를 미소를 지으면서 말했다.

"그것 외에는 또 없소?"

"또한 저희 홍보 사절단이 기거할 마땅한 공간을 확보해 주셨으면 합니다만."

"흐음, 그거야 문제 될 것 없겠군. 그대들의 숙식을 본성에서 제공할 터이니 지내는 동안 불편함은 없을 것이오."

"하하. 배려해 주시니 감사합니다, 각하."

"추가적으로 필요한 사안이 있으시면 언제든 말하시오."

"그리하겠습니다."

카론 후작이 활짝 웃었다.

루자크는 곁에 서 있는 반트를 흘깃 바라보았다. 더 큰 걸 생각했는데, 황실에서 자금적으로 원하는 것은 없는 모양이었다. 반트 역시 예산을 아껴 다행이다 싶었다.

회의는 화기애애한 분위기에서 짤막하게 마쳤으니, 이제 식사를 대접할 시간이었다.

"시장하실 터이니, 다들 우선 식사부터 하시면 좋겠군. 카론 후작은 그 후에 나와 따로 티타임이라도 듭시다."

"티타임이라, 보통은 술을 한잔 권하곤 하는데, 차도 좋지요."

"내 아내가 술은 잘 하지 못해서 말이오."

"아? 허허, 그러시군요."

그레이트 홀에서 카론 후작과 함께 식사를 마친 루자크는 시종을 불러 말했다.

"혹여 티타임에 마님이 참석하실 수 있는지 알아보도록. 오신다면 준비되는 대로 삼 층 테라스로 모셔 와."

곧바로 엘리샤에게 다녀온 시종이 고했다.

"마님께서도 단장을 마치고 기다리고 계셨던 모양입니다. 지금 테라스로 오신답니다."

엘리샤 역시 대회에 대한 기대감 때문에 기다렸던 모양이었다. 루자크는 빙긋 웃으면서 대답했다.

"그렇군."

시종의 대답을 전해 들은 뒤, 얼마 지나지 않아서 엘리샤가 테라스에 도착했다.

평소보다도 어른스럽고 얌전한 드레스 차림으로 나타난 제 아내의 모습에 루자크의 눈에서는 꿀이 녹아내릴 듯 달콤한 시선이 뿜어져 나왔다.

"어서 이쪽으로 와요, 부인."

루자크가 다정하게 그녀를 불렀다. 엘리샤는 가볍게 인사를 하고는, 루자크의 옆자리로 와서 앉았다.

"이쪽은 황실 대회 홍보 사절단 대표로 온 카론 후작이오."

"아, 카론 경. 만나 뵙게 되어서 반가워요. 좋은 취지의 대회라서 저도 무척이나 기대하고 있답니다."

엘리샤가 눈을 곱게 휘면서 말했다. 카론 후작의 눈빛은 마치 막냇동생을 보듯이 부드러워졌다.

"아아…… 이분이 바로 공작 부인이시군요. 각하께서 왜 그렇게 아끼시는지 이해가 됩니다. 저야말로 뵙게 되어 영광입니다, 부인."

"실은 내 아내가 이 대회에 지대한 관심이 있소."

"오, 그렇습니까?"

카론 후작도 잘됐다는 듯 말했다.

"어머, 각하. 여자라면 누구나 이 대회에 관심을 가질 거예요. 제국 최고의 드레스메이커를 뽑는 대회니까요."

엘리샤가 그리 대답하자, 카론 후작이 말했다.

"그렇지요, 공작 부인께서도 드레스 만드는 일에 관심이 있으십니까?"

"네, 옷 만드는 걸 무척 좋아하거든요."

"호오, 그렇습니까. 그럼 대회가 개최된다면 좋은 자리에서 관람하실 수 있는 초청권을 따로 드리겠습니다. 하하."

"아를렌에서는 이미 참가 신청이 진행되고 있다고 들었어요. 혹시, 참가 신청은 언제부터 받으시나요?"

엘리샤의 질문에 카론 후작이 의외라는 표정을 지으면서 수염을 살짝 쓰다듬곤 대답했다.

"아, 내일부터 받을 예정입니다만 조건이 있습니다. 본래 심사 위원의 추천서를 받은 사람만 해당했습니다만, 화제성을 이끌어 내기 위해서 현장 참가자도 받고 있습니다. 심사 위원의 추천서를 받지 못한 인재를 간과했을 수도 있으니 더욱 공정한 기회를 주기 위해서기도 합니다. 다만 현장 참가자의 경우에는 심사 위원의 테스트를 거쳐야만 가능합니다."

"상당한 실력자를 가려서 뽑는 대회로군요."

카론 후작의 말을 들은 엘리샤가 고개를 주억거리면서 대답하자, 후작이 길게 설명을 이었다.

"물론입니다. 본 대회는 온 나라가 즐길 수 있는 행사인 것과 별개로 철저하게 실력 위주로 선별할 것입니다. 그리고 우리 엘노아 제국뿐 아니라, 각지에서 이름난 재봉사나 디자이너들이 벌써 참가 신청을 하기 시작했습니다."

"아, 외국에도 따로 홍보 사절단이 건너간 것인가요?"

"아닙니다. 그들이 수도인 아를렌으로 찾아왔습니다. 이미 많은 대도시에서도 대회를 구경하기 위해서 많은 관람객들이 아를렌으로 몰려들고 있지요."

"아…… 역시 굉장한 대회네요. 대회 개최일은 언제인가요?"

"두 달 남짓 남았습니다."

후작과 대화를 주고받는 엘리샤를 스윽 살피면서 루자크가 찻잔을 들었다. 후작에게서 원하는 정보를 들은 엘리샤는 머릿속을 정리하는 듯했다.

반면에 후작은 공작 부인이 직접 대회에 참석할 것이라는 예상은 전혀 못 했는지 또다시 웃으면서 권유했다.

"엄청난 볼거리가 될 겁니다. 공작 부인께서도 이번 기회에 아를렌에 관광차 다녀오시길 추천해드립니다."

"뜻깊은 행사라 무척 멋진 구경이 될 것 같아요. 말씀 감사합니다."

오랜만에 보는 구름 한 점 없는 청명한 하늘이었다.

이따금씩 살랑 부는 바람에 머리칼이 여지없이 흔들렸다.

"밖으로 나오길 잘했군."

"날씨가 너무 좋아요. 오늘은 아를렌의 따스함이 부럽지 않아요."

엘리샤의 말에 루자크가 가볍게 고개를 끄덕였다.

카론 후작과의 티타임이 끝난 후, 두 사람은 자연스럽게 산책로를 나란히 걸었다. 마주 잡은 엘리샤의 손등을 루자크가 연신 부드럽게 쓰다듬었다.

햇살보다도 더 따스한 눈길이 오갔다. 장갑 없는 맨손에 와 닿는 그의 온기에 엘리샤는 기분이 마냥 좋았다.

저벅저벅, 자박자박.

마른 땅을 밟는 발소리가 저절로 맞추어지는 게 느껴져 왠지 좋았다. 한참 동안 아무 말 없이 걷고만 있는데도 가슴이 두근거리고 낯이 간지럽다.

끝없이 펼쳐진 전나무 군락지에 다다랐을 때 루자크가 넌지시 물었다.

"후작에게 대회 참가는 왜 알리지 않았지?"

"난 공작 부인이잖아요. 그러실 리는 없지만 혹여나 공작 부인이라는 이유로 특별한 대우를 하시지는 않을까 염려되어서 그만……."

"역시 그런 이유가 있었군."

루자크가 그녀의 마음도 이해가 간다는 듯 고개를 끄덕였다.

"루자크."

엘리샤가 문득 걸음을 멈추고 그를 지그시 바라보았다. 어떤 생각이 머릿속을 가득 채웠다.

수도 아를렌에서 열리는 대회였다. 소요되는 기간은 아무리 짧아도 최소 며칠은 걸릴 터였다.

'대회에 참가하면 이 사람과 잠시 떨어져 지내겠구나.'

자신이 수도로 간다면 그동안 루자크는 테본에 혼자 남게 될 터였다.

"내가 수도로 떠나면 당신이 힘들까 봐 사실 좀 걱정이 돼요. 나 역시 그렇고요. 루자크가 영지 시찰을 다녀오실 적에도 너무 그리웠는데."

루자크도 걸음을 우뚝 멈추었다. 푸르게 일렁이는 눈동자가 마치 잔잔한 호수 같았다. 엘리샤의 옆 머리칼을 넘겨 귀에 걸어 주면서 루자크가 천천히 입술을 열었다.

"엘리샤, 당장 수도로 떠날 건 아니잖아. 지금은 함께 있는걸. 그런 생각은 나중으로 미루도록 해. 응?"

"맞아요. 걱정이 앞섰어요."

"우리 예쁜 아가씨는 마음이 여리기도 하지. 이리 와서 안기기나 해."

루자크가 빙싯 미소를 지으면서 두 팔을 활짝 벌렸다. 다른 날 같았으면 주변에 사람이라도 있나 살폈을 테지만, 엘리샤는 그대로 그에게 폭 안겼다.

그의 넓고도 단단한 가슴에 들어가자, 마음이 사르르 녹아내렸다. 각하 품에 안기면 어쩜 이렇게 아무 생각도 나지 않게 될까.

엘리샤는 그의 가슴에 뺨을 한껏 비비기 시작했다.

"루자크, 있잖아요."

"응?"

엘리샤가 배시시 웃음을 터뜨리면서 말했다.

"당신 품이 왜 이리 좋죠?"

물끄러미 자신을 올려다보는 엘리샤의 맑은 눈동자가 너무도 빛나서 루자크는 가만히 그녀를 바라보았다.

게다가 오늘따라 자신에게 의지하듯이 몸을 기대 오는 엘리샤가 못내 사랑스러웠다. 꼬물거리면서 움직이는 자그만 동물처럼 쓰다듬고, 자꾸만 건드리고 싶었다.

어느 틈엔가 촉촉해진 눈빛으로 루자크가 그녀를 바라보았다. 다음 순간 보이는 그 행동에 그는 웃고 말았다. 그의 눈빛을 읽은 것인지 엘리샤가 눈을 꼭 감고는 앙증맞은 분홍빛 입술을 쏙 내밀었던 터였다.

'기대에 부응해 주어야겠군.'

더욱이 열에 아홉은 전부 자신이 그녀의 입술을 먼저 덮쳤었다.

요 아가씨가 먼저 입술을 내미는 건 드문 일이라 무척 설레었다.

남자의 심장을 저격하는 행동이랄까.

두근.

루자크는 그녀가 내민 입술을 통째로 살짝 입에 물었다. 보드라운 감촉에 심장이 꿈결처럼 흔들렸다. 어느샌가 입술을 가르고 들어간 그는 엘리샤를 마구 헤집어 놓았다.

그녀 역시 얌전히 기다리지 않은 채, 제가 먼저 루자크를 붙잡으려 안간힘을 다했다. 엘리샤를 안은 손에 힘이 슬쩍 들어갔다.

그리고 고개를 깊이 박은 채, 입맞춤에 집중한다. 그 어느 것에게도 방해받지 않고, 오롯이 서로에게 향하는 시간. 서로의 입술을 통해서 영혼까지 어루만지는 이 기분. 영원히 종속될 것 같았다.

찰랑찰랑, 자꾸만 더 빠져들게 만든다. 절대로 헤어 나올 수 없는 늪이었다.

분명 오늘 그의 스케줄은 정해져 있었다. 오전은 홍보 사절단과의 회의, 오후는 정무, 정무, 또 정무였다. 하지만 엘리샤와의 산책을 마친 루자크는 정신을 차리고 보니 침실로 이동해 있었다.

자신도 모르게 몸이, 발길이 멋대로 움직여 버렸다.

물론 사랑하는 아내와 함께였다. 분명 그동안 너무 굶었던 탓이다. 가벼운 입맞춤만 하고 놓아주려 했는데, 그 결심은 불과 삼십 분도 되지 않아서 무너졌다.

그도 그럴 것이 엘리샤가 적극적인 날은 자주 돌아오지 않았다. 특히 엘리샤가 정신없이 재봉에 빠져 있을 때는 더욱이 루자크가 눈치만 보아야 하는 상황이었다.

그러니 오늘은 밤새 정무를 하는 한이 있더라도 이 기회를 놓칠 수가 없었다.

—저요. 방금 무척 길게 했는데도 입맞춤이 아쉽다고 생각했어요.

보스스 천진난만하게 웃음 지으며 엘리샤가 했던 말.

그 말에 심장이 죌 듯이 저릿한 건 둘째 치고, 찌르르 발동이 걸렸다. 그 안의 남성을 깨우는 말이었다.

사내라면 그 말을 듣고 도저히 가만히 있을 수가 없었다.

—리샤, 그 말에 책임은 지는 거겠지?

장난기 어린 미소는 거둔 그가 뜨거운 눈길로 물었을 때 엘리샤가 농담으로 치부했지만 그는 결코 농담이 아니었다.

루자크는 그 길로 그녀를 안아 든 채, 긴 다리를 이용해 본성으로 빠르게 걸어왔다.

"두 분께서 사이좋게 산책을 다녀오신 모양입니다, 저기 각하?"

여러 사용인들의 인사와 반트의 부름에도 무시한 채, 그가 침실에 들어와 문을 걸어 잠갔다.

루자크의 품에 안긴 상태인지라 엘리샤는 온통 새빨개진 얼굴이 되어 있었다. 상기된 뺨을 손등으로 쓸어내리면서 엘리샤가 그의 기색을 살피고는 말했다.

"각하, 방금 랜디어스 경이……."

"상관없어."

"갑자기 왜 이 방으로……. 아, 저 해야 할 일이 생각났어요."

엘리샤의 말에 루자크는 잠시 뜸을 들이곤 말했다.

앙큼하게 도발했으면서 지금 순진한 양 행세를 하겠다는 건가? 다른 날은 그냥 넘어가 주겠지만 오늘은 예외였다.

"여기서 나갈 생각 마."

"하지만 각하께서도 이제부터 정무를 보셔야 하잖아요……."

엘리샤의 말에 루자크는 단호하게 말을 끊었다.

"지금은 아냐."

루자크가 엘리샤에게 못을 박았다. 지금부터 할 일은 따로 있었다. 창문으로 들어오는 환한 햇살이 거슬렸는지 엘리샤가 창밖을 내다보는 것을 감지한 루자크가 걸어가서 커튼을 쳤다.

그러자 실내가 제법 어두워졌다.

"이제 부끄럽지 않을 거야."

루자크가 느른하게 입매를 말아 올리면서 여전히 엉거주춤 서 있는 엘리샤에게 저벅저벅 다가갔다. 아직도 왜 침실에 있는지 모르겠다는 얼굴로 커다란 보라색 눈동자가 끔벅거린다.

토끼같이 보송한 하얀 얼굴의 그녀가 이제 곧 달뜬 목소리로 제 이름을 부를 것이다.

그 생각에 다다르자, 흥분으로 인해 벌써부터 온몸이 꾯꾯해졌다. 참을 수가 없었다.

루자크의 숨결이 고르지 않다는 것을 파악한 엘리샤가 숨을 꼴깍 넘겼다. 그녀 역시 가늘게 떨리는 걸 볼 수 있었다.

"루자크……."

"싫으면 지금 이야기해. 강제로 안고 싶진 않아."

커튼을 완전히 치고 난 그가 다가오면서 말했다. 시푸른 눈동자가 엘리샤의 얼굴에 고정되었다.

"괜찮으니까 말해 봐."

불길이 이는 듯 뜨겁게 얽히는 시선.

오늘따라 낯선 제 남편의 숨소리에 엘리샤의 심장이 쿵쿵 뛰었다.

"시, 싫은 건 아니에요. 다만……."

"그럼 됐어. 이리 와."

뒷말은 입술 안에 갇힌 채 하지 못했다. 어차피 통하지도 않을 변명이라는 걸 엘리샤도 잘 알고 있었다.

그녀의 승낙을 듣자, 일순 굳어 있던 루자크의 입술이 느른하게 풀렸다.

물론 그와 사랑을 나누는 것이 싫거나 괴롭지는 않았다. 그는 언제나 부드럽게 그녀를 리드했고, 놀랄 만큼의 즐거움을 안겨 주었다. 솔직히 최고였다.

하지만 불과 이틀 전 애정을 나누었던 터라 그녀는 별로 생각이 없었던 터였다. 애석하게도 그는 전혀 아닌 듯 했지만.

"당신이 벗을래? 아니면 내가 벗겨 줄까?"

'맙소사, 오늘 각하께서는 완전히 작정했나 봐!'

"……굳이 어느 쪽이건 상관은. 꺅!"

엘리샤가 울상으로 대답을 하는 동안, 이미 그가 능숙한 손길로 드레스 단추를 일곱 개 풀고 있었다.

스르륵.

마지막 남은 단추를 풀지 않은 채, 드레스가 벗겨져 내려갔다. 아직 시작하기도 전인데 정신없이 공략당하는 기분마저 들었다.

유려하고 기다란, 그러나 단단하기도 한 그의 검지 손가락이 엘리샤의 도톰한 입술 끝을 매만졌다.

바다에 파문이 일듯이 그의 푸른 눈이 천천히 흔들리면서 엘리샤의 나신을 훑었다.

그의 집착 어린 시선을 오롯이 받는 것만으로 솜털이 바짝 설 만치 긴장이 되었다. 오늘 이 남자는 아무래도 끝장을 볼 것만 같았기에.

금방이고 덤빌 것처럼 굴다가 다시 나태한 맹수처럼 루자크가 슬쩍 입꼬리를 올렸다. 마치 떨고 있는 자신을 보면서 입맛을 다시는 것 같았다.

"……."

불공평하게도 그는 자신의 옷은 벗겨 놓고는 자신은 한 겹도 벗지 않았다.

엘리샤의 떨리는 손길이 움직여 그의 목으로 향했다. 스톡(stock:폭이 넓은 타이)의 매듭을 고정시킨 버클을 천천히 푸르고, 잡아당겼다.

스르륵, 툭.

스톡이 바닥에 떨어지자 루자크가 제 셔츠의 단추를 급하게 몇 개 풀었다. 선연히 드러나는 긴 목과 도드라지는 쇄골 뼈에 정신을 빼앗길 때쯤, 그는 그대로 엘리샤에게 달려들었다.

그녀는 마주 닿는 입술의 포근한 감촉을 느끼면서 눈을 감았다. 입술만치 그의 몸도 무척이나 뜨거웠다. 그건 자신도 마찬가지였다. 침대로 가기도 전부터 달아올라 있었다.

촉촉하면서도 부드러운 키스에 녹아내릴 때쯤, 휘몰아치는 그의 움직임에 엘리샤는 정신이 번쩍 들었다.

"……읍!"

"조금만 더 크게."

그의 말에 엘리샤가 입을 좀 더 크게 벌렸다. 끈적이는 꿀이 턱까지 흘러내리는데도, 그는 여전히 고집스레 키스에 집중했다.

키스를 하는 동안, 그의 손길이 엘리샤의 말랑한 가슴으로 향했다. 묘한 기대감으로 들뜨는 동시에 따뜻하고 부드러운 자극이 주는 만족감이 차올랐다.

입술은 여전히 뜨겁다. 얼굴을 먹어 버릴 듯 감당하기 어려운 키스에 엘리샤의 몸이 휘청거렸다.

'너무 숨 막혀…….'

가쁜 호흡을 하면서 엘리샤가 그를 손바닥으로 밀어냈다.

"숨을, 못 쉬겠…… 어요. 하아."

"숨소리가 야하군."

"읏, 오, 오늘 무슨 일이 있었던 거예요. 평소 당신보다 백배는 더 음탕해졌어……."

엘리샤의 볼멘소리에 그가 한결 나른해진 얼굴로 웃었다.

"평소에 백배 정도 욕망을 줄이고 있던 거겠지."

그 말을 하는 루자크의 눈동자에는 진짜 욕망이 가득한 남자의 눈을 하고 있었다.

"마, 말도 안 돼."

그가 엘리샤의 허리를 끌어안으면서 얼굴을 가까이 들이대고 물었다.

"그래서 실망스러운가?"

절레절레 고개를 젓는 엘리샤를 그가 끌어서 제 가슴에 묻고는 애교스럽게 뽀뽀했다.

"내 아가씨는 당최 이렇게 귀여우면 어쩌란 거지?"

그 뒤에도 뽀뽀 세례는 계속되었다.

"그냥 평소의 각하가 너무 배려를 해 주셔서 잘 몰랐어요. 당신이 이렇게 들끓는 남자라는 거."

엘리샤는 평소의 그로 돌아온 것 같아서 그녀도 웃으면서 그의 입술에 쪽, 버드키스를 했다.

그러나 다음 순간 그가 엘리샤를 끌어안은 채로 조금씩 침대로 이동했다. 그러곤 귓가에 바짝 가까이하며 말했다.

"알면 누워요, 이 예쁜 아가씨야."

"응."

엘리샤가 그의 말대로 순순히 누웠다.

심장이 몹시도 두근거렸다. 첫날밤 그날만큼이나 설레고 긴장되었다. 시간은 몇 달 흐르지 않았지만 지금의 자신은 그때보다는 더 노련해지지 않았을까?

엘리샤는 그런 생각을 하면서 누워서 그를 바라보았다. 잘 빚어낸 조각처럼 섹시하게 갈라진 가슴 근육의 탄탄함과 매끄러움이 심장을 더욱 뛰게 만들었다.

두근!

이제 그녀의 머릿속에는 대낮에 사랑을 나누는 게 이상하다는 생각쯤은 저 멀리 사라지고 있었다. 그저 그가 다가오기를 기다리고 있을 뿐이었다. 고스란히 드러난 뽀얀 나신을 그가 어서 사랑해 주었으면 했다.

루자크가 천천히 기어오다시피 엘리샤의 위로 자신의 몸을 겹치듯 올라갔다.

발끝에서부터 무릎, 허벅지까지 그의 손길이 지나치지 않은 곳이 없을 만큼 낱낱이 만져졌다. 기분이 좋았다.

오랫동안 공들이면서 그녀를 사랑해 주는 것 같아서 더욱 기뻤다. 가끔 조급하게 그녀를 안을 때는 못내 서운했던 적도 있었다.

그런데 오늘은, 아니었다.

마치 그녀의 마음속에 들어갔다 나온 듯이 정확하게 그는 엘리샤가 원하는 부분을 마음껏 쓸어 주고 어루만져 주었다.

'치유받는 것 같아.'

엘리샤의 얼굴에 평온한 미소가 떠올랐다.

이윽고 그녀의 가슴에 얼굴을 파묻은 루자크가 입맞춤을 하듯, 분홍빛 정점 위를 구르기 시작했다.

"앗."

사르르, 아이스크림이라도 된 기분이었다. 끝없이 녹아내려서 몸과 마음이 모두 흐물흐물해졌다.

그는 남은 한손으로 엘리샤의 복부를 미끄러지듯 내려갔다. 한없이 계속되었다. 이윽고 그곳이 그의 손에 의해 열리고 말았다.

엘리샤는 입술을 꽉 깨물었다.

"으흑."

달콤한 감각이 깊이 파고들었다. 동시에 양쪽에서 느껴지는 쾌감이 피어올랐다. 엘리샤를 더욱 정신 차리지 못하게 만들었다. 그녀가 옅은 신음을 토하면서 몸을 꼬았다.

자신도 모르게 튕겨져 올라가는 허리에 민망한 것도 잠시. 나신이 점점 꼬여 갔다. 주체할 수 없을 정도로 격한 느낌이 그녀의 몸에 울림을 만들어 갔다.

짜릿함이 폭죽처럼 터졌다. 사고를 이을 수도, 몸을 가눌 수도 없게끔.

"……제, 발 그만…… 흣!"

아, 미칠 것만 같아. 견딜 수 없어. 그러나 이율 배반적이게도 그만하고 싶음과 동시에 계속 느끼고 싶기도 했다.

"정말 그만해?"

"……."

엘리샤의 침묵에 루자크는 심술궂게도 미소를 지으면서 앙, 하고 하얀 가슴을 살짝 베어 물었다. 엘리샤는 이내 자지러지는 비명을 질렀다.

"아……읏, 그!"

입술로 튀어나오는 말들은 전부 단어가 되지 못하고, 허공으로 흩어졌다. 그가 선사하는 쾌감을 참지 못한 채 침대 시트를 끌어당기던 그녀는 생각했다.

'오늘 각하는 나를 벼랑까지 밀어붙일 생각인 게 분명해.'

지그시 자신을 바라보는 눈길을 주면서 루자크가 상체를 일으켰다. 엘리샤의 매끈한 다리를 그가 붙잡고는 서서히 몸을 겹쳐 왔다.

드디어…… 하는 생각과 함께 그가 천천히 엘리샤의 안으로 진입했다. 뭉근한 무게감과 함께 뻐근한 고통이 밀려들어 와 자신도 모르게 다리에 힘을 바짝 주었다.

그를 받아들일 때마다 겁이 나서 이렇게 되고 만다. 루자크는 엘리샤에게 조곤조곤 말했다.

"힘을 풀어야지."

알고는 있지만, 몸이 마음대로 움직이지를 않았다. 그의 것이 건드리는 순간 긴장되고 온몸이 곤두섰다. 엘리샤는 찡그린 인상을 풀면서, 차츰 그의 말대로 다리에 힘을 풀었다.

그러자 아까보다는 더욱 미끈하게 그가 들어오는 걸 느낄 수 있었다. 자리를 잡자 루자크가 엘리샤의 가녀린 목에 키스하면서, 그녀를 꼬옥 껴안았다.

"엘리샤, 사랑해."

"응, 나도 사랑해요. 루자크."

이윽고 루자크가 천천히 시작했다. 부드럽게 닿는 자극과 뜨거운 그의 온기에 엘리샤도 점차 황홀해졌다. 늘 이 정도의 가벼운 강도라면 언제든 괜찮을 텐데. 하지만 이건 어디까지나 시작에 불과했다.

감겨 오는 입맞춤, 부딪치는 몸.

리드미컬한 움직임에 분위기마저 촉촉하고 애틋해졌다. 전신을 돌고 있는 피마저 뜨거워진다. 루자크가 엘리샤의 입술을 한껏 벌리고 입을 맞춰 왔다.

얽히고설킨 실타래처럼 농염해지는 키스에, 이윽고 그의 몸도 강렬하게 내달리기 시작했다.

"어헉!"

쾌감과 고통 사이를 넘나드는 감각이 몸을 후려쳤다.

엘리샤는 물에 젖어 하느작거리는 나비처럼 파르르 몸을 떨었다. 보다 더 강하게 치닫는 그의 몸에 움찔거리며 비명이 높아졌다.

그런 그녀를 내려다보면서 루자크는 보다 더 격렬하고 빠르게 움직였다. 잇새를 꼭 깨물며 그의 목덜미를 움켜쥐었다. 땀으로 인해 끈적해진 몸이 맞부딪쳤다.

끝없이 오르락내리락하던 숨결을 고르기도 전에 입술은 입술을 또 불렀다.

혼이 나가서 온몸이 눅진할 때까지 그는 멈추지 않았다. 엘리샤의 체력이 모조리 소진되었지만, 루자크는 아직도 멀었다는 표정이었다.

"멈추고 싶지 않아."

"루자크……."

거의 애원에 가까운 눈빛을 보내고서야 그가 알았다는 듯 그녀에게 키스했다.

"알겠어. 그래도 많이 성장했는걸."

느른한 표정을 짓기에 엘리샤는 안심했지만, 곧 극렬한 감각이 그녀를 꿰뚫었다. 루자크는 두 번이나 절정에 오른 후에야 그는 엘리샤를 놓아주었다.

기진맥진한 엘리샤 옆으로 루자크가 벌러덩 누웠다. 숨을 몰아쉬는 그를 보면서 그녀가 배시시 웃으면서 말했다. 그는 눈을 감은 채 여운에 푹 젖어 있었다.

그건 엘리샤도 마찬가지였지만, 왠지 골려 주고 싶었다.

"루자크, 어디 다녀왔어요?"

그의 푸른 눈이 멍하니 뜨이면서 겨우 중얼거렸다.

"천국. 내 아가씨는?"

"저는 여러 곳에 다녀왔어요. 바다 깊은 곳이랑 아주 뜨거운 활화산에도 다녀왔고, 음…… 또."

"또?"

"나 또한 천국요."

그리 대답하면서 말갛게 웃음을 터트리자, 루자크가 다시금 그녀의 위를 덮쳤다.

"한 번 더?"

엘리샤가 진심으로 고개를 저으면서 단호하게 못을 박았다.

"맙소사! 거절할래요. 난 더 못 가요. 이제 쉴 거예요."

"요 귀염둥이."

쪽, 연신 부딪쳐 오는 그의 입술은 익숙하지만 전혀 질리지 않았다. 젤리나 푸딩처럼 말랑거리는 그의 선홍빛 입술이 예뻤다.

그가 퍼붓는 키스를 받은 후에야 엘리샤는 쉴 수 있었다. 단단한 어깨를 베개 삼아서, 색색거리면서 잘도 잠이 들었다.

루자크는 그런 그녀에게 이불을 덮어 주고는 자신도 눈을 감았다.

서서히 저녁놀이 물들고 있었다.

* * *

상쾌한 찬 공기가 폐부 깊숙이 들어찼다. 어제의 여파가 오늘까지 밀려온 탓인지, 잠을 푹 잤는데도 몸이 아직 고단했다.

아침 일찍 단장을 마친 엘리샤는 리나와 함께 시내에 나와 있었다. 드레스메이커 선발제 참가 신청을 하기 위해서였지만, 아직 시간이 남아서 과자점에서 시간을 때우는 중이었다.

엘리샤는 의식적으로 자꾸만 가죽 가방 안에 담아 둔 두 장의 추천서가 신경 쓰였다. 벌써 몇 번이나 들여다보고 만지는 통에 빳빳했던 종이가 흐물거리기 직전이었다.

엘리샤는 신경을 다른 데로 돌리기 위해 애썼다. 자고로 여자의 마음을 앗아 가는 건 달콤하고 맛있는 디저트가 딱이었다.

"리나, 이 레몬 타르트 좀 먹어 봐요. 정말 새콤달콤해요."

엘리샤가 웃으면서 접시 위에 있는 레몬 타르트를 가리켰다. 엘리샤의 말에 리나가 포크로 타르트 한입을 베어 먹었다.

그녀의 검은 눈동자가 휘둥그레지면서 감탄을 흘렸다.

"아, 레몬은 신맛이 강해서 안 좋아하는데 이건 웬걸, 진짜 맛있네요?"

푹, 푹!

"그렇죠?"

달콤한 것은 아침에 먹으나, 저녁에 먹으나 언제나 옳았다. 어느새 그녀들의 포크질에 타르트는 자취를 감췄다. 엘리샤가 마지막 남은 한입을 아쉽게 바라보면서 말했다.

"우리 한 조각 더 시킬까요? 이번에는 청포도 타르트로?"

"좋아요, 마님. 제가 청포도 좋아하는 건 어떻게 아시고요!"

"아까부터 리나가 힐끔 보는 것 같아서 말이죠, 후훗."

"마님도 참. 아, 마님의 밀크티도 새로 주문해야겠어요."

"네. 리나도 한 잔 더 마셔요."

리나가 주문을 하러 간 사이에 엘리샤는 과자점 안으로 들어서는 특이한 차림의 남자를 발견했다. 그는 엘리샤뿐 아니라 모두의 시선을 받고 있었다.

웃통을 벗은 남자의 어깨에는 커다란 붉은 문신이 있었고, 머리에는 터번을 두른 채였다. 아래는 통이 큰 트라우저와 비슷한 것을 입고 있었고, 게다가 등에는 제 덩치만 한 커다란 봇짐을 메고 있었다.

차림도 특이한데, 외모마저도 독특했다. 갈색 피부에 모래처럼 옅은 갈색 머리카락을 가지고 있었고, 이목구비가 매우 큼직큼직했다.

귀여운 소녀들이 자주 찾는 이 과자점의 분위기와 동떨어진 손님의 등장에 분위기가 고요해졌다.

그러나 남자는 매우 당당하게 걸어가서 주문을 시도했다. 억양과 발음이 미묘한 게 아무래도 다른 곳에서 온 것 같았다.

"초콜릿 마카롱 세 박스."

한결같은 취향의 소유자인 듯싶었다. 리나는 자신을 새치기하고 먼저 주문해 버린 남자를 쏘아보았다가, 그의 행색을 보고는 멈칫했다.

주문을 마치고 돌아온 리나가 엘리샤에게 소곤거렸다.

"차림을 보아하니 외지 사람일까요?"

"그런 것 같네요. 아마도 따뜻한 지방 출신?"

두 사람의 중얼거림에 남자의 시선이 스윽 박혔다. 생각보다 귀가 꽤나 밝은 모양이었다. 남자가 뚜벅뚜벅 걸어왔다. 그의 허리춤에 달린 가죽 주머니에는 뭔가 뾰족한 무기가 들어 있는 듯했다.

테이블 앞에 멈춘 남자가 하얀 이를 드러내면서 씩 웃었다.

"맞아."

뜻밖의 반말에 리나가 당황하면서 대답했다.

"어머나, 처음 보는 레이디에게 반말이라니 무척 무례하신 분이네요? 이분이 누구신지 알고……."

"레이디? 그게 뭐지? 아, 제국에서는 여자를 그렇게 부르던가?"

리나가 기가 막혀 하자, 엘리샤 또한 반말로 그를 향해 물었다. 아무래도 이 남자는 그런 개념이 전혀 없는 것 같았다.

"넌 어디에서 왔는데?"

"칼리온."

책에서 읽은 적이 있었다. 칼리온이라면 대륙의 서부 끝자락에 위치한 더운 나라였다. 리마 공국이나 폴스 왕국보다도 훨씬 더 먼 곳이었다.

엘리샤가 신기해서 물었다. 혹시 이 사람도 드레스메이커 선발제 때문에 엘노아 제국으로 온 걸까?

하지만 칼리온에서는 테본보다는 아를렌이나 노르두아로 가는 편이 위치가 더 좋았을 텐데.

"그렇게 먼 나라에서 왔단 말이야?"

"응. 여행 중이야. 세레스 섬을 거쳐서 테본으로 왔어. 마침 대회가 열린다는 소식을 들어서."

설마, 드레스메이커 선발제를 말하는 걸까?

"너도 드레스메이커 선발제에 참가하려고? 재봉사였구나……."

엘리샤는 무척 의외라는 듯 말했다.

그러자 남자가 놀라서 물었다.

"뭐야, 어떻게 알았어?"

"그야 당연히 나도 참가할 거니까."

엘리샤가 생긋 미소를 짓고는 밀크티를 후루룩 마셨다.

"헤에, 재봉사로는 전혀 보이지가 않는데?"

"……그건 이쪽에서 할 말인 거 같은데."

그때 가게 바깥으로 십여 명의 행렬 하나가 지나갔다.

나팔수와 깃발 수는 물론이고, 북을 치는 사람까지 보였다.

엘노아 제국, 동시에 바르체스 황실을 상징하는 황금 사자의 문장도 나부꼈다.

그 선두에는 어제 만났던 카론 후작을 비롯해서, 다른 홍보 사절단 인원들이 말을 타고 뒤따르고 있었다.

긴 행렬이 가는 방향은, 테본에서 사람들이 가장 많이 모여드는 시내 광장이었다.

콜린의 오트쿠튀르와도 그리 멀지 않은 위치인데다가 시내의 주요 가게들이 모여 있었다.

"리나."

"마님, 저건 분명……."

"네, 가 봐야 할 것 같아요. 이제 참가 신청을 받으려나 봐요."

엘리샤와 리나가 부지런히 가게 문을 나서자, 칼리온 출신의 남자도 그 뒤를 따라왔다.

광장으로 부지런히 가 보니, 행렬이 멈춘 곳에는 이미 커다란 대형 천막이 설치되어 있었다.

제국어로 〈드레스메이커 선발제 참가 신청 장소〉라고 쓰여 있는 푯말이 걸려 있었다. 그 밑에는 자그만 글씨로 '현장 참가자는 심사 위원이 제시하는 테스트를 통과하는 사람만이 선발제 참가가 가능합니다.'라고 적혀 있었다.

'카론 후작 말대로야. 현장 참가를 원하는 사람이 정말 많구나.'

엘리샤가 두리번거리며 생각했다.

광장에는 벌써 대회에 참가하기 위해서 수많은 사람이 바글대고 있었다. 한 시간 전까지만 해도 없었던 사람들이 도대체 어디서 나타난 걸까?

이렇게 많은 사람이 모두 드레스메이커를 꿈꾸는 걸까?

딱히 그렇지는 않을 것 같았다. 제국에서 드물게 열리는 대회이니 막연하게 너도 나도 참가하려는 사람도 많았다.

아니면 저 상금과 명예를 노리는 것일까?

드레스메이커 선발제의 최종 우승자는 10억 골드에 달하는 상금과 황실 수석 디자이너에 오를 수 있는 영광을 누릴 수 있었다.

그야말로 신분이나 여타의 제한 없이 부의 정점으로 단숨에 올라갈 수 있는 대회이니, 이렇게 인기가 많은 것도 수긍이 가기는 했다.

일례로 구두점의 여상인도, 드레스를 만들 줄 모르는 오스번 영애도 참가 신청을 하려고 나와 있었다. 한마디로 어중이떠중이가 전부 모인 듯했다. 시장통처럼 어수선한 까닭에 엘리샤는 여길 어떻게 뚫어야 하나 잠시 고민스러웠다.

보다 못한 홍보 사절단 중 한 명이 나서서 크게 외쳤다.

"자아, 질서를 지켜서 한 줄로 서 주세요."

교양 있는 귀족도 오늘만은 가식을 버렸는지 줄을 서는 데에 급급했다.

"마님, 조심하셔요."

리나가 사람들에게 밀리지 않게 엘리샤의 몸을 보호했다. 그때 주변을 살피던 엘리샤는 뭔가를 발견했다. 현장 참가 신청을 하는 곳은 매우 붐볐지만, 건너편 자그만 천막은 무척이나 한산했던 터였다.

거기에도 홍보 사절단 인원 한 명이 앉아 있었고, 아무나 들어가지 못하는 듯 줄을 쳐 놓았다.

"리나, 아무래도 우리는 줄을 안 서도 될 것 같아요. 저쪽을 좀 봐요."

"네? 그게 무슨 말씀이세요?"

"저쪽도 신청을 받는 공간 같아요."

"네? 하지만 아무런 글씨도 없고 사람도 없는데……."

"일단 날 믿고 따라와요."

엘리샤는 줄에서 나와서 리나와 함께 그곳으로 갔다. 그러자 줄을 지키고 있는 사람이 그들을 제지했다.

"무슨 일이십니까?"

"물어볼 게 있어요. 저곳도 참가 신청을 받는 곳인가요?"

"이쪽은 특별 참가 신청자만 들어가실 수 있습니다. 추천서가 필요합니다."

역시 그녀의 예상이 맞았다. 어쩌면 저 현장 참가는 사람들의 참여를 높여서 그저 화제성을 만들기 위한 것인지도 몰랐다. 그거라면 성공은 했다. 이미 사람들은 상금을 꿈꾸면서 대회에 참가하려 흥분하고 있었다.

엘리샤는 가죽 가방을 열어서 추천서를 하나 꺼내 보여 주었다. 서류를 확인한 남자가 가로막고 있던 줄을 치워 주면서 말했다.

"안으로 들어가십시오."

"고마워요."

엘리샤는 두근거리는 마음으로 천막 안으로 들어섰다. 온화한 인상의 중년 여성이 네모난 테이블 앞에 앉아서 참가자를 기다리고 있었다.

"어서 오세요, 레이디."

"안녕하세요."

"자리에 편하게 앉으셔서 참가 신청서를 작성하시면 된답니다."

그녀가 신청 서류와 잉크, 펜이 있는 작은 책상을 가리켰다. 엘리샤는 리나와 눈을 마주치고는 책상으로 가서 앉았다.

작성하기 전에 먼저 신청서를 들여다보았다. 풀네임과 성별, 사는 곳, 소속 가문, 소속 모임, 추천인의 이름, 마지막으로 참가 포부까지 적으면 되는 간단한 신청서였다.

'후우, 이거만 적으면 된단 말이지?'

엘리샤는 살짝 마른 입술에 침을 바르곤, 잉크를 열어 펜촉을 찍은 후 공란을 적어 나갔다.

풀네임 엘리샤 드 펜블렌.

루비츠라는 이름 대신 펜블렌의 이름을 쓸 때마다 왠지 모르게 뿌듯함이 차올랐다. 남편의 성을 따르는 제국의 방식이 마음에 든 적은 없었지만, 제 성이 바뀐 데에는 참으로 감사했다.

마지막 포부까지 적어 내린 엘리샤는 신청서를 여자에게 내밀었다. 그러자 여자는 적잖이 놀란 것 같았다. 선발제 홍보 사절단이 머물고 있는 곳이 바로 펜블렌가의 블랙 윈터 본성이었던 터였다.

"아니, 레이디께서 바로 펜블렌 공작 부인…… 이셨군요? 미처 몰라뵈었네요."

그녀는 이를 어찌 처리해야 할지 고민스럽다는 얼굴이었다. 선발제 후원까지 해 주는 펜블렌 공작가의 부인이 대회에 참여했으니, 큰 이슈가 될 게 분명했다.

아마 이를 이용해서 커다랗게 광고를 하거나, 엘리샤에게 무언가 혜택을 주려고 들 것이다.

엘리샤는 그러고 싶지는 않았다. 물론 대회에 나가면 비밀이 될 수 없지만, 그전에는 조용히 준비하고 싶었다.

"괜찮아요. 대신에 카론 후작님께는 일단 알리지 말아 주세요. 후작님께서 모든 참가 신청자들의 명단을 일일이 확인하시지는 않겠지요?"

"아…… 네. 그렇긴 하지만 선발제 개최일이 다가오면 알게 되실 확률이 크답니다."

"그렇군요. 그 정도면 됐어요."

우선 당장 조용히 지낼 수 있는 것만으로도 엘리샤는 만족했다.

"저어, 공작 부인."

한층 태도가 공손해진 그녀가 조심스레 말을 꺼냈다. 그 행동을 눈치챈 엘리샤는 아까 준비해 온 추천서 두 장을 꺼내어 제시했다.

"엘리노어 드 카일리 후작 부인과 콜린 폴드 자작, 테본과 아를렌을 대표하는 심사 위원 두 분의 추천서를 각각 한 장씩 받으셨군요. 좋습니다. 참가 접수는 완료되었습니다."

"네, 고마워요. 접수는 이것으로 끝인가요?"

"잠시만 기다리세요."

그녀가 작은 책자 하나와 삼각형 모양의 흰색 천 하나를 내밀었다.

"선발제 참가 확인증과 안내 책자랍니다. 한번 읽어 보시면 많은 도움이 되실 거예요. 그럼 두 달 후, 아를렌에서 공식적으로 뵙겠습니다. 다시 한 번 참가해 주셔서 감사합니다."

"네! 감사합니다."

엘리샤는 인사를 마치고 리나와 함께 나왔다.

"참가 신청을 무사히 마치셔서 다행이네요, 마님."

"네, 추천서 덕분에 수월했어요."

이제부터 시작이라는 생각에 어쩐지 가슴이 두근거렸다.

바깥은 아직도 소란스러웠다. 즉석에서 재봉과 재단을 심사하는 모습을 모든 사람들이 지켜보는 가운데서 진행하는 모양이었다.

광장에 자리한 계단에는 구경하는 사람들로 붐비었다. 오늘은 선발제 덕분에 인형극단도 쉬는 모양이었다.

"마님, 우리도 잠깐 구경하고 갈까요?"

"그럴까요?"

과연 어떤 식으로 심사를 하고, 어떤 사람들이 참가 신청을 할지 호기심이 돋았다.

생각보다 심사는 그리 오래 걸리지 않았다. 심사 위원은 홍보사절단 중 한 명인 듯싶었다. 나이가 지긋한 노익장이었는데, 인상은 좋았지만 제법 눈빛이 날카로웠다. 참가자들은 기초 이론 테스트부터 받고 있었고, 거기에서부터 이미 줄줄이 탈락하고 있었다.

재봉 도구의 쓰임조차 제대로 모르는 사람도 있었고, 용어를 전혀 모르는 사람도 태반이었다.

"아무래도 현장 참가자들 중에는 괜찮은 사람이 나오기 힘들겠어요, 마님. 그렇죠?"

리나가 말했다.

"오늘은 첫날이니 사람들이 너무 과열되어서 더 그렇게 보이는 게 아닐까 싶어요. 좀 더 지나 보면 실력자들도 나타나지 않을까요?"

이론을 통과한 사람들에게는 실기 테스트가 기다리고 있었다. 실기 테스트의 심사 위원에는 반가운 얼굴이 기다리고 있었다. 바로 콜린이었다. 초록색의 리본 모양 크라바트를 맨 그는 오늘도 깔끔함의 정석이었다.

오트쿠튀르로 출근했다가 곧장 불려 갔는지 그의 얼굴에는 이미 짜증이 잔뜩 서려 있었다.

"자작님도 저기 계시네요."

"아, 정말 그러네요."

이렇게 큰 대회의 심사 위원이라니, 직접 눈으로 보니 콜린이 다시 보이기는 했다.

콜린은 얼굴을 잔뜩 찡그린 상태였다. 그는 그야말로 참가자를 상대로 무작위 테스트를 진행하고 있었다.

이를테면 어떤 참가자에게는 가위로 옷감이나 가죽을 재단하는 테스트를 주었고, 다른 참가자에게는 스티치 하나를 선보이라고 했다. 또 다른 참가자에게는 가봉까지 처리된 드레스를 마감하라고 했다.

"실격입니다! 다음!"

"자세가 엉망이군요."

"원단의 결을 배려하지 못하고 재단했습니다."

"가위를 쥘 줄은 압니까?"

독설이 끝없이 쏟아졌다.

엘리샤에게도 똑같이 퍼부었던 독설들이었다. 어떤 소녀는 대놓고 불만스러운 표정으로 바느질을 하고 있었고, 나이 많은 재봉사는 자신 역시 수십 년간 가위를 잡은 사람이라며 따지고 들고 있었다.

"내성이 없는 사람들에게 확실히 콜린은 너무 까칠하단 생각이 들지도 모르겠어요. 사실 속마음은 전혀 그렇지 않으면서. 하지만 그의 말은 틀린 게 없어요."

엘리샤의 말을 들으면서 리나가 의외라는 듯 바라보았다.

"어머? 마님께서는 자작님을 정말 존경하시는군요?"

엘리샤가 고개를 끄덕였다.

"맞아요. 그는 정말 멋진 디자이너에요. 아 참, 각하에게는 이 이야기는 못 들은 걸로 해 줘요. 각하는 질투쟁이시니까."

"물론이지요, 마님."

리나가 풋 하고 웃으면서 말했다.

"그럼 우린 이만 돌아갈까요?"

"좋아요. 아, 오트쿠튀르에 들렀다가 가요."

"네."

엘리샤와 리나가 자리에서 일어나려 할 때였다.

"오오오!"

갑자기 사람들의 함성이 들려왔다. 무심결에 엘리샤도 고개를 돌렸다.

휘익!

슥!

거기에는 갈색 피부의 터번을 두른 남자가 가위를 마치 단도처럼 자유자재로 휘두르면서 재단을 하고 있었다. 근육질의 팔뚝을 지닌 그에게는 커다란 가위가 장난감처럼 보였다.

"어? 저 사람은……."

"저 남자, 아까 과자점에서 그 무례한 남자네요?"

"맞아요. 칼리온 출신. 그도 선발제에 참가한다고 했었어요. 그나저나 실력이 굉장하네요."

엘리샤는 두 눈이 휘둥그레져서 그의 재단 솜씨를 지켜보았다.

원단이면 원단, 가죽이면 가죽. 그의 가위는 일반 재봉 가위보다도 훨씬 컸는데, 그걸로 무엇이든 자르지 못하는 게 없었다.

콜린마저 흥미롭다는 듯 그를 보고 있었다.

"제법이군요. 현장 참가자 중에서는 첫 1차 예선 합격자입니다. 재단 솜씨만 좋은 건지, 재단 솜씨도 좋은 건지는 두고 봐야 알겠지만 축하드립니다. 세이딘 랑 알리카스!"

콜린의 합격 인사에 세이딘이 앞으로 나오더니, 갑자기 가위를 앞에다 놓고 누군가에게 기도를 드렸다. 그러고 나서 그는 웃으면서 콜린에게 말했다.

"감사합니다."

왠지 아를렌에서 세이딘을 다시 만날 수 있을 거라는 생각이 들었다. 엘리샤는 리나의 손을 붙잡았다.

"리나, 오트쿠튀르에 들러 정리를 해야 할 것 같아요."

"예, 마님."

*　　*　　*

오트쿠튀르에서 옷을 고르던 부인들도 드레스메이커 선발제 이야기가 한창이었다.

"정말 대대적으로 대회가 크게 열릴 모양이에요."

"맞아요. 광장에 모인 사람들을 보고 깜짝 놀랐다니까요."

문득 엘리샤와 눈이 마주친 부인이 말했다.

"펜블렌 공작 부인께서도 대회에 나가신다면 좋을 텐데 말이에요!"

"혹시 나가실 생각이 없으신가요?"

부인들의 질문에 엘리샤는 그저 미소로 답했다.

"글쎄요."

"어째서요. 부인이 만든 드레스만큼 아름다운 건 여태 보지도 못했다고요."

"그리 여겨 주시니 고마워요. 저어, 그리고 안타까운 말씀을 드리자면 이제 오트쿠튀르에서는 더 이상 제가 만든 옷을 납품하지 않을 계획이에요."

"네에?"

"당분간은 의뢰를 쉬려고 해요. 이후에 다시 재개하더라도 이곳은 콜린 자작님의 오트쿠튀르이니, 그때부터는 저에게 개인적으로 의뢰를 주셔야 한답니다. 오늘 그 일을 정리하려고 들렀어요."

엘리샤의 이야기를 들은 부인들은 서로의 얼굴을 마주 보면서 안타까운 표정이었다.

"에고, 다음 달에 모임이 있어서 드레스를 맞추려고 했는데, 아쉽게 되었네요."

"양해 부탁드려요. 부인."

"너무너무 아쉬워요."

"자작님의 드레스를 대신 이용해 주세요."

"호호, 알겠어요. 돌아오시는 날을 기다릴게요."

엘리샤는 오트쿠튀르에 나와 있는 데이지에게도 명령을 내렸다. 이제 더 이상은 의뢰를 받지 않으며, 오트쿠튀르에도 나올 필요가 없다고 말이다.

점원인 마샬이 엘리샤에게 다가와 말했다.

"그동안 한 식구 같은 느낌이 있어서 좋았는데 정말 아쉽습니다, 공작 부인. 덕분에 우리 오트쿠튀르가 더 활기찼던 건 사실이에요. 홍보도 많이 되었답니다. 자작님께서도 그렇게 생각하실 거예요."

"……저야말로 그동안 신세를 너무 많이 졌어요. 콜린과 마샬에게는 깊이 감사하고 있어요. 오늘 저녁은 제가 맛있는 걸 사드리고 싶은데 어떨까요?"

"저는 무척 좋은데, 콜린 자작님의 의사부터 여쭈어 봐야 한답니다. 아무래도 오늘은 어려울 것 같아요. 아침에 급히 홍보 사절단에게 불려 가셔서, 돌아와서 일도 처리하실 것 같거든요. 안타깝지만 식사는 다음으로…… 흑."

"그래요. 아쉽네요."

엘리샤는 마샬을 비롯해서 다른 점원에게도 인사를 하고, 데이지와 리나와 함께 견본으로 입혀져 있던 그녀의 드레스를 챙겨서 오트쿠튀르를 빠져나왔다.

마지막으로 나오기 전 가게에 걸린 자신의 초상화를 한 번 더 보는 것도 잊지 않았다.

초상화 속 엘리샤는 청초하고 기품 어린 모습으로 담겨져 있었다. 자신의 가게는 아니었지만 시원섭섭했다. 그만큼 콜린의 오트쿠튀르 덕분에 자신이 이렇게 성장할 수 있었으니까.

그러나 콜린의 가게에서 영원히 신세 질 수는 없었다. 언젠가는 떠나야 한다면, 지금이 바로 그 시간인 것 같았다. 이제는 드레스메이커 선발제를 향해 한발 나아가야 했다.

26.
다가오는 선발제

덜컹거리는 마차 안, 옆에 앉아서 자꾸만 눈이 감기는 리나에게 엘리샤가 말했다. 오늘 이른 시간부터 시내에 나온 터라 왠지 그녀의 얼굴에 피곤함이 묻어 있었다.

"잠시 눈 좀 붙이도록 하세요. 리나, 피곤해 보여요."

"그래도 될까요?"

"물론이죠. 나도 잘게요."

"감사해요, 마님."

엘리샤가 웃으면서 그리 말하고 눈을 감자, 리나도 안심하고 눈을 감았다. 이내 얼마 지나지 않아서 리나가 금세 곯아떨어졌다.

'리나, 많이 피곤했구나.'

엘리샤가 잠든 리나의 몸 위에 담요를 덮어 주었다. 눈을 감고 다시 잠을 잘까, 했지만 그녀는 역시 신경이 쓰였다.

가방 안에 들어 있는 그것.

엘리샤는 결국 궁금함을 참지 못하고 가방을 열었다. 드레스 선발제 책자와 확인증 용도의 천을 다시 꺼내서 찬찬히 살폈다.

앞뒤를 아무리 보아도 아무런 특징이 없는 그저 하얀색 천인데, 이걸로 확인이 된다니 의아했지만 다시 가지런히 접어서 가방에 넣어 두었다. 어찌 되었든 중요한 물건임에 틀림없었으니.

다음은 책자 차례였다.

'예쁘게 생겼네.'

하늘색 벨벳 천으로 겉면을 감싼 형태였는데, 표지에는 실과 바늘, 그리고 〈엘노아 드레스메이커 선발제 안내〉 라는 글자가 은색실로 자수가 놓아져 있었다.

책자 하나에도 무척이나 공을 들였다는 것을 알 수 있었다. 엘리샤는 기대감이 가득 찬 눈초리로 책장을 넘겼다.

가장 첫 면에는 '참가자 여러분에게 드리는 당부의 말'이 적혀져 있었다.

<안녕하십니까.

엘노아 제국의 드레스메이커 선발제에 참가해 주셔서 감사합니다. 이 책자를 받으셨다면 참가자의 자격을 획득하신 것이 됩니다. 축하드립니다.

하지만 아직 기뻐하시기는 이릅니다.

첫 번째 시험을 반드시 통과하셔야 드레스 선발제에 본격적으로 참가하실 수 있습니다.

해답을 가지고 5월 1일 오후 1시까지 아를렌의 성 루카의 탑 앞으로 모여 주세요.>

'앞으로 두 달 정도 남았구나. 근데 첫 번째 시험이라고?'

마지막 줄을 읽은 엘리샤는 고개를 갸웃거리면서 다음 장으로 넘어갔다.

그러자 거기에는 이렇게 적혀 있었다.

<첫 번째 시험

본디 나의 것이지만, 다른 사람이 더 많이 사용합니다.>

첫 번째 시험에 대한 실마리인 것 같았다.

'으음, 수수께끼인 걸까?'

엘리샤는 우선 그다음 장을 넘겨보았다. 그러나 더 이상의 글자는 없었다. 전부 백지였다.

'안내는 이것뿐인가.'

맨 뒷장까지 휘리릭 넘기자, 주의 문구가 나왔다.

<본 책자의 내용은 참가자 본인 외에는 누구에게도 발설하지 마십시오.>

'스스로의 힘으로 해결해야 되는 거구나.'

물론 엘리샤에게는 다른 사람과 함께 의논할 생각이 전혀 없었다.

"본성에 도착했습니다."

밖에서 마부의 목소리가 들려왔다.

*　*　*

이 추운 테본에도 봄이 왔는지 온종일 나른했다. 덕분에 읽었던 보고서의 내용이 눈에 들어오지 않아서 루자크는 다시 한 번 더 검토를 해야 했다.

눈이 따가워진 그는 눈가를 한 번 더 문질렀다.

신년이라 늘어난 일들이 산더미처럼 부풀었고, 신경 쓸 것이 한둘이 아니었다. 작년부터 계속해 오던 것, 작년에 마무리를 하지 못한 것들에다가 올해 시작된 것까지 더해져서 두세 배의 업무 과중을 불러왔다.

이대로는 포화 상태였다. 아무래도 부관을 추가로 뽑아야 할 듯했다. 특히 모든 것이 시작되는 삼월에 돌입하니, 그야말로 하루 시계가 핑핑 돌았다. 매시간별로 반트가 들어와서 새로운 보고서를 가져오고 있었다.

또 한 번의 노크 소리가 들려왔을 때, 루자크가 나직이 중얼거렸다.

"망할. 또인가?"

"각하, 접니다."

반트의 목소리가 들려오자, 루자크는 욕설만 붙이지 않았다 뿐이지 짜증이 섞인 투로 대답했다.

"말 안 해도 자네인 거 알아. 이번에는 또 뭔가?"

"마님께서 귀가하셨습니다."

그러자 루자크는 짜증을 거두면서 말했다.

"오, 그런가? 그래, 선발제에 참가 신청을 하고 온다고 했지."

엘리샤가 돌아왔다는 소식에 루자크는 자리에서 일어나서 몸을 쭉 펴고, 내친김에 기지개까지 켰다.

"예, 잘하고 돌아오신 모양입니다. 그러니……."

반트가 날카롭게 눈을 빛내면서 말을 이으려 하자, 재빨리 루자크가 스윽 시계를 보면서 말을 가로챘다.

"벌써 시간이 이렇게 되었군. 저녁이라도 들어야……."

"각하. 아직 처리해야 할 업무가 남아 있습니다. 자리에 다시 앉으시지요. 게다가 저녁 식사 시간까지는 아직도 세 시간이나 더 남아 있습니다. 갑자기 시력이 나빠지기라도 하셨습니까?"

"아니, 그녀의 일이 어떻게 되었는지 궁금하니 대화를 하고 저녁을 먹을 참이었지. 잠깐 쉬고 다시 일할 작정이었네."

두루뭉술하게 넘어가려던 루자크는 딱 걸렸단 표정으로 땀을 흘렸다. 그러나 돌아온 건 부하의 빈틈없는 공격이었다.

"업무가 쌓여 있으니 다시 제자리에 앉으시는 게 좋겠습니다, 각하."

"……후. 그러니까 자네는 지금 나에게 여덟 시간 넘게 이 방에서 한 발자국도 나가지 말라는 건가?"

주군의 질문에 반트가 깊은 한숨을 토했다.

"요즘 평소보다 서류 검토 시간이 현저하게 떨어지셨습니다. 각하의 컨디션 관리를 제대로 하지 못한 제 잘못이 큽니다. 벌을 주십시오."

루자크가 후, 바람을 불었다. 앞머리가 날리며 수려한 이마가 드러났다.

"……그건 또 무슨 망발인가?"

자존심을 건드리자는 심산인가? 저 말을 들으니 그는 도저히 자리를 뜰 수 없었다. 지금껏 무수한 세월 동안 흐트러진 적이 없던 그였다. 땅이 꺼지고 벼락이 내리쳐도 제 소임을 다하는 테본의 군주, 그게 바로 루자크 드 펜블렌이었다.

루자크는 코트를 걸치려던 손길을 멈추고는 다시 자리에 앉았다.

"잘 생각하셨습니다, 각하. 사실은 마님께서 각하를 잠깐 뵈러 오신다는 말씀도 전하러 왔습니다."

"그걸 왜 이제 이야기하나?"

완전히 병 주고 약 주는 꼴이었다.

"거야, 각하의 군주로서의 마음가짐이 흔들림 없게 하기 위함이었습니다. 그럼 미천한 집사는 이만 물러가겠습니다."

"지독한 자식."

빙글 돌아서는 부하에게 애정 어린 욕설을 던져 준 루자크는 다시 지옥에 내려가는 심정으로 서류를 펼쳤다. 그러곤 속으로 이를 뿌득 갈았다.

'반트 녀석, 두고 봐라. 오늘 밤새는 한이 있어도 일주일치의 업무를 다 끝내 놓고 말겠어. 그리고 엘리샤와 달콤한 밤, 아니 휴식을 보내겠어.'

끼이익 문이 열리는 소리가 들렸지만 루자크는 내색하지 않았다. 살며시 다가오는 인기척이 느껴져도 그는 시선 한 번 주지 않았다. 사실은 돌아보고 싶어서, 궁금해서 죽겠는데도 참았다.

일말의 자존심 때문만은 아니었다. 흔들리고 나약해진다면 스스로를 용서할 수 없을 터였다.

"……각하? 저예요."

조심스럽게 들려오는 목소리. 물결처럼 살랑이는 목소리가 귀를 간지럽게 한다.

그제야 루자크는 내리깔았던 눈동자를 천천히 들어 상대를 바라보았다. 보자마자 시야가 다 환해지는 느낌이었다. 온종일 문자와 숫자 놀음 속에 파묻혀 눈이 혹사당하고 있었는데, 그 피로가 말짱하게 해소될 만큼 어여쁜 광경이었다.

그의 눈앞에 선 엘리샤가 수줍게 싱긋 웃었다. 그녀에게서는 방금 갓 따 낸 복숭아나 사과, 딸기와 같은 과일처럼 싱그러움이 물씬 느껴졌다.

"엘리샤, 와 주었군."

"무척이나 집중해 계셔서 조심스러웠어요. 행여나 방해가 될까 봐서요."

"당신과 있는 시간은 내 하루의 단비와도 같은 시간이야. 방해라면 앞서서 누군가 하고 갔다고."

엘리샤가 커다란 눈을 몇 초 동안 깜빡이더니 웃으면서 말했다.

"어머? 혹시 랜디어스 경 말이에요? 그는 각하에게 도움이 되면 되었지, 절대 방해를 할 사람은 아니잖아요."

부하이면서 친우인 원수 같은 녀석의 이름이 거론되자 루자크는 안색을 찌푸렸다. 자신도 잘 알고 있었다. 그렇게 자신을 다 잡아 주는 것도 필요한 일이라는 것을.

하지만 그래도 짜증 나는 건 사실이었다. 어떻게 숨 쉴 구멍 하나조차 트여 주지 않는 것인지. 물론 그 때문에 이 시계 초침과도 같은 그의 일상이 굴러가고, 나아가 이 테본이 제대로 움직이고 있는 것은 틀림없기에 그의 공로는 인정하고 있었다.

"뭐, 그렇지."

엘리샤가 보라색 눈동자를 데룩 굴리곤 말했다.

"연초라서 바쁘신 모양이에요. 제가 도울 일이라도 있을까요?"

"당신이 본성 내부의 일을 처리해 주어서 덕분에 그나마 일을 덜었어."

"정말요?"

루자크가 고개를 끄덕끄덕하자 엘리샤는 눈에 띄게 좋은 티가 역력해졌다. 양 볼이 발그레하다. 그는 칭찬에 약한 그녀가 사랑스러웠다.

"도움이 되어서 너무 기뻐요."

"훌륭해. 앞으로도 쭉 그렇게만 해 주면 더할 나위 없겠어. 그런데 그 이야기는 안 하나?"

"아, 드레스 선발제를 말씀하시는 거라면 무사히 참가 신청을 마치고 돌아왔어요. 테본에서 현장 참가자들의 열기가 굉장해요. 상금 때문일까요?"

"상금도 상금이고, 황실에서 일하게 되면 평생 걱정할 필요 없게 되니 그렇겠지."

"맞아요. 모두가 우승을 꿈꾸는 것 같았어요."

엘리샤의 표정 역시 무척이나 편안해 보이면서도 설렘이 느껴졌다.

"하지만 당신이 황실 디자이너로 일하게 된다면, 적어도 수도에 머물러야 할 거야……."

우승이 쉽지는 않겠지만, 혹여 우승한다면 황실 디자이너로서 일하게 될 것이다. 그것은 무척 명예로운 일이었고, 엘리샤 입장에서는 그보다 더 좋은 것이 없을 정도로 좋은 일이었다.

다만 그리된다면 테본이 아니라, 황성이 있는 아를렌에서 살아야 가능할 터였다. 기간이 얼마가 될지 모르지만 말이다.

루자크에게는 차마 그녀와 멀리 떨어져 산다는 것이 상상조차 되지 않을 만큼 고통을 감내해야 하는 일이었다.

그러나 제 이기심만 채울 수는 없었다. 엘리샤의 꿈을 위해서라면, 힘들겠지만 보내 줄 생각이었다.

"루자크, 알고 있어요. 하지만 아직 걱정하긴 일러요. 우승이 어디 쉬운가요?"

엘리샤가 그리 말하면서 생글 웃었다.

"그래. 아직은 그런 고민을 하기에는 이르군."

루자크가 슥 웃으면서 그녀에게로 손을 뻗고는 보드라운 손을 붙잡았다. 가능하다면 테본이라는 둥지 안에서 그녀를 지켜 주고 보듬어 주고 싶었다.

"오늘은 미안하지만, 이제 그만 업무에 집중해야 할 것 같군."

"아, 물론이에요. 책임을 다하시는 모습이 보기 좋아요. 힘내세요. 저녁도 그럼 따로 드실 거죠?"

어쩔 수 없다는 생각을 하면서 루자크가 고개를 끄덕였다.

"오늘은 그래야 할 것 같아. 밤샐지도 몰라. 먼저 잠을 청하도록 해."

루자크의 말에 엘리샤도 걱정이 되는지 미간을 찌푸리고 자그만 입매를 굳혔다.

"건강을 해치시면 안 되는데……."

"하루 밤샌다고 죽지 않아. 걱정 마."

"네, 저녁이라도 꼭 챙겨 드셔야 해요."

"그러지. 당신은 혹시 따분하면 장서관에 가 보도록 해."

"그럴게요. 아, 그리고 드레스메이커 선발제가 아무래도 황실에서 열리는 것이라 조금 마음에 걸려서요."

"무엇이?"

"어깨너머로 예절을 익히기는 했지만, 미진한 부분이 있을지도 몰라요. 공작 부인으로서의 교양도 갖출 겸이요."

이야기를 들은 루자크의 고개가 모로 기울어졌다.

"그런가? 식사 예절이나 인사에도 어긋남이 없어서 난 전혀 몰랐어."

"그 정도는 어머니가 가르쳐 주시긴 했지만 워낙 제가 어릴 때 돌아가셔서 말이에요. 궁정 예법에 대해서 아시는 분께 수업을 받았으면 좋겠어요."

"으음. 그 부분은 반트와 상의하여 알맞은 가정교사를 구해 달라고 해. 난 찬성이야."

"고마워요, 루자크."

엘리샤가 그의 뺨에 키스하면서 말했다. 루자크는 점잖게 웃었다. 붙잡은 손을 놓고 싶지 않아서 미칠 지경이지만 놓아주었다.

"엘리샤, 우리 예쁜 엘리샤."

루자크가 제 이름을 부르자, 엘리샤가 눈을 동그랗게 떴다. 무언가 잊고 있던 것이 생각난 얼굴이었다.

"어?"

"왜 그러지?"

"아, 아무것도 아니에요. 뭐가 떠올랐어요. 고마워요, 루자크!"

"그 이야기를 듣고 싶지만 이제 정말 일해야 할 시간이군."

"부디 빨리 마치기를 기도할게요."

"고맙군. 내 아가씨, 그럼 나중에 봐."

엘리샤가 고개를 가볍게 끄덕이며 문 앞까지 갔다.

문이 천천히 닫힐 때까지, 서로를 향한 아쉬운 눈빛이 오갔다. 이렇게 꿀이 떨어지는데 입맛만 다셔야 한다니…….

그러나 그는 다짐한 것처럼 곧장 일에 집중하기 시작했다.

루자크와의 만남을 뒤로한 채, 엘리샤는 총총걸음으로 작업 공방으로 향했다. 도착한 그녀가 안내 책자를 펼쳤다.

<첫 번째 시험

본디 나의 것이지만, 다른 사람이 더 많이 사용합니다.>

"드디어 알아냈어. 이건 이름이야."

아까 루자크가 엘리샤의 이름을 두 번 연달아 불러 주었을 때 깨달았다. 하지만 첫 시험이 단순히 이 수수께끼를 푼 것으로 끝은 아닐 것 같은데.

엘리샤는 책자의 내용을 다시금 살펴보았다. 자신이 무언가 놓친 것은 없었을까?

문득 엘리샤는 책자 옆에 놓인 흰색의 하얀 천을 들었다. 이것의 용도는 '확인증'이라고 했다. 하지만 확인증에는 아무것도 적혀 있지 않았다. 뭔가 이상하지 않은가?

엘리샤에게는 또다시 번뜩 스치는 생각이 있었다.

참가 신청자를 확인하려면 가장 먼저 해야 할 것은 바로, 참가자의 이름.

수수께끼의 정답과도 일치하는 내용. 그제야 드레스 선발제에서 이 수수께끼를 왜 냈는지 이해할 수 있었다.

엘리샤는 곰곰이 생각에 젖어 중얼거렸다.

"이 천에 자기 이름으로 자수를 놓으라는 뜻일 거야. 그래야 진짜 확인증이 되는 거지."

그리하면 이름을 자수로 놓은 것을 보고 참가자의 기본적인 바느질 실력까지 살짝 가늠할 수 있을 터였다.

해답을 찾고 보니 간단하다면 간단한 시험이지만, 여기에는 함정이 있었다. 그저 수수께끼를 풀기만 한다면 통과는 어려웠다. 참가자의 눈치나 유연한 사고, 손재주와 준비성까지 보는 총체적인 시험이기 때문이었다.

엘리샤는 낡은 재봉 바구니를 꺼냈다. 먼저 자신의 이름을 도안에 그려 놓는 것부터 시작했다.

천이 워낙에 작아서 이름을 크게 수놓으면 예쁘지 않을 것 같았고, 너무 작게 놓으면 다른 사람이 이름을 알아보기 힘들 것 같았다.

균형이 맞고 예쁘면서도, 확인증의 역할을 톡톡히 할 수 있도록 하려면, 가운데 위치가 가장 좋았다.

다음으로는 실과 바늘을 골랐다. 글자를 수놓으려면 체인 스티치로 수를 놓아야 했다. 체인 스티치는 둥근 고리 모양으로 실을 만들어 연속적으로 수를 연결해 놓는 기법이었다.

바늘귀에 검은 실을 꿰맨 엘리샤는 링 모양의 사슬을 만들어 길게 수를 놓기 시작했다. 일정한 모양이 되도록 잡아 주어야 촘촘하고 예쁜 사슬 모양이 만들어지기에 간단해 보여도 신경을 써야 했다.

한 땀 한 땀 놓은 수가 모여서 한 글자, 한 글자를 이루었다. 꽃이나 그림을 수놓는 것을 더 자주하다 보니 글자를 수놓는 게 조금 더 신경이 쓰였다.

더욱이 자신의 풀네임을 모두 자수로 놓는 것은 처음이었다.

작업에 몰두한 지 얼마 되지 않아 자수를 완성할 수 있었다. 중간에 모양이 고르지 않게 된 글자를 다시 수놓은 것을 빼면 수월하게 작업이 되었다. 이런 점에서 남보다 손이 빠르다는 건 확실히 이득이 되었다.

엘리샤는 완성된 자수를 들어서 살폈다. 멀리서 보일 만치 선명하고 깔끔하게 만들어졌다. 그녀는 그것을 뿌듯하게 바라보고는 서랍장에 잘 넣어 두었다.

"이제야 조금 마음이 놓이네. 이제 랜디어스 경에게 가서 가정교사 이야기를 하고, 장서관에도 들러야지."

가장 커다란 것을 해결하고 나니, 한결 마음이 가벼워진 것은 사실이었다.

마침 복도로 나서자 지나가는 시종이 한 명 보였다. 그에게 랜디어스 경을 불러 줄 것을 명한 후, 엘리샤는 자신의 서재로 향했다.

얼마 지나지 않아서 그가 서재에 도착했다.

"부르셨습니까, 마님."

"랜디어스 경, 어서 오세요. 함께 의논할 일이 있어서 불렀어요."

"예, 무슨 일이십니까?"

반트는 엘리샤의 말에 더욱 집중하려는 듯 그녀의 눈동자를 응시했다. 반듯한 그의 태도에 엘리샤마저도 괜히 올곧은 자세를 유지해야 할 것만 같았다.

"각하께는 먼저 말씀을 드렸는데, 예의범절에 대한 것을 더 익히고 싶어서요. 드레스 선발제가 황실에서 열리는 것도 신경이 쓰이고요. 가정교사를 한 명 알아봐 주셨으면 해요."

"무엇이든 배우시겠다는 것은 무척 좋은 발상이신 것 같습니다, 마님. 물론 마님께서 부족한 부분이 있으시다는 뜻은 아닙니다. 마침 제가 알고 있는 분들 중 예의범절뿐만 아니라, 역사와 지리에도 능통한 분이 계십니다. 연세는 많으시지만, 실력 하나만큼은 자부합니다. 괜찮으시다면 그분께 세계사나 지리도 함께 배우시는 것을 추천드립니다. 그 밖에도 음악이나 미술, 문학, 승마, 외국어, 천문학 같은 것도 원하신다면 알맞은 가정교사를 구해드릴 수 있습니다."

그의 말에 엘리샤는 과거의 제 모습이 생각났다. 백작가에서는 정식 교육을 받을 기회조차 없어서 몰래 코넬리아의 수업을 엿듣거나 어렵사리 구한 책을 보는 게 전부였다.

하지만 이곳 공작 성에서는 뭐든지 원하면 배울 수 있었다. 마치 자신 앞에 수많은 문들이 열려 있는 것 같았다.

왠지 모르게 가슴이 뭉클해진 엘리샤는 짧게 마음을 추스르곤 대답했다.

"아, 생각지도 못한 부분까지 짚어 주셔서 감사해요, 랜디어스 경. 확실히 전부 배워 둔다면 좋을 테지만 일단은 궁중 예절과 역사, 지리부터 먼저 배울게요. 그리고…… 추가로 그림도 배우고 싶어요."

재봉 쪽에 도움이 되리라는 계산이기도 했고, 재봉 말고도 취미 하나 정도는 가지고 있는 게 좋을 듯해서 내린 결론이었다.

'기본 소양을 닦으면서 드레스 선발제에 대한 준비를 차근차근해 나가야지.'

"그림이라, 옷을 제작하시는 데에도 도움이 되겠군요. 알겠습니다, 마님."

"네, 부탁해요. 랜디어스 경. 저는 장서관에 가 보려고 해요."

엘리샤의 말에 반트가 안경을 들어 올리면서 말했다.

"아, 장서관까지 안내가 필요하시다면 제가 직접 모시겠습니다."

"아니에요. 항상 필요한 책을 골라다 주시느라 고생하셨어요. 오늘은 제가 직접 둘러볼게요."

"책이 많습니다. 어려운 일이 있으시거든 말씀하십시오. 장서관지기도 있을 겁니다. 장서관 건물은 본성에서 나가셔서 정원을 지나 오른쪽에 있습니다."

"알고 있어요. 경이 준 지도를 가지고 왔어요."

엘리샤가 웃으면서 반트가 처음에 그려 주었던 지도를 보여주었다. 그것을 보자, 그도 희미하게 웃었다.

"아직 가지고 계셨습니까."

"이것 덕분에 처음에 길도 덜 잃어버렸는걸요."

"하하, 도움이 되셨다니 다행입니다. 그럼 다녀오십시오."

엘리샤는 겉옷을 여몄다. 삼월이긴 하나, 아직 아무것도 걸치지 않으면 쌀쌀했다. 특히 엘리샤는 추위를 많이 타는 편이었다.

보닛 모양의 빨간색 털모자를 눌러쓴 엘리샤는 자신 있게 본성을 나와서 정원으로 향했다. 그러나 정원이 하나가 아니라 헷갈렸다. 지도를 힐끔 보니 장서관 근처에 있는 호수 정원은 본성에서 북동쪽이었다.

"여기구나. 이제 알겠다."

방향을 잡은 엘리샤는 바지런하게 걸음을 재촉했다. 벌써부터 정원사들이 나무를 손질하는 모습들이 보였다. 정원에는 투명한 호수 아래 물고기들이 유유히 노닐고 있었다.

장서관은 길쭉한 이 층 건물이었는데, 마치 별장처럼 외딴 느낌이었다. 들어서자마자 엘리샤의 눈을 사로잡은 건 셀 수없이 많은 책들이 꽂힌 대형 책장들이었다. 사방의 벽면이 모두 그런 커다란 책장들로 이루어져 있었고, 이 층까지 사다리를 타고 올라가야 하는 구조였다.

엘리샤는 태어나서 한 번도 이렇게 책이 많은 곳에 가 본 적이 없었다. 기껏해야 수도에 있는 작은 서점에 가 본 게 다였다.

"굉장하다. 아마 죽을 때까지 읽어도 다 못 읽을 거야."

다음으로 그녀의 시선을 빼앗은 건 대륙의 지도와 별자리를 그린 커다란 두 장의 천장화였다.

한참 동안 올려다보느라 목이 빠질 것 같았지만 쉬이 눈을 뗄 수 없을 만큼 멋졌다. 그동안 장서관에 발을 들이지 않은 게 후회될 정도로 마음에 들었다.

그때 누군가의 기척이 느껴졌다. 엘리샤가 뒤를 돌아보자, 상대가 고개를 깊이 숙였다. 나이는 서른? 혹은 그 이상으로 보이는 성숙함이 풍기는 남자였다.

"처음 뵙겠습니다, 마님. 장서관지기인 하인트 데른입니다."

부드러운 인상의 사람이었다. 랜디어스 경처럼 안경을 꼈지만, 그는 매우 날카로워 보이는 데 반해서 눈앞의 남자는 무척이나 따뜻한 느낌이었다.

"제 얼굴을 알고 있군요? 반가워요, 데른 경."

"저는 그런 호칭을 받을 정도로 높은 사람이 아닙니다. 편하게 하인트라고 불러 주시지요. 마님께서 처음 본성으로 오셨을 때 멀리서나마 뵈었습니다."

"그랬었군요. 장서관이 너무 훌륭하네요. 이렇게 책이 많을 줄은 몰랐어요."

"펜블렌가에서 대대로 보존해 온 장서들이 많아서 그렇습니다. 물론 신간 책도 있으니 마님께서 좋아하실 만한 책들도 있을 겁니다."

"사실 연애소설을 좋아하지만 오늘은 제가 천천히 둘러보면서 책을 구경할게요. 하인트는 업무를 보도록 하세요."

"알겠습니다. 책을 고르시거나 찾는 책이 있으시면 저에게 말씀해 주세요."

"네."

그가 말을 마치고는 자신의 업무용 책상으로 향했다.

장서관이라고는 하지만 한쪽에는 편안하게 소파에 기대어 책을 읽을 수 있는 응접실 같은 공간도 있었다.

엘리샤는 찬찬히 주변을 둘러보았다.

뭔가 이 공간에 있기만 해도 지성이 쌓이는 기분이랄까. 가만 그러고 보니 책장에도 커다랗게 분류를 써 놓았다. 정치, 역사, 문화, 문학, 예술, 실용서 등등.

엘리샤는 일단 역사 쪽 책들이 있는 책장으로 갔다.

〈역사를 개척한 여성들〉, 〈엘노아 황실의 역사〉라는 책을 고르고, 다음은 문화 쪽으로 갔다.

그곳에는 엘노아뿐 아니라, 외국, 혹은 소부족들의 다채로운 문화를 담은 책들이 많았다. 엘리샤의 눈동자가 쉴 새 없이 굴러졌다.

드디어 원하는 책을 찾았다.

〈엘노아의 축제 문화〉

저기에 드레스메이커 선발제에 대한 간략한 이야기라도 들어 있지 않을까? 게다가 책으로 나와 있을 정도라면 공개적인 정보일 테고. 그렇다면 모르는 것이 손해였다.

빨간 표지의 책은 생각보다 두꺼워 보이지는 않았지만, 이 층 높이의 책장에 꽂혀 있었다. 사다리가 바로 놓여 있었다면 올라갔을 테지만, 하필 사다리가 없는 책장이었다.

엘리샤는 어쩔 수 없이 하인트에게로 가서 말했다.

"하인트, 〈엘노아의 축제 문화〉라는 책이 저기 위에 있는데 좀 꺼내 주시겠어요? 빨간색 책이요."

그가 읽고 있던 책장을 덮으면서 일어섰다.

"알겠습니다. 금방 꺼내드릴 테니 기다리세요."

하인트가 사다리를 가져오더니 금세 타고 올라가서, 엘리샤가 말한 책을 정확히 가져다주었다.

"고마워요. 일이 능숙하시네요."

"십 년 넘게 하고 있으니까요. 그 책들은 무거우실 텐데 제게 주세요. 어디로 옮겨드릴까요?"

"소파에 앉아서 읽고 갈게요."

"예."

엘리샤는 소파에 앉아서 가장 먼저 〈엘노아의 축제 문화〉부터 펼쳤다. 책에는 드레스 선발제에 대해서 그저 가볍고 짧게 다루기만 했을 뿐, 별다른 내용은 없었다.

소득은 없지만, 엘노아의 다양한 축제를 훑어볼 수는 있었다. 그중에는 테본의 축제도 여러 가지 소개되어 있었는데, 엘리샤가 있는 동안에는 한 번도 열린 적이 없었다.

'이건 루자크에게 한번 물어보아야겠어. 무언가 이유가 있지 않을까?'

엘리샤는 책장을 덮고, 다른 책을 펼쳤다. 오랜만에 독서에 푸욱 빠지는 시간이었다.

엘리샤는 이틀 동안 장서관에 틀어박혀서 책을 보았지만, 실질적인 정보는 얻기 어려웠다. 그러다가 번뜩 카일리 후작 부인께 인사라도 한번 드려야겠다는 생각이 들었다.

'내일 가능하신지 전갈이라도 드려 볼까?'

* * *

“추천서 정말 감사합니다, 카일리 후작 부인!”

“부디 좋은 결과가 있길 바라죠.”

추천서를 들고 감격해 감사를 전하는 지인을 안아 주면서 엘리노어가 말했다. 지인을 배웅한 후 그녀는 잠시 상념에 잠겼다.

사교 모임의 멤버 세 명과 알고 지내던 지인 두 명.

지금까지 총 다섯 명에게 드레스 선발제 추천서를 써 주었다. 그렇게 되면 추천서 참가자는 최소 다섯 명.

콜린 자작이 몇 명을 추천했는지는 모르니 계산에는 넣지 않았다.

이번 드레스 선발제는 예년과는 다르게, 추천서 참가자 외에도 현장 참가자들을 테스트로 선별해서 받는다곤 하지만 큰 기대가 들지는 않았다.

대부분 상금에만 관심이 있는 이들일 터였다. 물론 그중에 실력자가 숨어 있을 수도 있지만, 확률은 극히 낮을 거라는 것이 그녀의 예상이었다.

그런 면에서 엘리노어는 이번 대회를 이렇게 대대적으로 여는 것이 영 마뜩잖았다.

명예와 품격을 유지하던 드레스 선발제가, 온 나라의 명절과도 같은 시끄러운 축제가 되는 것은 원치 않았다.

본래 드레스 선발제는 황후 전하의 권한일 텐데, 이번에는 황제 폐하의 입김이 들어가 본래의 취지를 잃은 건 아닐까? 하는 그런 노파심마저 들었다.

하지만 선발제의 규모가 커지는 것에는 분명 좋은 점도 존재했다. 제국이 원하는 여러 이점도 많을 터였다.

엘노아 제국은 타국에 비해서 재봉사나 디자이너라는 직업에 편견이나 선입견이 적은 편이었지만, 그래도 귀하지 못한 직업이라는 인식을 가진 사람들도 아직은 있었다.

그런 인식이 개선된다면 그것만으로도 가치는 있었다. 무엇보다 가장 기대가 되는 것은 규모가 커진 만큼, 온 나라, 아니 전 세계에서 능력 있는 인재를 발굴시키는 것이었다.

그게 누가 될지는 모르지만 엘리노어에게는 희망을 품게 하는 이가 있었다. 그녀의 머릿속에 재능과 열정을 겸비한 자그만 소녀가 떠올랐다.

엘리샤 드 펜블렌.

매번 비밀리에 진행되던 미션 내용과 악명 높은 탈락 시스템을 알고 있던 그녀로서는 엘리샤가 이번 대회에서 어떤 활약을 보여 줄지, 사뭇 기대가 되었다.

물론 어설프고 모자란 점도 있었지만, 그녀에게는 그것 이상의 빛나는 무언가가 있었다.

단기간에 자신의 사교 모임에서 정상의 자리에 우뚝 솟았던 그녀가 아닌가. 그녀가 성장을 할지, 실망스러운 행보를 이을지 궁금했다.

선발제에서는 워낙에 변수가 많아서 그것을 예측하기는 어려웠지만, 그녀는 인간적으로 응원해 주고 싶은 마음이 들게끔 만들었다. 자신이 추천한 다섯 명중 유일하게 말이다.

엘리노어는 웃음을 터트리면서 제 방으로 들어갔다. 따끈한 차가 마시고 싶었다. 차 한 잔과 함께 시녀장 메리가 반가운 소식 하나를 가져다주었다.

"마님, 펜블렌 공작가에서 전갈이 왔습니다. 공작 부인께서 내일쯤 방문하겠다고 하시는데 어떻게 할까요?"

"그래? 궁금하던 차였는데, 잘되었구나. 좋다고 답을 전해 주렴."

"예."

메리는 곧장 나가서 공작가의 사람에게 후작 부인의 대답을 전했다.

* * *

다음날 엘리샤는 후작가에 방문했다. 후작 부인은 기쁜 낯으로 엘리샤를 맞이했다. 두 사람은 서로 얼싸안으면서 반가움을 표했다.

언제나처럼 티타임과 함께 자연스럽게 대화가 오가기 시작했다. 엘리샤가 볼을 붉히면서 말했다.

"미리 찾아뵈었어야 했는데, 이것저것 준비하다 보니 조금 늦었어요."

"괜찮아요. 만날 사람은 언제든 만나게 되는 법이니까. 내가 기다렸다는 건 안 비밀이지만, 후후! 그래, 드레스 선발제 참가 신청은 잘 마쳤나요?"

엘리노어가 미소를 지으며 엘리샤의 표정을 살폈다.

"네, 추천서를 주신 덕분에 참가 신청은 무사히 마쳤어요."

"다행이군요. 이거 생각보다 일이 크게 되었죠? 예전에는 이렇게 공개적이고 커다란 행사가 아니었는데."

그녀의 말에 엘리샤도 전적으로 동의하는 바였다.

"맞아요. 생각보다 큰 행사인 것 같아서 더욱 긴장돼요."

"드레스 선발제이긴 하지만, 황실이 관여하는 이상 다른 부분도 보게 될 거예요. 그러니 준비를 확실히 해 두어야 해요. 황실의 예법도 공부해 두고, 이런저런 교양도 많이 쌓아 두도록 하세요."

"안 그래도 예법이나 역사, 지리 같은 것을 배우려고 생각 중이에요. 비단 드레스 선발제를 위해서 배우는 건 아니지만요."

엘리샤의 말에 카일리 후작 부인이 고개를 주억거렸다.

"잘 생각했군요. 그리고 드레스는 미리 만들어 보았자 연습은 되겠지만, 선발제 시작 시에는 가지고 갈 수 없을 거예요. 편법으로 다른 사람이 만든 것을 가지고 온다거나, 하는 등의 문제가 생길 수 있기 때문이죠. 일단 시작되면, 뭐가 되었든 그 안에서 해결해야 해요."

"그렇군요. 그래도 가능한 기본적인 연습은 게을리하지 않으려고요. 긴장해서 손이 굳거나 하면 안 되니까요."

"좋은 자세로군요. 하지만 무엇보다 가장 중요한 건 뭐든지 가능할거라는 자신감. 그게 가장 중요해요. 큰 무대이다 보니, 부담감이 크죠. 다른 참가자들과 기 싸움이나, 정신력 소모도 클 거예요."

엘리샤는 그녀의 말을 마음에 깊게 새겼다.

"현실적인 조언들 정말로 감사드려요."

"네, 언제 탈락할지 몰라도 항상 노력해야 해요."

"최선을 다할 자신 있어요, 부인."

엘리샤의 말에 카일리 후작 부인이 웃음을 터뜨리면서 말했다.

"그런 여유로운 태도 좋아요. 커다란 벽을 만나도 웃으면서 기어오를 각오를 해야 해요. 우리, 아를렌에서 만나요. 미리 말해 두지만 거기서는 심사 위원 대 참가자로 만날 거니까 좀 더 혹독하게 굴 거예요. 다정함은 기대하지 마세요."

"네, 물론이에요. 제게는 선발제에 참가하는 것 자체가 큰 경험인걸요."

뜬구름처럼 멀었던 드레스 선발제가 보다 가까워지는 기분이었다. 조바심 내지 말고, 멀리 내다보면서 그날이 오기를 기다려야겠다는 생각이 들었다.

'넌 할 수 있어, 엘리샤.'

* * *

"이제부터 마님은 일주일에 삼 일은 예절과 역사—지리, 미술까지 총 세 가지 수업을 받으시게 되었습니다. 수업 시간은 각각 3시간입니다."

신년 사업 보고서에 시선을 내리깐 채 반트의 보고를 듣고 있던 루자크가 고개를 들었다.

"조금 과한 것 같은데."

"마님께서 직접 짜신 시간표입니다."

반트는 마님에게서 전해 받은 종이 한 장을 주군에게 내밀었다.

"엘리샤가?"

종이를 들여다본 루자크는 혀를 내둘렀다.

자신보다는 아니지만, 급격하게 줄어들은 수면 시간이 일단 눈에 가장 띄었다. 수업을 듣지 않는 날에도 오전 시간에는 본성의 안살림을 돌보고, 오후에는 옷 만들기에 집중하는 시간표가 짜여 있었다.

"이 아가씨, 단단히 각오했군."

엘리샤의 시간표는 느긋하게 여유를 즐기는 공작 부인의 하루 일과와는 거리가 멀었다. 이래도 엘리샤의 체력이 남아나려나?

루자크는 너무 빠듯한 시간표가 탐탁지 않았지만 일단 수긍했다.

"수업 선생은 누군데?"

루자크는 눈썹을 치켜 올리면서 반트를 스윽 바라보았다. 더 이상 젊은 남선생은 안 된다고, 단호하게 못 박아 둘까도 했었지만 일단은 제 부하를 믿어 보기로 했다.

"예절과 역사—지리는 각하도 잘 아시는 아스란 백작입니다."

아스란 백작이라면, 장년인데다 올곧은 성품과 덕으로 인망이 두터운 사람이었다. 과거 자신도 잠깐이지만 그에게 가르침을 배운 적이 있었다.

"훌륭하군. 미술 선생은 누구지?"

"카린 도레라는 여류 화가입니다."

"완벽하군."

여류 화가라는 말에 루자크가 안도한 얼굴로 입꼬리를 올렸다. 역시 반트는 제 속을 자신보다도 더 잘 아는 친우이자 부하였다.

루자크의 흡족한 반응에 반트도 안경을 들어 올렸다.

"젊고 매력적인 남성 화가가 많아서 여류 화가를 찾는 데 조금 시간이 걸렸습니다만."

"생색내는 걸 보니, 뭐 원하는 거라도 있나?"

주군의 물음에 반트는 이때다 싶어서 품었던 뜻을 읊조렸다.

"각하께서도 알고 계시겠지만, 본성의 대집사이자 보좌관으로서 간청드릴 게 있습니다."

"알았으니 본론만 말하게."

"인력 좀 더 뽑아 주십시오. 죽겠습니다."

제법 진지하게 말하는 반트의 말에 루자크도 동의를 표했다.

"알아. 나도 죽겠어."

"각하는 좀 더 죽어 보셔야 아실 겁니다만……."

반트가 독을 품은 말투로 말했다. 그동안 과다한 업무에도 그는 사람을 들이는 데에 인색했었다. 사람이 많아지면 말이 새어나갈 일이 확률적으로 수십 배는 크기 때문이었다.

과거의 루자크는 조용히 성문을 걸어 잠그고 살기를 원했다. 필요한 일만 처리하면서 최소한의 믿을 만한 인력으로 움직인다, 라는 것이 루자크의 모토였다.

그러나 이토록 넓은 영지를 말도 안 되는 수의 인원으로 여기까지 굴러온 것은 정말 기적이나 다름이 없었다.

"자네가 그동안 고생 참 많았지. 괜찮은 인재들을 수색해 봐. 믿을 수 있는 자들로. 그게 최우선이야. 몇이나 더 필요하지?"

"보좌관 업무와 집사 업무를 분리해서, 총 세 명이 필요할 것 같습니다만."

"두 명."

"세 명이 낫지 않겠습니까."

"자네까지 세 명이잖나."

루자크가 반트를 돌아보면서 슥 웃었다. 반트는 하나도 웃음이 나오질 않았다. 반트가 정색하며 말했다.

"말장난 재미없습니다."

"큼, 알겠네. 그럼 세 명을 충원하는 걸로 진행해. 내 눈에 차지 않으면, 원점이 되겠지만."

이번에는 반트가 웃었다.

"결코 그럴 일은 없을 겁니다. 각하, 제가 반드시, 꼭 찾아내겠습니다."

"하하, 그러길 빌지. 인원이 충원되는 대로 자네는 며칠 휴가를 가도록 해."

주군이 눈을 휘면서 말했다.

"휴가 말입니까?"

"그래, 평생 동안 본성을 위해서 일해 왔잖은가."

"무언가를 위해서, 가 아니라 그저 주어진 일을 다했을 뿐입니다."

턱을 괸 루자크는 반트를 바라보다가 일어나서 그에게 다가갔다.

반듯한 제 친우는 자기 자신보다도, 루자크와 펜블렌가, 본성과 테본 영지의 업무가 늘 먼저였다. 그가 없었더라면 분명 끔찍했을 것이다.

"휴가에 대한 계획도 천천히 세워 보도록 해."

이후 루자크의 서재를 나온 반트는 짙은 회한이 들었다. 아버지를 이어서 공작가에 몸담은 지도 참 오래되었다.

새로운 인재를 찾는 일은 사실 무척이나 귀찮고 까다로운 일이었지만, 자신 대신 일할 자가 세 명이나 늘어난다는데 발 벗고 나서야 할 일이었다.

주군의 마지막 말을 곱씹은 반트가 중얼거렸다.

"그런데 휴가라고……? 그럼 뭘 해야 하지?"

반트 랜디어스, 서른 살 남성.

휴가가 생겨도 계획을 세울 수 없는 남자였다.

* * *

첫 수업은 언제나 두근거리는 마음과 긴장감 두 가지에 휩싸

이는 것 같았다. 덕망 높은 학자이자 만인의 우러름을 받는 아스란 백작이 도착했다는 소식에 엘리샤는 옷매무새를 가다듬고는, 꼿꼿하게 가슴을 폈다.

첫 수업은 본성에서 가장 넓은 방이자 홀에서 이어진 복도를 따라가면 나오는 유물로 장식된 큰 방이었다.

드디어 마주한 아스란 백작은 무척이나 점잖고 온화한 장년의 신사였다. 또렷한 이목구비와 절제된 동작과 눈빛은 품위가 넘쳤고, 희끗희끗해진 머리카락은 레몬빛 금발이었다. 코와 턱을 뒤덮은 수염은 잘 다듬어져 있었다. 엘리샤는 그의 수염이 무척 근사하다는 생각이 들었다.

제 아버지인 레오나드 백작과 비슷한 나이대가 아닐까 싶었다.

"처음 뵙겠습니다, 펜블렌 공작 부인. 루트리 드 아스란입니다."

아스란 백작이 모자를 벗어서 미끄러지듯, 부드러운 동작으로 고개를 숙여서 인사했다.

'그야말로 예술이야.'

세련되면서도 우아한 동작에 엘리샤는 속으로 감탄하면서 말을 이었다. 그러고는 최대한 바른 자세로 공손하게 인사를 했다. 드레스를 잡아 올린 손가락의 모양마저도 신경 쓰면서.

"만나 뵙게 되어서 반갑습니다, 아스란 경."

그러나 백작은 이내 엘리샤의 인사에 덩달아 함께 고개를 숙였다. 그는 다리가 살짝 불편한 모양인지, 가느다란 지팡이를 하나 짚고 있었는데 그것마저도 잘 어울렸다.

“공작 부인, 저에게는 그렇게 고개를 많이 숙이실 필요가 없습니다. 황송한 인사이십니다.”

“아…… 그렇군요. 배우는 입장에서 예를 다하고 싶었는데 어색했나 봐요.”

엘리샤는 살짝 민망했지만 그의 말을 새겨듣기로 했다.

“하하, 그러십니까.”

아스란 백작이 입가에 미소를 피웠다. 마치 딸아이를 보듯이 흐뭇한 얼굴로 그가 입술을 열었다.

“윗사람에게 대하는 공손한 인사법이긴 하지만 목과 어깨에 힘이 너무 많이 들어가셨습니다. 그 두 가지를 보완한다면 훨씬 더 보기 좋으실 겁니다.”

부드럽게 지적하는 아스란 백작의 말에 엘리샤가 고개를 끄덕였다.

“네. 차근차근 시작하는 마음으로 배우겠어요. 잘 부탁드립니다.”

“그런 마음이 가장 중요합니다. 기본적인 걷는 자세부터 함께 살펴볼까요?”

엘리샤가 고개를 끄덕였다. 먼저 시범을 보여 주는 아스란 백작의 얼굴은 무척이나 진지했다.

그는 완벽하게 레이디의 걸음걸이를 재현해 주었고, 엘리샤는 그의 유연함에 깜짝 놀랐다.

“제가 여자처럼 잘 걸어서 신기합니까?”

거짓말을 못하는 엘리샤가 고개를 끄덕였다.

"네, 너무너무 자연스럽게 잘하셔서 놀랐어요."

"이제 공작 부인 차례십니다. 자, 저 끝에서부터 시작하시지요. 예법은 습관이기도 합니다. 몸에 밴 습관을 바꾸는 것이 무척 어렵지만, 한번 바꾸면 평생 가실 겁니다."

어린 딸을 훈육하는 아버지처럼 차분히 가르치는 것이 아스란 백작의 수업 방식이었다.

아스란 백작은 생각보다 더 똑똑하고 곧은 사람이었다. 엘리샤는 금세 그의 수업에 푹 빠져들었다. 예의범절뿐 아니라, 역사—지리 시간에 그는 책 읽기만을 강요하지 않았다. 직접 지도를 그려 주면서 아를렌의 고대 역사부터 시작해, 주변국과의 관계까지도 지루하지 않게 이야기 방식으로 알려 주었다.

더불어 아스란 백작은 수업이 끝날 때마다 책을 하나씩 추천해 주었다. 엘리샤는 장서관에 가서 책을 검토하면서 지식을 자신의 것으로 만들었다.

"흐아아암."

장서관에서 빌려 온 복식에 관련된 책을 들여다보던 엘리샤는 길게 하품했다. 나라마다 복식 문화의 특징을 잘 정리해 놓은 책이라, 지루하지만 볼만한 가치가 있었다.

요즘 아스란 백작에게 배우는 세계사와 지리 수업과도 맞물렸다. 날씨나, 지리적 특성에 따라서 옷차림도 변화하는 탓이었다.

엘리샤는 드레스 선발제 준비를 위해서 평소보다 더 잠을 줄여 가면서 하루하루를 보내고 있었다. 시간표를 짠 건, 수업뿐만이 아니었다.

그녀는 드레스 선발제가 다가오는 그날까지 일주일 단위로 계획을 세웠다. 두서없이 연습을 하기보다는 계획을 세워서 하는 게 더 효과적일 거라는 생각이 들어서였다.

게다가 문득 불안해지기도 했다. 엘리샤는 서랍 깊숙이 꼭꼭 숨겨 놓은 테일러 키트를 꺼내려다가, 다시 넣었다.

'테일러 키트가 없어도 옷을 만들 수 있어야 해.'

엘리샤는 덜그럭거리는 테일러 키트를 모른 척했다. 지금으로써는 드레스 선발제에서 옷을 만드는 환경이 어떤 상황인지 예측하기 어려웠다.

혼자가 아닌 여럿이 옷을 만드는 시간이 주어질지도 모른다. 어쩌면 공개적으로 옷을 만들어야 할지도 몰랐다.

그 모든 상황에 대비하려면, 테일러 키트 하나만 믿고 있을 수는 없었다.

"가장 중요한 것부터 하자, 엘리샤."

다시금 밀려드는 잠을 쫓으려, 엘리샤는 힘껏 기지개를 켜고 방 안을 한 바퀴 돌았다. 지금까지 수천 장도 넘는 옷본을 그렸지만, 역시 옷 만들기의 시작은 옷본이었다.

무조건 하루에 일어나면, 새로운 옷본을 다섯 장 이상 그리기로 마음먹었다.

그다음은 일주일 단위로 계획을 달리 세웠다. 첫 주는 바느질과 재단이었다. 바느질은 어느 정도 자신이 있었고 실수해도 만회할 수 있었지만, 재단의 경우에는 조금 달랐다. 힘 조절을 잘 못하면 엇나가 버렸고, 알맞은 여분의 길이를 계산해서 균형 있게 가위질을 해야 한다. 한 번에 실수 없이.

엘리샤는 지난번 마주쳤던 칼리온 출신 남자의 재단하던 모습을 떠올렸다.

"그 사람은 검사였던 게 틀림없어."

사악.

재단용 가위를 들고, 자를 양을 가늠하던 엘리샤는 단숨에 갈랐다. 실밥을 정리해서 떼어 내면서, 이번에는 다른 소재의 천을 가져다 대었다.

* * *

아스란 백작이 아버지처럼 자상하면서도 엄격한 선생이었다면, 카린 도레는 나이는 마흔 살도 채 되지 않았지만, 마치 어머니처럼 친근하고 따뜻했다. 물 흐르는 대로 흘러가는 자유로운 영혼을 가진 사람이기도 했다.

수업을 위해 만나자마자 레이디 도레가 문득 입술을 열었다. 엘리샤는 그녀가 자신의 이름을 불러 줄 때마다 왠지 모르게 마음이 편안해졌다.

"엘리샤, 오늘은 날씨가 무척 좋아요. 바깥 풍경 중 대상 하나를 그리러 정원으로 나가 볼까요? 나무도 좋고, 돌멩이도 좋아요. 아니면 구름도 좋고요."

아직 기초적인 선과 면 그리는 연습을 하고 있는 엘리샤에게 카린이 불쑥 말했다.

"벌써 그림을 그려도 될까요?"

카린이 부드럽게 웃으면서 말했다.

"뭐 어떤가요? 아이들이라고 그림을 못 그리는 것도 아닌걸요. 그냥 손 가는 대로 한번 그려 봐요."

옷본을 그리던 솜씨도 있었으니, 엘리샤는 한번 붓을 잡아 보기로 했다.

"네, 나가서 그릴 대상을 골라 볼게요."

두 사람은 호수가 있는 정원으로 들어섰다. 전나무와 소나무 터널을 지날 때까지, 어느새 봄빛 초록으로 물들여 가던 세상 속에서 엘리샤의 발이 멈춘 것은 돌 틈에 자란 자그만 들꽃의 새싹 하나였다.

"무슨 식물인지 모르겠네요."

카린도 같이 들여다보고는 말했다.

"잘도 발견했네요. 이런 관찰력 좋아요. 아주 중요한 거예요. 엘리샤, 왜 이걸 그리려는 거죠?"

"추운 겨울을 나기에는 한참 유약해 보이고 작은데 제법 대견해서요."

엘리샤는 그리 말하면서 괜히 웃음이 났다. 카린과 함께 있으면 자꾸만 어린 시절로 돌아가 치유받는 듯한 기분이었다.

엄마를 잃고 나서 엘리샤에게 어린 시절이란, 다시는 떠올리는 것조차 싫어진 기억들뿐이었다.

숱한 매질과 구박, 매일 넘쳐 나는 고된 일거리들.

카린이 말했다.

"그럼 이걸 그려 보도록 해요."

"네."

엘리샤가 고개를 주억거리면서 스케치용 종이를 펼쳤다.

슥슥.

한참 동안 길가에 앉아서 엘리샤가 스케치를 하는 동안, 카린은 근처를 산책하기도 하고 주변을 둘러보기도 하면서 빙빙 돌았다. 그러나 엘리샤에게는 단 한마디도 걸지 않았다. 약 한 시간 정도의 시간이 지나자 카린이 엘리샤의 뒤로 다가오면서 물었다.

"엘리샤, 이제 다 되었을까요?"

겨우 손톱 하나만큼의 여리고 작은 들꽃의 새싹이었지만, 엘리샤는 몇 장째 스케치를 하는 중이었다. 아마도 다섯 번 정도 다시 그린 것 같았다.

"네, 몇 번이나 다시 그렸는데 이게 제일 마음에 들어요."

엘리샤가 웃으면서 카린에게 스케치를 보여 주었다. 그러자 카린은 놀란 얼굴이었다. 엘리샤의 그림은, 단순한 스케치를 지나서 상당히 자연스럽고 구체적이었다.

"주름과 솜털까지 꽤나 자세하게 그렸네요?"

물론 실제와 아주 똑같은 건 아니었지만, 적당히 생략해야 할 부분은 생략하고 새싹의 솜털이나 줄기 부분 등 중요한 포인트는 돋보였다. 무엇보다 전체적인 중심이 잘 살아 있었다.

"옷본을 그려서 그런지, 전체 라인이 아주 잘 잡혀 있군요. 균형이 맞춰진 좋은 그림이에요. 하지만 아쉬운 점도 있어요. 딱딱 맞춰져서 조화롭게 그려졌다는 생각은 들지만 자연스러움이 묻어 나오지 않아요. 뭐랄까. 조금 인위적이고, 생명력이 느껴지진 않다는 거예요. 하지만 첫 그림치고는 아주 잘했어요."

카린의 말에 엘리샤는 고개를 끄덕였다. 자신의 그림에는 자연스러움과 생명력이 부족했다. 잘 꾸며진 것만이 최선은 아니라는 걸 배운 것 같았다.

*　　*　　*

반트가 데려온 보좌관과 집사가 제법 야무진 탓에 루자크는 오랜만에 숨 고르기를 하고 있었다. 몇 주 가까이 책상에서 벗어나지 못한 일상을 보내왔는데, 이렇게 느긋하게 차를 마셔 보는 것도 얼마 만인지 모르겠다.

더욱이 요즘에는 엘리샤마저 드레스 선발제 준비와 빡빡한 수업 시간표로 인해 바빴던 터라 두 사람은 아침은 고사하고, 매일 저녁 얼굴 보는 것조차 드물었다.

그동안 책상 앞에서 혹사해 왔기 때문에 오늘은 몸도 풀 겸 승마를 즐기고 오는 길이었다.

안돌프, 칼 부단장과 함께 기사단과 정원을 크게 한 바퀴 빙 돌던 와중, 멀리서 익숙한 그림자를 발견한 안돌프의 외침이 들렸다.

"각하! 저기 저 그림자는 마님이 아니십니까?"

안돌프의 말에 루자크도 시선을 던졌다. 과연 엘리샤의 뒷모습이 틀림없었다. 괜히 저보다 먼저 그녀를 발견한 안돌프를 흘겨보면서 루자크가 말했다.

"그렇군."

최근 그녀를 밝은 때에 본 적이 없다는 걸 깨달은 루자크는 말의 고삐를 쥐었다가 이내 다시 놓았다.

자세히 보니, 엘리샤는 혼자 있는 게 아니었다. 한 여인과 함께였다. 아마도 그림 선생인 모양이었다.

그는 두 사람의 분위기가 무척이나 좋아 보여서 섣불리 다가갈 수 없었다. 수업을 방해하고 싶지는 않았으니까.

"이쯤에서 기사단으로 돌아가도록. 나는 본성으로 가야겠다."

그러자 뜻밖이라는 듯, 안돌프가 말했다.

"마님을 만나러 가시지 않습니까?"

"방해하고 싶지 않군."

"드문 일이군요."

그가 놀리듯 말하자, 루자크가 휙 쏘아보면서 사악한 얼굴로 말했다.

"기사단 전원 특별 훈련이라도 시작할까?"

루자크의 말에 칼 부단장과 안돌프의 얼굴이 사색이 되었다.

"어서 사죄하시지요, 단장님."

"윽. 잘못했습니다, 주군."

두 사람의 반응에 웃음을 터트린 루자크가 말을 정원 밖으로 몰았다.

"쉿, 조용히 나가지."

"예!"

얼마나 집중했는지 그들이 떠나는데도, 엘리샤와 여선생은 여전히 그림을 바라보고 있었다.

'열심이군.'

물론 멀리서 보는 것만으로 그칠 생각은 없었다. 잠깐 동안 엘리샤를 본 게 다였지만, 가슴이 이리도 두근거리는 건 사랑이 아니고서는 설명하기 어려운 일.

기필코 오늘은 가까이에서 만나야겠다. 그동안 업무를 앞세우면서 꼭꼭 참았던 만큼.

* * *

엘리샤가 그림을 그리는 동안, 카린도 마냥 손을 놓고 있던 것은 아닌 모양이었다.

그녀가 보여 준 스케치를 본 엘리샤는 미소를 지을 수밖에 없었다. 카린의 그림은 새털구름이 떠 있는 하늘이었는데, 자꾸만 보게 되는 매력이 있었다. 구름이 흘러 흘러 어딘가로 떠다닐 듯 유유했다.

"선생님의 그림은 정말로 자연스럽고 살아 있는 것 같아요. 비결이 뭐지요?"

"그리 쉽게 가르쳐드릴 수는 없겠죠? 후후, 엘리샤. 오늘 수업은 이것으로 마칠까요?"

"네, 좋은 시간이었어요. 본성으로 돌아가서 함께 쿠키라도 즐겨요."

"제가 기다리는 시간이네요. 오늘은 두 개만 먹을 거예요. 뱃살 걱정을 해야 하니까요."

"저도 세 개만 먹을 거예요."

카린의 농담을 엘리샤가 받아쳐 주었다. 엘리샤가 보기에는 카린도 날씬한 몸매의 소유자였다.

다그닥.

조심스레 멀어지는 말발굽 소리에 엘리샤는 뒤늦게 뒤를 돌아보았다. 두 명의 기사가 뒤따르는 검은 말에 올라탄 수려한 남성은 가죽 갑옷을 걸치고 있었다.

'각하, 오늘은 시간이 조금 나시는 걸까?'

요 며칠 제대로 이야기 한번 나누지 못했던 터라, 엘리샤 역시 그가 반가웠다.

본성에 돌아온 엘리샤는 카린과 티타임을 나눈 후, 그녀의 마차까지 나와서 배웅했다.

"조심히 들어가세요, 선생님."

"또 만나요, 엘리샤."

빙긋이 미소 지으면서 두 사람은 아쉬운 듯 인사를 나누었다. 그 모습을 흐뭇하게 바라보던 반트가 마님이 홀로 돌아오기를 기다렸다가 말을 걸었다.

"마님, 수업이 즐거워 보이십니다."

"네, 단순히 그림을 배우는 것 이상으로 선생님에게는 많은 걸 배우고 있어요. 아스란 선생님도 마찬가지세요. 두 분은, 정말 제 부모님처럼 잘 대해 주세요."

엘리샤는 두 선생님을 만나게 해 준 반트에게 고마웠다.

"마님께서 잘 적응해 주시니 저도 기쁩니다."

"아, 랜디어스 경. 새로운 세 사람이 들어왔잖아요. 휴가를 가실 거라고 리나에게 들었는데, 언제 가시나요?"

"그건…… 세 사람에게 줄 인수인계가 아직 덜 끝났습니다. 일정이 정해지면 마님께도 보고 드리겠습니다."

"그렇군요. 하긴, 그동안 랜디어스 경이 맡으신 일이 지나치게 많았어요."

"아닙니다, 마님 덕분에 수월해진 부분도 많습니다."

"아, 오늘 각하의 일정 말인데요. 아직도 많이 바쁘실까요? 잠깐 서재에 들러서 쿠키를 드리고 싶은데요."

"예. 어제 급히 넘긴 것이 있어서, 다음 건이 터지기 전까지는 괜찮으실 겁니다. 예전처럼 서재로 바로 가셔도 됩니다. 하하."

반트는 어쩐지 자신이 두 사람을 떨어트려 놓은 듯한 오묘한 기분이 들었다. 그가 권장한 대로 주군은, 마님과 만나는 시간을 현저하게 줄였던 터였다.

스스로 표현하길, '독하게 마음먹고 정무에 집중하겠다.'라고 했었다. 정말이지 그 자세 하나만은 칭찬해 주고 싶었다.

"그러면 쿠키를 들고 곧장 가 봐야겠어요."

자신의 말 한마디에 마님의 얼굴이 단박에 밝아지는 걸 파악한 반트는 속으로 읊조렸다.

'천생연분이군.'

*　*　*

엘리샤는 조심스럽게 나무 문을 두드렸다.

"반트인가? 들어오도록."

랜디어스 경인 줄 알았는지, 루자크는 아무 의심 없이 곧장 들어오라고 명했다. 그 말을 들은 엘리샤는 입가에 슬쩍 미소를 피우면서 천천히 문을 열었다.

열리는 문틈 사이로 저만치 그의 모습이 비쳤다. 열 발자국 이상 걸어 들어가자 점점 책상에 앉아 있는 제 남편의 모습이 가까워졌다.

두근.

일에 집중하고 있던 그는 약간 답답했는지, 셔츠의 단추를 세 개나 풀어 놓은 상태였다. 셔츠 사이로 드러난 목과 가슴 사이의 도드라진 근육을 본 엘리샤가 괜스레 심호흡을 했다. 셔츠가 감싼 몸은 여전히 잘 다듬어져 있었다.

'앗, 나 지금 뭘 보고 있는 거야?'

얼굴에 열이 오르는 것 같아서 저도 모르게 긴장이 되었다. 그녀가 잠시 딴생각에 빠져 있는 동안, 그의 목소리가 들려왔다.

아까 건성 대답하던 목소리와는 사뭇 다른 저음이었다.

"……이제야 와 주었군."

"각하."

도발적일 만치 푸른 눈동자가 자신을 오롯이 새겨 담았다. 방금 전까지 업무에 집중하던 사람이라고는 믿을 수 없을 정도로, 뜨거운 눈빛이 빠르게 쏟아졌다.

입가에는 특유의 청량한 미소가 걸렸다. 상대를 기분 좋게 하는 웃음.

엘리샤는 잠시 정신을 차리고는 말했다.

"아까 정원에서 당신과 기사들을 봤어요. 정원을 지나갔었나요?"

루자크가 고개를 가볍게 끄덕였다. 그는 조금 전까지 들여다보던 서류 더미에 보던 부분까지 체크 표시를 한 후, 책상에서 일어났다.

"마음 같아선 한걸음에 달려가고 싶었지만, 수업을 방해하고 싶진 않았지."

"어머…… 루자크도 날 알아보았군요?"

엘리샤의 자수정빛 눈동자가 커졌다.

"당연하지. 그보다 먼 거리라도 당신은 단숨에 알아보겠던걸. 이렇게나 자그맣잖아."

느른한 미소를 지은 루자크가 어느새 앞에 다가와서 엘리샤를 내려다보았다.

그의 가슴팍에 겨우 닿을락말락한 키. 그나마 공작 성에 온 뒤로 살이 약간 올랐지만, 엘리샤는 타고난 체구가 작고 가녀렸다.

그녀 또한 귀여운 동물 취급하듯이 내려 보는 그의 시선이 왠지 모르게 싫지는 않았다. 예뻐 죽겠다는 눈빛이 분명했으므로.

엘리샤 주변을 핑글핑글 돌면서 이리저리 지켜보던 루자크가 문득 입술을 열었다.

"흐음…… 뭔가 달라진 것 같아."

엘리샤는 어리둥절한 얼굴로 그를 올려다보았다. 자신은 변한 것이 하나도 없는데 무슨 말씀이실까.

"무엇이 달라졌나요?"

"갈수록 예뻐지고 있잖아."

해맑게 웃으면서 저런 말을 하는 남자는, 단언컨대 이 세상에 펜블렌 공작 각하 단 한 사람뿐일 거다. 예전 같으면 얼굴을 붉히면서 각하, 몰라요! 하고 외쳤겠지만 이제는 엘리샤도 제법 맞장구를 쳐 주곤 했다.

"그러는 각하는 갈수록 능글맞아지시네요."

"오랜만에 내 아가씨를 보니까 너무 좋아서 어떻게 된 걸지도."

그리 말하면서 슬그머니 엘리샤의 이마에 제 이마를 슬쩍 맞대었다. 지척에서 느껴지는 보드라운 숨결, 루자크 특유의 시원한 느낌이 나는 체향이 코끝을 간질였다.

"아, 내 정신 좀 봐. 참, 각하, 쿠키를 가져왔……."

엘리샤의 어깨가 단단한 손에 붙잡혔다. 이내 그의 고개가 비스듬하게 기울여지면서 높다란 콧날 아래 선홍빛 입술이 다가왔다. 눈은 꼭 감은 채였다.

'쿠키를 주러 왔는데 입술을 주게 생겼어…….'

예상 못 한 바는 아니었기에 엘리샤는 눈을 꼭 감았다.

따뜻하고 부드러운 입술이 포개졌다. 다디단 입맞춤에 엘리샤의 몸이 잘게 떨렸다. 턱이 들어 올려지고, 더욱 키스가 진해졌다. 그저 입을 맞추는 것뿐인데, 온몸의 감각이 거기로 쏠렸다. 피가 빠르게 도는 느낌이 들었다.

콩콩, 심장이 뛴다.

탁, 들고 있던 쿠키 상자가 떨어졌는데도 아무 생각도 나지 않았다. 이루 말할 수 없을 정도로 감미로운 감각이 덮쳐 왔던 터였다.

*　　*　　*

단잠과도 같은 엘리샤의 방문에 루자크는 춤이라도 추고 싶을 만치 기뻤다. 그리고 그 기쁨과 사랑을 입술로 표현 중이었다.

"아, 읏……."

자신도 모르게, 깊게 빨아들인 덕에 엘리샤가 숨이 찬지 옅은 신음을 토했다.

오랜만이니 너무 그녀를 정신을 빼놓지는 말아야겠다. 아니, 사실은 자신을 위해서 이제 그만두는 게 좋았다. 지금도 참기 어려운 건 매한가지였지만.

입술을 뗀 루자크는 엘리샤가 가져왔다가 떨어뜨린 쿠키 상자에 그제야 시선을 주었다.

"아…… 깨졌을 거예요. 새것으로 다시……"

"괜찮아. 맛은 똑같을 거야."

그가 싱긋 웃으면서 쿠키 상자를 열어 보았다. 엘리샤의 말대로 일부 깨진 쿠키가 있었지만, 온전한 모양을 갖춘 것도 있었다. 쿠키를 한입 베어 문 그가 말했다.

"부드럽고 맛있군."

그의 반응에 엘리샤가 주먹을 꼭 쥐고는 다짐하듯 선언했다.

"아, 입맛에 맞아서 다행이다…… 저 연습해서 다음에는 직접 쿠키를 만들어 줄게요."

"하하. 기대하도록 하지. 주방에 들어간 엘리샤는 상상이 전혀 안 되지만."

루자크가 그리 말하면서 단정한 눈매를 휘었다. 엘리샤는 살짝 발끈한 듯 외쳤다.

"그, 그렇지 않아요! 그러다가 내가 요리에 재능을 발견하면 어쩌려고요?"

"허, 안 되겠군. 당신 재능은 옷 만드는 것만으로도 족한데, 요리까지? 안 돼, 안 돼."

"왜요, 요리도 잘하면 좋잖아요."

"당신이 더 바빠지잖아. 차라리 내가 배울까?"

천연덕스럽게 농담을 하면서, 루자크가 푹신한 소파 위에 걸터앉았다. 길게 뻗은 두 다리를 슬쩍 벌린 그는 소파를 전부 차지하고 있었다.

엘리샤가 그에게 말했다.

"푸훗, 각하의 요리야말로 전혀 상상이 안 돼요. 루자크. 잠깐, 조금만 옆으로 가 봐요. 나도 앉을래요."

"앉아, 여기에."

루자크가 싱긋 웃으면서 자신의 다리 위를 탁탁 쳤다. 아무리 부부라지만, 그의 행동은 너무 민망했다. 엘리샤는 금세 얼굴이 벌겋게 달아오르는 것 같았다.

"으에?"

"뭐 어때? 기왕이면 살결 마주 닿는 게 좋단 말이지."

잘도 그런 말을 하는 제 남편이 어이없어서 그를 바라보던 엘리샤가 결국 앉기를 포기하자, 스윽 그의 긴 팔이 다가와서 끌어당겼다.

"이리와요. 좀 안아 보자. 모처럼 만났는데, 내외하면 섭섭하지."

그의 말에 끙, 앓는 소리를 내면서 엘리샤가 겨우 대답했다.

"좋아요."

엘리샤가 다가와, 그의 무릎 위에 살짝 걸터앉았다. 폭신하고 보드라운 감촉. 깃털 베개라도 올려놓은 양 가볍다. 루자크가 입술을 말아 올리면서 제 무릎 위에 앉은 엘리샤를 도망 못 가도록, 양팔로 깍지를 꼈다.

"이제 당신, 못 달아나."

"윽, 설마 계속 이러고 있으실 참은 아니죠?"

엘리샤가 곤란한 얼굴로 말했다. 쿠키 전해 주러 왔다가, 영영 빠져나가지 못할 느낌이었다.

“잠깐이라도 이러고 있자. 그동안 당신이랑 너무 오랫동안 함께하지 못했어.”

애틋함이 가득 배인 말에 엘리샤도 그의 품 안에서 가만히 머리를 기댔다.

루자크는 그런 엘리샤의 분홍 머리칼 위에 입을 맞추었다. 이 아가씨는 어느 구석 하나 예쁘지 않은 데가 없다. 콩깍지가 씐 것이라고 치부하기에도 과할 정도로 그녀에게서 헤어날 수 없었다.

제게 머리를 한껏 기대던 엘리샤가 꼬물꼬물 움직이더니, 그의 목을 폭 끌어안았다.

“루자크, 있잖아요.”

“응?”

“우리 항상 이렇게 사랑해요.”

쪽, 새의 부리가 지나가듯이 귀여운 입맞춤이 그의 입술을 스쳤다. 지금 이대로 시간이 멈춘다면 좋겠다는 생각에 젖어 들면서 두 사람은 오랫동안 서로의 체온을 느꼈다.

*　*　*

재미없고 따분한 모임이었다. 백작가 이상의 고위 귀족층의 자제만 모이는 살롱 모임이었지만 별다른 건 없었다.

영식들은 포커나 체스 따위를 두었고, 사업 이야기나 여자 이야기를 하기 바빴다. 영애들은 옷 자랑과 장신구 자랑이 끝나면 둘러앉아서 수다를 떨었다. 그래 봤자 다 제 발곱만치도 못 미치는 것들이라고 코넬리아는 생각했다.

하지만 오늘은 기분이 영 구렸다. 이번 모임을 위해서 마련한 드레스가 주목을 전혀 받지 못했던 터였다. 이번 모임의 주 대화 소재는 드레스메이커 선발제였다.

모처럼 나온 사교 모임이었지만, 그에 관해서는 아는 것이 없는 코넬리아는 입술을 꾹 닫았다.

'흥, 여기도 저기도 다 드레스메이커 선발제 이야기뿐이잖아? 드레스는 좋지만, 바느질 따위 싫은데…….'

"저는요. 이번 드레스메이커 선발제가 너무 기대되는 거 있죠, 무려 5년 만이래요. 게다가 황실 주관이라니, 황태자 전하의 신붓감도 그 안에서 나오는 거 아니냐는 추측도 돌고 있어요!"

"설마요. 아무리 그래도, 전속 디자이너일 뿐인 것을요. 황태자비의 자리에는 조금 어울리지 않잖아요?"

"엘노아 제국뿐 아니라, 이국의 왕족이나 귀족들도 대거 참가한다던걸요? 이쯤 되면, 황태자비 후보가 나오는 것도 무리는 아니죠."

'황태자비'라는 단어에 영애들의 수다에 관심도 없던 코넬리아는 갑자기 귀가 쫑긋해졌다.

"아주 흥미로운 이야기네요!"

"루비츠 영애도 선발제에 관심이 있으세요?"

도도한 척 자리를 지키고 앉아 있던 코넬리아가 말하자 살짝 싸한 분위기가 흘렀지만, 누군가 맞장구는 쳐 주었다.

"네, 그럼요. 아주 많답니다. 저는 드레스 만드는 걸 아주, 아주 좋아하거든요! 안 그래도 이번 선발제에 참가 신청을 해 보고 싶은데 걱정이 앞서서 아직 못했어요."

새빨간 거짓말이었지만, 그 이야기에 맞은편에 있던 못난이 인형을 닮은 영애 하나가 반가운 기색을 표했다. 몽글몽글한 갈색 웨이브 머리에 주근깨가 콕콕 박힌 피부, 흐릿한 이목구비를 가지고 있어서 자리에 있는지도 모를 만큼 존재감이 없었다.

"저어, 실은 저도 드레스를 잘 못 만들지만 선발제에 참가했어요. 루비츠 영애도 한번 도전해 보세요."

"참가를 이미 했다고요? 어머, 잘됐다. 나에게 방법 좀 알려 줄래요? 참, 영애는 어느 가문이었죠?"

"바이든 백작가의 헬레나에요."

"나는 코넬리아예요. 우리, 잘 맞는 것 같은데 저쪽으로 가서 이야기할까요?"

코넬리아가 음흉한 암갈색 눈빛을 굴리면서 헬레나의 손을 잡아끌었다. 이런 못난이의 손을 잡고 싶지는 않았지만, 친근하고 우호적으로 보이려면 이 정도는 감수해야 했다.

그리고 바이든 백작가라면, 루비츠 백작가와 격도 어느 정도는 맞았으니 데리고 다니기에도 부끄럽지 않았다. 얼굴은 좀 아니었지만, 같이 다니면 비교돼서 자신의 미모를 더욱 빛내 줄 것 같았다.

이를테면 들러리랄까.

어렸을 때부터 친구라고는 사겨 본 적이 없는 코넬리아였지만, 필요에 의해서는 얼마든지 만들었다가 버릴 수 있다고 생각해 왔었다. 그리고 지금이 바로 그 순간이었다.

"헬레나, 헬레나. 드레스메이커 선발제에 참가 신청을 했다고 했죠? 어떻게 하면 될까? 사실 나, 좋아하긴 하지만 바느질 실력은 좀 별로라서 걱정인데."

은근슬쩍 말을 놓으면서 코넬리아가 재촉하자 헬레나가 발그레한 얼굴로 말했다.

"걱정하지 말아요. 나도 그다지 실력은 좋지 못하지만 심사위원의 추천서를 받았거든요."

코넬리아의 귀가 쫑긋해졌다.

"추천서라고? 그게 있으면 바로 참가 신청을 할 수 있다는 말이지?"

"맞아요. 어머, 이 케이크 맛있네요."

대답을 마친 헬레나가 달콤한 케이크를 입 안 가득히 채웠다. 그녀를 바라보는 코넬리아의 눈초리에 조급함과 짜증이 실렸다.

"어쩌면 되는데? 추천서는 누가 써 주고? 케이크 좀 그만 먹고, 대답 좀 해 봐."

헬레나가 우물거리면서 먹고 있던 포크를 억지로 내려놓게 하고는 코넬리아가 채근했다.

"드레스 선발제의 심사 위원이신 자바로티 후작님이 추천서를 써 주셨어요. 우리 아버지께서 제 이야기를 하신 모양이에요.

이래 봬도 저, 드레스를 벌써 다섯 벌이나 완성했거든요."

그 말에 코넬리아는 살짝 불안한 얼굴로 물었다.

"그래? 너, 수놓기도 잘해?"

코넬리아의 물음에 헬레나가 제 드레스에 놓인 자수를 가리켰다. 딸기였다.

"이것 제가 한 거예요."

"그럭저럭 귀엽네."

"정말 귀엽죠? 나중에 코넬리아도 만들어 줄게요."

헬레나보다는 그 엘리샤 계집애의 자수 실력이 훨씬 낫겠는데…….

"괘, 괜찮아."

'잠깐, 그러고 보니, 엘리사 고년도 드레스 선발제에 참가하는 거 아닐까? 나도 질 수 없어!'

생각이 그에 다다르자, 제 손톱을 꼭 깨물던 코넬리아가 다시 확인해 물었다.

"헬레나, 아무튼 그 자바로티 후작님에게 추천서만 받아 내면 그만이란 말이지?"

"저는 그랬던 것 같아요. 하지만, 제가 만든 드레스를 보여드리고 난 후에 아버지와 후작님 둘이서만 뭔가 이야기를 하셨어요."

"그래?"

코넬리아의 눈이 빛났다.

"혹시 후작님이 돌아가실 때, 양손이나 마차에 뭔가 가져가는 거 없었어? 금화라든가, 보석 같은 거 말이야!"

"글쎄요……."

"잘 좀 생각해 봐."

"아, 마차에 뭔가 상자를 하나 싣고 가셨어요."

"역시 그거구나?"

"그거라니요?"

코넬리아는 속마음으로 읊조렸다.

'츳, 뭐긴 뭐야. 뇌물이지!'

"정말 고마워, 헬레나. 난 급한 일이 있어서 먼저 돌아가야겠어. 또 보자. 이제부터 우린 친구니까."

코넬리아가 헬레나의 양손을 붙잡고는, 자리에서 일어나 손을 흔들었다.

'후후, 어서 가서 아버지에게 알려야겠다. 뭐야, 참가하는 건 일도 아니잖아? 돈만 있으면 돼, 돈만 있으면.'

메이플 성으로 돌아온 코넬리아는 곧장 제 아버지인 레오나드 백작의 서재를 찾았다.

"아버지! 아버지!"

"오, 그래. 코넬리아, 모임에서 벌써 돌아왔느냐?"

회계 장부를 덮으면서 백작이 온화한 얼굴로 말했다.

"네, 아주 급한 일이 있어요."

"급한 일이라? 무슨 일인지 천천히 말해 보거라."

"저도 드레스메이커 선발제에 나가고 싶어요, 아버지!"

뜻밖의 말에 레오나드 백작 역시 의아한 얼굴이었다.

"갑자기 그게 무슨 소리냐?"

"아이참, 아버지. 황실에서 주관하는 선발제라고요. 거기 나가면 황후 전하의 눈에 들지도 몰라요."

"하지만, 너는 옷 만드는 솜씨가 없지를 않으냐?"

아버지의 말에 코넬리아는 할 말이 없어졌지만, 더듬더듬 다시 말했다.

"……아니, 그 심사 위원의 추천서만 있으면 된대요."

"추천서라고?"

"네, 자바로티 후작을 혹시 아세요? 그분이 심사 위원이래요. 잘만 이야기하면 추천서를 써 준다고 하던걸요."

코넬리아가 비릿한 미소를 짓자, 레오나드 백작 역시 그와 똑같은 미소로 되물었다.

"그러하냐? 잘되었구나. 자바로티 후작이라면, 안면은 있지."

"어머, 정말요? 잘 말씀해 주셔야 해요?"

"그래, 걱정 말고 이 아비에게 다 맡기려무나."

"네, 아버지."

그리 코넬리아에게 단단히 큰소리를 친 레오나드 백작은 당장 창고를 걱정하면서 이맛살을 찌푸렸다. 나날이 백작가의 재산은 줄어들고 있는데, 딸 코넬리아와 소피아의 사치는 그칠 줄을 몰랐다.

이런 상황에서 자바로티 후작에게 대체 얼마를 쥐여 주어야 가능할는지, 쉬이 셈이 되지 않았다.

'펜블렌 공작가에서 그날 그대로 돌아오는 게 아니었는

데…….'

귀금속 몇 개와 사치스럽지만 필요 없는 골동품들, 그리고 금니를 몇 개 팔고 나서 겨우 마련한 천만 골드를 들고서 백작은 딸아이를 데리고 자바로티 후작가에 입성할 수 있었다.

자바로티 후작은, 위장에 기름칠을 얼마나 한 것인지 번질번질하고 두툼한 얼굴과 땅딸막한 체격을 가진 위인이었다. 게다가 쫙 찢어진 눈부터 하늘로 치솟은 눈썹과 딸기코에 짐승처럼 들쑥날쑥한 이빨까지, 산돼지를 그대로 빼다 닮았다.

자바로티 후작을 본 코넬리아는 기겁한 얼굴이 되었지만, 그래도 그에게 잘 보이려 조신한 자태로 예를 표했다. 자바로티 후작이 답답한 듯 코를 벌름거리면서 둥글게 말린 제 수염을 잡아 늘였다.

"으흥, 킁! 그래, 루비츠 백작. 내게는 무슨 볼일로 왔소이까?"

"하하. 다름이 아니라, 제 딸아이가 바느질에 소질이 좀 있어서 말입니다. 이번 드레스 선발제의 심사 위원이 되셨다고 들었습니다."

"킁, 세상일에 귀 닫고 사시는지 이거 원 소문이 무척 느리시군. 추천서를 받으러 온 것이라면, 이미 끝났소."

"예? 벌써 말입니까?"

"그렇소. 게다가 난 이미 스물일곱 명이나 되는 인재를 추천해 주어서, 더 추천하기에도 난감한데……."

자바로티 후작이 손톱을 손질하면서 두 부녀의 눈치를 힐끔 보았다. 레오나드 백작이 무어라 말하려던 찰나에 코넬리아가 말했다.

“후작님, 저는 꼭, 선발제에 나가고 싶어요. 다른 방법이 없을까요?”

“큥, 영애가 꽤 자신이 있나 본데. 재봉 실력은 어느 정도인가?”

“아, 그…… 저, 드, 드레스.”

“드레스를 직접 만들 수 있는가? 황실에서 주최하는 드레스 선발제이다. 한 치라도 거짓을 고한다면, 엄벌을 면치 못할 것이다!”

“그, 드레스까지는 아니지만, 바느질은 조금 할 줄 압니다.”

자바로티 후작의 호통에 놀란 코넬리아는 결국 이실직고하고 말았다. 바느질이야 아주 방법을 모르는 것은 아니었으니, 거짓말은 아니었다.

“흐음, 바느질한 것은 가지고 왔느냐? 아니면 이 자리에서 해 보일 텐가? 실력을 가늠해 보아야 추천서를 써 줄 것이 아닌가?”

자바로티 후작의 말에 코넬리아는 아무 말도 하지 못하고 제 아비를 바라보았다.

‘이, 이게 아닌데…… 아버지, 뭐라고 이야기 좀 해 보세요.’

뇌물 이야기를 하라는 눈빛을 제 아버지에게 보내자, 딸의 신호를 알아챈 백작이 천만 골드가 든 커다란 상자를 테이블 위에 턱하니, 올려다 놓았다.

자바로티 후작이 사악한 미소를 흘리면서도 놀란 얼굴로 헛기침을 터뜨렸다.

“허흠! 이, 이게 다 무엇이오?”

"후후후, 다 알고 왔지요. 천만 골드입니다."

레오나드 백작이 뱀처럼 가느다란 암갈색 눈동자를 굴리면서 말했다. 코넬리아도 새치름한 표정으로 후작의 대답을 기다렸다.

"제법 묵직하게 가져오셨소. 하지만 바느질 실력을 인정받지 않으면…… 어렵겠소. 뭐, 딴 방법이 있긴 하지만."

"다른 방법? 그것이 무엇이요?"

그러자 자바로티 후작의 눈이 징글맞게 변하면서 코넬리아에게 시선이 닿았다.

"영애가 내 취향이긴 하오만…… 흐흐흐."

후작의 의도를 파악한 레오나드 백작과 코넬리아가 동시에 서로의 얼굴을 마주 보았다. 화가 머리끝까지 난 백작은 입술을 꾹 다물었고, 코넬리아는 역겨운 상황에 욕설을 내뱉고 싶었지만 후일을 위해서 참고 있었다.

레오나드 백작이 자바로티 후작을 노려보면서 말했다.

"이번 일은 없었던 것으로 하지요, 자바로티 후작."

"큥. 뭐, 그러시오. 애꿎은 시간만 낭비했소이다."

결국 두 사람은 터덜터덜 후작가를 나오고 말았다. 마차에 오르자마자 코넬리아는 폭포수처럼 불만을 쏟아 냈다.

"저 변태 같은 영감탱이! 산돼지 같은 게 감히 어딜 넘봐? 아, 너무 소름 끼쳐. 너무 싫어요!"

"돈에 눈먼 줄만 알았더니, 개돼지만도 못한 자구나. 퉤! 코넬리아, 드레스 선발제는 이만 포기하거라."

"흑…… 그치만 아버지이."

"어차피 선발제에 나간다 한들, 실력이 없으면 올라갈 수도 없지 않느냐? 안 하느니만 못한 결과를 가져올 바에야 처음부터 나가지도 않는 것이 그나마 품위를 유지할 게 아니냐."

듣고 보니 맞는 말에 코넬리아는 끙, 앓는 소리를 냈다.

"하지만 엘리샤 고 계집애도 분명 드레스 선발제에 참가할 것이란 말이에요! 엘리샤가 선발제에서 활약해서 주목받으면 제가 그 꼴을 분해서 어떻게 봐요?"

코넬리아가 씨근덕거리면서 울분을 토하듯이 말했다.

"그건 확실하지 않은 일이 아니더냐? 그리고, 엘리샤가 선발제에서 주목받을 거라는 것도 알 수 없는 일이지."

"아니에요, 아버지. 촉이 좋지 않아요."

코넬리아는 손톱을 잘근잘근 씹으면서 생각했다. 인정하기는 싫지만, 그 계집애가 만든 드레스는 아름다웠다. 엘리샤가 이 소식을 들었다면 분명히 참가했을 터였다.

코넬리아는 성에 돌아가는 즉시, 제 어미인 소피아의 시종에게 테본의 상황을 알아 오라고 명을 내릴 생각이었다.

* * *

아스란 백작과의 수업이 시작되자, 엘리샤는 저도 모르게 긴장이 되었다. 자상하면서도 엄격한 백작은 엘리샤가 모르는 것이 있으면 해답을 알려 주는 대신에 직접 찾고 연구하게 만들었다.

덕분에 엘리샤에게는 뼈와 살이 되는 가르침이 되었지만 말이다.

수업 전후로 장서관에 들르는 횟수도 잦아졌다. 책으로 얻는 지식의 즐거움을 깨달아 가는 탓이었다. 게다가 백작은 불시에 툭 하고 질문을 던지곤 했는데, 엘리샤는 그 질문에 대답하기 위해서 일부러 장서관의 서적을 미리 읽어 두곤 했다.

오늘도 그 질문 타임이 나온 듯했다. 질문을 하기 전, 백작은 멋들어진 수염을 몇 번쯤 쓰다듬으면서 엘리샤의 초롱초롱한 눈을 바라보았던 터였다.

엘리샤는 대답할 준비를 하면서 기다리고 있었다.

"공작 부인께서는 달마티카(Dalmatica)라는 것을 들어 보셨습니까?"

달마티카라면 제국의 복식사에서 빠짐없이 나오는 고대 의복이었다. 엘리샤는 짧게 고개를 끄덕이곤 말했다.

"달마티카는 고대 제국인들이 남녀노소 할 것 없이 자주 입었던 튜닉이에요. 과거 신권이 강하던 시절에는 생활복으로도 많이 쓰였지만, 지금은 제의로 쓰이고요. 옛날 제국인들은 하늘의 모습을 달마티카에 담아서 신을 숭배했다고, 책에서 읽었어요."

엘리샤가 수줍게 대답을 마치자, 아스란 백작이 너털웃음을 터뜨리면서 말했다.

"이런. 공작 부인께서 영특하신 분인 줄은 알았지만 정말이지 나날이 가르치는 보람이 있습니다."

백작의 묵직한 칭찬에 엘리샤는 몸 둘 바를 몰랐다.

"백작님의 수업이 있었기에 더 열심히 책을 읽게 되었어요. 늘 감사하고 있어요."

"책은 가장 위대한 스승이지요. 오늘 수업은 이만 마치도록 하겠습니다."

"아! 네, 감사합니다."

아스란 백작의 말에 엘리샤는 인사를 했다. 떠나는 백작을 보면서도 엘리샤는 아무 말도 하지 못했다. 미술 선생인 카린과는 다과 시간도 자주 갖곤 했지만, 어쩐지 백작에게는 편안하게 그런 말을 꺼내지 못했다.

존경심이 너무 커서 거리감이 느껴져서일까?

아스란 백작은 수업 시간에는 사적인 이야기는 전혀 하지 않는 편이었다.

가끔은 이런 생각도 들었다.

'아스란 백작의 따님이나 아드님은 얼마나 좋을까.'

자라면서 한 번도 느껴 본 적 없는 아버지의 정을 아스란 백작에게서 찾고 있다는 생각이 든 순간 엘리샤는 왠지 약간 서글퍼졌다.

하지만 엘리샤는 곧 기운을 차렸다.

'나에게는 소중한 사람이 많은걸. 내 생애 최고로 많은 사람에게 너무나도 큰 사랑을 받고 있어. 나 또한 그들을 사랑하고 있고.'

엘리샤는 속으로 그리 되뇌며 층계를 내려왔다.

리나가 환하게 웃으면서 로로를 안고 말을 걸어왔다.

"마님, 수업은 잘 마치셨어요? 출출하지 않으세요? 이건 비밀이지만, 민스첼이 마님을 위해서 특별 간식을 만들고 있대요."

"어머, 정말요? 그거야말로 희소식이네요."

엘리샤가 보스스 웃음을 터트렸다.

"후후, 좋아하실 줄 알았어요."

냐오옹!

그때 리나의 품에 안겨 있던 고양이 로로가 엘리샤를 보곤 눈을 빛내면서 곁에 다가가려고 버둥거렸다.

"에고, 로로가 마님께 안기고 싶은가 봐요."

"이리 주세요."

엘리샤가 로로를 안아 들었다. 잘 먹고 잘 자란 탓에 로로는 나날이 토실토실해지고, 털도 복슬복슬했다. 매끈하고 윤이 나는 보드라운 털이 사랑스러웠다.

"아이구, 예뻐라."

엘리샤의 품 안에 안기자 로로는 기분 좋은 소리를 내면서, 얌전히 털을 쓰다듬어 달라는 듯 머리를 꼿꼿이 들었다. 완전히 젖혀진 양 귀가 귀여웠다.

더없이 행복한 오후였다. 그 행복에서 가장 커다란 지분을 차지하는 남자가 층계로 모습을 드러냈다.

"앗."

루자크의 모습을 발견하자마자 엘리샤는 단번에 눈이 곱게 휘고 입가에 미소가 피어났다. 그것은 비단 엘리샤뿐만이 아닌 루자크 역시 마찬가지였다. 제삼자인 리나가 보기에도 흐뭇한 광경이었다.

서로 눈만 마주쳤을 뿐인데도 좋아 죽기 직전인 공작 내외 덕분에 본성의 넓고 웅장한 홀은 달콤한 공기가 동동 떠다녔다.

그는 긴 사지를 놀려 곧장 로로를 안고 있는 엘리샤를 감싸듯 안았다.

"각하와 마님, 로로까지 정말 보기 좋은 한 가족이네요!"

그 말과 함께 리나가 입을 가리고 웃으면서, 물러갔다. 아니, 정확히는 새로 들어온 라드라는 부집사에게 업무 지시를 내리고 있는 반트에게로 다가갔다.

"각하와 마님 욕실에 딸린 벽난로를 제외하고는 이제 전부 청소하는 게 좋겠군. 시종들에게 지시를 내리고, 꼼꼼하게 확인해."

"예, 대집사님. 그다음은 무엇을 할까요?"

다음을 대비하는 자세로 상사에게 점수를 따 보겠다는 나름의 계산이었지만, 반트는 얄짤없이 말했다.

"두꺼운 겨울 커튼과 카펫을 정리해야지. 그야말로 봄단장이니 말일세. 할 일이 아주 많아. 자네가 똑똑히 처리해야 내가 마음 놓고 쉴 수 있어. 이해했나?"

"예? 예에……."

대놓고 신입에게 부담을 팍팍 주는 반트에게 리나가 쿡 웃으면서 슬쩍 말했다.

"랜디어스 경, 드디어 쉬실 수 있는 건가요?"

"거야 모르오. 이(놈의) 성은 내가 없으면 뭐 하나 제대로 돌아가질 않으니 불안해서 한 발자국도 못 떠나고 있질 않소."

"푸핫! 어머나, 방금 각하의 귀가 조금 가려우셨을 것 같은 발언을 하시는군요? 하지만 걱정 말아요. 지금 두 분은 달콤한 사랑에 눈과 귀가 다 멀어 버리셨어요! 각하 흉보려면 지금 다 보세요!"

리나가 얼굴을 가까이 들이밀면서 그리 소곤거리자, 반트의 귀가 수초 만에 붉게 달아올랐다. 그가 대체 무슨 소리냐는 얼굴로 그녀를 돌아보았다.

"내, 내가 언제 각하를 흉보았다는 거요, 흠. 체임버러 양, 참으로 이상한 사람이군."

반트가 그리 정색하고는 자리를 떠나려고 하자, 무안해진 리나는 어깨를 으쓱해 보였다.

"으응? 아니! 각하랑 각별하게 격 없이 지내는 건 맞으면서…… 근데 랜디어스 경, 귀만 불타고 있어요."

반트가 이동하면서 어깨가 들썩거릴 만치 놀랐는지, 삐끗했다가 다시 걸음을 이었다. 뒤돌아선 그의 안경 아래 눈동자가 갈 곳을 잃고, 이리저리 흔들렸다.

응접실에 흐르는 공작 부부의 웃음소리가 화음처럼 들려왔다. 모처럼 마님과 각하가 사이좋게 응접실에 나와 계신 모습이 더없이 화목해 보였다. 반트마저 설핏 웃음이 비쳤다.

'그렇게도 좋으십니까?'

반트의 속마음에 답이라도 하듯, 주군은 연신 미소를 감추지 않았다. 일에 파묻혀 살면서도 저런 낯을 할 수 있다는 건 그가 무척이나 행복하고 그로 인해 활기와 생명을 얻고 있다는 뜻이었다.

마님과 함께 있는 것만으로 그의 안색부터 눈빛, 말투까지 전부 달라졌다. 풍기는 분위기까지도 한없이 부드러워져 있었다.

마치 자신만의 영역 안에서 완전한 아늑함을 찾은 남자의 얼굴이었다. 늘 불안하고 위태로움에 떨면서 그림자처럼 움직이던 루자크 드 펜블렌의 삶은 비로소 이제야 빛이라는 게 시작되고 있는 것 같았다.

결혼이나 연애, 사랑 따위에 회의적이고 냉소적인 시각을 가진 자신마저도 혹하게 만들 정도로, 행복감에 젖은 루자크가 조금은, 부러웠다. 그런 여유 가득한 표정을 지을 수 있다는 게 말이다.

자신을 향한 시선을 눈치챘는지, 느른한 자세로 앉아 있던 주군이 그를 불렀다.

"반트."

반트는 자신의 이름이 불리자, 곧장 대답했다.

"예, 각하."

"일이 어느 정도 정리가 된 것 같은데."

주군은 휴가가라는 뜻을 돌려 말한 것이었지만, 반트는 고개를 저었다.

"아직 십분지 일도 안 되었습니다만."

"그건 자네가 대비책까지 생각하니까 그런 거지. 걱정도 많고 일을 늘리는 스타일이라는 건 잘 알고 있지만."

"상황은 시시각각 변합니다. 대비책은 늘 강구해야 합니다. 그건 각하께서 더 잘 아시지 않습니까?"

“그러다간 자네는 영영 휴가가 없을 거야. 자네의 대비책이라는 건, 1부터 시작해서 10을 넘겨 버리니 원.”

“하지만…….”

“알아, 신입의 일 처리가 마음에 차지 않는다는 거.”

“추가하자면 각하를 그냥 두고 가는 것도 마음에 걸립니다.”

“……그럼 나랑 가고 싶은 건가?”

“거절하고 싶습니다. 각하를 모셔 가면 마님도 함께 가셔야 할 터이고…….”

“각하, 랜디어스 경을 괴롭히면 못 써요. 그건 쉬는 게 아닌 거잖아요.”

“이해해 주시니 감사합니다, 마님.”

엘리샤에게 혼이 나자, 샐쭉해진 루자크의 눈초리가 반트에게로 향했다.

“이런 상황 안 좋은데…….”

반트가 쿡, 하고 웃음을 삼키면서 물러갔다.

“그럼 저는 이만.”

반트가 사라지자, 루자크는 엘리샤에게 아까부터 하지 않은 말을 슬며시 고백해야겠다는 생각이 들었다.

“엘리샤, 일부러 당신 수업 시간에 딱 맞춰서 나도 오전 정무를 마쳤는데 말이지.”

“아, 어쩐지. 그래서 마주친 거였어요?”

“응.”

어서 칭찬해 달라는 듯 푸른 눈동자가 일렁거렸다.

로로의 앞 발바닥을 가볍게 붙잡고 있던 엘리샤는 생각도 못 했다는 얼굴로 그냥 웃어 버렸다.

“각하도 참, 귀여우셔라.”

하지만 겨우 그 말만 하고 엘리샤는 루자크가 아닌 로로에게 온통 관심을 주고 있었다.

“내 손이 지금처럼 불쌍하게 느껴질 때가 없는데. 어쩌다 내가 고양이보다 뒷전이 되었지?”

“네에? 아…….”

곧 그의 말뜻을 깨달은 엘리샤가 로로의 손을 놓고는 루자크의 따뜻한 손을 붙잡았다. 하다 하다 이제 고양이에게 질투를 하는 공작 각하라니, 웃겨서 웃음이 연신 터져 나왔다. 그런데도 본인은 진심으로 삐죽한 얼굴을 짓고 있었다.

사랑 앞에서는 아기처럼 순수해진다는데, 이 남자는 곧 옹알이라도 할 듯싶었다. 엘리샤는 가슴이 깊이 따스해졌다.

“루자크.”

“응?”

“손 말고 발도 잡아 줄 수 있어요.”

애정을 듬뿍 담은 그 말이 부끄러워서 고개를 슥 돌렸다. 첫 고백만큼이나 민망해졌다. 게다가 바로 눈앞에는 사용인들이 분주하게 다니고 있는 터라, 그 민망함은 더 심했다.

“뭐?”

엘리샤의 말에 루자크는 한껏 배를 잡고는 흐드러지게 웃었다. 그러곤 그녀의 뺨을 손등으로 쓸어내렸다.

“아, 정말이지 우리 아가씨를 당해 낼 재간이 나에게는 없는 것 같군.”

캐러멜 시럽처럼 끈끈하고 달콤한 시선이 맞닿았다. 두 사람 모두, 곧 일어나서 각자의 일터로 가야 한다는 걸 잘 알고 있지만 아쉬운 마음에 쉬이 발걸음이 떨어지지 않았다.

*　　*　　*

“나 정말 모두에게 과분할 정도로 사랑받고 있어.”

작업 공방으로 돌아온 엘리샤가 배시시 웃으면서 혼잣말로 중얼거렸다. 마음 한편이 따스해졌다. 자신이 모두를 위해서 해 줄 수 있는 건 뭘까? 곰곰이 생각해 보았지만 역시 옷을 만드는 것밖에 없었다.

이제 드레스 선발제를 위해서 테본을 떠나게 된다면, 아마도 아를렌에서 얼마쯤은 지내게 될 터였다.

소중한 사람들을 위한 선물을 만들려면, 지금뿐이었다.

엘리샤는 서랍 속에서 잠들어 있던 테일러 키트를 꺼냈다. 아무리 바쁘고 고단해도, 미루고 싶지 않았다.

그동안 생각뿐이었던 마음들을 이제 하나씩 실현시킬 차례였다.

자신의 손이 닿자마자 달그락거리는 소리들이 들려왔지만, 엘리샤는 키트를 아직 열지는 않았다.

그래도 옷본만큼은 직접 그려야겠다는 생각이 들었다.

엘리샤는 빈 종이에 이름을 적었다. 가장 첫 번째는 언제나 곁에서 자신을 살뜰하게 챙겨 주고 보필해 주는 리나의 드레스.

리나는 키도 크고 늘씬해서 세련되고 우아한 드레스도 잘 어울릴 것 같았다. 곧장 머릿속으로 풍성한 폴로네즈 버슬(polonaise bustles) 드레스가 떠올랐다.

폴로네즈는 스커트 위에 늘어뜨린 천을 가리키는 말이었다. 폴로네즈 드레스는 인체에 꼭 맞게 재단된 상의 보디스에, 스커트의 앞부분을 커튼처럼 가르고, 주머니처럼 주름을 잡아 올려서 속에 받쳐 입은 스커트가 보이게끔 만든 의복이었다.

속치마는 은은한 아이보리색으로 하고, 그와 대비되게 진한 색상을 겉치마로 만들면 예쁠 것 같았다.

"외출용으로 딱일 거야. 이를테면 데이트 같은?"

상상만으로도 즐거운지 엘리샤는 그리 중얼거리면서 스케치를 시작했다.

슥슥, 펜을 붙잡은 손이 부지런히 움직였다. 평소 옷본을 그릴 때와는 사뭇 다르게, 시간이 더 오래 걸렸다. 하지만 어떤 옷이 어울릴까 고민하면서 상대를 생각하는 시간이 즐거웠다.

리나 말고도 옷을 만들어 줄 사람은 많았다.

아직 메이플 성에 있는 유모 마린과 네 명의 스승님들.

랜디어스 경과 부집사 라드 군, 이름은 모르지만 각하의 새로운 보좌관 두 사람, 안돌프 경과 칼 부단장, 그리고 개개인 전부의 이름은 기억나지 않지만 기사단원들, 데이지와 그 밖의 사용인들까지 도합, 칠십여 명이었다.

"제법 인원이 많구나."

기사단원들과 본성 사용인들의 의복은 디자인을 통일해야 좋을 것 같았다.

엘리샤는 여성용 드레스에 국한된 것이 아닌, 이렇게 다양한 사람들의 의복을 만드는 것도 선발제를 준비하는 데 조금은 도움이 되리라는 생각이 들었다.

그렇게 내내 몇 시간을 집중했을까? 목과 어깨가 굳고 뻣뻣해질 무렵 노크 소리가 들려왔다.

"마님, 리나입니다."

리나의 목소리가 들려오자 엘리샤는 화들짝 옷본을 감췄다.

"아. 들어오세요, 리나."

"따끈한 차와 주방장의 특제 디저트를 가져왔어요. 달콤하고 부드러운 것을 좋아하시는 마님을 위해서 만들었다고 하네요. 한번 드셔 보세요."

케이크 접시와 티포트를 차려 놓으면서 리나가 덧붙였다. 눈으로 보기만 해도 사르르 녹아내릴 듯한 커스터드 케이크였다. 말로 형용하기 어려운 먹음직스러운 향기도 폴폴 풍겨 왔다.

엘리샤의 눈이 금세 반짝임과 동시에 흐물거렸다.

"으앙, 정말로 맛있을 것 같아요. 리나도 함께 먹어요. 맛있는 건 같이 먹어야죠."

"아니에요, 마님. 실은 민스첼이 넉넉한 양을 만들어서 저도 내려가서 맛볼 참이에요. 차를 따라드리고 내려갈게요."

"아, 그렇군요. 고마워요."

엘리샤는 차를 따라 주는 리나의 옆모습을 보면서 드레스를 입은 그녀의 모습을 상상했다. 자신을 보면서 빙그레 웃는 마님을 향해 리나는 영문도 모르고 미소를 지었다.

*　　*　　*

길드 황금 고블린으로 들어선 한 남자가 길드 매니저 앞으로 다가왔다. 보아하니, 용병으로 나설 만큼 재주가 있어 보이지는 않았고, 의뢰인이긴 하되 귀족가의 심부름쯤이나 할 법했다.

뭔가 귀찮은 의뢰를 할 게 뻔했던지라, 매니저는 다소 말투가 늘어졌다.

"무슨 의뢰를 하러 오셨는지요?"

"특급 의뢰."

이런 곳에는 처음 온 것 같은 남자를 위해 길드 매니저가 사무적으로 설명해 주었다.

"특급 의뢰는 보수가 두 배입니다만."

"상관없으니 진행해 주시오."

"따라오십시오."

부채로 제 얼굴을 가리고 있던 길드 마스터는 의뢰인의 말을 듣고는, 눈초리가 가늘어졌다.

"흐응, 펜블렌 공작 부인에 대한 모든 것을 알고 싶다고요?"

"그렇소."

"이를테면 어떤 것을 알고 싶은가요?"

"테본에서 알려져 있는지부터 세간의 평가나 작은 풍문, 혹은 비밀스러운 일들까지."

한 마디로 뒷조사를 원하는 거였다.

그녀는 눈앞에 나타난 상대를 다시 한 번 곁눈질하면서 의심의 시선을 보냈다. 어딘가 교활한 인상의 능수그레한 사내는 외지인임에 틀림없었다.

펜블렌 공작 부인이라면 테본에서는, 아니 정확하게는 테본의 사교계에서는 유행을 선도하면서 최근 드레스 선발제와 맞물려 더욱 인기를 구가하고 있었다.

심지어 거리에는 공작 부인의 패션을 따라 하는 아가씨들이 꽤 많았다. 리본이나 꽃, 사랑스러운 레이스와 프릴 소매 등이 달린 드레스가 대유행이었다.

"테본 사교계의 떠오르는 샛별과 같은 분이지요. 드레스 재봉 솜씨가 무척 훌륭해서 카일리 후작 부인의 사교 모임에서 커다란 활약을 펼쳤다고 해요. 콜린 자작의 제자이기도 하고요. 이번 드레스 선발제에서 꼭 보았으면 하는 분이에요. 제가 알려드릴 수 있는 것은 이 정도랍니다. 특급 의뢰는 불가합니다."

그러자 사내가 인상을 찡그렸다.

"어째서 그런 거요? 특급 의뢰면 무엇이든 원하는 건 다 해 주는 거 아니요?"

"후후, 이 바닥에도 지킬 선이라는 게 있는 법이니까요. 그분은 누가 함부로 건드릴 만한 분이 아니랍니다."

"상업 길드에 무슨 그딴…… 아무튼 알겠소. 오늘은 이만 돌아가지.”

사내가 룸을 나가자마자, 그녀는 부채를 팔랑팔랑 부치면서 말했다. 생각보다 끈질기게 덤벼들진 않았다. 그 이상이면, 무력을 행사할 수도 있었다.

“뭔가 아주 더러운 냄새가 나는데.”

*　　*　　*

간밤에 시종을 통해 전해 들은 엘리샤의 소식이 아직도 믿기지 않아서 그들은 나란히 마차에 올라앉으면서도 투덜거렸다.

“뭐? 테본 사교계의 떠오르는 샛별? 엘리샤 그년의 드레스를 따라 하는 영애들까지 있다고? 생각할수록 정말 웃기네요, 어머니!”

흥분해서 읊조리는 코넬리아와 다르게 소피아는 잠자코 앉아 있다가 말했다.

“코넬리아, 이제는 진정을 좀 해 보렴. 인정하고 싶지는 않지만 엘리샤 그 물건이 테본의 유행을 주도하고 있다면, 우리도 더는 무시할 수 없지 않겠니? 드레스 선발제 개막식에서 엘리샤가 만든 드레스라도 입으면 너도 같이 주목받을 수 있을 거야. 엘리샤를 이용하는 거지.”

어머니의 말에 코넬리아는 미간을 좁혔다.

“그럼 그 애한테 드레스 만들어 달라고 머리라도 숙이자고요? 그건 정말 죽기보다 싫어요.”

코넬리아가 입술을 삐죽 내밀면서 말했다.

“다 네 미래를 위한 투자라고 생각하렴. 황실과 조금이라도 엮일 수 있다면야 뭔들 못해?”

“그건 그래요. 하지만 아직 엘리샤를 인정할 수가 없어요. 일단 아를렌의 오트쿠튀르를 돌아볼래요. 제 드레스는 최고의 것이어야 한다고요.”

“그래, 그래. 일단은 오트쿠튀르에 가서 마음에 드는 드레스를 골라 보렴.”

루비츠가의 두 여인을 태운 마차는 부리나케 달렸다. 이윽고, 선샤인 거리에서 마차가 멈추었다.

“죄송합니다. 주문이 무척 밀려 있습니다. 루비츠 백작 부인.”

그러나 첫 번째, 두 번째 오트쿠튀르도 드레스를 의뢰하는 인원이 많아서 주문을 할 수가 없었다. 세 번째 방문한 오트쿠튀르는 디자인이 영 눈에 차지 않았다.

“아, 짜증나. 어쩌면 좋아요, 어머니? 이러다가 드레스를 못 맞추게 생겼어요.”

코넬리아가 짜증 섞인 말투로 신경질을 내자 소피아가 제 딸을 다독거렸다.

“명색이 수도 아를렌인데, 설마하니 네 드레스 하나 맞출 오트쿠튀르가 없겠니? 조금만 더 돌아보자꾸나.”

그때 콜린의 오트쿠튀르에서 나오는 부인들의 대화가 들렸다.

“테본 펜블렌 공작 부인의 드레스가 선풍적인 인기를 얻고 있다던데, 디자인을 보니 그럴 만도 하네요. 초상화를 보니 드레스가 너무 아름다워요.”

"이번 드레스 선발제에 공작 부인도 참가하신다면 좋을 텐데."

"그러게요. 어떤 분일까요? 아를렌에서는 사교 파티에서 본 적이 없어서 말이죠."

"황실 연회에 가 본 부인 말로는, 너무너무 사랑스러운 분이라던걸요."

"그래요? 그분께 드레스 의뢰를 할 수 있다면……!"

부인들이 지나갈 때까지 힐끔거리면서 그들의 이야기를 엿듣던 모녀는 의미심장한 눈빛을 교환했다.

코넬리아가 생각을 달리한 듯, 눈을 가름하게 뜨면서 입술 끝을 들어 올렸다.

"어머니, 엘리샤에게 서신을 한 장 써야겠어요."

* * *

어느새 두 달이란 시간이 훌쩍 흘렀다.

아침 햇살에서 오월의 완연한 봄기운이 느껴졌다. 그렇다고 해 보아야 수도에 비하면 아직 선선한 기후이긴 했지만.

엘리샤는 사용인들에게 선물해 줄 의복을 일일이 손수 포장까지 마쳤다. 짬을 내서 완성하기까지 긴 시간이 걸렸지만, 완성한 의복들을 바라보니 뿌듯했다.

의복 꾸러미 옆 서랍장에는 훗날 누군가 읽게 될 편지를 여러 장 남겼다. 마지막으로는 아무도 모르게 고운 실크 천으로 덮어 두었다.

깜짝 선물일수록 나중에 발견되는 게 좋지 않을까?

항시 곁에서 엘리샤를 보필해 주는 리나를 속이는 게 가장 어려운 일이었다. 그럴 때면 엘리샤는 연습용 의복을 만든다고 둘러대고 말았다.

이제 떠날 준비는 마쳤다.

차분한 코코아색 브로케이드(brocade: 꽃무늬가 있는 직물) 여행용 드레스와 같은 색의 모자를 눌러쓴 엘리샤는 감회가 남달랐다.

수도로 챙겨 갈 짐이 생각보다 많았다. 마린을 위해서 만든 드레스와 코넬리아의 드레스도 잊지 않고 따로 챙겼다.

—엘리샤! 내가 선발제의 개막식에서 입을 드레스를 네가 만들어 주었으면 해.

뻔뻔함으로 무장한 코넬리아의 서신을 받았을 때의 그 황당함이 다시금 떠올랐지만, 엘리샤는 코넬리아가 이 드레스를 입을 순간이 기다려졌다. 입꼬리가 절로 들어 올려졌다.

"기대해도 좋아, 코넬리아."

코넬리아의 드레스는 엘리샤가 만든 드레스 중에 가장 실험적인 드레스가 될 터였다. 드레스를 입고 모두 앞에 등장할 코넬리아를 생각만 해도 고소했다.

곧 시종들 여러 명과 함께 리나가 올라왔다.

"마님, 짐 가방을 가지러 왔습니다. 어제 챙겨 놓으신 짐 외에

추가로 더 가져가실 것이 있으신가요?"

"네. 여기 이 가방 두 개하고, 드레스 두 벌 더요."

"알겠습니다. 짐을 옮기는 동안, 마님께서는 먼저 내려가 계세요."

"네."

엘리샤가 생긋 웃으면서 방을 나와 아래층으로 향했다.

홀로 내려오자, 준비된 마차는 총 여섯 대에 달했다. 최소한의 짐을 가져가고 싶다고 밝혔는데도 불구하고, 리나와 랜디어스 경이 바리바리 챙겨 주었다.

응접실에는 루자크와 랜디어스 경, 안돌프까지 전부 모여 있었다. 드레스 선발제 개막식까지는 루자크도 공식적으로 참석해야 했기에 그 역시 이번에 엘리샤와 함께 수도로 떠나게 되었다.

엘리샤가 다가오자, 안돌프와 랜디어스 경이 고개를 숙였고, 루자크는 입가를 늘이면서 말했다.

"예상보다 준비를 일찍 마쳤군."

"네, 갑자기 다시 수도로 간다고 하니 뭔가 기분이 이상해요. 벌써부터 본성이 그리워질 것 같아요."

"곧 다시 돌아올 텐데?"

"네, 그럴 거예요."

그의 말에 엘리샤는 짧게 고개를 끄덕였다. 다시 돌아올 것이다. 드레스 선발제에서 우승을 차지한다고 해도, 그녀가 있을 곳은 이곳 테본이었다. 언제고 다시 돌아올 하나뿐인 자신의 집이었다.

"마님, 마차에 먼저 오르시겠습니까? 짐마차도 바로 뒤따르도록 할 겁니다."

엘리샤가 루자크를 돌아보았다.

"저는 괜찮은데, 각하는요?"

"그럼 슬슬 마차에 오를까?"

"좋아요."

마지막으로 마차에 오르기 전, 엘리샤는 반트에게 다가갔다. 그는 수도까지 가지 않고 남아서 블랙 윈터 본성을 지킬 것이다.

"마님, 직접 보필해드리지 못하는 점 용서하십시오."

"아니에요, 랜디어스 경. 경이 없는 본성은 상상할 수조차 없어요. 저 무사히 다녀올게요. 그때까지 본성을 잘 부탁드려요. 각하도요."

"여부가 있겠습니까. 멀리서나마 마님을 응원하도록 하겠습니다."

"네, 고마워요."

"엘리샤, 이제 정말 가도록 할까."

루자크의 에스코트를 받으면서 엘리샤는 마차 위로 올랐다. 둔탁한 소리와 함께 마차에 짐을 싣는 소리마저 아쉽게 들렸다. 마지막으로 최종 점검을 마친 리나와 반트가 마차가 출발할 것임을 알려 왔다.

반트가 허리를 깊게 숙여 왔고, 나와 있는 사용인들 역시 그러했다. 엘리샤는 그들을 향해서 손을 흔들어 주었다.

이제 정말 테본은 잠시 안녕이구나 싶었다.

펜블렌가의 마차는 덜컹거리면서 시푸른 마나 터널을 향해 내달렸다.

* * *

수도 아를렌.

온 나라가 축제 분위기로 들썩였다. 시내 옷가게들은 사람들로 붐볐고, 근처 찻집 역시 마찬가지였다. 꽃집은 한층 봄꽃이 만발해서 어딜 가나 화사함이 가득했다.

드레스 선발제가 한발 앞으로 다가온 탓에, 다른 사교 모임도 열리지 않아서 시내는 평소보다 사람들이 바글거렸다.

삼삼오오 모인 사람들은 이번 드레스 선발제에서 어떤 트렌드가 주도할지, 혹은 누가 드레스메이커가 될지 떠드느라 바빴다.

참가 신청을 마친 이들은 벌써부터 자신의 이름을 내걸고 드레스를 팔기도 했다. 어딜 가나 참가자와 여행객들로 붐볐다. 도박꾼들도 드레스 선발제의 우승자를 점치는 내기를 벌써 시작하기도 했다.

게다가 드레스에 관심이 많아져서, 고급 의상실은 평소보다도 주문이 많았고, 원단이나 의류 부자재 가격이 덩달아 치솟았다.

온 나라가 난리 법석이었고, 그만큼 백성들의 지대한 관심이 쏠려 있었다.

제국 유일한 패션 잡지 커스텀은 이번 드레스 선발제에서 타국의 숨겨진 능력자가 배출될 것이라는 황실 관련인이 보는 전망을 내놓았다. 또, 심사 위원 중 가장 젊은 인재라면서 콜린 자작을 다루기도 했다.

선샤인 거리, 그중에서도 가장 좋은 길목에 위치한 콜린의 가게는, 드레스깨나 좋아한다는 귀부인이나 영애들에게는 그야말로 환상적인 놀이터였다. 무려 수개월간 일반 고객을 받지 않았음에도 내부에서 환한 불빛을 뿜어내고 있었다.

오트쿠튀르에 와서 할 수 있는 일이라곤 아름답지만 살 수 없는 의상들을 구경하는 것뿐인데도, 사람들의 발길은 조금씩 계속 유지되고 있었다.

그리고 드레스 선발제에 콜린의 이름이 심사 위원으로 올라간 후, 사람들은 이제 오트쿠튀르를 관광지처럼 드나들었다. 덕분에 콜린에게서 연락을 받은 멜드레는 시간이 날 적마다 그의 오트쿠튀르를 지키고 있었다.

"그나저나 올 때가 다 되었는데……."

멜드레는 연인인 헨리 경을 기다리고 있었다.

뚜벅뚜벅.

섬세한 구둣발 소리가 들려오자 멜드레와 점원은 일제히 입구로 시선을 보냈다.

그러자 그곳에는 주홍빛의 머리카락을 옆으로 넘겨, 한층 고급스럽게 손질한 콜린이 여전히 삐딱한 눈초리로 들어왔다.

"태평하네."

"어어어? 콜린?!"

화들짝 놀란 멜드레가 콜린에게 달려왔다. 품 안에 안기면서 비비적거리려던 사촌 누이를 겨우 떼어 낸 콜린이 말했다.

"화장이 옷에 묻잖아. 저리 좀 가."

"우우, 콜린! 이게 얼마 만이야? 근데 너 왜 이렇게 근사해졌어? 볼살도 좀 빠진 것 같고! 귀염성이 줄어서 안타깝네."

멜드레가 콜린의 볼을 잡아 늘였다.

"하지 마. 내 폭력적인 성향을 보고 싶지 않다면."

"알았어, 알았어! 너무 반가워서 그러지."

"그나저나 소식도 없이 이렇게 온 거야?"

"……내가 드레스 선발제 심사 위원이라는 사실도 모르는 거야?"

"아차, 그렇지! 미안, 네가 유명인이라는 걸 자꾸 까먹어. 그런데, 엘리샤 소식은? 엘리샤도 혹시 드레스 선발제에 참가해? 테본의 공작 부인이 드레스 실력이 훌륭하다고, 여기까지 소문이 파다해."

멜드레가 기대에 부푼 얼굴로 콜린의 대답을 기다렸다.

"내가 추천했으니 참가할 거고, 곧 수도로 오겠지."

"뭐야, 본성에서 같이 지내는 거 아니었어?"

"그랬는데 최근에는 내가 정신이 좀 없어서 가게에서 지내느라 몰라. 얼굴 본 지도 꽤 됐을걸."

그리 말하면서 콜린이 어깨를 으쓱거렸다.

"히익, 정말?"

"아무튼 멜드레. 그동안 종종 가게 보느라 고생했어."

"네 일인데 뭘, 괜찮아."

"자, 수고비라도 받아."

콜린이 품 안에서 금화가 든 주머니를 내밀었다. 멜드레의 눈이 커다래졌다.

"이, 이렇게 큰돈을 어떻게 받아……."

"별거 아냐. 공짜로 주는 거도 아니니까."

"흑, 고마워어. 역시 너밖에 없어."

기뻐하는 멜드레를 뒤로한 채, 콜린에게는 무심코 떠오르는 생각이 있었다.

'엘리샤 녀석, 혼자서 준비는 잘했겠지? 하기야 평소 실력이 중요한 대회니까. 설마하니, 처음부터 탈락하는 건 아니겠지?'

그런 걱정을 하던 콜린은 머리를 흔들었다.

추천서를 써 주었으니, 자신의 몫은 거기서 끝이었다. 그러고 보니 테본에서 유일한 현장 통과자였던 이방인도 선발제에서 다시 볼 수 있을지 궁금했다.

자신 역시 두 번째로 열리는 황실 드레스메이커 선발제가 기다려지는 건 어쩔 수 없는 모양이었다.

* * *

벨벳 성.

"황후 전하, 개막식에서 입으실 의상이 준비가 다 되었습니다."

"기다리던 참인데, 어서 입어 보고 싶군요."

늘 느긋하고 여유로움 가득한 황후마저 드레스 앞에서는 홍조를 붉히며 기대를 가득히 하는 모습이 마치 평범한 여인네 같았다.

그녀의 몸에 의상을 직접 입혀 주는 황후 또래의 여인은 바로 아이레나였다. 아이레나는 황후의 가장 최측근 말동무이자, 황실 수석 드레스메이커로 오 년 전 드레스메이커 선발제의 우승자였다.

와인색 머리카락과 대조적인 초록 눈을 가진 아이레나는 마른 체구의 미녀로, 그녀가 황후와 함께 황성 정원을 거니는 모습은 마치 여신이나 요정들의 산책처럼 보일 지경이었다.

황후와 아이레나 두 사람은 사십 대의 나이가 무색하게 흠결 없는 피부와 몸매를 자랑했다.

그러나 그보다도 더욱 칭송받는 것은 그들의 온화한 성정이었다. 어려서부터 황후와 아이레나는 취미를 공유하면서 친하게 자랐다. 이제는 어렸을 때와 다르게 서로 존칭을 하면서 지내지만 그 모습이 어색함 없이 무척 편안했다.

"아이레나, 옷감이 몸에 착착 휘감기는 것이 참으로 매끄럽군요."

"달마티카라서 품이나 소매는 잘 맞으시지요?"

황후가 고개를 끄덕이면서 푸른 눈을 빛냈다.

"이국스러운 분위기가 물씬 풍기는 문양이 마음에 들어요."

달마티카에는 마치 밤하늘을 수놓은 듯이 달과 별을 상징하는 보석들이 장식되어 있었다.

"만인에게 자애로운 빛을 나누어 주시는 달님, 즉 황후 전하를 상징하는 그림을 넣어 보았습니다."

황후가 양팔을 펼치자 긴 소맷단이 우아하게 늘어졌다.

"이번 의상도 마음에 꼭 드는군요."

아이레나가 겸손하게 두 손을 모으고는 말했다.

"다행입니다, 전하."

"그래, 이제 다음 주면 드레스메이커 선발제가 시작되네요. 오년 전과는 사뭇 다른 분위기지만 그래도 여전히 기대가 되는 건 사실이에요. 그렇죠?"

"그렇습니다, 전하. 한시라도 빨리 만나고 싶네요, 어떤 인재들이 숨어 있을지 궁금합니다."

"소문에는 리마 공국의 공녀도 이번 선발제에 참가한다고 한다지요. 참한 영애들을 한자리에서 만날 수 있지 않을까 하는 기대도 들어요, 어미 마음은 다 같은 법인가 봅니다. 하지만 라이몬드의 상태가 좋지 않으니…… 그것이 다 무슨 소용인가 싶기도 하군요."

황후의 얼굴에 먹구름이 드리워졌다.

"황태자 전하의 병환이 아직도 큰 차도가 없으시니, 큰일입니다. 상심이 크시겠습니다."

황후가 애써 미소를 유지했지만 한숨 어린 투로 말했다.

"차차 나아지리라 생각해야지요. 치료사제들도 고치지 못한 것이니 분명 마음의 병인 것 같아요."

"속히 황태자비를 맞이하시면 좋지 않을까요. 이번 선발제에서 마음에 드는 영애를 찾을 수 있으실 거예요."

"그리된다면야 소원이 없겠습니다. 몇 달 전 테본에 다녀온 후로, 계속 저 상태가 되었으니 참으로 알 수가 없는 노릇입니다. 펜블렌 공작을 만나면 한번 물어나 보아야겠어요."

황후가 답답하다는 듯 고개를 저었다. 실로 그러했다. 벌써 제국에서 가장 신성력과 치유력이 높다는 치료사제들과 의학이 깊은 의사들을 모두 데려왔지만 다들 원인을 정확히 짚어 내지 못했다.

일각에서는 황태자의 과거 약혼자였던 아드리안의 망령이 황태자에게 씐 것이 아니냐는 불경스러운 소문까지 돌고 있었다.

* * *

펜블렌가의 긴 마차 행렬이 관문을 지나서 아를렌의 거리로 들어섰다. 안돌프와 기사단원 몇몇이 공작 부부 내외가 탄 마차를 에워싸듯이 호위했다.

유리창을 뚫고 들어오는 따스한 기운을 느끼면서 엘리샤는 공작의 품에서 잠시 잠들어 있었다. 자다 깨다를 반복하자, 어느새 마차는 수풀이 우거진 펜블렌가의 별장에 도착했다.

시내와는 다소 거리가 있긴 했지만, 걸어서도 충분히 갈 수 있을 만큼 가까웠다. 마차에서 내린 엘리샤가 별장을 보고는 첫 감상을 이야기했다.

"동화 속에 나오는 집 같아요."

이 층으로 이루어진 별장은, 주변으로 초목이 우거져 있어 아늑하고 고요했다. 땅콩 크림색의 색 바랜 외벽도 엘리샤 눈에는 예쁘게만 보였다.

"워낙에 별장이 낡았고, 기거하는 사용인이 적어서 제대로 관리되어 있지 않을 거야. 체임버러 양? 시간이 필요하겠나?"

"체크하고 오겠습니다, 각하."

반트가 없으니 이 별장에서는 리나가 집사의 업무까지 맡게 되었다.

곧 별장의 문이 열렸다. 주변에는 작은 정원과 목장도 있었다. 백발이 성성하지만 친근한 인상의 노부인이 달려 나왔다. 주름지고 커다란 눈이 곱게 휘면서 루자크와 엘리샤에게로 시선이 닿았다. 그러자 그녀는 고개를 깊이 숙이면서 예의 바르게 인사했다.

"예상보다 일찍 도착하셨군요, 각하 양반."

정겨운 말투로 루자크에게 인사를 권한 그녀의 녹색 눈동자가 엘리샤에게 와 닿았다.

"오랜만이군, 마야."

자못 어색하게 대답했지만 루자크 역시 그녀를 좋아한다는 걸 알 수 있었다.

"엘리샤, 여긴 마야라고 펜블렌가의 별장을 관리하고 있지. 마야, 새로 오신 마님이시라네."

"잘 부탁해요, 마야."

엘리샤가 미소를 짓자, 마야의 눈동자에 이채가 돌았다.

"어쩜 이리 고운 분이 다 있으신지! 원, 내 정신 좀 봐. 저는 마야에요. 마야 할멈이라고 부르셔도 된답니다. 도련님, 아니 공작 각하를 어렸을 때부터 키웠었지요."

"아, 그래서였구나. 어쩐지 두 사람 너무 편안해 보였어요."

"자, 어서들 안으로 들어오세요."

마치 먼 친척 할머니 댁에 놀러 온 것처럼 구수하고 따뜻한 환영에 엘리샤는 마음이 편안해졌다.

짚단처럼 옅은 갈색과 싱그러운 연녹색으로 어우러진 실내 내부 역시 따뜻하고 친근한 분위기였다. 본성의 웅장한 규모에 비하면 소박했지만 엘리샤는 굉장히 마음에 들었다.

나무 벽에는 펜블렌가의 문장과 검이 몇 자루 있었고, 콩테로 그린 전대 펜블렌 공작의 초상화가 걸려 있었다. 엘리샤의 시선을 느낀 루자크가 추억에 잠긴 목소리로 말했다.

"아버지는 이 별장을 무척 좋아하셨지."

엘리샤는 루자크의 손을 꼭 잡아 주면서 말했다.

"그러셨을 것 같아요. 들어서자마자 안락하게 쉴 수 있는 곳으로 느껴졌어요."

"당신도 마음에 든다니 다행이군."

두 사람이 실내를 둘러보는 동안, 방 정돈을 마친 리나가 이층에서 내려왔다.

"짐은 전부 옮겨다 놓았습니다. 크게 정돈할 것 없이 너무 깨끗하게 단장되어 있어서 손댈 것이 없네요. 역시 마야의 솜씨는 알아주어야 해요."

"아유, 칭찬은. 두 분 모두 피곤하실 텐데, 어서 방으로 모시도록 해요, 리나."

마야는 그리 말을 마치더니, 주방 쪽으로 들어갔다. 별장은 마야 말고 시종 두 명과 목장지기까지 겨우 네 명이 관리하고 있는 듯했다.

리나를 포함해서 본성에서 건너온 사용인들은 별장에 대해 익히느라 바짝 긴장해 있었다. 특히 본성을 사용하는 사용인들 중에서는 리나의 직급이 가장 높았기에 그 책임감도 막중해졌다.

리나가 공작 부부 내외를 이 층으로 안내했다.

"각하께서 쓰실 방은 오른쪽 끝 방이고, 마님의 방은 그 옆에 있는 가장 큰 방이에요. 마님의 방에는 커다란 침실도 같이 있답니다."

루자크의 방은 전대 펜블렌 공작의 취향이 고스란히 담긴 자그만 서재였고, 엘리샤의 방은 예스러운 가구와 미색의 침구가 정갈한 방이었다. 창문을 열자마자 뻗어 있는 나뭇가지와 초록색 잎사귀들이 곧장 내다보였다.

"마음이 편안해지는 방이에요."

"그럼 식사 시간까지 푹 쉬세요. 필요한 일이 있으시면 종을 흔들어서 불러 주세요."

"알겠어요."

리나가 물러감과 동시에, 루자크가 그녀의 방으로 들어왔다.

"고단할 텐데, 좀 쉬도록 해."

"네. 오늘은 쉬고 내일은 다녀오고 싶은 곳이 있어요."

"다녀오고 싶은 곳?"

"메이플 성에 잠깐 다녀와야겠어요."

메이플 성이라면, 루비츠가였다. 엘리샤의 말에 루자크가 놀란 눈으로 그녀를 바라보았다.

"거길 가는 것을 굉장히 꺼려 했잖아."

"그렇지만, 언니에게 볼일이 있어요. 유모도 만나고 싶고요. 실은…… 가능하면 그녀를 데려올 참이에요. 루자크, 괜찮겠지요?"

"아아, 그렇군. 좋은 생각이야, 엘리샤. 예전부터 신경 쓰던 일이었잖아. 그럼 혼자 다녀오겠군."

"네, 그게 좋겠어요."

엘리샤의 대답에 그가 고개를 끄덕였다. 루자크가 살짝 토라질 줄 알았는데, 의외로 반응이 없었다.

"그럼, 마치면 내가 데리러 가지."

"네, 황성에는 미리 인사드리지 않아도 괜찮은가요?"

"어차피 개막식에 찾아뵈면 되니까 상관없어. 지금은 황실도 정신이 없을 테고."

그의 말에 엘리샤는 금세 수긍했다. 마나 터널을 이용하긴 했지만, 장시간 마차 이동에 고단해진 두 사람은 자연스럽게 소파에 나란히 머리를 맞대고는 깜빡 잠이 들었다.

〈다음 권에 계속〉